La danse du scorpion

Reg Gadney

La danse
du scorpion

Roman

Traduit de l'anglais
par Valérie Malfoy

Titre original :
JUST WHEN WE ARE SAFEST

Cette édition de *La danse du scorpion*
est publiée par les Éditions de la Seine
avec l'aimable autorisation des Éditions Albin Michel
© Reg Gadney, 1995. Faber and Faber Limited, Londres
© Éditions Albin Michel S.A., 1996, pour la traduction française

Ce soir, MI5 change ma vie.
Inspecteur Mary R. Walker (police de Londres),
journal inédit.

HIVER

Lundi 20 décembre

Londres est sous six centimètres de neige. Visibilité quasi nulle. Température : 2 degrés au-dessous de zéro.

Aujourd'hui, c'est R + 302. Soit 302 jours avec le grand, l'unique amour de ma vie. Mon cher, mon drôle, mon adorable et désabusé inspecteur des douanes de Sa Gracieuse Majesté : le sensationnel ALAN ROSSLYN! Je voudrais remercier toutes les personnes qui comptent dans ma vie : le Chat — car tu es un félin, doux, caressant, discret, et j'en passe! et aussi mon meilleur confident. L'Homme sur un toit brûlant. L'Homme souterrain. Mon amant caché. Vous n'êtes qu'une seule et même personne : Alan Rosslyn.
C'est toi qui m'as suggéré de coucher mes pensées sur le papier, seule avec moi-même. Tu m'as dit : « Trouve la réponse à tes questions avec ta plume. »
Mais je m'interroge : que dirai-je aux barbouzes dans leur nouveau Q.G. à Thames House, Millbank, SW1 ?
Ce soir, MI5 va changer ma vie. L'entretien aura lieu entre 18 et 20 heures. Soit on me dit : « Félicitations, vous êtes admise à participer au stage d'entraînement de Portsmouth. Bienvenue à bord. Nous vous souhaitons une belle carrière à la Sûreté nationale. Pour l'examen médical, tout est en ordre, veuillez signer ici. La lettre de confirmation sera accompagnée

11

d'une copie de l'Official Service Act[1]. *Je vous offre un sherry ou autre chose? »*

Voilà la scène, si c'est oui. Mais si c'est non, ils tourneront long-temps autour du pot avant d'en venir au fait. « Navré, inspecteur, ne le prenez pas mal, ce n'est pas dirigé contre vous. » Ils m'assas-sineront d'éloges : « Vos états de service sont remarquables. Impec-cables, même. Mais votre place est dans la police de Londres. Vous ne vous plairiez pas chez nous. Nous parlons dans votre intérêt. Ce fut un plaisir de vous rencontrer. Merci d'être venue par ce temps dégueulasse. Vos états de service sont parfaits, bravo... »

Ils veillent à ne blesser personne, histoire d'éviter qu'un candidat recalé se mette à baver sur ces salopards de MI5. Ils ont déjà leur compte d'ennemis.

Et si ma vie prenait un nouveau tournant, ce soir? Mary Wal-ker, 29 ans, super-inspecteur de police aux mérites reconnus, actuel-lement assise dans son bureau de Scotland Yard. Je n'y suis peut-être plus pour longtemps. Tout dépend de MI5. Penser à faire une liste des affaires à emporter.

Au mur, mon précieux diplôme de tireur d'élite attestant que je me suis distinguée dans le maniement des armes à feu, comme j'ai fait mes preuves dans des hold-up à main armée, face à des dealers de crack complètement barjos; violeurs, pédophiles, députés cocaï-nomanes. Ça, je sais faire. Je sais que je suis l'une des meilleures femmes flics du Royaume-Uni. Personne ne dit le contraire. Sauf moi, parce que j'avance en plein brouillard. Je suis un point d'interrogation. Un seul être au monde connaît mon profond désar-roi : Alan.

Bon, qu'est-ce que je leur dis?

« La vérité, toute la vérité, rien que la vérité », d'après Alan. Pourquoi? « Parce qu'ils savent déjà tout. »

Mais non. Ils ne savent pas quel foutoir est ma vie. Et ça, pas question de leur avouer, ni à MI5, ni à Alan, ni à THUG[2], *qui me court toujours après.*

THUG, mon ex-amant, qui n'admet pas d'avoir été viré. THUG, flic lui aussi, assez vieux pour être mon père, un amou-

---

1. Loi relative aux secrets d'État. (N.d.T.)
2. *Thug :* brute. (N.d.T.)

reux possessif flanqué d'une bonne épouse qu'il n'aime plus. *THUG* qui, à l'heure où j'écris, est avachi sur son bureau, quatre étages plus haut. *THUG*, qui vient d'appeler pour me souhaiter bonne chance. Il est sûr que MI5 va m'embaucher au vu de mes glorieux états de service. « *Tu n'es ni à Greenpeace, ni au CND* [1], *ni aux Amis de la Terre, ni au Front de libération animale ou au Parti révolutionnaire des travailleurs. Alors pourquoi t'en faire ?* » Et, comme Alan, il ajoute : « *Dis-leur la vérité, ma toute belle. Quand est-ce qu'on se voit, nous deux ? Allez, sois chic...* »

Je réponds : « *Non. C'est fini. Restons amis.* » Et il raccroche.

Dois-je dire à MI5 : « *J'ai un mari, X, qui est pédé. J'ai un amant non pédé, Alan, qui m'adore, et c'est réciproque* » ? Faut-il que je déballe toute ma vie privée ?

Ils doivent déjà tout savoir. Ils ont parlé à ma mère, à mes supérieurs, même à *THUG* (qui a du galon) et à mon enfoiré de banquier. Maintenant, la grande question est : *que savent-ils de mon passé ? C'est ma peur. Mon passé.*

Est-ce que je leur dis que j'ai peur de l'IRA ?

J'ai beau retourner ces questions, la réponse m'échappe. Si je dis la vérité, MI5 me dira : « *Foutez le camp, inspecteur !* » Une note confidentielle suivra mon retour au bureau, assortie d'une sanction disciplinaire et de l'inévitable suspension. Ils diront : « *Nous avons dû vous dire non, parce que vous avez dit oui à trop d'hommes dans votre vie. Dévergondage = manque de sérieux = individu non fiable. Salut !* »

Et si je restais à Scotland Yard ?

Tu ne vas pas recommencer ! La police est un milieu macho. Plus haut une femme grimpe à l'arbre, mieux les hommes regardent sous sa jupe. Mary Walker, de Scotland Yard ? Elle est bien bonne !

Mais MI5, c'est autre chose. La baraque est dirigée par une femme. Je sais que j'ai fait impression sur les femmes qui m'ont interrogée là-bas. Elles savent que j'ai le don de pénétrer en profondeur la mentalité criminelle. Les criminels ne me font pas peur. C'est de moi que j'ai peur. Et de l'IRA, soyons honnête.

---

1. *Campaign for Nuclear Disarmament* : mouvement pour le désarmement nucléaire.

On m'a demandé au premier entretien si j'avais peur de l'IRA. « Non, pas le moins du monde, ai-je menti.

— Réfléchissez. Vous êtes une terroriste à la recherche d'un coup d'éclat. Quelle cible choisissez-vous ?

— Le quartier des affaires dans la Cité. Ou le Q.G. de MI5. Ou encore le nouveau Q.G. de MI6 à Vauxhall Cross. »

Ma réponse parut toucher une corde sensible.

« Mais les services de la Sûreté sont surprotégés ! » m'a-t-on répondu.

Le credo officiel, hein ?

La prochaine fois, je leur exposerai en détail ma petite théorie.

Voilà ce que je ferais si j'étais une terroriste. Long travail d'infiltration. Trouver un informateur sur place, la sympathisante « fouine ». Établir la topographie du Q.G. de MI5. Ensuite trouver le type aigri qui a besoin d'argent. Un scientifique appointé par le gouvernement, avec des connaissances idoines. Pas de bombes. Finies les bombes. Dépassées. Je placerais la barre très haut. Empoisonnez l'eau, l'air, aux produits chimiques, bousillez la climatisation. Gazez-les tous. Dégommez-les d'un seul coup.

J'exagère ? Non. Vous me suivez toujours ? « Vous savez, comme dit Alan, nous sommes un peu télépathes. Nous lisons dans la pensée des gens. »

Voilà ce que je pense : le comité de sélection de MI5 connaît mon don. Et, qui plus est, ce don est avéré. C'est l'IRA — excusez du peu — qui a administré cette preuve en bombardant Bishopsgate. Un mort, quarante-six blessés et cinq cents millions de livres de dégâts. C.Q.F.D.

Peu après, la femme est passée me voir à l'improviste pour m'informer que MI5 « s'intéressait de près » à moi. Comme je lui demandais quel type de missions on comptait me confier, elle a dit : « Surveillance pour commencer. Nous voulons tester vos aptitudes. Vous serez armée. Pendant ce temps, nous enquêterons sur votre passé. Nous vous convoquerons pour un entretien final. Votre affaire est en très bonne voie. »

Ça, je me le demande.

L'entretien est pour ce soir.
Début : 18 heures. Conclusion : 20 heures.
Lieu : Thames House ; Millbank, SW1.
Tenue : réglementaire.

J'essaie d'imaginer la scène. J'ai demandé des précisions à la femme. « Ne vous bilez pas. On vous posera des questions simples. Votre disposition à tuer si nécessaire. L'avenir du terrorisme. Sur votre vie privée, tenez-vous-en à la vérité : relations, projets, craintes. Soyez franche avec nous. N'oubliez pas que vos interlocuteurs en savent plus long sur votre compte que vous-même. »
Ça, c'est le bouquet !
Et si, au contraire, nous réalisions notre rêve ? Recommencer de zéro dans une petite plantation aux Antilles. Quitter l'Angleterre. Faire des gosses au soleil. Alan ne veut pas. « Réussis ton coup. Va au bout de toi-même. Courage, Mary. Accroche-toi... »
J'ai peur, mais il est trop tard. Je ne peux plus reculer. Ces mots me fixent sur la page. Il y a tant de façons différentes de décrire cette impression qu'on est pris au piège. Je n'en connais aucune qui décrirait ce que ça fait d'être libre pour de bon.
Si je le fais, c'est pour Alan – pour lui prouver que je suis à la hauteur.
Ce matin, nous avons pris notre douche ensemble. Jingle Bells passait à la radio. Quelle connerie. Comme Petit Papa Noël. Je déteste la neige.
En arrivant au travail, ce matin, j'ai trouvé deux cartes postales qui m'attendaient sur le bureau. C'était Alan qui me les avait envoyées pour me donner le moral. L'une représente Le Baiser de Rodin ; l'autre, Le Baiser de Klimt. Au dos de la première, il a écrit : « Courage, Mary ! » Sur l'autre : « Ce soir, tu te sentiras mieux. »
Je n'ai jamais eu amant plus attentionné.
Pour lui, je passe avant tout le reste ; c'est vraiment l'impression qu'il me donne – que je compte plus que tout au monde. C'est un homme exceptionnel.
Alors que je dois prendre des notes pour ne rien oublier, lui enregistre tout au fur et à mesure. Comme, par exemple, le fait que je

15

lui ai envoyé des cartes identiques il y a 213 jours de cela. C'est-à-dire 89 jours après notre première rencontre.

Aujourd'hui, c'est R + 302.

Alan a promis de m'attendre ce soir, à 20 heures, à Lambeth Bridge. Quand tout sera fini, il sera là.

Je l'imagine debout sous la neige, enveloppé dans son manteau noir, sa silhouette féline voûtée sous le lampadaire, tel un gangster dans un film de série B — si attirant...

Moi je le trouve attirant. Lui, non. Il se sous-estime, lui et l'amour que je lui porte. Que je lui porterai toujours.

Fin de l'auto-interview. New Scotland Yard. R + 302.

1

Alan Rosslyn tint sa promesse de l'attendre à Lambeth Bridge. Avec la marée, la Tamise était d'un noir d'encre. En aval du fleuve, le Parlement s'enveloppait d'un brouillard lumineux. Portée par le vent, la neige se rabattait sur sa figure et fondait dans ses cheveux. Les voitures éclaboussaient la chaussée de gadoue et de gravier, l'obligeant à rester contre le parapet. Il vérifia l'heure à sa montre d'après le timbre assourdi des carillons de Big Ben.

L'entrevue de Mary à Thames House, nouveau Q.G. de MI5, s'éternisait : un bon présage. La trouver à leur rendez-vous avant l'heure convenue aurait sans doute signifié un échec.

Thames House se dessinait devant lui à travers un rideau de neige, bâtiment gris et carré dont l'architecture évoquait les derniers échos de l'époque impériale. Par l'une des centaines de fenêtres éclairées et flanquées de barreaux, il aperçut un arbre de Noël solitaire et sa guirlande de lumières : rouge vif, vert pâle, jaune acide – clignotant comme un message codé.

Il releva le col de son manteau, une protection bien dérisoire contre la neige. Ce manteau était un cadeau de Noël prématuré de Mary, une prétendue affaire à une vente de charité organisée dans une salle paroissiale à Pimlico. Une étiquette sur la doublure indiquait que le vêtement avait appartenu à un prêtre de l'église baptiste originaire d'Antigua et domicilié à North Kensington. Cette découverte avait amusé Rosslyn ; il y voyait un

17

encouragement à son rêve secret d'aller vivre un jour aux Antilles : fantasmes de soleil, de plage et de cocotiers bercés par les alizés à des milliers de kilomètres du sinistre hiver londonien.

Un seul être au monde connaissait ce rêve : Mary Walker.

Ils s'étaient rencontrés à un stage de formation organisé par le Département d'entraînement aux armes à feu de la police de Londres, à Lippitts Hill, dans l'Essex. Dès le début du stage, suivi par une dizaine d'étudiants, Rosslyn et Mary s'étaient fait remarquer. Mary était la seule femme. Rosslyn, au titre d'inspecteur des douanes, le seul à ne pas appartenir à la police. Ils passèrent deux semaines à s'exercer à fond au maniement des armes. Leur instructeur suivait leurs progrès et les évaluait selon treize critères, dont « Aptitudes physiques », « Résistance psychique », « Esprit d'équipe », « Prise de décision en situation de crise », « Impact et confiance en soi », « Sensibilité relationnelle ». Chaque catégorie était notée de 1 à 4 et les résultats se trouvaient consignés dans un rapport individuel. Le score maximum était de cinquante-deux points. Le chef-instructeur avait introduit une innovation dans le cursus. Pour favoriser l'esprit d'émulation, il avait assigné à chaque stagiaire un coéquipier. À Mary l'extravertie, surnommée Mary-le-Flingue, il avait attribué Rosslyn, M. Hors-Taxes, et la compétition avait fait rage entre eux. Dès le début, Mary avait eu le dessus.

Le premier jour, un vendredi, leur rythme cardiaque au repos montait à quatre-vingts pulsations par minute. Pour tenir fermement son arme, il ne faut pas dépasser les cinquante-cinq pulsations par minute. Afin de parvenir à ce résultat, ils s'étaient exercés en salle de gymnastique à tenir des poids à bout de bras. Ils s'étaient musclé les épaules, les bras, les poignets, les doigts, se chronométrant à tour de rôle jusqu'à ce que la douleur devienne intolérable ; mesurant combien de temps ils parvenaient à retenir leur souffle, la figure virant au rouge, les poumons prêts à éclater. À l'issue d'un tel entraînement, assorti de séances de jogging et de natation pour développer le cœur et les poumons, Mary avait réussi à abaisser son rythme cardiaque à

18

cinquante-cinq pulsations par minute. Et cela, avec quelques jours d'avance sur Rosslyn.

Sur le champ de tir, la compétition était tout aussi âpre. Ils s'exerçaient côte à côte, en survêtement bleu marine, les oreilles protégées de la pétarade par des tampons d'ouate ; M. Hors-Taxes faisant feu, Mary-le-Flingue ajustant ses coups pour battre son score : tous deux peaufinant l'art de manipuler le revolver Smith & Wesson modèle 10, le pistolet Glock et les carabines Heckler & Koch MP5 ; toutes armes fabriquées en Allemagne par Obendorf, entreprise appartenant à l'aérospatiale britannique et fondée par décret royal. Les stagiaires devaient retenir ces choses-là.

La compétition à Lippitts Hill se prolongea jusque dans la « salle du jugement ». Cette salle de tir est équipée d'un matériel vidéo importé des États-Unis. Les stagiaires s'entraînent à réagir dans des conditions de stress extrême. Tirant à balles réelles, ils affrontent dans le noir, sur un écran de papier, les silhouettes fugitives grandeur nature d'assassins armés, de terroristes et de maniaques, fonçant sur eux avec une panoplie de couteaux, rasoirs, revolvers, grenades et explosifs. Il faut prendre le gars de vitesse. Sinon, vous êtes mort. Certains agresseurs peuvent, bien entendu, brandir de fausses armes, voire rien du tout. Ils peuvent feindre d'être armés. Tuer un homme désarmé peut vous valoir, le cas échéant, une condamnation pour meurtre par le jury. Vous avez une fraction de seconde pour prendre votre décision. Tuer ou être tué.

Mary n'hésita pas une seule fois. Elle fit un sans-faute, tandis que Rosslyn était mal noté pour avoir manqué de réflexe à deux reprises. De fait, à la fin de la première semaine, Mary le surclassait aux points.

Au cours de la deuxième semaine, cet écart alla en se réduisant, surtout en raison des excellents résultats de Rosslyn au séminaire dirigé par un invité du National Criminal Intelligence Service. Ce séminaire était une autre des innovations introduites par le chef-instructeur, « pour symboliser le nouvel esprit d'équipe entre les services affectés à la lutte contre le crime organisé au Royaume-Uni ». Parmi les questions principales posées à l'écrit, figurait : « Le nombre de blessés par balles a diminué à Londres au cours des dix dernières années. Vrai ou faux ? Discutez. » (Aussi étonnant que cela paraisse, selon la police de Londres, la réponse est « Vrai ».)

Rosslyn disserta sur le fait qu'« il est désormais établi que les marchands d'armes véreux et le trafic de permis de port d'armes sont la cause majeure de la criminalité armée. Depuis la suppression des barrières douanières en Europe, en janvier 1993, tout ressortissant du Royaume-Uni peut se procurer des armes sur le Continent sans courir de gros risques d'être repéré. En France et en Belgique, un citoyen britannique achètera des fusils à pompe sur simple présentation d'un passeport. En Belgique, le taux de détention d'armes à feu par habitant est le plus élevé au monde ».

Il poursuivit en exposant comment, « avec de bons contacts, on peut acquérir en Belgique une quantité illimitée d'armes à gros calibre ». Et il démontra combien il était facile d'obtenir des armes et des explosifs dans les pays de l'ancien bloc soviétique, particulièrement en Tchécoslovaquie qui possède la plus importante industrie d'armement au monde, ainsi que dans les grandes villes allemandes comme Dresde ».

Il sut se montrer convaincant et remporta la note maximum. Au terme de la seconde semaine, il réussit également à décrocher de meilleures notes que Mary dans les catégories « Organisation tactique », « Contrôle et maîtrise de soi », « Assimilation de l'information » et « Vigilance et application ».

À la fin du cycle, chaque étudiant devait lire le rapport de l'instructeur et contresigner le document en deux parties, pour montrer qu'il souscrivait à son contenu, puis se livrer à un commentaire personnel sur ses performances. Mary écrivit : « On dit, et c'est vrai, que les femmes policiers sont les meilleures ou les pires en tir. Je veux me classer dans le premier groupe. Que les femmes n'aiment pas les armes est un mythe. » Elle l'avait prouvé. Elle avait dépassé tout le monde, et au tir elle avait enfoncé Rosslyn avec le score très remarquable de quarante-cinq points sur tous types d'armes confondus. La femme en haut du podium. L'homme sur la marche au-dessous. Les fiches de scores l'attestaient : elle laissait les trente-six malheureux points de Rosslyn loin derrière. Même à la fin de la petite fête d'adieu, elle voulut encore lui rappeler qu'elle était la plus forte en essayant de le faire rouler sous la table du pub à l'entrée de Lippitts Hill et, plus tard encore, lorsque les étudiants reçus à l'examen se rendirent dans un restaurant indien à Loughton.

Considérant sa mince silhouette de garçon manqué, Rosslyn se demanda à voix haute comment de soi-disant experts pouvaient soutenir qu'en raison de son poids, une femme tiendra forcément moins bien l'alcool qu'un homme.

– Vous dites toujours ce qui vous passe par la tête ? dit-elle. C'est comme ça que vous entendez « Contrôle et maîtrise de soi » ?

– Je crois que oui. Oui, je dis toujours ce que je pense.

– Ça ne vous mènera pas bien loin. Vous n'avez pas très bien réussi non plus dans « Sensibilité relationnelle », hein ?

– Vous préférez la mauvaise foi, c'est ça ?

L'expression de Rosslyn la coupa net dans son élan. Il avait l'air à cran. Le regard sombre, le nez cassé, les cheveux épais sévèrement coiffés en arrière suggéraient un gouffre de violence contenue.

– Qu'est-ce qui vous défrise ? Vous n'avez pas l'habitude de finir second ou c'est parce que je suis une femme ?

La fête terminée, les autres stagiaires prenaient congé.

– Je vais vous le dire, si ça vous fait plaisir.

Comme la plupart des enquêteurs professionnels, c'était un bon conteur. Devant un autre cognac bon marché, il lui déballa ce qu'il avait sur le cœur.

Une équipe des douanes avait eu vent qu'un groupe de l'IRA introduisait en fraude des armes et explosifs au Royaume-Uni. Sous une fausse identité, il était entré personnellement en contact avec une Irlandaise, une certaine Deirdre « Dee » Patricia McKeague. Les hommes chargés de sa surveillance la tenaient pour un important « magasinier » qui louait des garages dans l'ouest de Londres. Rosslyn souhaitait une prompte arrestation, mais il avait été contrecarré par ses supérieurs obéissant aux ordres d'une mystérieuse cellule interservices composée

21

d'experts issus du Met [1] et de MI5. On souhaitait utiliser McKeague comme appât pour ferrer de plus gros poissons. Raison pour laquelle on l'avait envoyé à ce stage jouer les cowboys avec les flics. Il n'avait pas le droit d'en dire plus sur l'opération.

Pour changer de sujet, elle le fit parler de sa famille.

– Mon père était militaire. Dans le génie, en Allemagne, dans les années 60. Pas officier de première classe. Adjudant. Trop intelligent pour être officier. Il connaissait tout sur l'architecture des ponts, ce genre de choses... Un cerveau. Vraiment. (La fierté dans sa voix la fit sourire.) J'ai été élevé par mes tantes à Bournemouth. C'était pas la joie. Heureusement, j'avais mes souris et mon hamster pour me tenir compagnie. Puis le chat a fait des siennes. Plus de souris. Et mon hamster a fini écrasé sous la fourgonnette du facteur. J'étais là.

– On est toujours aussi violent à Bournemouth?

Il sourit.

– Presque toujours

– Et votre mère?

– Partie avec un Allemand. Je ne l'ai jamais revue. Elle est peut-être morte. Mon père est décédé à Dortmund. Lorsque l'armée m'a retourné ses affaires personnelles, j'ai découvert toute une liasse de lettres que ma mère lui avait envoyées. J'ignorais qu'ils s'étaient détestés à ce point. Ça me dépasse, pas vous? Mais on ne gagne rien à déterrer le passé. Peut-être que j'aurais dû m'abstenir de lire les lettres de ma mère à papa. Je me demande parfois pourquoi il les avait conservées.

Mary détourna les yeux pendant un instant, puis posa sur lui un regard soucieux.

– Si c'est douloureux, n'en parlez plus.

– Ç'aurait pu être pire. D'ailleurs, cela ne m'a pas empêché d'aller à l'université.

– Pour étudier quoi?

– Zoologie.

– Comment êtes-vous arrivé aux douanes?

----

1. *Metropolitan Police* : police de Londres *(N.d.T.)*.

22

– Une petite annonce...

Le propriétaire du restaurant indien tripotait la porte d'entrée, pressé de fermer boutique. Fin de la conversation.

Le jour où ils se retrouvèrent à Londres, Dee McKeague, l'agent de l'IRA, avait été arrêtée dans le cadre de la loi anti-terroriste. Rosslyn invita Mary à fêter ce coup de filet dans le West End. Il lui raconta qu'il avait désormais ses entrées à Scotland Yard et qu'on lui avait offert un poste de conseiller dans cette même cellule interservices ; qui avait voulu l'évincer. Il copinait avec des détectives « juniors » de la section anti-terroriste et s'était fait offrir quelques demi-pintes de *real ale* par de braves types de MI5, dans leurs pubs d'élection autour de Westminster.

Ce soir-là, devant Victoria Station, Mary lui déclara que, même si elle ne portait pas d'alliance, elle était mariée. Elle refusa de parler de son mari. Il la regarda monter dans le dernier train, l'air contrarié et bizarrement tendu. Au point qu'il résista à grand-peine à la tentation de brusquer les choses. À la place, il lui répéta les conseils de leur instructeur à Lippitts Hill : « Décompressez après avoir tiré votre dernier coup. Du calme ! » Il lui rappela la technique de relaxation qu'on leur avait enseignée. « Imaginez que vous vous évadez quelque part. Moi, c'est aux Antilles. La plage. Les cocotiers sous le vent. La mer. Le soleil. »

Comme le train s'ébranlait, elle lui donna un baiser.

Par la suite, si on lui avait demandé quand il avait compris qu'il était amoureux, il aurait indiqué cet instant-là.

À Lambeth Bridge, il battit la semelle. Le froid était mordant. Un peu après le rond-point de Horseferry Road, il aperçut trois policiers penchés sur un amas de couvertures. L'un d'eux donna un coup de pied dans le tas informe. Un autre releva une silhouette fumante : un clochard accoutré en Père Noël, une bouteille de cidre à la main. *Ils n'ont vraiment rien d'autre à faire ?* pensa Rosslyn. *Même le Père Noël a le droit de se bourrer la gueule la nuit de Noël.* Les agents de police riaient, captés dans le faisceau des phares d'un fourgon des postes. Ils faisaient signe à une autre silhouette, à l'angle de Thames House.

C'était Mary, qui agitait la main dans sa direction. Parfait, pensa-t-il. C'est gagné. Il traversa la chaussée d'un pas incertain, les pieds transis.

Ils s'embrassèrent sous un lampadaire.

– Ça y est, dit-elle. Je suis reçue.

– J'en étais sûr.

– Grâce à toi...

– Je n'y suis absolument pour rien.

Il lui donna un baiser sur la bouche.

– Défense d'embrasser un flic en public, dit-elle. Pas ici, merde...

– On s'en fiche. Rentrons. (Il guetta un taxi le long du quai.) Je suis gelé.

Elle leva les yeux sur la façade de Thames House.

– Flûte, mon sac à main! Tu m'attends ici, OK? Cinq minutes. Pardon. Ne file pas.

Une main plaquée sur sa coiffe réglementaire, elle partit en courant dans la neige. Elle s'arrêta une fois pour rajuster sa jupe. Puis se retourna, comme prise de remords, et cria : « Je t'aime! »

Il lui répondit de la main. Elle avait déjà disparu.

Il retraversa la chaussée dans l'autre sens pour s'abriter sous un porche. Ils fêteraient sa victoire au restaurant. Il essayait de se rappeler le nom de son établissement préféré, quand elle réapparut. Il fut saisi par cette vision : elle restait plantée là, toute seule, à quelques mètres d'une clôture de haute sécurité, dans une flaque de lumière.

Elle avait l'air ébloui, tétanisé, les yeux dilatés, comme une enfant prise de terreur.

C'est alors qu'elle hurla : « Va-t'en, Alan! »

Il la vit regarder en direction d'un véhicule de police bleu foncé, garé un peu plus loin le long du trottoir. Lentement, comme attirée par le danger, elle marcha dans sa direction.

Derrière elle, par-delà la fourgonnette, il vit les trois agents de police descendre la Horseferry Road en courant. Le Père Noël avait disparu.

On criait par-dessus sa tête, voix aiguës, hystériques – bientôt couvertes par un concert de sifflets, de sirènes et de signaux d'alarme.

Depuis les toits, par-delà l'aire de stationnement derrière le bâtiment, une batterie de lampes à arc transperçait le rideau de neige.

Mary leva la tête sur les fenêtres en façade, où des visages curieux apparaissaient en pleine lumière. Elle lança : « Éloignez-vous des fenêtres ! » et continua à avancer vers la camionnette.

Une voix masculine brailla dans un porte-voix : « Vous là-bas ! Dégagez ! »

Rosslyn crut qu'il s'adressait à Mary, mais la voix ajouta : « Vous, l'homme au manteau noir ! » et il comprit que c'était lui qu'on engueulait. « Mains sur la tête ! »

Il obéit et se retourna pour identifier l'auteur de ces aboiements. Avec cette lumière crue, c'était impossible. Il entendit un bruit de cavalcade dans son dos.

« PLUS UN GESTE ! »

Une main l'agrippa par son manteau avec une telle brutalité qu'il perdit l'équilibre. Il fut remorqué sous un porche et tomba lourdement à genoux. « Qu'est-ce que ça signifie...? » On lui tordit le bras dans le dos. Les policiers pesaient de tout leur poids sur lui.

Pas une seconde, il ne perdit Mary de vue. *Elle a l'air de comprendre ce qui se passe. Elle maîtrise la situation.* Puis il entendit les coups de feu.

Le premier la frappa à la poitrine et à l'estomac. Son corps fit un bond en arrière, comme désarticulé par une invisible cisaille.

Le second l'atteignit en pleine tête. Sur le coup, il vit une bouillie rouge et visqueuse, comme vomie par une lance d'incendie géante ; puis plus rien – rien qu'un hideux monticule de vêtements qui fumaient, comme le clochard que la police avait dérangé quelques minutes plus tôt, et un flot de sang qui s'écoulait dans la neige.

2

Une demi-heure après la mort de Mary, il était sommairement examiné par une femme médecin à Thames House et se voyait servir une tasse de thé brûlant. Puis trois agents des renseignements généraux l'interrogèrent dans une pièce aveugle. Il remarqua un arbre de Noël dans un coin, ses lumières clignotantes : rouge, vert, jaune. Quelqu'un déclara que l'arbre faisait partie d'un lot offert par le ministre. Les lumières dessinaient d'étranges motifs au mur.

Aussitôt après la fusillade, il avait déployé une force surhumaine pour échapper aux policiers qui le maintenaient à genoux. Il avait balancé son pied dans l'aine du premier, donné un coup de tête au second, qui était allé percuter le troisième. Puis il s'était précipité vers Mary.

Sa tête et son visage avaient explosé. Il avait rampé dans la gadoue, les mains maculées de sang. Les policiers l'avaient entraîné loin du lieu du drame, jusqu'à cette pièce à Thames House où il affrontait à présent les gars des renseignements généraux.

Le sang de Mary séchait sur son manteau, qui avait été déchiré à l'épaule au cours de la lutte. Il répondit aux questions d'une voix monocorde, dénuée d'émotion, débitant sa version des faits avec détachement. Un autre semblait parler à sa place. Il s'entendait répondre de très loin : « Oui », « Non », « Je ne me rappelle pas ».

Sur l'atrocité de l'acte, ils étaient tous d'accord, comme sur les informations d'ordre privé : « Alan Hutton Rosslyn, trente ans, inspecteur des douanes. » Il leur donna son adresse à Pimlico. Il avait l'absurde impression de répondre à un sondage bidon.

Tout le monde était témoin du meurtre. À quoi bon ajouter sa version ? Il savait ce qu'il voulait. Il voulait retrouver Mary.

Un technicien avait apporté un équipement vidéo. Ils se repassèrent la scène du meurtre telle que l'avaient enregistrée les caméras de surveillance. Tout le déroulement des faits était sur la bande. Mais le protagoniste principal, l'inconnu au fusil, restait invisible. L'assassin de Mary avait tiré depuis un échafaudage caché sous des bâches. Les agents des renseignements généraux semblaient prendre l'échec des caméras à révéler l'identité du criminel pour un affront personnel. Le meurtre avait eu lieu juste devant le service de la Sûreté, sur les marches mêmes de son nouveau quartier général.

Les agents remercièrent Rosslyn de sa coopération. Ils déclarèrent que MI5 viendrait bientôt l'interroger et l'abandonnèrent dans la pièce blanche, en compagnie de l'arbre de Noël.

Au début, il ne ressentit pas la douleur. Sa réaction était purement physique. Il tremblait de tous ses membres sans pouvoir se dominer. Il avait le sang de Mary partout sur ses vêtements. Sur les mains. Il se rappela la ruée pour escalader l'échafaudage ; les voix paniquées qui criaient de se mettre à l'abri.

Une couverture fut étalée sur Mary, puis retirée. Scènes de folie furieuse. Hommes et femmes courant dans tous les sens comme des gosses survoltés. C'était à n'y rien comprendre.

Sa respiration était inégale et hachée ; sa vue se brouillait. Il se sentait désincarné, aux prises avec une horrible impression de déjà-vu, comme s'il était le jouet d'un cauchemar violent et décousu. Lorsque les deux femmes entrèrent derrière lui, il était si faible qu'il ne s'en rendit pas immédiatement compte. Puis une voix déclara : « Je m'appelle Frances Monro. Et voici Serena Watson. »

Il se retourna sur une femme rousse, en tailleur bleu marine. « Mon adjointe », précisa-t-elle, avec un rien d'autosatisfaction. Rosslyn se demanda si les noms étaient authentiques.

— Je sais que vous traversez une épreuve pénible, mais je dois vous poser quelques questions.

— Faites, dit Rosslyn avec froideur.

— Il reste des points obscurs. Par exemple : que faisiez-vous exactement à cet endroit ?

Rosslyn remarqua qu'elle portait une boucle en or à l'oreille gauche.

27

– Vous ne saviez donc pas que Mary et moi étions fiancés ?

Le visage de la femme affichait des trésors de condescendance.

– Nous savons tout de l'inspecteur Walker. C'est à vous que la question s'adresse, M. Rosslyn.

– Je sais, mademoiselle. Si Mary ne vous avait pas rencontrée, elle serait encore en vie.

– Si j'ai manqué de tact, pardon, M. Rosslyn. Mais comment avez-vous su qu'elle avait rendez-vous avec moi ?

Rosslyn sentit la colère monter en lui.

– J'ignorais l'identité de son interlocuteur. Elle ne m'en a jamais parlé.

– Elle n'a jamais mentionné mon nom ?

– Non.

– Ni mon rang ou grade à la Sûreté ?

– Non. Et sachez, mademoiselle, que je m'en contrefous royalement.

Encore ce sourire supérieur. Ces yeux perçants, rivés sur lui. Cette intolérable suffisance.

– Nous allions recruter l'inspecteur Walker, poursuivit Mlle Monro.

– Je sais. Belle bourde, non ?

– Vous êtes très en colère.

– Exact.

– Violent ?

– À l'occasion.

Elle le gratifia de son regard de maîtresse d'école.

– D'après nos sources d'information, elle était mariée. Comment expliquez-vous que vous étiez fiancés ?

– Elle était en instance de divorce. Il n'y a pas de foutue loi qui interdise de courtiser une femme mariée.

– Possible. Pardonnez-moi, mais je n'ai pas constaté qu'elle portait une bague de fiançailles.

– Parce que je ne lui en avais pas donné.

– Ça me paraît logique.

– Nous sommes d'accord.

– Quel était le motif de son divorce ?

28

– Incompatibilité. Son mari est homosexuel.

– Ça non plus, ce n'est pas interdit par la loi, releva Monro avec un sourire entendu à son assistante qui fixait la moquette.

Rosslyn nota que le décolleté de Mlle Watson s'était empourpré. Avec ses cheveux courts, la blonde jeune femme avait tout d'une prof de gym. Elle dut s'apercevoir que Rosslyn avait remarqué sa rougeur, car elle boutonna le col de son chemisier blanc avec un détachement étudié.

Monro aussi devait avoir vu quelque chose, car elle changea brusquement de sujet.

– Vous êtes enquêteur aux douanes.

– Exact.

– Votre supérieur direct ?

– Richard Gaynor. Douanes A, groupe D, état-major, branche 6.

– Ce n'est pas vous qui avez arrêté Deirdre McKeague, l'agent de l'IRA ?

Si tu le sais, pourquoi le demander ? Il n'avait pas l'intention de renier la plus grande réussite de sa carrière. Dee McKeague était en ce moment même bouclée dans une cellule, sous haute surveillance. Elles devaient le savoir. Après une longue pause, il acquiesça.

– Vous êtes en contact avec des terroristes ?

– Des indicateurs. Nous avons été tuyautés sur Dee McKeague. (Elles devaient savoir ça aussi.)

– Vous êtes donc au fait des questions de sécurité. Vous savez que, selon les termes de l'Official Secret Act, il est illégal de traîner aux abords d'une zone interdite.

– Je sais, riposta Rosslyn. Ni moi ni elle n'avons transgressé la loi. Où voulez-vous en venir, bon sang ?

Monro se raidit et son assistante vint à sa rescousse :

– Je sais que vous traversez une passe difficile. Mais nous devons vérifier que vous êtes protégé par la loi.

– C'est indiscutable !

– En ce cas, pourriez-vous nous expliquer ce que vous avez fait pendant les douze heures qui ont précédé la mort de l'inspecteur Walker ? reprit Monro.

- J'étais à mon bureau.
- Vous avez sans doute des témoins pour le confirmer?
- Bien sûr.
- À quelle heure en êtes-vous parti?
- Vers 19 heures.
- Et vous vous êtes rendu directement ici...
- Exact.
- Vous avez quelque chose à ajouter?

Il se pencha en avant, en sueur, sous la lumière crue. Il avait la bouche sèche.

- Écoutez, ça suffit comme ça. (Sa colère devait être tangible, car Monro tressaillit.) J'ai vu Mary tuée de sang-froid. Je l'ai vue mourir. Pas vous. J'ai déjà parlé aux types des renseignements généraux. Et au cas où je me rappellerais un détail, je m'adresserais à eux en priorité.
- Je vous trouve bien hostile, M. Rosslyn. Nous devons apprendre à maîtriser nos affects. Vous gardez des souvenirs du meurtre?
- Je me souviens de la détonation. Et d'un air idiot qui passait à la radio : *Jingle Bells.* (Il sentit que les larmes n'étaient pas loin.) Si ça vous intéresse, Mary et moi avons fredonné cet air sous la douche, ce matin. Elle disait que c'était une connerie sentimentale.

Monro referma son carnet.

- On va vous emmener à l'hôpital. (On aurait dit une sentence de mort.) Vous y bénéficierez d'une protection. Simple mesure de sécurité. Nous ne voulons pas vous faire courir de risques.

Les deux femmes se levèrent.

- Merci. Vous nous avez été fort utile, M. Rosslyn. Nous allons vous fournir une escorte. Nous aurons sûrement l'occasion de nous revoir.

Pas si ça ne tient qu'à moi, songea Rosslyn. Il était recru de fatigue et n'aspirait qu'à être seul.

Il se retrouva à l'hôpital militaire King Edward VII dans Beaumont Street. Des policiers armés de l'unité de protection des renseignements généraux montaient la garde à sa porte. La relève avait lieu toutes les huit heures. Au bout d'un jour ou deux, la discipline se relâcha. La porte de sa chambre restait entrebâillée pour permettre aux policiers de suivre les médiocres émissions de Noël à la télévision. Lorsque Rosslyn voulut utiliser les toilettes, ses gardes lui rappelèrent de laisser la porte ouverte. Ils s'excusèrent de cette violation de son intimité. « Ce sont les ordres. » Les gars voulaient gagner sa sympathie. « Dans les coups durs, on se serre les coudes. »

Au moment du traditionnel message de la reine, Rosslyn fut rejoint par un grand gaillard noir. « Chacun sa croix », déclara le policier, apparemment peu ému par l'air préoccupé de Sa Majesté. Il expliqua à Rosslyn qu'il suivait des cours par correspondance sur les religions, avec l'idée de retourner un jour aux Antilles pour se lancer dans la politique locale. Rosslyn songea à son rêve de cocotiers sous les tropiques et comprit que le charme s'en était éventé.

Les infirmières lui témoignaient des attentions plus pratiques. Elles semblaient savoir pourquoi on le gardait là, au secret, loin des yeux indiscrets qui souhaitaient sa mort.

Quelques jours plus tard, il recevait la visite du commandant Thomas Harding. Depuis six ans, Harding était le visage public de Scotland Yard dans sa lutte contre le terrorisme. Après chaque attentat, il se montrait à la télévision, tel le messager de la mort, pour délivrer des paroles sentencieuses et exprimer sa sympathie aux familles des victimes. C'était devenu une vedette, presque aussi familière aux millions de téléspectateurs qui l'accueillaient dans leur foyer que M. Météo. On le voyait se détourner de la dernière catastrophe en date, en veillant à ne pas occulter les images de destruction, et s'avancer vers la caméra d'un air résolu. Il creusait alors les joues avec un froncement de sourcils signifiant tout à la fois la colère, la tristesse et la désapprobation, et lançait un nouvel appel à la vigilance de la collectivité. Il n'avait qu'un nombre limité de moyens pour délivrer toujours le même message. Mais le public était las de ses échecs à juguler la violence. La nation endurait ces épreuves depuis trop longtemps.

On disait que le commandant Harding était mal vu en haut lieu. Rien d'étonnant, dans la mesure où chaque bombe qui explosait dans la rue soulignait l'incurie des pouvoirs publics. Ces échecs, que chaque prestation de Harding à la télévision mettait en valeur, finirent par lui être personnellement imputés. Il était responsable. Il devint la tête de Turc des politiciens en chambre. C'était M. Catastrophe, le critiquer allait de soi. On avait placé un fantoche à la tête de la lutte antiterroriste. C'était sa faute, disait-on, si le Royaume-Uni avait perdu sa cohésion ; peu importait que le Royaume en question ressemblât de plus en plus à un mauvais spectacle de variétés, avec les membres de la famille royale dans les rôles principaux. Certains le défendaient. Ce n'était quand même pas *ses* bombes ! Hélas, c'était de plus en plus l'impression qu'il donnait. Le grand public connaissait son visage ; on le reconnaissait dans la rue. Alors que personne n'aurait été fichu d'identifier un terroriste avec un détonateur à la main.

Lorsque Harding fit son apparition, dans un costume gris qui lui donnait plutôt l'allure d'un mandarin des hôpitaux que d'un vieux flic, il commença par exprimer ses condoléances.

— Nous sommes pratiquement certains que Mary a été éliminée par l'IRA, dit-il.

— Ils ont revendiqué l'attentat ?

— Non, mais je peux vous expliquer...

— Vous avez des tuyaux ?

— Non.

— Comment pouvez-vous affirmer que c'est un coup de l'IRA... L'arme du crime a été retrouvée ?

— Pas encore. Mais le laboratoire de Huntingdon a analysé les balles retrouvées sur les lieux de la fusillade ainsi que celles extraites du corps de Mary. Les experts en balistique les ont comparées à des balles de Kalachnikov. Le rainurage correspond. L'angle de vrille aussi. (Il posa ses fortes mains sur les montants du lit.) On a procédé à une autopsie très soignée. J'y étais.

— Vous avez assisté à l'autopsie ?

— Hélas, oui. Je sais ce que vous ressentez, Alan...

– Je veux tout savoir.

– Mais pas dans les détails... Tout ce que je peux vous dire, c'est que Mary a mis les pieds dans le coup d'envoi d'une attaque spectaculaire contre MI5.

– Pas de dénonciation...

– Non.

– Pas de suspect ?

– Pas encore.

– Aucun ?

– Non. Il faut être patient. Il n'y a rien comme le meurtre d'un agent femme pour mettre le Met en rogne. Son assassin ne pourra pas se cacher éternellement. Le nombre d'issues est limité. Les indicateurs ratissent la zone à fond. Nos gars fréquentent les bars et les boîtes de Camden à Liverpool, de Glasgow à Southampton.

– C'est tout ?

– Il s'agit d'une enquête à grande échelle.

– Je veux savoir ce que vous fabriquez.

– Je sais seulement ce que mes collègues veulent bien me laisser entendre. Soit le strict nécessaire.

– Ce n'est pas très pratique, hein ?

– J'en conviens. Mais nous avons toujours la consolation de nous dire qu'elle n'est pas morte en vain.

– Vous trouvez ? fit Rosslyn, amer.

Il se rappelait le tohu-bohu autour de Thames House. Les coups de feu. Les types qui lui avaient sauté dessus pour lui sauver la vie.

– Vous étiez là, Alan. Mary a repéré un véhicule de la police. Aussitôt, son sixième sens, l'intuition – appelez ça comme vous voulez –, lui a soufflé que c'était une planque. Et elle avait raison. Il était bourré d'explosifs, de quoi porter un coup fatal à MI5, personnel et bâtiment. Songez à l'impact dans les médias. Thames House désintégré. Le cœur du service de la Sûreté endommagé à hauteur de plusieurs millions de livres. Le Royaume-Uni devenu la risée du reste du monde.

Il y eut un long silence.

– Ça ne s'est pas passé ainsi, dit Rosslyn en ravalant sa rancune. (*Ils ont tué Mary.*) Et je n'arrive pas à comprendre pourquoi Mary est restée sur place, si exposée.

– Qui sait à quoi elle a pensé ? (Harding prit une profonde inspiration et détourna la tête.) Nous ne le saurons jamais.

– Ça me travaille. Et d'abord, je ne vois pas pourquoi le tueur est resté dans les parages au lieu de filer.

– Je l'ignore. On m'a dit que le chauffeur de la camionnette était seul. Rappelez-vous : c'était un véhicule de la police. Voilà pourquoi il est passé inaperçu.

– Pas très longtemps...

– Assez pour que le chauffeur reparte à pied.

– Vers où ?

– Certainement une rue voisine.

– Et ensuite ?

Harding marqua une pause.

– Ensuite, il a disparu.

Il choisissait soigneusement ses mots. Soit il n'avait pas encore reconstitué les déplacements du tueur, soit, pour d'autres raisons, il ne tenait pas à entrer dans les détails.

– Si vous considérez la topographie des lieux, il est plus que probable que, lorsque le tueur a vu un uniforme s'approcher du véhicule, il s'est dit brusquement : « Merde, la femme flic va jeter un coup d'œil à l'intérieur. Toutes ces longues minutes avant l'explosion. Et si elle trouve les explosifs ? L'équipe de déminage rapplique et désamorce ma bombe. On évacue le personnel de Thames House. J'ai échoué. » Vous voyez, je me mets à la place du terroriste. Le tueur a lui aussi un sixième sens. Il a une poussée d'adrénaline. C'est pareil dans les deux camps. Pour Mary aussi. Vous n'avez pas forcément les idées claires. Vous imaginez le pire. Tous ces préparatifs pour rien, c'est vraiment pas de chance. Ou bien : je m'éloigne tranquillement en espérant que le flic n'a pas découvert le pot aux roses.

– Ou encore, on crée une diversion ?

– Vous croyez ça ?

– Pas vous ? Vous tuez le policier. Vous espérez que dans la confusion qui suivra, le fourgon passera inaperçu. Enfin quoi, je l'ai de mes yeux vu, toute l'attention était braquée sur Mary ! Elle avait des soupçons à propos du fourgon.

34

– Exact. Voilà pourquoi nous sommes arrivés à temps pour désamorcer la bombe. Vous avez des connaissances en technologie des explosifs puissants ?

Rosslyn acquiesça. Il avait arrêté Dee McKeague en possession d'une quantité mortelle.

– La camionnette contenait cinquante livres de Gelamex, du Cordtex, une horloge, une borne et une batterie. Le tout bourré de nitrobenzène et de chlorate de sodium. En grande quantité. Dire que la dose était mortelle serait un euphémisme. Les effets de cette bombe auraient été effroyables. Nous l'avons désamorcée.

– Pourquoi ne pas avoir évacué Thames House ?

– Parce que le bâtiment est blindé. Les ordres étaient de procéder à un déminage immédiat. Pas de panique. Pas de publicité. Surtout ne pas servir la propagande de l'ennemi. Mais blindé ou non... Vous vous souvenez de ce que Mary criait aux personnes aux fenêtres ?

Rosslyn entendait encore ses avertissements.

– Ces gens auraient été déchiquetés par le verre pulvérisé. Ils doivent peut-être plus à Mary qu'ils ne croient.

– Ça ne l'a pas sauvée.

– Désolé. Je sais. Tout ce que je peux vous dire, c'est que sans Mary et son courage, nous aurions eu des blessés graves. Et même des pertes humaines.

Il y eut un silence. Ces platitudes étaient une maigre consolation.

– Pour moi, dit Rosslyn, ça se résume à ça : une perte humaine. Une affreuse perte.

– Je regrette de ne pouvoir vous en dire plus. Je compatis à votre douleur. Je sais ce que représente la mort de Mary pour vous, pour sa famille. D'ailleurs, j'assisterai aux obsèques en personne. Tenez bon, Alan. Vous connaissez notre credo. H.O.P.E. [1]. Humour, Optimisme, Patience, Énergie. (Il observa un silence.) Vous avez fait forte impression sur MI5.

---

1. *Hope* : espoir *(N.d.T.)*.

J'ai écouté la cassette de votre entretien avec eux. Ça m'a fait mon Noël...

Il rajusta sa cravate, tendit le cou.

– J'ignorais qu'ils avaient fait un enregistrement.

– Ils enregistrent tout. C'est leur boulot.

Tout, faillit ajouter Rosslyn, sauf l'identité du tueur, qui devait déjà être loin des limiers de la police. Mais à quoi bon gommer le sourire suffisant du visage de Harding en lui disant son fait ? Il se contenta de le remercier pour sa visite et lui souhaita un « Joyeux Noël ».

– Joyeux Noël, répondit Harding.

3

Les cendres de Mary furent dispersées dans les landes du Yorkshire sous la neige de janvier. Paysage en noir et blanc ; ciel bas, d'un gris acier. À l'en croire, la mère avait organisé les obsèques « selon les vœux de sa fille ».

C'était plus probablement un caprice de l'époux de Mary, songea Rosslyn – une sorte d'illuminé au crâne rasé qui tenait à se faire appeler « M. Walker ». Un prêtre en soutane flottante demanda à l'assistance de former un arc de cercle dans la neige.

Ils se déplacèrent lentement dans le froid, la bruyère gelée crissant sous les souliers. Un mouton se montra près d'un mur, comme le spectre d'une pierre troublé dans son repos, et considéra d'un air perplexe la scène qui se déroulait dans ce paysage désolé.

Par-delà un portail sorti de ses gonds, au bout d'un pointillé de pas imprimés dans la neige, il vit les voitures de police banalisées. Les officiers battaient la semelle, pressés eux aussi d'en finir.

– Si vous voulez bien..., dit le prêtre à la mère de Mary. S'ensuivit une sorte de jeu de furet, l'ordonnateur des pompes funèbres tendant une petite boîte en carton à la brave femme,

36

qui la transmit à M. Walker, qui la repassa à l'homme de Dieu : comme si le colis leur brûlait les doigts. Rosslyn ferma les yeux, incapable d'en supporter davantage.

– Nous confions la dépouille mortelle de Mary Walker à la neige et à la terre de son cher Yorkshire natal. Que le Père Tout-Puissant, le Fils et le Saint-Esprit aient pitié de son âme. Aujourd'hui et pour les siècles des siècles. Amen.

Rouvrant les yeux, Rosslyn aperçut un petit tas gris dans la neige. Un peu de poussière d'os s'était sans doute collée à la soutane, car le saint homme s'époussetait l'entrejambe avec gêne, comme s'il souffrait de quelque désagrément d'ordre privé. *Mary aurait trouvé ça drôle,* songea Rosslyn. Mais il n'avait pas le cœur à plaisanter. Ses yeux étaient brûlants et il ne pouvait plus retenir ses larmes.

À l'étage du pub, dans le salon privé, on servait du vin chaud et une fondue. Une bûche se consumait dans l'âtre de la cheminée, à côté d'un sapin enguirlandé, cerné de Pères Noël en plastique brandissant des bocks de bière : objets publicitaires vantant un brasseur australien. La pièce était bondée d'inconnus : proches, envoyés de la presse locale, policiers. La mère de Mary et le veuf (accompagné à présent de son morose « ami ») ne quittaient pas le curé et son terne bedeau. Sur le manteau de la cheminée se trouvait une photo en couleurs de Mary en uniforme, avec une carte gravée d'un *In Memoriam* en lettres rouge fluorescent.

Il vit Harding exprimer ses condoléances à la famille. Puis, pétri de dignité, réclamer le silence.

– J'aimerais dire quelques mots sur l'ultime chapitre d'une vie fauchée en pleine jeunesse par de vils individus voués à une cause indigne. Un meurtre gratuit. Mary Walker... Ce nom s'ajoute à la longue liste des policiers et des militaires assassinés par un ennemi invisible. (Il but une gorgée d'eau.) Mary a consacré ses plus belles années au *service* de la police, et non dans les *forces* de police. Le service public. Elle a donné sa vie pour nous. Elle s'est sacrifiée. Elle avait travaillé un moment dans mon département, SO 13, notre section antiterroriste. Elle s'y était fait remarquer pour sa valeur : son courage, son humour, sa condition physique et son intelligence exceptionnelle. Elle était estimée de tous. Certains sont présents parmi nous, des membres de la police de Londres, mais aussi des douanes...

Ne dites pas mon nom, le supplia Rosslyn en silence. Il croisa le regard de Harding et baissa les yeux sur la rangée de Pères Noël en plastique.

— Un collègue proche d'elle, un douanier émérite, participait à notre session d'entraînement à Lippitts Hill. C'est un homme jeune, dont le talent a permis la découverte d'une importante cache d'armes de contrebande et l'arrestation d'une terroriste.

Il y eut des échanges de regards. Mais aucun ne s'attarda sur Rosslyn.

— La dernière fois que je l'ai vue, c'était à l'occasion d'un entretien confidentiel...

Qu'est-ce que tu racontes ? Elle ne m'a jamais dit que tu l'avais interrogée.

— Nous avions parlé de ses craintes et de ses espoirs. Elle m'avait fait un aveu rare : elle espérait obtenir un jour la condamnation d'un terroriste au mépris de sa sécurité personnelle ; elle ne s'inquiétait pas des représailles. Quand je lui ai demandé pourquoi, elle m'a répondu que c'était pour mettre un terme au massacre d'enfants. Surtout des enfants.

Derrière Rosslyn, quelqu'un fondit en larmes.

— Mary faisait passer son prochain avant elle. Elle l'a prouvé la nuit où elle a trouvé la mort en tentant de protéger la vie des autres. Aussi refusons-nous d'interpréter sa mort comme ce que certains historiens appelleraient un échec de nos services. Rappelons-nous qu'elle a fait le sacrifice de sa vie. Je propose une minute de silence en mémoire de cette jeune femme. Son rire. Son beau sourire. Et la lumière qu'elle apporta au monde en menant une vie droite. Car je vous le dis : la lumière de Mary Walker jamais ne s'éteindra.

Rosslyn regarda Harding incliner la tête en silence. Un air de juke-box montait du bar. Encore cette scie : *Jingle bells, jingle bells...*

Jamais il n'aurait imaginé qu'on pouvait haïr Noël à ce point. Et c'était le jour de l'an, alors que la fièvre des achats était retombée. La ritournelle accompagnait gaiement les reniflements.

– Merci, dit Harding.

La minute de silence était passée. L'assemblée remercia des yeux le commandant. La plupart étaient en larmes.

C'était le moment de partir. Un taxi le conduirait à la gare de Leeds où il prendrait le train pour Londres.

– Alan? (C'était Harding.) Comment rentrez-vous?

– Le train.

– Laissez tomber. Nous vous ramenons en hélicoptère.

Il se détourna avec un « Pas de déclaration » à l'adresse d'un journaliste.

Quelqu'un tapa sur l'épaule de Rosslyn.

– Alan...

La mère de Mary, les yeux rouges et très émue, lui tendait deux paquets emballés de papier brun et ficelés avec des rubans de Noël. Elle jeta un bref regard en direction de Walker, qui s'entretenait avec son ami et le prêtre.

– Mary me les avait confiés, dit-elle d'une voix hachée. Prenez-les. Ne les ouvrez pas ici. Vos lettres sont dans le gros paquet. L'autre contient son journal. Elle les gardait dans son bureau sous réserve qu'on me les expédie s'il lui arrivait malheur. Prenez-les, s'il vous plaît. (Elle se mit à pleurer.) Je savais qu'elle vous aimait. Mais à quel point... je ne l'avais pas compris. Quoi que l'avenir vous réserve, je vous en prie, ne l'oubliez jamais.

Un instant, elle se cramponna à sa main. Puis elle se détourna en laissant Rosslyn avec ses colis.

Harding l'attendait à la porte.

Les blancs marécages basculèrent et rétrécirent à vue d'œil. Au sud-ouest, le soleil d'après-midi était une tache pâle.

Rosslyn contempla la vaste étendue de neige, les motifs dessinés par les murets de pierre, un coin de forêt, des moulins à eau désaffectés dans cette vallée déserte, autrefois berceau d'une industrie prospère.

39

Les restes de Mary étaient là, quelque part dans ce paysage. Il se demanda ce qu'il aurait ressenti s'il était resté là-bas avec elle, dans cette contrée glacée, dans un silence à peine troublé par le vrombissement de l'hélicoptère s'éloignant vers le couchant.

— Ça a dû vous faire plaisir d'arrêter un gros poisson de l'IRA ? dit Harding depuis l'autre siège. On aurait bien besoin d'attraper d'autres Dee McKeague.

Il se détourna pour murmurer quelque chose à un agent assis derrière lui, qui lui fit passer une Thermos de café. Harding remplit deux gobelets en carton.

— Mary était très appréciée de ses collègues. C'était la mascotte du service. Je regrette de ne pas l'avoir mieux connue. Elle m'avait beaucoup parlé de vous. J'ai cru comprendre que vous étiez très liés. Elle vous appelait « l'homme souterrain ». Vous vivez dans un sous-sol, menez vos enquêtes dans le sous-sol de Paddington Green. Vous êtes un original. C'est ce que Mary disait de vous. L'homme souterrain.

— Vous parliez souvent de moi, on dirait...

— Vous comptiez énormément pour elle. Au fait, quand cela a-t-il commencé entre vous ?

— Elle m'avait demandé conseil. « Le mari d'une de mes collègues a filé avec un type. » Moi, un homme, quelle attitude pouvais-je lui conseiller ? J'ai dit que le mariage était une entreprise à haut risque. Que je n'étais pas un spécialiste. Brusquement, elle a éclaté en sanglots. Évidemment, c'était d'elle qu'il s'agissait. Puis elle est venue vivre chez moi. C'est tout.

— Ça vous a plu, Lippitts Hill ?

— J'y ai beaucoup appris. Vous savez que nous tirions sur des cibles grandeur nature à des distances de quelques mètres ? Des dingues armés de haches. Des tueurs encagoulés. Je ne l'ai jamais vue aussi heureuse que là-bas. Nous avons partagé des instants privilégiés. Aujourd'hui, je ne comprends plus... Je me demande parfois si j'ai toujours un cœur.

Harding regarda par la vitre.

— Si vous voulez vider votre sac, ne vous gênez pas...

— C'est une perte terrible, terrible. J'aimerais avoir la chance, ne serait-ce qu'une fois, d'affronter son assassin, d'homme à homme, les yeux dans les yeux.

40

Harding se retourna vers lui.

– Je crois que vous hésiteriez une fraction de seconde de trop avant d'appuyer sur la détente...

A-t-il lu dans mon dossier?

Harding marqua une pause.

– Vous dites que vous voudriez affronter le tueur. Que feriez-vous alors?

– Si j'étais sûr que c'est l'assassin de Mary, je n'hésiterais pas.

– Même si le tueur est de votre génération? Plus intelligent que le public l'imagine. Nombre d'entre eux sont, comme vous, issus de la classe moyenne... Les parents ont trimé pour payer leurs études, et ils savent se servir d'une arme. Mais contrairement à vous, ils ne se demandent pas s'ils ont encore un cœur. Les individus dont je vous parle sont d'un fanatisme qui défie l'imagination. Des monstres froids.

Rosslyn se perdit dans la contemplation des kilomètres de paysage gris et blanc qui se fondait dans le noir, à l'approche du crépuscule.

Le pilote fit signe à Harding de fixer ses écouteurs.

– Atterrissage dans quinze minutes. Ne vous laissez pas bouffer par l'amertume.

Il tria le contenu de son attaché-case, tourna les pages d'une brochure. Rosslyn remarqua un rapport de la Commission parlementaire aux Affaires intérieures, intitulé: « Responsabilité des services de la Sûreté ».

Arrivé en vue d'un mât de signalisation, l'hélicoptère perdit de l'altitude et survola des baraquements à basse altitude. C'était l'héliport de la police de Londres qui, par une affreuse coïncidence, était situé à Lippitts Hill. Il se rappela que l'endroit avait été un camp de prisonniers allemands. L'austérité du lieu convenait plus à sa destination première qu'à un centre de formation. *C'est donc là qu'on s'est rencontrés?* Il se sentait pris dans un cercle enchanté. Était-ce le destin, Harding, le souvenir de Mary? Il ne savait pas.

Il s'éloigna de l'hélicoptère, les deux paquets sous son manteau. Les hélices de l'appareil projetaient des flocons dans ses yeux. C'est à peine s'il distinguait les lettres rouges luminescentes de l'écriteau : DANGER. DÉCOLLAGE D'HÉLICOPTÈRES. A.S.U. ZONE RÉSERVÉE AU PERSONNEL. Il réalisa qu'au cœur de la forêt d'Epping, non loin de Londres, le dégel commençait. Il détestait l'idée de rentrer seul à la maison.

4

Son appartement à Pimlico voyait rarement le jour.

Une cage d'escalier humide le séparait de la rue. La fenêtre en façade, placée en hauteur, était condamnée par de gros barreaux d'acier scellés dans la brique. Impossible de l'ouvrir de plus de quelques centimètres. Et pourtant, poussière et saleté réussissaient à s'infiltrer depuis la chaussée. Le propriétaire avait fait une vague tentative pour rénover son bien dans le goût high-tech des années 80. On avait peint les conduits du chauffage central en gris usine ; le sol avait été recouvert de dalles de linoléum. Quant aux rayonnages, ils auraient été plus à leur place dans un magasin de gros. Quelqu'un les avait peints en bleu, rouge et noir.

Avec les années, cette modernité agressive avait fait long feu : la peinture écaillée, les dalles fendillées et les couleurs criardes faisaient penser à un foyer pour déshérités. Rosslyn avait recouvert de tissu les étagères hideuses et dissimulé le repoussant revêtement sous des tapis marocains. On ne pouvait rien contre l'humidité envahissante. Ses lettres au propriétaire, un cabinet d'architectes réputé, étaient restées sans réponse, exception faite d'un avis truffé de fautes d'orthographe justifiant l'augmentation du loyer et accompagné d'une note priant le locataire de régler désormais son dû par virement, afin d'épargner au cabinet des « frais inutiles ». Mary l'avait encouragé à envoyer paître le proprio. Il aurait dû le faire de son vivant. Sans elle, il prenait l'appartement pour ce qu'il était : un trou.

Souvent, la nuit, il rêvait d'elle. Une fois, il la revit à Lambeth Bridge. Elle lui souriait, se détournait lentement et mar-

42

chait dans la neige en direction de Thames House. Il criait après elle. Mais elle ne se retournait pas. L'heure sonna à Big Ben, qui égrena coup après coup, dépassa les douze – et atteignit le vingt-neuvième. Son âge. Il se réveilla, certain d'avoir crié dans son sommeil.

Ce fut après ce cauchemar, à la faveur d'une insomnie aux petites heures du jour, qu'il décida d'affronter le contenu des paquets que lui avait remis la mère de Mary. Il les ouvrit délicatement dans la cuisine.

Elle avait gardé chaque lettre, chaque carte postale et petit mot qu'il lui avait écrits. Il fut surpris de voir qu'il avait écrit presque chaque jour, jusqu'à plusieurs fois dans une même journée. Elle avait conservé ses lettres par ordre chronologique sous de la Cellophane. En feuilletant ce courrier adressé aux bons soins du gérant d'un pub à proximité de Victoria Station, il eut l'impression de fouiller dans la vie d'un homme mort, sa propre vie, pas celle de Mary. Impression atroce.

Son journal était pire encore.

Il découvrit qu'elle avait évité de noter la date, en recourant à un code assez limpide : R pour le premier jour de leur rencontre, puis R + 1, et ainsi de suite jusqu'au jour de sa mort : R + 302 – presque dix mois, la durée de leur histoire d'amour. C'était un vrai rapport de police avec les heures, lieux, observations.

Il remonta à R + 14 – le jour où ils étaient devenus amants.

Peux pas souffrir de voir X ce matin, sachant qu'il a couché la nuit dernière avec Y. Ce qu'ils font au lit me dégoûte. X se ramène tout sourire, puant le whisky, à 2 heures du matin. « Je suis allé voir des copains, je n'aime pas avoir un fil à la patte. » Je lui dis : « Alors, pourquoi m'as-tu épousée ? » Il se marre comme un enfant gâté qui fait des cachotteries. « Je n'en sais rien. Peut-être parce que personne ne me l'avait encore demandé ? D'ailleurs, j'ignorais que j'étais pédé, pas vrai ? Ce n'est pas ma faute, Mary. Chacun sa croix. Si tu étais moins égoïste, tu m'aiderais à porter la mienne. » Il fait mine de m'embrasser sur la joue. J'ai horreur de ce parfum Yves Saint-Laurent. Je lance : « Ne me touche pas ! » et il a ce coup

d'œil suffisant, il recule et s'amuse à refermer la porte très lente-
ment jusqu'à ce que le pêne fasse « clic ». Je reste allongée un
long moment en pensant à R. Jamais je n'ai désiré un homme
aussi fort. Je ne veux pas rester dans mon lit. Je veux dormir
avec lui.

Me coucher auprès de son corps dur et sec de coureur de mara-
thon. Il a souvent dans ses yeux gris un air triste, lointain, qui
s'évanouit quand il sourit et s'anime, en bougeant ses belles mains
délicates. Parfois il sourit la bouche close, un sourcil relevé — un
sceptique fier de l'être. Il est de ces hommes qui embellissent avec
l'âge, parce qu'il est en paix avec lui-même, qu'il se fout de tout et
ne compte que sur ses propres forces.

Au matin, quelques heures plus tard, je me rends au bureau. Là,
je réalise que j'ai oublié d'emporter des vêtements de rechange.
J'irai chez R en uniforme. Je devrais peut-être lui téléphoner pour
lui demander si ça le dérange ? J'adore sa voix.

À midi, c'est lui qui m'appelle. Je commence par m'excuser de
mon étourderie. Est-ce qu'il m'en voudra si je viens en uni-
forme ? Il est si gentleman, sa voix est si chaleureuse, sexy, gaie,
que je me mets à pleurer comme une madeleine. « Écoute, pour-
quoi tu ne viendrais pas maintenant, en te faisant porter
malade ? Dis-moi ce qui ne va pas. » Je ne sais plus où j'en suis.
Je le croyais à son bureau. Mais non. Il a pris un jour de congé
pour faire le ménage chez lui et me préparer à dîner. « Je ne
peux pas partir. » Il me dit : « Fais comme tu veux. »
« D'accord, je viens. » Je dis à mon chef que j'ai des problèmes
de bonne femme, et me voilà.

Il a l'air nerveux à la porte. Il a prévu du saumon fumé et des
fraises. Il y a du champagne et même une bouteille de calvados,
j'adore.

Il habite un sous-sol.

Une tanière.

Je me porte volontaire pour faire le ménage, revoir cette déco
d'enfer, cacher les canalisations. On se croirait dans une chaufferie.
Il me demande si j'aimerais partir ce week-end, faire du tourisme.
Je dis que je ne connais ni l'Italie, ni l'Espagne, ni l'Allemagne. En
fait, je ne connais que Dieppe, j'y ai passé une nuit avec X.

« C'est oui ou c'est non ?

– C'est oui. »

Aux fraises, je lui parle de X et il écoute en silence. Je lui dis que je souffre d'être rejetée de tous.

Il dit que c'est faux. « J'ai envie de toi. »

Alors je dis : « Moi aussi, j'ai envie de toi. » Et puis je crois que j'ajoute une bêtise du genre : « Tu as déjà déshabillé un flic en tenue ?

– Et toi ?

– Non. C'est l'occasion ou jamais. »

Alors il m'emmène dans sa chambre. Je remarque qu'il a changé les draps. Il a tout prévu.

Il me déshabille. Je lui ôte ses vêtements. Il est d'une merveilleuse adresse. Ses doigts vont exactement où je veux.

Je veux lui plaire, alors je prends sa queue, qui est raide et très dure. Je la caresse. Elle est douce aussi.

Il me prend. Sa main descend en bas de ma colonne vertébrale. Jamais je n'ai mouillé autant.

Il crie son plaisir. Il a l'air grave, douloureux. Il y a de la gaieté dans ses yeux. De la sueur sur son visage. Je lui lèche les joues et me serre contre lui.

Plus tard, je lui demande où nous passerons ce week-end.

« C'est un secret. Un endroit que tu ne connais pas. »

Il s'endort.

Je suis dans un souterrain. Je fais l'école buissonnière avec l'homme souterrain. Endormi, il n'a rien d'impressionnant, on dirait un petit garçon. Repu et très content. Je veux lui dire que je l'adore. Mais si je lui foutais la trouille ? Il y a en lui une blessure secrète et je veux la panser.

Après :

1. Douche.

2. Il sort m'acheter une tenue pour passer la soirée. Il rentre.

3. Promenade à Hyde Park.

4. Champagne à Dorchester.

5. Dîner au Bibendum – quelle note ! Il faut que je sache d'où lui vient ce fric.

6. Champagne au Suquet. Enquête suivra.

7. Retour à l'appartement.
8. On fait l'amour.
9. Je lui dis : « Je t'aime. »
Et à ma grande surprise, enfin presque, il me dit la même chose.

Le journal de Mary exerçait sur lui une fascination ambiguë. Il le manipulait avec soin, comme un fétiche ; il lui arrivait même de le porter à son visage dans l'espoir de sentir des traces de son parfum. Mais choqué par un regain de douleur, il ne put continuer sa lecture. Il lui fallait se ménager.

Ses collègues de travail l'évitaient. Ses succès passés ne lui apportaient guère de consolation. Il se sentait enchaîné à son deuil. Était-il en train de devenir celui que Harding avait dépeint ? N'était-ce pas ainsi que Mary le voyait : *l'homme souterrain* ?

L'homme souterrain perdait les pédales.

– Consultez un médecin, lui conseilla Richard Gaynor, son supérieur direct. Je connais un psy.

Gaynor, c'était le type même du douanier de la vieille école, avec sa barbe de loup de mer – un lunatique dont l'humeur pouvait passer en un temps record du calme plat à l'orage. Il avait le don d'inspirer une sainte trouille aux suspects comme à ses subordonnés.

Rosslyn le regarda faire le tour de son bureau en ployant sa haute silhouette. Une baraque. Un capitaine sur le pont. Son langage était à la hauteur de sa passion pour les romans de Conrad, dont il collectionnait les premières éditions commandées sur catalogue à la Hawthorn Books, à Bristol. Son aïeule polonaise, une Korzeniowska, était – disait-on – cousine de l'écrivain. Il passait aussi pour un excellent danseur mondain – une compensation à son incapacité à satisfaire les dames sur d'autres plans. Tel était Gaynor, l'incorruptible Gaynor, qui agissait dans les règles et dont la nerveuse énergie trouvait un exutoire dans le travail. Debout à côté de son bureau, pieds écartés, il oscillait comme un joueur de golf concentré sur son prochain coup, les yeux fixés sur ses souliers vernis. Sa mallette plate et noire de franc-maçon était posée à côté de la corbeille à papier. On avait peine à imaginer le sceptique Gaynor avec un tablier, le pantalon roulé au-dessus du genou.

Lorsque Rosslyn éluda la suggestion de consulter un psychiatre, Gaynor passa à une attaque frontale.

— Bon, je vais vous parler franchement, en ami.

Les douaniers n'ont pas d'amis, songea Rosslyn.

— Je m'inquiète pour votre santé mentale, Alan. C'est pourquoi je ne vous ai pas surchargé de travail ces trois derniers mois. Importation et recel classe B, drogues douces, la routine, broutilles. Drogue à Farringdon, caisses en provenance du Nigeria. Rien de bien passionnant, hein? On ne vous a pas assommé de travail, pas vrai? Mais on doit aussi penser à vos collègues... Ça ne peut pas durer ainsi indéfiniment... (Sa voix se fit mordante.) Que diriez-vous de sortir des cordes pour boxer un adversaire à vos mesures?

— Quel adversaire?

— Pour l'amour du ciel, Alan, Dee McKeague! Tout le monde rêve de lui faire cracher le nom de ses petits copains. Et elle n'a pas encore craqué...

— Je ne comprends pas...

— C'est vous qui la ferez craquer. Vous reprenez du collier. À moins que vous ne préfériez laisser à d'autres le soin de lui montrer le mauvais côté de la justice? Bien entendu, même si vous échouez, il sera quand même porté à votre actif que c'est vous qui avez remonté la filière des armes et des explosifs jusqu'à sa foutue cachette...

Ça ne me concerne plus. McKeague sera jetée en pâture à Mlle Monro — ou à ses pareilles.

— Réfléchissez, Alan. Le CIO a fixé une réunion secrète pour le 25 mars. Au plus haut niveau, Alan. Vous y serez. (Sa voix était lourde de sarcasme.) Le deuxième étage, ici, aux douanes, Lower Thames Street... Pourquoi votre présence est-elle requise? Parce que vous êtes à l'origine de l'arrestation de McKeague. Et ressaisissez-vous, d'accord?

Que fallait-il répondre? Le grand patron le convoquait à une réunion secrète qui serait à coup sûr aussi superflue que les autres. On brasse de la paperasse à défaut d'agir vraiment,

47

comme de pincer un coupable – par exemple, le meurtrier de Mary.

Mais il préféra garder son opinion pour lui.

Le 25 mars, Rosslyn attendit dans le couloir qu'on le fît entrer dans la salle de réunion.

La machine à café lui délivra un breuvage fade et tiède. À côté de la machine, sur un fauteuil, il aperçut un exemplaire abandonné de *Portcullis*, le journal interne du bureau des douanes. Il s'attarda à la rubrique du courrier. Râleurs et ambitieux s'y retrouvaient à proportions égales. Un inspecteur « junior » avait fait de l'humour aux dépens du SIS. Ailleurs, un correspondant soumettait au rédacteur en chef des suggestions pour l'amélioration du panel d'avancement. La voix de la secrétaire l'interrompit dans sa lecture.

– Si vous voulez bien entrer, M. Rosslyn...

Il la suivit.

Le CIO, un grand type chauve à la figure rubiconde, assis à l'extrémité d'une longue table vernie, leva les yeux d'une pile de dossiers.

– Navré de vous avoir fait poireauter, mon vieil Alan...

D'ordinaire, le CIO menait les débats retranché derrière son bureau. Il aimait préserver une sorte de barrière entre lui et ses subalternes. Il commençait toujours par une remarque sur la Tamise et sur le *Belfast*, suivie de quelque commentaire sur le passé de ce bâtiment ; il se flattait de connaître l'histoire navale en général, et celle du *Belfast* en particulier. Pas cette fois, pourtant. Rosslyn remarqua dans sa voix une note de froideur et d'agacement qui ne lui ressemblait pas.

– Il se fait tard, déclara le CIO. Vous connaissez tout le monde, je crois, ajouta-t-il en désignant d'un geste vague l'assistance réunie autour de la table.

Rosslyn lança un coup d'œil à Gaynor, aux cinq responsables délégués aux enquêtes, ainsi qu'à quelques inconnus.

– À l'exception, bien sûr, des observateurs de la cellule des renseignements, du National Criminal Intelligence Service, de nos nouveaux amis du Met. Prenez place, Alan.

La voix était plus bourrue qu'à l'ordinaire. Le CIO semblait pressé d'en finir.

Rosslyn s'installa en bout de table, sur un siège de cuir vert, à une certaine distance des autres, comme pour un interrogatoire. Le vernis de la table réfléchissait la lumière du soleil, qui entrait par les hautes fenêtres donnant sur la Tamise.

– Nous réfléchissons à plusieurs propositions, Alan, en vue de soumettre un rapport secret à un groupe de travail de la cellule coordinatrice composée de gradés des services secrets de l'armée, de MI5 et des renseignements généraux. Nous devons expliquer comment, je cite, « des informations secrètes de grande valeur recueillies par les douanes serviront efficacement le combat contre le terrorisme ». Fermez les guillemets. Comme président de ce groupe de travail, on m'a demandé de prendre conseil auprès d'un inspecteur connaissant bien le terrain. Vous. (Le CIO desserra son nœud de cravate.) Lisez ceci. (Il remit une feuille de papier à la secrétaire, qui fit le tour de la table pour la donner à Rosslyn.) À la fin de notre pause-café, j'aimerais entendre votre opinion. Un café ?

– Merci.

Le document en question était un diagramme d'une complication effarante.

– Alors, Alan ?

– Vous voulez une réponse sincère ou polie ?

– Dites le fond de votre pensée.

Rosslyn réfléchit très vite : qu'attendait-on de lui ? Qu'il se charge du sale boulot ? *Est-ce qu'il veut que je dise ce que verrait le dernier des crétins : voici l'exemple type d'une dérive bureaucratique ? Pourquoi moi ? Ces types sont-ils dans le coup ?* Impossible de découvrir la vérité sur ces visages inexpressifs. Ces gars-là étaient des professionnels de la « réunionite ». Des spécialistes de l'attentisme. Pendant que d'autres allaient au charbon, ils coulaient des jours tranquilles, bien planqués dans leur bureau, jusqu'au jour où ils obtenaient une distinction proportionnée à leur grade. Ils ne lui inspiraient qu'un profond mépris. *Ce diagramme tient de la démence. Et où sont passées les douanes ? Et que fait le chancelier du duché de Lancaster dans tout ça ?* Il mourait

TOP SECRET

Premier ministre

Conseil des ministres

Cellule interministérielle – Défense et politique étrangère
(Renseignements, Sûreté, Défense et politique antiterrorisme)

| Premier ministre | min. des Aff. étran. | Chancelier | min. du Commerce | Garde des Sceaux | min. de la Défense nat. |

Cellule interministérielle – Services Secrets
(Services de renseignements et de la Sûreté, étude et bilan)

| Premier ministre | min. des Aff. étran. | min. de la Défense nat. | min. de l'Intérieur | Chancelier du duché de Lancaster |

Sous-cellule interministérielle – Terrorisme
(Planification activités antiterroristes, attaques terroristes, rapports à la cellule interministérielle – Défense et politique étrangère)

min. de l'Intérieur   min. des Aff. étran.   min. de la Défense
min. du Commerce   min. des Transports   secr. d'État pour l'Irlande du Nord
Garde des Sceaux   secr. d'État pour l'Écosse

min. de l'Intérieur   min. des Aff. étran.   min. de la Défense   Police

MI5 : Coordination des renseignements sur l'IRA en Grande-Bretagne & Irlande du Nord.

COBRA : Groupe d'intervention spéciale. Déploiement SAS.

MI6 : Coordination des renseignements à l'étranger. Actif contre l'IRA en République d'Irlande.

GCQG : Communications gouvernementales Q.G., Cheltenham. Renseignements satellites & radiodiffusion.

DIS : Renseignements défense militaire. Renseignements relatifs aux attaques de l'IRA contre des objectifs militaires.

AIC : Renseignements et Sécurité militaire. Opérations secrètes contre l'IRA en Irlande du Nord.

Coordination interservices
MI5, MI6, DIS, GCQG

RUC
Met. Section antiterroriste (SO 13)
Met. Renseignements généraux (SO 12)
Forces de police

Bureau des douanes, Division des enquêtes

d'envie de leur lancer : *Entre trente et quarante terroristes sont actuellement en action sur le territoire du Royaume-Uni. S'ils pouvaient vous voir, ces types se régaleraient. Et vous me demandez mon avis sur un organigramme ? En onze ans, plus de vingt attentats, des dizaines de tués, environ six cents mutilés et grands blessés, des dégâts qui se chiffrent en billions de livres. Pour combien de terroristes arrêtés ? Trois ! Trois malheureux « Paddy » dont aucun d'entre vous n'est fichu de se rappeler les noms.*

Aussi fut-il surpris de s'entendre déclarer calmement :

— Sauf votre respect, je ne vois pas en quoi je puis vous être utile... (Il avait abattu une basse carte. Il attendit. Ils le dévisageaient en silence.) Je ne comprends pas très bien où tout cela nous mène.

— Qu'est-ce que vous ne comprenez pas, Alan ?

— Je ne comprends pas (il désigna du doigt l'organigramme) à quoi sert ce document. Que signifie-t-il ?

— Il s'agit de tous ceux qui sont liés aux services secrets. Ce diagramme est comme un filtre, un conduit, une hiérarchie de responsabilités.

— Ne trouvez-vous pas que le conduit a tendance à s'encrasser, sauf votre respect ?

— Alan, c'est moi qui pose les questions. Est-ce votre opinion ?

— Une réaction de bon sens. N'importe qui à ma place dirait : « À quoi servent tous ces gars-là ? Qu'est-ce qu'ils font de leur journée ? »

Ici, l'un des observateurs anonymes fit observer :

— Vous êtes un homme d'expérience. Vous devez être au courant de l'organisation hiérarchique.

— Sans aucun doute.

— Vous semblez toutefois très critique...

— Pas vous ?

— Oui et non. Nous sommes engagés dans une guerre très complexe... De sorte que, bien entendu, les structures de commandement se laissent difficilement appréhender. J'aimerais savoir, avec votre permission, M. le président, ce qui autorise M. Rosslyn à parler avec une telle légèreté ? Il précède ses interventions de « sauf votre respect ». Je crois plutôt que M. Rosslyn n'éprouve aucun respect...

Rosslyn considéra le diagramme.

– Vous avez peut-être l'impression que j'éprouve davantage de respect pour les terroristes? Leur réussite. Leur habileté à échapper aux forces de police. La préparation des attentats. Leur efficacité. La façon dont ils s'assurent de la loyauté de leur propre camp, même aux États-Unis où leurs militants ont les mains libres. Combien parmi ceux qui figurent sur ce diagramme ont défendu notre cause à l'étranger? Très peu. Et sans grande efficacité, semble-t-il... Mon avis, c'est que si les renseignements secrets que nous détenons doivent passer à travers ce... *filtre*, ils vont devenir un enjeu dans la petite guerre intestine entre services, et alors tout aura été vain...

Soudain, ce fut un concert de protestations. Rosslyn leva les mains, feignant la surprise face à ce déchaînement d'hostilité.

– Puis-je faire une dernière remarque?

– Faites, dit le CIO.

– Ce diagramme est noté TOP SECRET. C'est peut-être ce qu'on pense à Whitehall. Le seul problème, c'est que son petit frère a déjà été publié dans le *Sunday Times*.

Il y eut un silence embarrassé.

– Merci, Alan.

Au même moment, le CIO fut interrompu par sa secrétaire qui s'était approchée sans se faire remarquer. Elle lui tendit une feuille de papier jaune. Le CIO lui accorda un rapide coup d'œil. Puis il se tourna vers Rosslyn.

– Sortons un moment, voulez-vous?

Dans le couloir, il lui parla de très près.

– Merci de votre franchise. Je n'aurais pas fait mieux. Mais je n'aurais pas fait allusion au *Sunday Times*. Ce n'est pas un journal très en vogue à Scotland Yard, ces jours-ci.

Il fourra le bout de papier dans la main de Rosslyn. Le message était bref : la prisonnière Dee McKeague demandait à lui parler, dès que possible, seule et dans une stricte intimité. Le commissaire de Paddington Green ferait procéder à l'enregistrement de l'interrogatoire, sauf si l'on jugeait qu'il devait demeurer confidentiel. M. Rosslyn pourrait emporter la cassette. « Il serait logique, concluait le commissaire avec une rare clairvoyance, que ce soit M. Rosslyn qui obtienne l'information offerte. »

D'après l'avis autorisé du commissaire, Dee McKeague s'apprêtait à révéler l'identité de l'assassin de Mary.

5

À Paddington Green, Rosslyn présenta sa carte d'identification au garde et fut conduit aux cellules souterraines.

Il fut surpris de voir Dee McKeague aussi changée depuis son arrestation. À l'expiration du délai de détention préventive, le juge avait ordonné qu'à défaut d'une place libre en quartier de haute sécurité, elle fût envoyée à Paddington Green. Les prisons britanniques étaient pleines à craquer.

McKeague était assise derrière une petite table, dans la salle confinée des interrogatoires. Ses mains enflées tremblaient. On aurait dit qu'un train lui était passé dessus. Il y avait du sang sur le survêtement blanc que la police lui avait donné. Comme le survêtement, les mules réglementaires étaient trop petites. Rosslyn nota les talons écrasés.

Il glissa une cassette dans le magnétophone fixé au mur.

— Paddington Green. Salle des interrogatoires. Présents : inspecteur Rosslyn, bureau des douanes. Deirdre McKeague. Pas d'avocat. Début de l'interrogatoire : 11 h 15, vendredi 25 mars.

Il lui tendit une cigarette et l'alluma pour elle.

— Il faut que vous compreniez que je suis douanier. Nous ne passons pas d'accord, McKeague. Vous en avez pour au moins quarante ans. Vous serez vieille, à la sortie...

— Vous êtes brutal, M. Rosslyn. (L'âpreté de l'accent de Belfast. Elle le lorgna de ses yeux bouffis.) J'ai un marché à vous proposer.

— C'est non, je viens de vous le dire.

– Dans ce cas, qu'est-ce que vous foutez ici?
– C'est vous qui avez demandé à me voir. Vous n'avez pas l'air de comprendre. Je lutte contre l'importation illégale d'armes et d'explosifs. Il est vrai que je suis qualifié pour mener des enquêtes et opérer des arrestations. Mais votre avocat a dû vous signaler que je n'étais pas autorisé à passer des accords.
– Je ne l'ai pas mis au courant.
– Pourquoi?
Elle se tassa sur son siège, l'air désemparé.
– Je ne vous entends pas très bien...
– J'ai dit : pas d'accord avec moi. Adressez-vous à la police ou aux services de la Sûreté.
– Vous plaisantez? Je n'ai pas confiance en eux.
– Et eux n'ont pas confiance en vous. Moi non plus.
– Mais nous pouvons passer un accord tous les deux.
– Écoutez-moi, McKeague. Vous avez été filée nuit et jour pendant des semaines. Vous avez introduit sur le territoire quarante kilos de Semtex. Assez pour supprimer des centaines de vies. Vous aviez dix Kalachnikov et leurs munitions. Bon Dieu! Vous aviez même un Smith & Wesson à la ceinture lors de votre arrestation. Je ne peux rien pour vous. Vous en prendrez pour quarante ans.
– On m'a piégée.
La vieille excuse. C'était toujours la faute d'un autre. Le moment était venu de la remettre à sa place.
– Dans ce cas, pourquoi ne pas l'avoir dit avant? La section antiterroriste était là. SO 13 vous aurait écoutée. Vous pouviez demander à leur parler à tout moment. D'ailleurs, vous aurez tout loisir de vous plaindre au procès. Soyons juste : vous avez été bien amochée.
Il lui désigna le gobelet de café sur la table.
– Buvez.
Elle porta avec peine le gobelet à ses lèvres tuméfiées.
– Qui vous a fait ça?
– À votre avis?
– C'est moi qui pose les questions.
– La police. Vos amis, les sadiques de la Sûreté. Les gros

salopards. On devrait informer les gens de ce qui se passe en taule.

– Vous pouvez porter plainte.

– Ça servirait à quoi ?

L'une de ses mains se crispait convulsivement, comme une patte d'oiseau cassée. Il connaissait les gens de son espèce : assassins et menteurs professionnels formés depuis l'enfance au terrorisme en Irlande ou au Moyen-Orient, des maîtres dans l'art de la dissimulation. McKeague n'était pas une exception. Sauf qu'il n'avait jamais vu un prisonnier aussi sauvagement battu. Pourtant, il doutait qu'elle fût disposée à révéler l'identité de ses complices. Encore moins celle de l'assassin de Mary. Rares étaient ceux qui vendaient leurs camarades. Ceux qui s'y risquaient s'exposaient à d'atroces représailles de la part de codétenus dans les quartiers de haute sécurité. Des mains invisibles maniaient la lame de rasoir, le tournevis aiguisé, ou égorgeaient au fil de fer tranchant. Démasqués, les mouchards étaient tôt ou tard retrouvés baignant dans leur sang en guise d'avertissement. Certains, incapables de supporter l'idée d'être exécutés par leurs pairs, se suicidaient. Très peu craquaient jusqu'à lâcher à mi-voix des noms aux agents de la Sûreté qui traquaient chez les prisonniers la moindre défaillance.

McKeague tremblait toujours.

– J'ai des choses à dire sur MI5.

– Je refuse de discuter d'une affaire en cours.

– Je ne vous demande rien. Je vous file un tuyau. MI5 a planqué des explosifs chez moi. Du gros calibre.

– Foutaises.

– Écoutez-moi. Ils ont apporté le matériel quand ils sont venus m'arrêter.

– Quel matériel ?

– Un engin fabriqué à Dresde ou Bruxelles... Un truc très perfectionné.

– Et ils l'ont planqué chez vous, à côté du Semtex et des Kalachnikov... ? Ils n'avaient pas besoin de ça. Les preuves étaient accablantes !

– Après, ils l'ont remporté.
Il hocha la tête.
– Vous êtes en train de me dire qu'ils avaient l'engin quand ils vous ont appréhendée?
– Oui.
– Ils l'ont planqué chez vous.
– Oui. Avec les armes.
– Puis ils l'ont fait disparaître.
Il y eut un bref silence.
– C'est la vérité...
– Pourquoi auraient-ils fait ça?
– Posez-vous la question.
– C'est ce que je fais, McKeague. Et je n'ai pas de réponse... Et vous?
– Si.
– Laquelle?
– Ils cherchent une bonne raison d'avoir une très grosse bombe. Réfléchissez. Creusez-vous les méninges, M. Rosslyn. Ils veulent se faire mousser, faire mieux que la section anti-terroriste, mieux que les douanes. Ils planquent des pièces à conviction. Ils font exploser du petit explosif, vu? Beaucoup de bruit. Pas de victimes. Puis ils sortent une affaire comme la mienne. Du tout cuit. Tout le monde pense : « Ces gars-là font un super-boulot. » Si je prends le maximum pour recel, qu'est-ce que je risque? Sept ans? Il y a une sacrée différence entre sept et quarante ans sans sursis.
Elle fit un effort pour lever les mains.
– À quoi jouent-ils? Vous le savez bien. Ils sont au bout du rouleau. Comme la police. Comme vous. Vous, les Anglais, vous vous tirez tous dans les pattes. Vous nous prenez pour de la merde. Voilà pourquoi vous êtes prêts à toutes les saloperies. Vous êtes nuls. Vous serez toujours nuls. Vous êtes engagés dans une sale guerre que vous ne pouvez pas gagner. La grande différence entre vous et moi, c'est que je suis ici. Vous pouvez partir. Rien ne vous oblige à m'écouter. Mais moi je dois vous écouter. Et je dois me laisser massacrer par ces salauds, et personne ne veut le savoir. Même pas vous. Parce que vous ne voulez pas savoir que vos amis sont des ordures. Pas vrai?

56

Rosslyn la vit effleurer une trace de sang à son oreille abîmée. Elle semblait possédée d'un courage infernal. Il y avait certainement du vrai dans ses élucubrations. Il n'y avait qu'à voir l'absurde organigramme.

— Si vous voulez que je vous croie, donnez-moi des noms.

Elle soupesa la question. Puis, comme on fait un serment, elle déclara :

— Vous en aurez un... Une bombe va exploser dans un jour ou deux. Du très gros calibre. Dans le nord de Londres, si ça vous intéresse. Donnez-moi une autre cigarette.

Il l'alluma pour elle.

— Il y a quelques semaines, on m'a contactée pour un contrat. 250 000 livres pour éliminer deux agents de MI5.

— Qui vous a contactée?

— Sans commentaire.

— Pour qui travaillait cette personne? Je veux un nom...

— Je crois qu'ils opéraient pour leur compte. Cette personne m'a dit qu'il y avait 250 000 livres pour moi. On me procurait la bombe. Je m'informe de la fabrication. La même que celle qui a été planquée chez moi. Je dis : « Ça ne m'intéresse pas. Bonjour chez vous. » Et vous savez pourquoi? Parce que j'ai flairé la combine. Ils ont dû se dire qu'ils avaient trouvé une grosse Irlandaise assez conne pour se mettre dans la merde rien que pour du fric. Eh bien, ils se sont trompés. J'en connais un rayon sur la question. Vous savez quand ça a fait tilt? (Elle leva ses doigts boudinés devant son visage meurtri.) C'est quand ils m'ont fait ça. J'ai compris que j'avais été abordée par quelqu'un de MI5, quelqu'un qui savait que j'étais filée. Ils voulaient me faire faire leur sale travail à leur place. Je serais seule à porter le chapeau. Je me suis dit : « Non merci, Dee McKeague. »

Rosslyn la considéra avec un demi-sourire. *Allons, McKeague, j'attends.*

Elle lui rendit son sourire, comme pour répondre : *Le moment est venu. Je te sers un nom sur un plateau. Mais fais-moi d'abord une offre. Tu en auras pour ton argent.*

Rosslyn réfléchit : *Qu'est-ce que tu offres, toi? Une histoire à dormir debout sur une prétendue conspiration impliquant MI5? Ou la seule chose qui m'intéresse : le nom de l'assassin de Mary?*

Ils restaient là, à se fixer sans mot dire, avec des sourires figés de joueurs d'échecs. Rosslyn patienta. Laisser le silence s'éterniser était un vieux truc d'enquêteur, qui marchait à tout coup avec un *looser. Allons, ton masque craque.*

Les sourcils froncés, elle baissa les yeux sur ses ongles. Elle prit une profonde inspiration.

– Je peux vous donner un nom.

Tu craques.

– Ça ne suffit pas.

– Une adresse, alors.

– Vous voulez me faire croire qu'ils vous ont donné une adresse?

– Je les avais suivis...

– Un nom, une adresse. Ça ne fait pas le compte, McKeague.

– Bon sang, M. Rosslyn, qu'est-ce qu'il vous faut encore?

– Le nom de l'assassin de Mary.

– D'accord. Je peux aussi vous le donner.

– QUI EST-CE?

– Le même individu qui va utiliser l'engin dont je vous ai parlé pour le prochain attentat. Réfléchissez, M. Rosslyn... Vous voulez le nom du meurtrier. Il s'agit d'un professionnel. Quelqu'un qui aime son job, qui prend un pied gigantesque...

Elle parlait plus vite, sous une poussée d'adrénaline, ses souffrances physiques oubliées.

– Un individu spécialisé dans les cibles délicates. Vous vous rappelez la liste? Le Grand Hôtel de Brighton, en 84. Le Carlton Club en juin 90. L'assassinat de Ian Gow, le mois suivant. L'ancien gouverneur de Gibraltar mitraillé au fusil d'assaut AK-47, en septembre 90. Il avait déclaré : « Nous ne transigerons jamais avec ces gens-là. » Ce jour-là, il avait signé son arrêt de mort. Oubliés Manchester, Warrington, et la Cité de Londres. Les cinq attaques au mortier contre Heathrow. Plus fort que l'attaque au mortier de Downing Street. Pensez au bordel monstre, terminal 1. Le jour même où vos enfoirés de députés votaient la prorogation de la loi antiterroriste. La veille de la conférence anglo-irlandaise.

– Allons, McKeague, nous perdons du temps. Revenons à l'attentat de Thames House.

– La femme flic ?

– J'attends, McKeague.

– ... Un peu plus, et il y avait plus d'un millier de morts. Un résultat pareil demande des qualifications. Pas à la portée du vétéran de l'IRA. Je parle d'une nouvelle race. Beaucoup d'argent. Les meilleurs explosifs. Du grand spectacle. La mort à grande échelle. Vous n'avez encore rien vu, M. Rosslyn. (Elle marqua un temps d'arrêt.) Vous êtes fixé ? Rappelez-vous, en dix ans, quels ont été vos résultats ? Trois inculpations. Alors, qui est le gagnant ? Vous le savez mieux que moi. Si j'étais vous, je réfléchirais à notre accord.

– Il n'y a pas d'accord qui tienne.

– Même avec quelqu'un qui serait prêt à coopérer sincèrement ? On n'a pas besoin l'un de l'autre, nous deux ? Vous savez, quand j'ai parlé de cette Walker, j'ai cru voir le bout... Vous avez flanché. Écoutez, M. Rosslyn, si j'ai raison, ce n'est pas moi qui en prendrai pour quarante ans. Les pourris de MI5, ils en prendront pour plus que ça.

Rosslyn la regardait sans bouger.

– Voilà ce que je vous propose, McKeague. Je vais réfléchir pendant quelques jours, peut-être que je parlerai à quelqu'un... Je verrai ce que je peux faire.

– Vous réalisez le risque que je cours ? La peine maximum sans recours ?

– C'est votre problème.

Isolée dans un quartier de haute sécurité. Jusqu'à la saint-glinglin.

– Et si je sors ?

– Si nous faisons un marché, vous recommencerez une nouvelle vie. Au Canada ou en Nouvelle-Zélande. Sous une autre identité, grâce à la chirurgie plastique. Le truc habituel. Plus vous nous aiderez, plus nous vous aiderons. (*MI5 ne croira pas un mot de tes conneries.*) Sauf si vous nous avez menti à propos du prochain attentat.

– Vous croyez que je mens ?

– Oui.

– Pourquoi vous ferais-je perdre votre temps ?

– C'est à vous de répondre à cette question.

– Mais si vous tardez trop et que la bombe explose, M. Rosslyn, il y aura encore des morts et des blessés, y compris deux agents de MI5. Vous ne pourrez vous en prendre qu'à vous-même.

– Dans ce cas, pourquoi ne pas me dire tout de suite qui est derrière tout ça ?

– Pas si bête !

– Vous n'avez pas confiance ? Vous ne croyez pas que je vais revenir avec notre accord ?

– Non. Parce que vous n'aurez plus besoin de moi.

– Écoutez, McKeague, je ne vous ai jamais rien demandé.

– Mais vous avez le devoir de m'écouter.

Rosslyn se leva.

– Que ce soit clair entre nous : je n'ai pas de leçon de morale à recevoir de vous.

– M. Rosslyn, avec le respect que je vous dois...

– Votre respect, je m'en fous.

Par le judas, il fit signe à l'agent de venir chercher la détenue pour la ramener à sa cellule. Il s'approcha du micro : « Fin de l'interrogatoire, midi moins cinq. »

Il retira la cassette et l'emporta.

6

La confusion qui régnait dans les rues le contraignit à faire un détour pour rentrer au bureau.

Une nouvelle alerte à la bombe bloquait la voie aérienne près du commissariat de Paddington Green. Plus loin, à Marylebone, une explosion causée par une fuite de gaz avait provoqué l'effondrement de toute une aile d'un hôtel particulier 1900.

Ailleurs, on interpella un individu dans les jardins de Kensington Palace. L'énergumène, presque entièrement nu, déclara qu'il s'appelait Moïse Moïse, et qu'il avait été envoyé par le Tout-Puissant pour châtier les dévergondages de la famille royale. La police flanqua le fou furieux dans une camionnette bleue et le conduisit sous escorte motorisée dans un asile psychiatrique, au nord de Londres. C'est ainsi que Moïse réussit à bloquer les principales voies d'accès à Royal Borough.

À l'est, des colis suspects furent signalés devant les gares de Charing Cross et Liverpool Street. On les évacua et des touristes furieux se répandirent dans les rues en pestant.

Rosslyn suivit ces événements depuis sa voiture grâce à sa radio à ondes courtes.

Il était pris dans les embouteillages de la voie sur berge, quand son instinct lui souffla que McKeague était là pour noyer le poisson. Une embrouilleuse. Bon, certaines de ses théories étaient à moitié vraies, à propos des dissensions entre les services affectés au contre-terrorisme. Pour preuve de cet échec et de la frustration qui en résultait : les sévices que les enquêteurs avaient infligés à la prisonnière. Et les ramifications byzantines de l'organigramme que le CIO lui avait présenté.

Et *quid* de sa prédiction d'un prochain attentat à la bombe ? Son évocation d'un terrorisme d'un nouveau type derrière le meurtre de Mary ? Eh bien, pour la bombe, la prédiction avait toutes les chances d'être vraie. Voilà des années que Londres vit sous la menace des bombes. Regardez dans les yeux des agents de la circulation, vous y lirez la peur et la méfiance. Tout le monde sait que Londres est pris dans l'étau des poseurs de bombes. Soyons philosophes. Rosslyn n'allait pas téléphoner à Scotland Yard pour leur dire : « Alerte, tenez-vous prêts. » La théorie d'une nouvelle race de terroristes tenait plus de l'affabulation. Non. McKeague bluffait.

Lorsque Gaynor eut fini d'écouter la cassette, Rosslyn lui demanda :

– Vous la croyez ?

– Elle est pourrie jusqu'à la moelle. Il serait dangereux de lui faire une fleur. Cet engin qui proviendrait de Dresde, de

Bruxelles, de Tchécoslovaquie ou d'ailleurs, et qu'on aurait déposé dans son jardin? Ça ne vous aurait pas échappé, Alan, pas vrai? Le CIO n'aimerait pas ça. Ça pourrait passer pour une tentative de discrédit.

Bon sang, il me prend pour un bleu.

– Évidemment, je n'ai pas vu la bombe. Mais la nouvelle race de terroristes, vous y croyez?

– Elle n'est pas fichue de nous donner un nom, alors ses grandes théories...! Il n'y a pas de nouvelle race. Quelle preuve a-t-elle? Un terroriste reste un terroriste. Elle est timbrée si elle croit que MI5 a voulu la piéger. Elle a l'air aussi allumée que ce fou de Moïse. (Il rit.) Vous êtes au courant?

– Oui. Mais McKeague... J'aimerais savoir pourquoi elle a demandé à me parler en tête à tête.

– Parce qu'elle a lu la presse. Pas besoin d'être très malin pour comprendre qu'elle est passible de plusieurs chefs d'inculpation. Tant qu'à faire, elle a plus de chances en traitant avec nous. À sa place, j'en ferais autant. (Il lui tendit la cassette par-dessus le bureau.) Je ne vois là, à mon sens, rien qui permette d'espérer des renseignements de grande valeur. Cela prouve tout simplement qu'elle souffre d'une psychose para-noïaque aggravée. Vous l'avez entendue? Elle est bouffie d'orgueil. Elle se prend pour une héroïne. (Il souleva sa grande carcasse de sa chaise. Son costume sombre et fripé tranchait sur la chemise impeccable et la cravate noire.) Nous transmettons l'affaire à SO 13. Qu'ils s'occupent de la paranoïa de McKeague. Croyez-moi, elle se fait des idées.

– Vous ne voulez pas que je la revoie?

Gaynor manipula le Rapport annuel de la division des enquêtes.

– SO 13 mettra de l'ordre dans tout ça. Elle risque d'avoir plus de problèmes avec MI5.

– Je m'en doute. Quelqu'un l'a déjà bien tabassée.

– Ça ne nous regarde pas. Elle est comme les autres. Elle n'a que ce qu'elle mérite. Vous avez très bien fait, Alan. Tout le monde est d'accord. (Il tendit à Alan le premier jet de son rap-port à la cellule coordinatrice.) Lisez. J'aimerais savoir ce que vous en pensez. Et de grâce, plus de sortie comme ce matin. Pour l'amour du ciel, pensez à votre retraite !

Il tripota sa barbe. Puis, comme à regret, ajouta d'un air sinistre :

– Il faut toujours voir le bon côté des choses.

Voir le bon côté des choses semblait presque une insulte à la mémoire de Mary. Plus que jamais, Rosslyn rêvait de fixer son assassin dans les yeux. Pourtant, plus il y réfléchissait, plus il se demandait s'il aurait jamais la chance de percer le mystère qui entourait son ennemi.

Une fois dans son bureau, il rédigea quelque notes marginales sur l'ébauche de rapport. Les bureaucrates des services secrets continueraient à mener entre eux des guerres ubuesques au mépris de l'efficacité... Rien de ce qu'il dirait ne convaincrait jamais personne de la nécessité de réformes pour mettre un terme à la pagaille. Sa désillusion virait au dégoût.

Il considéra les pépites d'informations que McKeague lui avait vaguement promises. Il n'aimait pas l'idée que MI5 eût pu vouloir la piéger. De fait, il leur aurait été facile de placer un engin dans la maison au moment de l'arrestation. Mais dans quel but ?

Il comprenait fort bien qu'elle recherchât des mesures de clémence. C'était logique. Elle devait savoir que les douaniers avaient la réputation de mener des interrogatoires sans violence. L'idée d'un marché se tenait. Le cauchemar de quarante ans en prison était assez tangible. On ne pouvait pas lui reprocher d'essayer.

Puis il réfléchit à son annonce d'un prochain attentat. Souvent, ces gens-là tâchaient de s'insinuer dans les bonnes grâces de leur geôlier afin de gagner du temps et d'égarer la police.

En revanche, l'idée qu'elle se serait vu proposer 250 000 livres par un inconnu pour liquider deux agents de MI5 avait tout de l'élucubration d'un cerveau criminel.

À l'heure du déjeuner, à la cantine, il retourna la question dans sa tête, les yeux fixés sur ses notes manuscrites, tandis que ses collègues s'absorbaient silencieusement dans les mots croisés du *Times* et du *Telegraph*. Il se mit à la place de la fille. Lui aussi aurait décliné le contrat, aussi grassement payé fût-il. Ça sentait par trop le coup fourré.

Il envisagea le problème autrement. Elle avait offert, pour le moment sans donner suite, le nom du tueur de Mary. La gravité de ses blessures prouvait que ses tortionnaires la croyaient détentrice de renseignements de tout premier ordre. Sinon, ils ne l'auraient pas harcelée avec une telle brutalité. Mais finirait-elle par se dégonfler? Selon toute probabilité, non. Elle avait dû franchir un seuil élevé de souffrance; l'instant où elle aurait pu donner le nom du tueur était passé.

Il consacra tout son après-midi à parcourir les dossiers secrets interservices. Les rapports ne lui apprirent rien de nouveau; ses pages de notes lui rappelaient qu'il n'avait plus qu'à attendre passivement que la bombe explosât quelque part dans le nord de Londres. Ou pas. C'était le seul élément d'information qui, s'il se confirmait, permettrait de conclure au sérieux de l'offre de McKeague.

Les forces antiterroristes devaient attendre, elles aussi, cette explosion.

PRINTEMPS

Ce sont les succès de l'IRA qui démoralisent les
Anglais et discréditent leur cause.

IRA, *Code de conduite, Le Livre vert*

Sur la structure en acier de Thames House est plaquée une façade en pierre de Portland sur un sou-
bassement en granite gris poli. Les toitures à pente
raide sont recouvertes de carreaux de faïence. Le
grand porche qui enjambe Page Street relie les ailes
nord et sud au niveau des troisième et quatrième
étages, et la frise présente des bas-reliefs figurant les
armes de Westminster, de Londres et du port de
Londres. La clef de voûte porte gravée dans la
pierre une déclaration de justice.

Architectural Review, novembre 1931

Prolifération
Depuis la guerre du Golfe, les gouvernements occi-
dentaux s'inquiètent de la prolifération des armes
de destruction massive, tant nucléaire que chimique
et bactériologique. La technologie et le savoir-faire
sont fournis par l'Ouest, souvent par des agents de
l'étranger agissant dans l'illégalité. Le service
s'efforce désormais de réduire les fuites de technologie spécialisée du Royaume-Uni, et les techniques traditionnelles du contre-espionnage ont été
adaptées pour faire face à ce nouveau problème.

Le Service de Sûreté, Londres, juillet 1993

65

7

Le samedi 26 mars, à 7 h 45, une inconnue déguisée en employée de la poste se présenta devant un hôtel particulier 1900, à Kensington Court. À l'entrée, elle s'arrêta pour enfiler une paire de fins gants transparents, de ceux qu'utilisent les dentistes.

Les portes du sas n'étaient pas fermées à clé. Elle savait que la gardienne s'absentait chaque matin à la même heure, pour promener un épagneul et un caniche appartenant à deux résidantes âgées. Elle savait aussi que, le samedi, le véritable facteur passait tard dans la matinée, et que le tableau des livraisons n'était pas à jour.

Mince silhouette qui n'accusait pas trente ans, elle traversa le hall en marbre sans se faire remarquer et atteignit l'ascenseur à côté de l'escalier.

Tandis que la nacelle avalait lentement les étages, elle déposa sa sacoche. Là étaient ses instruments de travail : ruban adhésif de qualité industrielle, un Smith & Wesson Mark 10 chargé, et un bas de nylon noir.

L'ascenseur stoppa au dernier étage avec un soupir. Comme prévu, il y avait bien un renfoncement au bout du sombre corridor et un grand débarras qui n'était pas fermé à clé. Elle se fit une place parmi les balais, les brosses, les flacons de détergent et l'aspirateur. Il lui restait dix minutes à attendre, dans le noir, l'arrivée de la femme de ménage philippine qui venait prendre son service chez Bryan Terence Wesley, vice-directeur du personnel de MI5.

Anna McKeague, sœur de Dee McKeague, la détenue de Paddington Green, s'apprêtait à frapper un second coup au cœur de MI5 : en ouverture d'une nuit à grand spectacle.

Elle avait le profil idéal pour cette mission. Elle était née à Andersonstown, à l'ouest de Belfast, dans l'une de ces ruelles misérables qui s'allongent à l'ombre de la Montagne Noire, et la duplicité courait dans son sang depuis des générations. Son grand-oncle paternel avait été un membre éminent de l'IRA à l'époque héroïque. Un oncle maternel avait fait du syndicalisme. Le père d'Anna, quant à lui, s'était gardé de faire de la politique tout au long d'une vie de labeur harassant sur le chantier naval de Belfast ; ses positions, bien qu'extrémistes, manquaient de crédibilité, car elles étaient exprimées dans les brumes de l'alcool et avec une violence verbale qui n'avait d'égale que la violence physique dont sa famille faisait les frais.

Les deux petites filles avaient grandi dans un climat de brutalité tant domestique que politique. La haine les avait nourries, quand bien même les gènes de l'activisme avaient sauté une génération. Adultes, elles étaient désormais habitées par la haine, comme d'autres le sont par l'amour.

L'aînée, Anna, la plus réfléchie des deux, obtint une bourse pour entrer à la Queen's University de Belfast. Elle assista de loin aux manifestations étudiantes, tombant parfois victime des coups de poing et de matraque du RUC. Tandis que Dee passait ses journées comme contrôleur des entrepôts sur ce même chantier naval où leur père trimait et se soûlait, Anna étudiait son droit. La nuit, les deux sœurs participaient à des actions violentes, l'œil fièrement rivé sur le bilan des victimes. Tuer était un mode de vie, une drogue. Anna, qui avait pris garde à ne jamais montrer son visage, rejoignit l'Armée de libération nationale irlandaise, la branche armée jusqu'au-boutiste des forces républicaines. Puis sa vie prit un nouveau tournant, inauguré par son attentat contre sir Peter Terry, ex-gouverneur de Gibraltar.

L'arme du crime, une Kalachnikov AK-47, le fusil d'assaut de l'armée de terre soviétique, avait permis à une équipe d'agents secrets de remonter jusqu'à elle. Son nom fut transmis à un agent du RUC. Au lieu de l'arrêter, cet homme, accompagné d'une femme de MI5, lui fit une proposition dans un bar de Glasgow. « Restez où vous êtes. Ne cherchez pas à nous contacter, attendez nos instructions. »

Quelques semaines plus tard, sous le nom d'emprunt de van de Werff, munie d'un passeport neuf, de deux comptes en banque à Bâle et à Milan, l'étudiante de troisième cycle se lançait dans une carrière de mercenaire. Pour les vétérans de l'IRA, elle demeurait une héroïne : la tueuse aux nerfs d'acier. Pour son contact britannique, elle représentait un très précieux investissement à long terme. Elle tuait de sang-froid, sur commande, avec méthode et efficacité, sans laisser de trace. Le contrat honoré, elle encaissait une coquette somme, quoique rarement aussi ronde que celle qu'on lui avait promise pour cette nouvelle mission. L'argent était dans le coffre-fort de Wesley, derrière le placard où elle patientait dans le noir.

Un peu avant l'arrivée de la femme de ménage, elle enfonça le bas sur sa tête chauve. Puis elle ôta la sécurité du Smith & Wesson.

À 7 h 55, elle entendit les portes de l'ascenseur et des bruits de pas dans le couloir. La porte du placard s'ouvrit en grand ; les yeux et la bouche de la pauvre femme aussi.

Les gants d'Anna McKeague couinèrent. Elle fourra le canon du Smith & Wesson dans la bouche de la Philippine puis lui tordit le bras gauche dans le dos.

– Les clés.

Anna McKeague tourna la clé dans les deux serrures Banham de la porte en acier.

À l'intérieur, conformément à ses informations, tout était en ordre. Du fond de l'appartement, on entendait la voix du chroniqueur de BBC 4.

Elle força la Philippine à s'agenouiller, lui ôta l'arme de la bouche ; puis, le genou contre sa nuque, elle lui fit toucher le tapis du front et commença à la ficeler avec le ruban adhésif en lui laissant un interstice sous le nez pour lui permettre de respirer. Une fois sa victime immobilisée, elle traversa l'appartement en direction de la pièce d'eau où Wesley prenait un bain.

Pendant une poignée de secondes, il dévisagea l'inconnue, pétrifié de terreur. Ses yeux cillèrent, passant de la tenue réglementaire de facteur, bien trop grande pour elle, à la sacoche; puis à la figure aux traits comprimés, hideusement aplatis sous le masque; et enfin au Smith & Wesson braqué sur sa tête. Il eut un sourire jaune, comme si c'était une farce.

— Debout!

L'accent irlandais lui fit passer son sourire. Il faillit s'étouffer.

— Qu'est-ce que vous voulez?

Un peu de salive écuma entre les lèvres déformées.

— Debout, répéta-t-elle, en élevant la voix.

Wesley agrippa le rebord de la baignoire. L'eau éclaboussa le sol. Il eut peine à se relever sans perdre l'équilibre.

— Mains en l'air.

Il obéit, comme cramponné à une barre invisible.

— Sors de là.

Il réussit à poser un pied par terre sans se casser la figure.

— L'autre pied. Les mains toujours en l'air.

Il glissa, sa rotule butant contre le rebord émaillé de la baignoire.

— Que voulez-vous?

Elle ignora la question.

Il fixa son arme; puis allongea le bras en direction du porte-serviettes près du miroir.

— Ne touche pas à ça.

Il baissa les mains pour dissimuler ses parties.

— Obéis ou je t'éclate la tête. (Sa voix était d'un calme ahurissant.) Va dans la chambre.

À son chevet, sa radio continuait à claironner la suite des actualités. Il tâcha de dominer le tremblement de ses bras.

— Continue. Va dans le couloir.

— Qui êtes-vous? Que voulez-vous?

— Stop! On ne bouge plus.

70

– Vous voulez de l'argent?

Pour toute réponse, elle lui enfonça l'arme dans le dos. Ses muscles se crispèrent.

– Tu vas entrer dans la salle à manger. Les mains en l'air. Plus haut. (On eût dit un steward expliquant la procédure à suivre en cas d'atterrissage en catastrophe.) Ne touche à rien. Prends ton temps. Tu marches jusqu'au coffre-fort. Quand je te dis de t'arrêter, tu t'arrêtes. Tu fais exactement comme je te dis. Compris?

– Compris.

– Une fois devant le coffre-fort, tu seras tenté d'appuyer sur le bouton d'alarme. Ou d'alerter les renseignements généraux, l'unité de protection du personnel de MI5... Mais tu ne le feras pas. Essaye seulement de toucher quelque chose sans ma permission, et tu es un homme mort. Tu sens mon arme?

Il ne répondit pas.

– J'ai dit : Tu sens mon arme?

– Oui.

– Alors, pas de bêtise.

– Vous faites une grave erreur. Je ne suis pas de la Sûreté.

D'un geste vif, elle lui agita sous le nez un rapport à couverture bleue : *Responsabilité du service de la Sûreté.*

– Et maintenant, en avant! Doucement...

– Ma femme va rentrer d'un moment à l'autre.

– Ta femme, je m'en fous.

Il eut la vision de son corps humide et nu, reflété dans un miroir, à côté d'un porte-parapluies art déco. Les yeux déformés de l'inconnue le fixaient par-dessus son épaule.

– J'ai une crampe au bras. Oh, merde!

– Appuie-toi au mur. Juste le bout des doigts.

– Si on discutait...? Je n'ai pas de coffre...

– Ah oui? Je vais te dire ce qu'il y a dans ton coffre. Deux cent mille livres *cash*. De grosses coupures en deutsche marks et francs suisses.

Dans le salon de réception, il aperçut la femme de ménage, face à terre, ligotée avec du ruban adhésif.

– Vous savez ce que vous risquez?

71

— Et comment! Et toi, tu sais ce que tu risques en piquant le fric des contribuables? Regarde la situation en face, Wesley. Pour toi, c'est la prison à vie, si ça se sait. Alors, nous allons faire équipe, toi et moi.

Il contourna avec précaution la femme étendue et le divan profond recouvert d'un plaid victorien. Sa cuisse heurta l'angle d'une table Régence qui croulait sous une pile de vieux numéros de *Wisden*.

— Stop. Avance vers le mur. Arrête-toi devant la photo. On ne bouge plus.

Il était devant une photographie encadrée. Le jeune Wesley, fraîchement diplômé, posait en belle toge d'étudiant avec sa maman. Maman portait un chapeau, un bibi en paille orné d'un petit bouquet de fausses cerises. Le jeune Wesley souriait de toutes ses dents au Wesley vieillissant : nu comme un ver, un revolver dans les côtes.

— Les pieds contre le mur. Touche la photo du bout des doigts. Fais-la pivoter vers toi.

Ses doigts firent jouer le cadran. Comme une petite porte, la photo s'ouvrit en pivotant sur deux mini-charnières. Derrière, scellé soigneusement dans le mur, se trouvait un petit tableau numéroté de 1 à 10, comme sur une calculette. Ce raffinement de précautions était bien dans le style de Wesley. L'homme ne laissait rien au hasard. La sécurité, c'était sa vocation. Il croyait en elle comme il croyait en la Reine, en l'Ordre et la Justice, et dans le glorieux empire britannique. Tant pis si l'Empire avait été quelque peu égratigné depuis son enfance. Wesley était de la vieille école. Les secrets ne couraient aucun risque dans son cerveau borné.

— Compose la date anniversaire de ta femme. Six chiffres. Et si tes doigts dérapent, même une fraction de seconde... Écarte les pieds.

La gueule du canon s'enfonça dans sa chair.

— Encore. OK. Mais si tes doigts s'égarent de côté...

— Je ne sais pas de quoi vous parlez. Je ne suis pas un homme à gadgets.

— La ferme! (Elle lui fourra la pointe du canon entre les jambes.) La date de naissance de ta femme. Exécution.

Il tapa la combinaison. Le mécanisme de protection ronronna et émit un signal sonore.

– Penche-toi. Les deux mains dans le coffre. Stop! J'ai dit : les deux mains.

– Je regrette, je ne peux pas. C'est trop douloureux.

– Quoi?

– Je me sens mal. Vous n'avez qu'à le faire vous-même!

– C'est toi qui dévalises ton coffre. Pas moi. Tu es mon assistant. Compris?

– Vous n'arrêtez pas de dire « compris ». Je veux que vous sortiez d'ici.

– Ta gueule et regarde à tes pieds.

La sacoche de facteur était grande ouverte.

– Retire les billets et laisse-les tomber gentiment dans le sac.

Une à une, il lâcha les liasses. Son cerveau n'était qu'un cri : *Déclenche l'alarme.*

Mais l'agresseur avait calculé sa position contre le mur au degré près : ses doigts ne pouvaient pas atteindre le bouton d'alarme.

Quinze secondes plus tard, le coffre était vide.

– Ferme la porte. Replace le mécanisme de verrouillage. Redresse la photo.

Un cri de prière se forma dans son cerveau et dans sa gorge. Son souffle s'échappait par saccades de ses lèvres desséchées. Puis ce fut le noir.

Il devait s'être écroulé à la renverse. Le poids de son corps avait dû être freiné dans une certaine mesure avant de heurter le sol.

– Debout.

Terrifié, il se releva en rampant.

– Dans dix minutes, la sœur de ta bonniche vient pour le repassage. Elle entre. Nettoie. Fait du café. Si ta femme se ramène, tant pis. Elle découvrira ce que tu fricotes avec tes putains philippines. Si elles l'ouvrent, si elles vont voir les flics... mais elles s'en garderont bien, parce qu'elles ne sont pas en règle. Et si ta femme déballait tout...? Tu sais quoi...? La pension alimentaire lui file sous le nez. Et suppose que cette petite histoire vienne aux oreilles du Service. Merde, je n'aimerais pas être dans tes pompes.

Elle poussa la femme de ménage de la pointe de sa basket.

— Tu ne diras rien, pas vrai? T'aurais mieux fait de rester à Manille, hein?

Puis elle remarqua la mare qui s'élargissait sous Wesley.

— T'es même pas foutu de te contrôler...

Elle ôta la tenue de facteur, roula en boule le pantalon et le fourra dans la sacoche, avec les liasses de devises étrangères.

Il était temps de partir.

Quelques minutes plus tard, elle traversait Kensington Square et s'engageait dans Derry Street, où elle croisa un clochard emmitouflé dans un duvet crasseux. Il lui demanda de l'argent. À la place, elle lui tendit la sacoche bourrée de vêtements et le bas de nylon qui lui avait servi de masque. Les devises étrangères, son salaire pour sa future mission, étaient à l'abri dans un étui de cuir sous sa chemise.

Comme elle traversait le parc d'un pas vif, la vue des fleurs printanières et l'odeur d'herbe coupée lui éclaircirent les idées. *Dieu Tout-Puissant, ne permets pas que Dee flanche. Fais qu'elle ne craque pas!*

Dans l'un de ses bons jours, Dee leur donnerait ce qu'ils méritaient : zéro.

8

Dans le taxi qui le conduisait à Thames House, Wesley reprit ses esprits.

J'ai toujours préservé mes secrets. Et ceux de l'État.

Jusqu'au jour où les devises qu'il détenait illégalement lui avaient été dérobées. Il était conscient qu'il risquait à tout moment d'être inculpé pour vol et trahison. Mais quand...? Il devrait vivre dans cet enfer qu'il s'était forgé de toutes pièces.

Je sais. Jamais je n'aurais dû garder les devises chez moi.
Ce qu'il ignorait, c'était comment l'information avait pu filtrer.

Quand ses supérieurs découvriraient la vérité, les conséquences seraient désastreuses. Il savait qu'on ne lui ferait pas de cadeau, qu'il ne pourrait compter sur personne ; et qu'enfin, il devrait fatalement affronter un très déplaisant procès suivi d'un long séjour en prison, sans doute en cellule d'isolement. Que faire, en attendant ?

Ne dis rien. Nie tout en bloc. Gagne du temps.
Dans son malheur, il avait de la chance. Le scandale n'éclaterait pas avant longtemps.

Quinze minutes plus tard, la sœur de la femme de ménage était arrivée à l'appartement de Wesley pour être, comme de juste, atterrée par le spectacle. La détresse de sa sœur l'avait bouleversée plus que tout, et elle avait fondu en larmes.

Mortifié, Wesley s'était isolé pour faire sa toilette et s'habiller. Il n'avait pas eu à expliquer en détail qu' « ils étaient tous compromis ». C'était clair. Les jeunes femmes le supplièrent de ne pas appeler la police. Comme si ç'avait été son intention ! Elles semblaient croire que Wesley lui-même était une sorte de policier secret. Ce qui était la vérité.

Il avait repris contenance à une vitesse surprenante et réussi à persuader les deux femmes qu'elles ne couraient aucun risque. Elles s'étaient fort bien conduites. « Je vous suis très reconnaissant, leur dit-il, en donnant à chacune cinquante livres en billets tirés de son portefeuille. L'affaire est close. Finie. *Finito.* »

Les pauvres petites lui avaient adressé des sourires compréhensifs avant de nettoyer le tapis et de faire le ménage. Wesley attendit qu'elles aient fini. Et c'étaient les Philippines qui l'avaient submergé de remerciements en partant. À force de lire la presse à scandale, peut-être soupçonnaient-elles tous les *gentlemen* d'avoir des mœurs spéciales ? Elles savaient le prix du silence. Wesley aussi.

Son retard à Thames House n'avait rien d'exceptionnel, et il était d'ailleurs de ces hommes qui ont toujours une explication toute prête pour justifier leurs moindres faits et gestes. Retards y compris. C'était un aspect de sa force. De sa crédibilité.

Il prenait grand soin de sa réputation; elle était sans tache.

Sa loyauté avait été reconnue. N'était-il pas, après tout, commandeur de l'empire britannique? Les Britanniques ont naturellement confiance en ceux qu'a distingués Sa Gracieuse Majesté.

J'inspire confiance. Je suis vice-directeur du personnel de MI5.

Il lui aurait paru de mauvais goût de remettre en question cet honneur. D'autres pouvaient bien avouer en privé qu'ils avaient accepté « pas pour moi, mais pour le bien de l'entreprise... le moral des troupes... C'eût été idiot de refuser, non? »

Tel n'avait jamais été le point de vue de Wesley. Il était fier de son titre. Fier d'avoir été récompensé pour services rendus.

Certes, s'en vanter eût été discourtois.

Les honneurs se portent avec élégance. Telle était la philosophie de Wesley. Il rejoignait sur ce point ceux de ses pairs à qui il arrivait de s'excuser d'être l'élite de la nation. *Tiens-toi à carreau et qui sait? tu peux peut-être briguer un titre de chevalier.* Sir Bryan et lady Wesley. M. Bryan Wesley avait toujours convoité en secret cette fameuse distinction. Avec ça, les lèche-bottes se battent pour vous ouvrir les portes. Aujourd'hui il réalisait que ses chances d'atteindre ce sommet étaient sérieusement compromises. Néanmoins, il n'en était que plus décidé à sauver les apparences.

J'ai encore de belles années devant moi.

Ma vie privée ne regarde que moi.

Tant pis si cette vie privée commençait à sentir franchement mauvais.

Il sentait cette odeur sur lui, lorsqu'il présenta sa carte d'identité à la sécurité de Thames House. Au moins, les gars semblaient contents de le voir.

9

Au même moment, la vendeuse du rayon sport de Selfridges affrontait sa première cliente de la journée – cliente qui régla en espèces une tenue de jogging en nylon *waterproof* et *windproof.* La vendeuse montra qu'il était réversible. « Deux tenues en une, vous voyez, c'est chic. Bleu royal et rouge cardinal. »

Anna McKeague ne trahit pas d'un battement de cil sa haine pour tout ce qui touchait de près ou de loin à la monarchie, fût-ce une couleur. Elle compléta ses achats par l'acquisition d'une paire de tennis.

Derrière les rayons « fournitures pour artistes » et « jeux d'adultes » elle trouva les toilettes pour dames. C'est là qu'elle revêtit son nouvel accoutrement. Elle fourra les autres vêtements dans le sac en plastique qu'on lui avait donné. Avant de sortir, elle coiffa son crâne rasé d'une courte perruque noire, se farda les lèvres et les paupières. Rien que de très discret. Son apparence se voulait ordinaire. L'eût-on vue sortir des toilettes qu'on l'eût prise, peut-être, pour une réceptionniste prête à aborder le client avec un vibrant : « Que puis-je faire pour vous ? »

Elle emprunta l'escalier qui menait au troisième étage et acheta une paire de gants noirs en solde, ainsi qu'un pardessus gris. Puis elle redescendit par l'ascenseur et se dirigea vers la sortie RÉSERVÉE AU PERSONNEL.

Au-dehors, des employés en salopette jetaient les sacs-poubelle dans les bennes à ordures, contribuant à leur insu à la poursuite de l'opération. Elle balança le sac dans la gueule du camion le plus proche et s'éloigna sans se faire remarquer par Orchard Street, en direction de Bond Street.

Elle releva la capuche de son survêtement pour se protéger du crachin. Un autre bon présage. La pluie de Londres favorisait l'anonymat.

Des touristes se bousculaient dans Tower Records. Eros était caché, invisible. Elle s'approcha de Leicester Square, la capuche rabattue sur la figure, respirant avec l'aisance d'un coureur de marathon.

Elle arriva avec deux minutes d'avance à son rendez-vous.

Vicki Leung, la « blanchisseuse », l'introduisit dans une petite pièce qui donnait sur la Hong-Kong Bank. La vue était brouillée. Les vitres disparaissaient sous une couche de crasse. Les murs étaient d'un jaune sale, taché de nicotine.

La pièce était sommairement meublée. Une batterie de téléphones et de fax sur le bureau. À côté, deux valises pleines de blocs de polystyrène de toutes tailles. Vicki Leung changeait de bureau plusieurs fois par semaine. Ses yeux vitreux considérèrent les liasses de billets.

Entre ses dents en or, elle prononça quelque chose qui ressemblait à : « Milan et Bâle » et « Francs suisses et deutschemarks. OK. Nom du bénéficiaire.

– L. D. van de Werff.

– Livres sterling ?

– Dollars américains.

– OK. (Son doigt taché pianota sur une calculette.) Dollars. 15 %.

– Non. 10 %.

– Deux devises, 15 %.

– Dix. Sinon, rien.

Les « blanchisseurs » étaient partout les mêmes en Europe. Il en allait de leur fierté d'augmenter leur commission. Ils essayaient toujours. La Chinoise accepterait du 10 %. C'était un boulot facile de transférer de l'argent sur un compte caché. Celle-ci était réglo. Les Chinois étaient les meilleurs pour escamoter de grosses sommes. Presque toujours des femmes.

– OK, dit Vicki Leung en allumant une cigarette belge à l'odeur infecte.

Elle griffonna sur un formulaire. Les montants dans une boîte marquée « Devise/Transfert télégraphique ». D'autres portaient la mention : « Nom du bénéficiaire » ; « Numéro de compte » ; « Nom de l'envoyeur », suivi d'une adresse illisible dans Harrow Weald.

– Vous attendez la confirmation ?

– Ça vous étonne ?

– Certaines personnes..., fit Vicki Leung pensive, en introduisant le formulaire dans le fax. Certaines personnes ne me font pas confiance...

Quelques minutes plus tard arrivaient les confirmations de Milan et Bâle.

– Sortez par l'escalier de derrière. Passez par le restaurant. On vous a préparé quelque chose à emporter.

– Non, merci.

– Comme vous voulez. C'était pour justifier votre présence. La police est partout. On ne les voit pas toujours. Même vous.

– Possible. Tenez, débarrassez-vous-en.

Elle déposa sur le bureau la pochette où elle avait conservé son argent.

Puis elle repartit par l'escalier de service, satisfaite que l'intégralité de la somme qu'on lui avait offerte pour le prochain attentat fût en sécurité dans des banques étrangères sous son nom d'emprunt. Elle gérait toujours soigneusement sa fortune. Pour les affaires, elle était forte ; encore plus forte que sa sœur.

Un peu avant Cambridge Circus, elle passa deux appels téléphoniques. Le premier à une correspondante d'origine irlandaise, employée dans une agence immobilière de Bloomsbury. Elle confirmait un rendez-vous pour la remise des clés d'un local vacant près du British Museum.

Elle avait parlé la veille à l'employée, qui lui avait donné son accord pour visiter seule les bureaux. Les clés se trouveraient dans une enveloppe, dans l'entrée. La négociatrice prit soin de ne pas mentionner l'adresse exacte, ni l'emplacement précis où les clés seraient déposées. Qui sait qui pouvait écouter la conversation ? La visite avait déjà été fixée à midi précis. Il n'y fut fait aucune allusion.

Son second appel fut pour son commanditaire anonyme. Elle entendit à l'autre bout de la ligne la voix synthétisée par ordinateur.

– Tout est en ordre, dit-elle.

– Vous avez votre argent ? demanda la voix artificielle, ni homme ni femme.

– Oui. Je suis prête.

Plus tard, un dernier appel lui permettrait de vérifier que les victimes étaient bien chez elles et que rien ne s'opposait au massacre.

Elle aimait cette façon de procéder. Tenir les clients informés du bon déroulement de l'opération, à distance, jusqu'à ce que la cible ait été atteinte. C'est tout un art d'approcher quelqu'un, avec le soin scrupuleux qu'un médecin met à sauver des vies. Sauf qu'elle, elle donnait la mort. Les règles étaient les mêmes, mais à l'envers. Elle se flattait de cette approche clinique.

Le bureau au premier étage de Museum Street était vide ; désaffecté depuis que les précédents locataires, les associés du Museum Mutual Benefit & Pensions Trust, avaient fait faillite dans les derniers jours du thatchérisme. L'enveloppe était posée sur le rebord d'une fenêtre près d'un carton de lait en voie de décomposition. À l'intérieur, elle trouva deux clés Banham et un ticket de métro usagé avec un numéro inscrit au stylo : la combinaison d'accès au coffre-fort du défunt Museum Mutual Benefit & Pensions Trust.

Le coffre était abandonné dans un coin du bureau du président déchu. À côté, le couvercle d'une barquette de margarine contenant de la mort-aux-rats. Elle l'écarta. Des excréments frais jonchèrent le plancher. Les rats devaient s'être immunisés contre le poison.

Elle composa le code pour ouvrir la porte. À l'intérieur, comme promis, se trouvait l'engin explosif enveloppé de plastique à bulles et d'aluminium.

Il était 13 heures à sa montre. L'heure de filer. Dans cinq heures, la bombe exploserait.

Temps mort : les dernières heures s'étirent ; c'est la guerre des nerfs quand les hasards de la vie vous jouent de mauvais tours.

Par exemple, l'accident de taxi dans Regent's Park, en 1990, à la suite de quoi elle avait dû cavaler dans le parc pour dissimuler l'arme. C'était le lendemain du jour où elle avait tiré sur l'ex-gouverneur de Gibraltar dans le Staffordshire. Depuis un hôtel de Kilburn, elle avait suivi à la télévision les recherches pour la retrouver. Et, fatalement, la bobine du commandant Harding était apparue sur le petit écran, le fer de lance de la lutte antiterroriste, dont les hommes avaient découvert le fusil d'assaut AK-47 caché dans les fourrés de Regent's Park. Elle détestait la suffisance du commandant. Elle avait passé tout l'été planquée à Brighton. Pourquoi cet échec? Pourquoi n'avait-elle pas tué sir Peter Terry? Parce qu'elle avait mal préparé son coup. Et ne jamais compter sur un abruti de chauffeur de taxi capable de vous envoyer dans le décor. Le commandant Harding avait fait publiquement la promesse qu'il épinglerait en personne « l'auteur du lâche attentat ». Tu parles. Elle jouait maintenant dans les deux camps à la fois.

– Pardon madame, le British Museum, s'il vous plaît?

Elle détourna les yeux. Traversa la rue. Pressa le pas. Un visage dans la foule.

Dans ces moments-là, il faut savoir se dominer, suivre les mouvements de la cohue dans la rue et les lieux publics : gares, magasins, métro – là où les gens ordinaires vaquent à leurs occupations.

Vous guettez les sirènes de la police, les alarmes, les alertes. Proie et prédateur à la fois. Vous vous fondez dans la foule, dans les soucis des gens du commun. Pour l'argent, plus de problèmes – elle avait déjà reçu son dû, qui était en sécurité à l'étranger. Un tueur à gages se fait toujours payer d'avance. Pour se tenir à son plan comme un pilote à son plan de vol, il faut avoir l'esprit libre. Mais on n'est pas à l'abri des surprises...

Comme les gros titres du *Evening Standard*, placardé devant la bouche du métro à Tottenham Court Road : LA POLICE SE FÂCHE CONTRE MI5. Elle acheta le journal pour pouvoir le lire après ses derniers achats dans la boutique qui soldait des blouses d'infirmière. Elle lisait tout ce qui concernait ses ennemis. C'était une grande satisfaction de vérifier qu'elle en savait beaucoup plus sur eux, qu'eux sur elle.

Dans la rame du métro qui la conduisait à Belsize Park, les passagers lui jetèrent un coup d'œil distrait. Les habitués de la ligne l'auraient prise pour une infirmière parmi tant d'autres, se rendant à son travail au Hampstead's Royal Free Hospital.

Son enquête lui avait appris que la population d'England's

Lane, aux abords de Haverstock Hill, se répartissait en deux catégories : Japonais qui louent des appartements dans des immeubles modernes, et infirmières qui habitent dans le foyer à l'angle d'England's Lane et Antrim Road. D'où sa blouse, ses bas noirs, ses souliers à talons plats. Elle transportait dans un sac son faux passeport, ses billets pour le ferry au départ de Stranraer, et le paquet enveloppé dans le plastique à bulles. Elle portait un pardessus gris. Dans un sac en plastique se trouvaient les vêtements qu'elle avait achetés au Selfridges – sa tenue pour son retour en Irlande.

Elle s'était démaquillée à Charing Cross Road, dans les toilettes du personnel de chez Foyles où elle s'était arrêtée pour endosser sa tenue d'infirmière. Ce visage sans apprêt convenait à une infirmière ; la petite jeune fille toute simple qui exerce un boulot sous-payé avec cette abnégation qui fait l'admiration des Anglais.

Mais jusqu'au dernier moment, tout peut capoter.

Par exemple, lorsque le Noir se retourna sur elle, juste après le passage du contrôle, à la station Belsize Park. Il lui proposa de porter son sac. Elle le dépassa sans un regard. *Touche-moi, sale macaque, et je te jure qu'après mon coup de genou, tu ne pourras plus jamais pisser sans hurler.* Elle n'avait rien contre la violence en soi : seulement la violence qui n'était pas strictement nécessaire.

Quand on sort du métro à Haverstock Hill, il suffit pour téléphoner de traverser cette rue animée pour atteindre la cabine publique. C'est là qu'elle procéda à ses derniers appels avant l'explosion de la bombe.

Elle entendit la voix désincarnée dire : « Allô. »

– On peut commencer ?

– Tout est OK.

Ce qui signifiait que rien ne s'opposait au massacre et que, plus tard, une voiture de police blanche à deux portes – avec un POLICE en grosses lettres sur le toit pour identification par hélicoptère – serait à l'heure dite dans England's Lane, garée aux abords du théâtre des opérations. Elle reposa le combiné.

Plus rien n'empêchait l'explosion.

Pour passer le temps, elle entra dans un cinéma. Avachie dans son fauteuil, elle ferma les yeux, dominant sa respiration, aux aguets, vérifiant de temps à autre à sa montre l'écoulement des minutes. Elle songeait à la forte quantité d'explosifs qu'elle avait habilement dissimulée la veille. Son cerveau révisait des questions techniques : réglage électronique, délai pour rejoindre la voiture blanche, sa fuite aussitôt après l'explosion à travers les flammes, la fumée et la confusion. Dans le noir, elle exerça ses doigts, répétant l'enchaînement des gestes.

Elle songea encore à Dee, qui croupissait en prison : sa sœur intrépide qui n'avait d'autre perspective que de finir ses jours en taule. Un jour, elle la ferait évader. Ce serait son triomphe.

Elles s'installeraient à Rio ou en Colombie. L'Amérique du Sud l'attirait.

Mais pour le moment, elle avait ce double meurtre sur les bras. Elle se réjouissait à l'avance de cette nouvelle victoire. Deux morts de plus. La vie, comme disait son père, a de bons côtés. Deux Rosbifs de moins. C'était aussi simple que de compter sur ses doigts.

10

Le dernier samedi du mois, Rosslyn prit un jour de congé.

Une journée idéale pour flâner dans les jardins publics. Prendre un café à Holland Park, deux bières à Kensington Gardens avec une salade de chez Marks & Spencer, se balader dans Hyde Park, ses écouteurs reliés à son transistor pour ne pas rater les nouvelles.

Toujours pas de bombe.

On était dans les derniers jours de mars, et il y avait du printemps dans l'air. Crocus, narcisses et jonquilles formaient d'éclatantes taches de couleur dans les jardins. Les forsythias s'épanouissaient avec une exceptionnelle vigueur. Londres se réchauffait aux rayons du soleil. Les fervents de modélisme étaient revenus au bord du bassin de Kensington, avec les rôdeurs basanés, les nounous poussant d'antiques landaus, les poivrots roupillant paisiblement dans l'herbe, braguette ouverte.

L'oisiveté le rendit nerveux, inquiet, et pour finir franchement fébrile. Il s'accorda un thé et un beignet à la Royal Academy. Jadis, Mary l'aurait traîné au musée pour admirer la dernière exposition en date. Il n'avait plus le moindre goût pour la peinture, la musique, la littérature. Alors, il prit la seule décision qui s'imposait – *Merde à Gaynor, merde à ton jour de congé* – et retourna à son bureau, dans Lower Thames Street.

Où il s'ennuya ferme, là aussi.

Jusqu'à 19 heures, où le téléphone sonna. C'était Harding.

– Vous avez toujours la cassette de l'interrogatoire de McKeague?

Pas de formule de politesse. Le ton était froid et cassant.

– Gaynor la garde en sécurité dans son coffre.

– Apportez-la-moi.

– Il est rentré chez lui.

– Vous ne connaissez pas la combinaison?

– Je peux me débrouiller.

– C'est ça, faites-le. Je veux cette cassette.

– Vous n'avez pas ma transcription?

– C'est MI5 qui l'a. Je veux l'original. Ou bien en auriez-vous fait une copie?

– Non. Il n'en existe qu'une et c'est Gaynor qui l'a.

– Arrangez-vous pour me l'apporter. À England's Lane, NW3. Haverstock Hill.

– Que s'est-il passé?

– Une bombe.

On avait raccroché.

84

11

Avant d'arriver sur place, Rosslyn sentit la fumée. Comme un crêpe de deuil s'abattant sur le ciel de Londres, obscurci par le crépuscule.

Cinq véhicules de pompiers le doublèrent du mauvais côté de la route, tandis qu'une caravane d'ambulances et de voitures de police contraignait les conducteurs roulant en sens inverse à se rabattre sur la chaussée. Un gardien de la paix s'avança dans la rue et, de sa main gantée, lui fit signe de s'arrêter. La vitre baissée, l'odeur était encore plus prononcée. L'atmosphère était chargée de cendre et d'émanations toxiques. Un peu de cendre se rabattit dans ses yeux. Il entendit un hélicoptère passer au-dessus de sa tête.

L'agent lui demanda de se garer sur le parking d'un immeuble non loin du théâtre de la catastrophe.

Rosslyn poursuivit son chemin à pied. Le carrefour était bloqué par les véhicules de police, les motos et les ambulances. On faisait de la place pour le passage des pompes à incendie. Au milieu du vacarme des sirènes et des klaxons, des inspecteurs en gilet jaune criaient aux badauds de se disperser. Un groupe de vampires n'avait pas plus tôt reculé qu'une nouvelle vague le remplaçait. Une femme engueulait un gamin qui retenait un chien braillard.

Un agent de police souleva le ruban en plastique à l'entrée d'England's Lane et indiqua à Rosslyn où se trouvait le commandant Harding.

Les véhicules des pompiers et un équipement lourd encombraient la chaussée. Des équipes de pompiers étaient sur place, attendant les ordres. Impossible de repérer Harding ; de fait, on n'y voyait guère à travers les nappes de fumée et de poussière. Mais de seconde en seconde, la situation se clarifiait.

Les vitres des maisons de Chalcot Gardens bordant en partie England's Lane avaient volé en éclats. Une femme tenant un enfant contre sa poitrine le bouscula.

– Mon mari est là ! Pour l'amour du ciel, laissez-moi passer !

Deux policiers, dont le téléphone portatif claironnait des messages incompréhensibles, s'efforcèrent de la maîtriser.

— Quel est son nom?

— Mais c'est mon mari!

— Et alors, il n'a pas de nom?

— Sûr, qu'il a un foutu nom!

— Alors, dites-le!

Une bouffée de fumée la fit tousser. Rosslyn releva le col de son manteau sur sa bouche. Il sentit qu'on le prenait par l'épaule. Un agent l'entraîna à l'écart au moment où plusieurs blocs de gravats s'effondraient dans la rue. Le pavé vibra sous ses pieds. À travers la fumée, une voix cria : « Le gaz! » Il sentit tomber une pluie d'étincelles. Il épousseta son manteau et se mit à courir. Au bout de quelques mètres, un camion de pompiers lui barra le passage. Il se retourna pour regarder en arrière. Des arbres flambaient. Quelque chose heurta son pied. Il baissa les yeux et aperçut un teckel mort allongé à côté d'un cabas abandonné.

Une fumée noire lui entra dans les poumons. C'était un kiosque à journaux qui brûlait. Tout un pan de maisons mitoyennes s'était effondré. Fauteuils, tables, et plusieurs lits, fumaient au milieu des décombres. La chaussée était jonchée de verre.

Du côté des vestiges du kiosque, il vit des pompiers diriger un jet en direction du brasier. Ici le feu faisait rage. D'autres silhouettes en ciré jaune fixaient des chaînes à une carcasse de voiture carbonisée.

Il entendit une voix familière dans son dos :

— Rosslyn?

Harding avait la figure mouillée, le front noir de suie.

— Trouvons un coin tranquille pour parler. (Il le prit par le bras.) Ne regardez pas.

Mais Rosslyn regarda. Par une trouée dans la cohue des secouristes, pompiers, policiers et infirmières, il aperçut les cadavres. Des tronçons de corps calcinés, brûlés vifs, déposés sur des plastiques humides. Une jambe tordue, le pied détaché, comme un bizarre membre artificiel. Un sac transparent contenant une paire de mains sectionnées. Derrière, il y avait les têtes. Le choc de l'identification vint lentement. Homme ou femme? Difficile à dire. L'une d'elles semblait partiellement reliée à un os d'épaule fracturé, comme pilonné au marteau. La peau était écorchée, roussie, déchiquetée. Il connaissait ces visages.

– Deux femmes, dit Harding.

L'une avait dans les trente ans. Quelques touffes de cheveux blonds roussis tenaient encore à la peau du crâne.

L'autre semblait plus vieille. La quarantaine. Du sang épais poissait ses cheveux roux. Un tesson de verre dépassait de son cou; Rosslyn remarqua l'anneau d'or à l'oreille gauche. La bouche était figée dans un cri muet. Les yeux blancs, grands ouverts, l'un révulsé dans son orbite comme un œil artificiel mal inséré. Les dents engluées de sang, de mucus et de salive.

– On ne s'y fait jamais, remarqua Harding. Personne ne meurt de la même façon. C'est une chose à laquelle on ne pense jamais.

Ils s'éloignèrent de la scène d'horreur en foulant un tapis d'éclats de verre et de bouts de papier fumants. Leurs pas produisaient un son cristallin. Rosslyn en avait mal aux dents, comme s'il avait mordu dans du papier d'aluminium.

Peut-être son cerveau refusait-il encore d'admettre qu'il avait identifié les visages de Monro et Watson : les femmes qui l'avaient interrogé après la mort de Mary.

Le Washington est un pub à l'intersection d'England's Lane et de Belsize Park Gardens, là où ces deux rues rejoignent Eton Avenue et Primrose Hill Road. Le carrefour était interdit à la circulation. La police ordonnait aux curieux de rester derrière les barrières de ruban en plastique.

Harding s'arrêta avec Rosslyn devant l'entrée du pub évacué. Il lui tendit un chewing-gum sans sucre.

– Pour faire passer le goût... Je veux entendre votre opinion sur McKeague.

– Gaynor ne vous a pas mis au courant?

– Il m'a rapporté ce qu'il avait entendu sur la bande mais

pas votre sentiment. Croyez-vous, pour commencer, qu'elle est sincère ?

— Sur le fait qu'on l'a tabassée, oui. On dirait qu'elle est passée sous un camion. Pour le reste, pure invention. L'histoire de l'engin planqué chez elle au moment de l'arrestation... Et si c'était vrai ? Il faudrait demander à MI5 pourquoi ils auraient été assez balourds pour risquer le vice de forme.

Harding réfléchit un moment.

— Vous croyez qu'ils auraient voulu saboter sciemment l'opération ? demanda Rosslyn.

— Non. Et vous ?

— Non. Sauf s'ils se servaient d'elle comme indic sans nous en avoir informés. C'est une possibilité.

— Vous croyez ? Ou bien se pourrait-il que l'engin qu'elle a décrit soit du même type que celui qui a servi ici ? Le truc qui a fait ça doit avoir la même puissance que le matériel dont elle a fait mention. Si nous retrouvons assez de fragments, nous verrons bien s'il s'agit de la même bombe, ou au moins d'un modèle identique. Il me semble qu'elle vous a dit qu'on l'avait contactée pour ce genre de besogne.

— Elle l'a suggéré, en effet. Mais elle n'a pas précisé où.

— Pas à England's Lane ?

— Non. Seulement le nord de Londres. Il vous faudra l'entendre de vous-même. La cassette est dans la voiture.

— Plus tard. Et à propos des victimes ?

— Tout ce qu'elle a dit, c'est qu'elle avait été abordée par un individu qui lui avait proposé le boulot. Dites-moi, ces femmes...

— J'y viens. Je voudrais savoir pourquoi elle n'a pas accepté l'affaire. Pourquoi a-t-elle laissé tomber ?

Rosslyn hocha la tête.

— Parce qu'elle a flairé le traquenard. Elle aurait été bien bête d'accepter d'éliminer des agents de MI5. C'était un peu gros, comme piège.

Harding regardait, les yeux mi-clos, en direction du lieu où la fumée formait une nappe dense. Il semblait découragé.

— Je connaissais ces femmes, ajouta Rosslyn. Elles m'avaient interrogé à la mort de Mary. L'une d'elles avait procédé à son recrutement. Vous les connaissiez aussi ?

– Oui. J'ai connu Monro à l'époque où elle surveillait des étudiants syriens lors de l'opération Hindawi el Al. Watson, je l'ai connue à peu près à la même époque, elle était aux renseignements généraux. Elle a rejoint MI5 peu après. Et j'ai revu Monro il y a quelques semaines à Thames House. Elle était directrice suppléante.

– Elles étaient de service cet après-midi ?

– Au moment de l'explosion ? Non. En congé. Dans l'appartement de Monro.

– Comment savez-vous que c'était son appartement ?

– Son alarme était reliée au commissariat local. Ligne prioritaire. L'alarme s'est déclenchée à 18 h 04. Nous avons l'heure exacte de la détonation. MI5 aussi. L'alarme était reliée à Thames House. Ils ont envoyé des hommes sur place.

– Vous leur avez parlé de McKeague ?

Harding considéra la question. Il cracha son chewing-gum dans son emballage. Rosslyn remarqua qu'il le mettait dans sa poche.

– J'ai demandé à Gaynor de la boucler. Faites de même.

– N'est-ce pas risqué ?

– C'est mon problème. Je l'assume. Vous aussi. Je veux gagner cette manche. Nous détenons McKeague. Grâce à vous. J'ai l'impression qu'on peut se fier à elle. Le reste... du vent. SOS Amitié a même reçu un appel bidon à King's Cross. Quinze minutes *après* l'explosion. Nous avons contacté Dublin. L'IRA jure ses grands dieux n'y être pour rien.

– Alors, qui est responsable ?

La réponse de Harding se perdit dans le vrombissement d'un hélicoptère. Il volait à une altitude dangereusement basse. Ses lampes à arc, deux faisceaux de lumière blanche, trouaient la nuit.

Harding jeta un coup d'œil en arrière pour voir s'il y avait des témoins, puis cria pour couvrir le vacarme :

– Retournez voir McKeague et prenez-la à part. Je veux savoir qui est derrière ce contrat. Faites-lui une offre. Concluez un marché, qu'elle nous donne le nom du coupable.

L'hélicoptère prit un peu d'altitude et la conversation s'en trouva d'autant facilitée.

– Je lui offre quoi?

– L'arrêt des poursuites. Dites que nous réexaminons les charges. Que nous lui offrons notre protection. Nous lui ferons quitter le pays sous une identité d'emprunt. Si elle préfère rester, nous assurerons sa protection 24 heures sur 24. Un abri sûr.

– Vous êtes prêt à aller aussi loin?

– Probablement pas. Nous ne serons peut-être pas obligés d'en arriver là. Mais allez-y franco. Dites-lui que vous avez confiance en elle. Gagnez son amitié. Tirez d'elle le maximum d'informations. Parlez toute la nuit, s'il le faut. Mais ne lui dites pas ce qui s'est passé ici.

– Et si elle est déjà au courant?

– Impossible. J'ai demandé au commissaire de l'isoler. Ordre est donné de ne pas communiquer avec elle.

Ils quittèrent le porche du pub. Rosslyn remarqua que les cadavres démembrés de Monro et Watson avaient été emportés. Un inspecteur de police aborda Harding. Il voulait lui parler en privé.

Rosslyn regarda les deux hommes essayer de s'entendre au milieu d'un concert strident de klaxons. Un maître-chien lui demanda de passer son chemin. Le berger allemand tirait sur sa laisse en lui reniflant l'entrejambe, lorsque Harding revint vers lui à longues enjambées. Un homme en tenue *waterproof* et blindée voulut l'interpeller. Harding le renvoya sèchement à un simple agent.

– Vous pouvez rentrer chez vous. Plus question de parler à McKeague. On l'a transférée à l'hôpital. Embolie. On va l'opérer.

– Que s'est-il passé?

– Quelqu'un a eu la main trop lourde. Dans quel état était-elle, quand vous l'avez vue?

– Très amochée. Mais lucide. Elle avait les idées claires.

– Plus maintenant.

– Je pourrai toujours la voir après l'opération.

L'hélicoptère rasait de nouveau le sol, les pales en action. Harding était furieux et désappointé.

– Vous êtes optimiste!

Il eut un sourire résigné, et tendit le bras comme pour dire adieu – un joueur qui vient de perdre sa dernière mise sur un toquard.

– Entre nous, MI5 vous reproche une violence injustifiée à son égard.

Rosslyn accusa le coup.

– Quoi?

– C'est eux qui le disent.

– C'est faux.

– Je vous crois.

– Ils n'ont pas de preuve. Tout est sur la cassette.

– C'est pourquoi je vous crois, dit Harding. (Il lui tapota l'épaule.) À bientôt.

Rosslyn s'éloigna vers Haverstock Hill à travers le flot croissant de policiers, de secouristes, médecins et infirmières. Derrière le barrage de police, il vit une équipe d'experts sortir du matériel d'une Range Rover. Plus il s'éloignait du lieu du drame, plus la fumée se dissipait. Il régnait une obscurité inhabituelle. Le courant n'avait pas encore été rétabli. Il n'y avait de lumière ni aux fenêtres ni dans la rue.

Il se fraya un chemin à travers la foule des curieux ébahis jusqu'au parking où il avait laissé sa voiture. Son sang se glaça dans ses veines.

Une inconnue se tenait accroupie devant sa portière, dos tourné, le visage dissimulé, un outil épointé à la main – clé à molette ou gros tournevis.

– Dégagez!

Rosslyn entendit un coup de frein dans son dos. Le chauffeur lança :

– Dégagez le passage!

Il se retourna à demi et prit l'éclat des phares dans les yeux. La voiture était déjà loin.

Quant à l'inconnue, elle s'était évanouie. Rosslyn fouilla les parages du regard. Puis il la repéra, traversant une rue. Elle disparut derrière un bus en stationnement, sans un regard en arrière. Un pillard profitant de la confusion. Une petite voleuse minable comme il en existe des milliers.

Il lui avait collé la frousse au bon moment. Mais lorsqu'il tourna la clé dans la portière, il découvrit qu'il avait oublié de la verrouiller.

Tu prends des risques.

Son attaché-case était posé sur le plancher, côté passager.

Coup de chance. Tout est là.

Et c'est avec soulagement qu'il retrouva les clés de son domicile et la cassette de l'interrogatoire.

12

Le samedi soir, dans la solitude de son appartement, Rosslyn prépare du fromage selon la recette de Mary : porter un litre de lait entier à ébullition ; aux premiers frémissements, ajouter en tournant deux cuillerées et demi de jus de citron et ôter la casserole du feu ; puis laisser le lait retomber pendant quinze minutes, pour séparer le petit-lait du lait caillé.

Pendant ce temps, il suit à la télévision les commentaires sur l'attentat.

D'après le journaliste, les deux femmes auraient été victimes de l'IRA.

« SOS Amitié avait reçu un avertissement codé », précise le commentateur. Il ajoute que plus d'une vingtaine de personnes ont été emmenées au Royal Free Hospital à Hampstead, dont huit grièvement blessées. Les premiers soins ont été donnés sur place par des équipes d'ambulanciers motocyclistes.

Un jeune Noir raconte qu'il a fait du bouche-à-bouche à une femme enceinte. « Ça criait de partout. Mais je n'ai pas fait attention. Les pompiers m'ont donné des pansements pour ses jambes. »

Autre rescapée, une femme au fort accent étranger déclare : « J'ai entendu une explosion terrible. J'ai vu des gens couchés par terre et j'ai pris une petite fille dans mes bras. Elle avait perdu un pied. Il y avait foule dans la rue à cause de la fête des Mères. »

L'envoyé spécial signale que la police a procédé à la destruction de plusieurs bagages suspects. « Tout indique que l'attentat est le fait de l'IRA. » Selon les experts, il s'agirait de représailles.

Le Premier ministre déclare avoir entendu l'explosion. « L'atrocité de cet attentat dépasse l'entendement. On a voulu sciemment massacrer et mutiler. Hélas, le but est atteint. La nouvelle de ce lâche attentat perpétré contre des hommes, des femmes et des enfants innocents, qui vaquaient tranquillement à leurs occupations par cette belle journée de printemps, sera reçue partout dans le monde avec tristesse et dégoût. »

Le journaliste termine en précisant que l'identité des deux victimes n'a pas encore été divulguée. « L'attentat fait suite à la récente arrestation d'une terroriste et à la découverte d'une cache d'armes. » Un professeur d'université, spécialiste de l'histoire militaire, prétend que la guerre contre l'IRA est perdue. Les forces antiterroristes sont désemparées, démoralisées, en pleine déroute. Le Premier ministre porte la responsabilité de cet échec. Le journaliste dit qu'aucun homme politique n'a accepté de faire de déclaration.

Rosslyn s'attend à voir Harding lancer son appel de circonstance à la vigilance de tous. Mais il n'apparaît pas.

Le lait caillé est séparé du petit-lait. Il filtre le tout à travers plusieurs couches d'étamine, range le petit-lait au réfrigérateur. Puis il enveloppe le lait caillé dans une poche d'étamine qu'il suspend au crochet d'une étagère pour qu'il s'égoutte toute la nuit. Le lendemain matin, il tassera le fromage et il ne lui restera plus qu'à l'accommoder avec des épinards, petits pois et tomates. Mary Walker croyait aux vertus des protéines. Surtout, il trouve du réconfort à faire la cuisine en reproduisant ses gestes à elle.

Qu'elle est loin, l'époque où elle lui préparait du fromage. Pour retrouver la date exacte, il consulte son journal intime. C'est la seconde fois qu'il a le courage d'affronter ces pages, son écriture, sa voix. Il l'ouvre au hasard.

C'est à elle-même – et à lui – qu'elle s'adresse. Ils sont seuls, tous les deux.

R + 194

Les feuilles tombent, l'herbe jaunit. Nous avons de la rosée presque chaque matin. Aujourd'hui, il fait lourd. Le ciel est superbe. Longues traînées blanches par-dessus les têtes comme un fragile dais de soie. Crépuscules radieux – toutes les nuances du pourpre, carmin, vermillon, rose indien. Grâce à R, je connais les couleurs des peintres.

Il y a une chose que R doit ignorer.

Aucune de mes liaisons n'a duré plus de six mois. Je voudrais qu'il le sache. Nous voici chez lui dans la cuisine, moi assise à siroter mon calvados. Lui avec sa bouteille de morgon frappé. Ce journal est dans mon sac à main. Je n'ai jamais dit à R que je tenais un journal de chacune de mes aventures. J'ai eu beaucoup d'aventures. Trop. Je voudrais que R sache que j'ai tiré un trait. L'ardoise est nette.

Je commence par lui demander : « Tu ne t'intéresses pas à mon passé ? À tes prédécesseurs ? »

Il dit que m'imaginer avec un autre lui ferait horreur, l'idée d'une autre bouche contre la mienne.

Je lui dis que ce sont des paroles en l'air.

– Non, dit-il, avec des yeux de braise.

La situation menace de m'échapper. Je m'y prends autrement. « Mon corps m'appartient, Alan. »

(C'est la première fois que j'écris le véritable prénom d'un homme dans mon journal, sauf pour THUG. Mais c'était uniquement ses initiales.)

« Le passé ne compte pas », dis-je.

Il n'est pas d'accord. Il dit quelque chose comme : « On ne peut se comprendre qu'à la lumière de son passé.

– Je ne le nie pas, Alan. J'ai un passé, c'est vrai. Tout ce que je dis, c'est qu'il ne compte pas. »

Le hic, c'est que ce n'est pas entièrement vrai. Je ne peux pas m'empêcher de revoir THUG à l'œuvre. Le vieux bonhomme, l'époux insatisfait, qui disait que je lui avais redonné des ailes au

94

lit. J'avais fait des miracles. Je lui avais appris à me prendre par-derrière.

« Je ne tiens pas à rencontrer tes ex-amants.

– Ne t'en fais pas. Il n'y a pas de danger. »

Puis R poursuit la conversation.

Il prétend qu'il vit dans le passé – c'est son travail. Il prend des morceaux du passé des gens et les assemble dans un certain sens ; il parle des trafiquants d'armes. Il doit décider quand il peut, ou non, leur faire confiance. Sonder les cervelles, les reins, les cœurs. Par-dessus tout, faire preuve d'imagination. Il se considère comme une nullité, un être protéiforme. Il y a, ancré en lui, le besoin de s'imprégner des autres, de les recréer, pour mieux les piéger. Voilà la clé de ses succès. Voilà pourquoi ses chefs sollicitent ses conseils, alors qu'il n'est que leur subordonné.

Il dit que c'est comme être historien d'art. En fin de compte, il faut décider si le tableau est authentique ou non, une copie ou la copie d'un faux, etc. L'artiste a-t-il exécuté l'œuvre de sa main, entièrement, ou en partie ? Il faut comprendre intimement les intentions de l'auteur pour découvrir où sa main a travaillé. C'est tout l'art de la déduction.

« Alors, pourquoi regardes-tu si rarement en toi-même ?

– Parce que je n'aime pas beaucoup ce que j'y vois.

– Suis-je la première de tes maîtresses à te poser la question ? »

Il me dit qu'il refuse de me parler d'elles de peur de me blesser.

« La jalousie rétrospective est ridicule. Les autres femmes, je m'en fous. Tu es à moi. Et j'ai gommé mon passé. En général, sache que je n'ai jamais fréquenté que des cons. »

(Je n'ai pas mentionné THUG. Je passe sous silence le fait que THUG me donne toujours des coups de fil, lui et une demi-douzaine d'autres types. Je ne dis pas à Alan qu'ils savent déjà tout de lui. Que je veux l'épouser, que je veux un enfant de toi, Alan. Je veux des gosses avec toi.

Je ne lui dirai pas cela, ni que :

1. je suis dingue de lui ;

2. je veux des enfants de sorte que, s'il vient à mourir, il sera toujours là et je ne l'oublierai jamais ;

3. j'en ai ma claque de la police. Ce n'est pas un métier d'avenir pour une femme.

Alan parle encore — il a oublié son petit accès de jalousie. (Comme tous les jaloux, il faut qu'il gratte ses plaies. Mais contrairement à mes autres amants jaloux, lui, je l'aime.)

Il dit que lui et moi, nous allons de dossier en dossier, noyés dans un océan de paperasse, de commissions de vieux croulants, de tableaux, d'enquêtes, de missions sur le terrain. Nous intervenons après l'événement ; nous ne laisserons rien derrière nous, ni livre, ni œuvre d'art, ni découverte. Nous sommes là pour arrêter des individus. Ce qui n'améliore pas la société. Nous sommes la preuve vivante que nous avons mis le doigt sur les failles d'autrui, destins brisés, cerveaux tordus, nous les jetons en prison comme on balance de la viande pourrie à la poubelle.

Puis on se met au lit. Il me demande de garder les yeux grands ouverts. Il a l'air si grave. Désespéré. Puis il gueule comme un grand animal blessé. Je veux qu'il vive à jamais.

Impossible de dormir. Il faut détruire ce journal. Il va chercher une nouvelle couverture. Sa chaleur lui fait du bien. Mary lui sourit depuis son cadre en argent posé sur la table de chevet, et il comprend qu'il ne pourra jamais se résoudre à détruire quelque chose qui lui a appartenu. Il éteint la lumière. Dans le noir, le visage des deux mortes le fixe. Puis les yeux de McKeague, gonflés et injectés de sang. Les yeux de Mary.

Dans ses rêves, il entend des sirènes et des coups de sonnette. Il reconnaît le style de Mary : un long, deux courts. Il se réveille en souriant, baigné de sueur. Mais bien sûr, Mary ne viendra pas, ni ce soir ni jamais.

Nous sommes un dimanche, il est trois heures et demie du matin, et il y a quelqu'un à la porte.

13

Rosslyn ouvrit la porte et découvrit Harding debout sous l'averse. Le commandant regardait dans la rue depuis la cage d'escalier.

Il suivit Rosslyn dans le couloir, referma la porte derrière lui, sans un mot d'excuse pour cette intrusion à une heure indue.

– Vous êtes venu à pied ?

– Je me suis garé à Ranelagh Grove. Je ne veux pas qu'on sache que je suis ici. (Il pendit son manteau trempé à la patère.) C'est foutu. McKeague est morte. Elle ne s'est pas réveillée après l'opération.

– Merde, il ne manquait plus que ça. (Ils se dirigèrent vers la cuisine.) Elle vous a parlé avant de mourir ?

– Je lui ai parlé. Sans succès. Je l'ai interrogée sur l'engin explosif. Je lui ai demandé des noms. Elle était reliée à tout un tas de tuyaux, d'appareils – tout l'attirail. L'infirmière a suggéré : « Peut-être qu'elle entend encore ? » Si c'est vrai, elle imitait drôlement bien les sourdingues. Puis un curé s'est ramené en braillant : « N'avez-vous pas eu votre livre de chair ? » L'Irlandais typique. On s'est bien engueulés avant qu'il lui administre les derniers sacrements. Après sa mort, j'ai tiré du lit le commissaire de Paddington Green. Selon lui, MI5 était revenu l'interroger régulièrement. Son état de santé déclinait si vite que, d'après eux, vous n'avez pas dû y aller de main morte avec elle.

– Foutaises.

– C'est ce que je lui ai dit.

– Elle a fait des aveux à MI5 ?

– Pas un mot, selon le commissaire. Il faut lui reconnaître ce mérite : c'était une coriace.

Rosslyn déposa une bouteille de calvados et deux verres sur la table.

– Comment savez-vous que MI5 ne lui avait pas fait de proposition ?

– Parce que le policier de service écoutait sur la ligne intérieure. McKeague était muette. Pas étonnant, vu ses lésions cérébrales. Mais le garde n'a pas vu ce qui se passait dans la salle des interrogatoires. Ils ont pu lui faire passer un sale quart d'heure. Il y a toutes sortes de tortures qui ne laissent pas forcément de traces. Mais je ne crois pas qu'ils se seraient abaissés à cela dans le cas de McKeague, et vous ? Ils ont dû essayer de savoir ce qu'elle avait à dire. Mais elle n'a pas dit un mot. Finalement, on l'a conduite aux urgences après le départ de MI5. Ce qu'ils ignorent, c'est que les experts ont tiré des conclusions fort intéressantes. Les débris retrouvés sur place leur ont suffi. L'engin dont McKeague vous avait parlé est du même type que celui qui a été utilisé à England's Lane.

— Mais ce n'est peut-être pas celui qu'elle a vu au moment de son arrestation.

— À supposer qu'elle l'ait vu pour de bon.

Harding prit place au bord de la table de la cuisine et se servit un calvados.

— Supposons que ce soit le même... Si quelqu'un a accepté le boulot en question, l'offre qu'elle avait déclinée, alors cet individu se sera fait payer.

— Vous croyez toujours qu'elle m'a dit la vérité ?

— Pourquoi pas ? Ce serait notre meilleur résultat depuis des années.

Harding remplit le deuxième verre à l'intention de Rosslyn.

— Et c'est vous qui l'avez fait parler.

— Je n'ai rien fait. Je me suis contenté de l'écouter...

Rosslyn considéra son interlocuteur, dérouté.

— J'aimerais comprendre pourquoi MI5 croit que je l'ai tabassée.

— Moi aussi.

— Parce que ce sont eux, les responsables.

— Probablement.

— Je vais déposer une plainte officielle.

— À quoi bon perdre votre temps ? Vous ne seriez pas le premier à vous plaindre. Ni le dernier. Cela ne vous servira à rien. Et je préférerais que vous vous en absteniez.

— Pourquoi ?

— Parce que je ne tiens pas à être dans le collimateur de MI5 pour le moment. Voilà la situation, Alan : quand il s'est agi de former l'équipe d'enquêteurs, ils ont fait de l'obstruction. Pourquoi ? Parce que les victimes sont de leur bord. L'homme qui participera à la mission aura l'œil sur leurs agissements. Ça ne fait pas leur affaire. Ils ont insisté pour que l'équipe soit réduite.

Nous avons toujours le contact avec les experts, mais je partagerai la responsabilité des décisions avec un officier de MI5. J'ai dit que je n'avais pas d'objection pourvu que je puisse choisir mon assistant. Ils n'auraient pas entériné le choix d'un policier. Ils ont dû penser : Il n'aura personne d'autre. Aussi, je leur ai balancé votre nom. Gaynor est d'accord. Il vous détache de ses services pour un temps indéterminé. Tout est réglé, Alan. Qu'en pensez-vous ?

– Ce que j'en pense ? Pour commencer, s'ils insinuent que je suis à l'origine de la mort de McKeague... je ne vois pas très bien comment je pourrais être dans leurs petits papiers.

– J'y ai pensé aussi. Vous voulez mon avis ? Je crois que nous avons avantage à savoir qu'ils ont une dent contre vous. Ça leur plairait de me mettre dans mon tort. Les douanes commettant enfin une bavure... Ça leur ferait une bonne raison de continuer l'enquête entre eux.

– S'ils prouvent que j'ai usé de violence contre McKeague.

– Oui. Et nous savons que c'est exclu. D'ailleurs, nous avons une longueur d'avance sur eux. Supposons que McKeague ait dit la vérité ? Nous le savons. Pas eux.

Il commença à faire les cent pas dans la pièce.

– Qu'en pensez-vous, Alan ? C'est l'occasion de venger Mary. La chance d'agir en première ligne. Un jour, vous avez avoué que vous vouliez affronter le tueur. C'eût été impossible, si MI5 avait opposé un veto. Mais ils ont imposé leur homme. J'ai imposé le mien. Vous. Ne me laissez pas tomber, Alan.

– J'ai un délai de réflexion ?

– Non. Il me faut une réponse immédiate.

– J'ai le choix ?

– Vous pouvez refuser. Mais je ne crois pas que vous le ferez.

Il y eut un silence.

– Vous avez raison. C'est d'accord.

Harding leva son verre en souriant.

– Faites-moi le plaisir de donner du fil à retordre à votre nouveau collègue de MI5.

– Qui est-ce ?

– Le vice-directeur du personnel : Bryan Wesley, le choix de la directrice générale. Je préférerais n'importe quel vieux rond-de-cuir, même une femme! Mais Wesley est en service commandé. En liaison avec MI6. Un finaud. Tout miel à l'extérieur. À l'intérieur, de l'acier. Ne le craignez pas, mais ne croisez pas trop souvent son chemin.

— Qu'attendez-vous de moi?

— Interrogez les témoins. Le premier, ce matin. (Il jeta quelques notes sur la page d'un carnet de la pointe de son stylo.) Cette infirmière a eu de la veine. Elle ne souffre que de blessures légères. Coupures superficielles et commotion. Elle occupe une chambre isolée à l'hôpital de Hampstead.

— Je dois l'interroger?

— Oui. À 8 heures du matin. Je veux sa version avant MI5. (Il déchira la page du carnet.) Et je ne souhaite pas non plus que ce cher Wesley soit tenu au courant. Je veux avoir l'avantage. La seule façon, c'est d'accaparer toutes les preuves. (Il tendit à Rosslyn le morceau de papier.) Elle s'appelle Hazel Cartaret. Je vous la confie.

— Il ne vaudrait pas mieux la faire interroger par l'un de vos hommes? La situation en est-elle au point que MI5 ne fait même pas confiance à la police de Londres?

Harding se pencha par-dessus la table, une main à plat, l'autre disposant la bouteille de calvados et son verre comme des figurines sur un échiquier. Il regarda derrière Rosslyn la photo de Mary, sur l'étagère de la cuisine.

— Je veux quelqu'un de confiance, un homme droit. Un homme avec une hache dans les mains. Et qui n'hésitera pas à s'en servir, quand la lame sera bien affûtée.

Il finit son verre.

— J'ai l'impression que le moment venu, vous n'hésiterez pas à brandir cette hache. Je dois vous avertir qu'à partir de cet instant, vous aurez du mal à distinguer vos amis de vos ennemis. J'ai appris que la meilleure politique est encore de ne se fier à personne, sinon à soi-même. Ne prenez pas tous ces gratte-papier de la Sûreté pour de braves gens. On trouve toutes sortes d'arrivistes, magouilleurs, jouant double jeu, derrière les fenêtres de ces bâtiments sur la Tamise. Si le public savait, il y aurait une vague massive d'émigration. Peut-être vaut-il mieux que cela ne s'ébruite pas. (Il se servit un autre verre.) Je reçois chaque semaine une demi-douzaine de lettres de démission de la part de mes meilleurs éléments. Vous savez qui les pousse...?

Rosslyn resta muet.

– Leur femme et leurs enfants, et ils ont raison. Ce sont les épouses qui remarquent que leur mari a changé. Être flic vous aigrit. On remet à la justice un dossier en béton. Et ils le bousillent. Ou bien l'accusé a un avocat très habile. Ou encore le jury est vendu. On ne sait jamais ce qu'on va découvrir sous la pierre qu'on retourne. Voilà pourquoi j'ai intitulé cette mission « Scorpion ». Votre première tâche consiste à faire parler Hazel Cartaret.

14

Hazel Cartaret, jeune femme bien en chair de vingt-deux ans, originaire de Nouvelle-Zélande, était calée contre des oreillers sur son lit d'hôpital. Elle n'émit aucune objection à ce que l'entretien fût enregistré.

– C'est à côté de la porte de mon appartement, ou ce qu'il en reste, que la bombe a explosé. Un peu avant 18 heures, je me suis détournée de la fenêtre. Je repassais une jupe que j'avais raccommodée le week-end dernier en écoutant Classic FM. Je m'éloignais de la fenêtre, quand la bombe a sauté. Si je n'avais pas eu le dos tourné, le verre aurait pu me crever les yeux. Je m'en suis bien tirée. Je me rappelle une énorme détonation. Comme un obus. Puis des éclairs bleu et blanc. Je me rappelle avoir crié, quand j'ai compris que c'était une bombe. J'ai pensé : Personne ne sait que je suis ici. Et j'ai crié de plus belle. J'ai senti le gaz. J'ai eu très peur. Et pendant tout ce temps, je ne cessais de me répéter : Ne perds pas conscience, Hazel. Quoi qu'il arrive, ne fais pas ça. Il y avait des gravats qui volaient partout. Tout me tombait sur la tête. Puis il a fait tout noir. L'électricité était coupée. J'ai senti un grand souffle qui transportait de la poussière et du verre pulvérisé. Il faisait très chaud, je manquais d'air. Je me suis dit : Mince, je n'y vois plus rien. Je dois être aveugle. Puis j'ai senti la fumée. Et je me souviens de m'être demandé : Pourquoi ici, à England's Lane ? Il n'y a ni gare, ni banque, ni grands magasins. Pourquoi moi ? Qu'ai-je fait ? Et puis j'ai encore pensé : Bon sang, tu es infirmière. Sors de là et rends-toi utile. Alors, j'ai tâtonné et j'ai rampé jusqu'à la porte. Elle avait volé en morceaux. J'ai réussi à traverser le nuage de fumée. J'ai descendu l'escalier en rampant et je me suis retrouvée dans la rue. Sauvée.

Il y eut un silence.

— Dites-moi, Hazel, pourquoi étiez-vous à la fenêtre juste avant l'explosion ?

— J'avais entendu une dispute dans l'appartement d'à côté. Des cris de femmes.

— Malgré la radio ?

— Oui, dit-elle en se mordant les lèvres.

— Quel était le sujet de cette dispute ?

— Je ne sais pas. Je me suis dit que c'était peut-être pour rire. Ou que je me faisais des idées. J'ai entendu des injures. Puis un coup, et tout de suite après, une femme a lancé quelque chose comme : « Qu'est-ce que tu veux prouver ? » Puis : « Je ne suis pas ta chose. Ça jamais ! » Suivi d'un gémissement de douleur. Là, en tout cas, ce n'était pas de la comédie. C'étaient de vraies larmes. J'ai pensé à appeler la police.

— Pourquoi ne pas l'avoir fait ?

— J'ai cru que quelqu'un s'en était déjà chargé. Lorsque j'ai regardé par la fenêtre, j'ai aperçu un véhicule de la police devant l'arrêt d'autobus.

— À quoi ressemblait cette voiture ?

— C'était une voiture de patrouille avec de grosses lettres noires sur le toit. C'est tout.

— Vous avez vu le conducteur ?

— Non. Les vitres étaient teintées... Ce n'est que lorsque la voiture a démarré, que j'ai compris qu'un chauffeur était au volant.

– Dans quelle direction ?
– Vers Haverstock Hill, en passant devant le foyer des infirmières.
– Seriez-vous capable d'identifier cette voiture ?
– C'était une voiture de police comme les autres.
– Et cela s'est passé avant l'explosion ?
– Oui.
– Revenons à la dispute. Vous vous souvenez d'autres détails ?
– Le volume de la radio était à fond. C'était *Constant Craving* du groupe K D Lang. Je me suis dit qu'elles avaient dû boire... J'ai entendu qu'on ouvrait brutalement une fenêtre. Et le bruit s'est amplifié. Puis un bris de verre et la femme s'est mise à crier : « Arrête ! Merde, arrête ! » Je me suis dit que ça ne me regardait pas. C'était bizarre. Puis j'ai aperçu une femme. Tout en blanc. La trentaine. Cheveux blonds.
– Comment était-elle vêtue ?
– Jean et baskets. Chemisier blanc. Taché de sang, je crois, au col. On aurait dit une athlète. Très souple. J'ai pensé : Elle va me repérer. Voilà pourquoi j'ai quitté la fenêtre. Alors la bombe a explosé. C'était horrible, atroce.
– Tâchez de rassembler vos souvenirs. Combien de temps s'est écoulé entre le départ de la voiture de police et celui où vous avez aperçu cette femme ?
– Quelques secondes.
– Qu'est-ce qui pourrait avoir provoqué cette dispute, selon vous ?
– Aucune idée.
– Aviez-vous déjà surpris une querelle du même type ?
– Non.
– Vous savez qui étaient ces femmes ?
– Non. Mais je suppose que ce sont elles qui sont...
– ... mortes dans l'explosion. Leur identité est encore tenue secrète.
– Mes voisines...
– Vous savez autre chose sur elles ? Il vous arrivait de leur parler ?

103

– Non. (Hazel Cartaret enfonça sa tête dans l'oreiller.) Entre nous, c'était bonjour-bonsoir. Quelle horreur... Vous tenez une piste ?

– Pas encore.

Elle parut effrayée.

– Il s'agit d'un meurtre, n'est-ce pas ?

– À l'évidence. Merci de votre aide.

Rosslyn déposa sa carte professionnelle sur le plateau de la table de chevet.

– N'hésitez pas à m'appeler, même de nuit, pour me signaler un détail qui vous aurait échappé.

Elle considéra la carte avec étonnement.

– Vous êtes douanier ? Comment se fait-il que vous vous occupiez de cette affaire ?

– Nous travaillons toujours en étroite collaboration avec la police.

La réponse parut la satisfaire.

– Je vous souhaite de sortir bientôt d'ici, dit-il.

– Moi aussi. J'ai eu de la chance. J'ai tant de peine pour les autres, les mortes, les familles, les blessés. Je pourrais être à leur place, n'est-ce pas ?

– Nous pourrions tous être à leur place, déclara Rosslyn en s'arrêtant devant la porte. Qui sait quelle sera leur prochaine victime ?

Hazel Cartaret eut un sourire épouvanté.

– Je vous appelle, promis, si j'ai quelque chose pour vous.

Avant de quitter l'hôpital, Rosslyn appela Harding à Scotland Yard pour lui faire part du témoignage de l'infirmière. Certains sont toujours en réunion ; Harding, par exemple. Il mit une éternité à venir au téléphone, et là il se montra très froid. Il ne devait pas être seul. Il écouta le rapport de Rosslyn, se bornant à ponctuer ses propos de monosyllabes.

– ... Le conducteur de la voiture de police a dû voir quelque chose. Il faut le retrouver.

– Je m'en occupe.

– Et la dispute entre les deux femmes ? reprit Rosslyn. On

dirait une querelle de ménage. Une dispute entre lesbiennes. K
D Lang est le groupe favori des lesbiennes.

– Je n'en sais rien, répondit Harding, cassant. Ce que certaines femmes font de leur vie privée ne me regarde pas. Il n'y a
pas de loi contre ça. Il faut que je vous quitte...

Il raccrocha, et ses dernières paroles trouvèrent un écho dans
l'esprit de Rosslyn. Frances Monro avait prononcé cette même
phrase. Il se rappela son adjointe, Serena Watson, la fille à
l'allure de prof de gym. Elle avait piqué un fard et Monro avait
changé de conversation.

Waxers est un bar situé au rez-de-chaussée du bureau des
douanes. Des reproductions de bâtiments 1900 ornent les
murs. On y jouit d'une vue sur la Tamise et sur le *Belfast* au
mouillage. C'est là qu'à l'heure du déjeuner Gaynor offrit à
Rosslyn un verre de vin blanc. Le « capitaine » grommela une
remarque sibylline sur des orages à venir :

– Je vous préviens : vous allez travailler avec des tordus.

Il semblait savourer son avertissement, en vieux chasseur de
contrebandiers qu'il était, et qui n'aimait rien tant comme de
confronter le coupable au corps du délit avec un : « Vous êtes
fait ».

– Vous n'aurez plus de vie privée. Plus de Mary Walker.
Vous fréquentez quelqu'un ?

La question manquait de tact. Rosslyn hocha la tête.

– Vous devez être encore très meurtri... Vous détestez ces
salopards, pas vrai ? Moi, je les vomis. Si ça ne tenait qu'à moi,
je remettrais à l'honneur la pendaison, le peloton d'exécution,
la peine capitale par injection. Au choix. Qu'ils creusent leur
propre tombe, surtout les femmes. Croyez-moi, les femmes sont
les pires. Sans elles, les hommes laisseraient tomber. Les Irlandais ne sont pas comme nous. Ce sont les femmes qui portent
la culotte. Les Saintes Mères. Ça me dégoûte.

Jamais Rosslyn n'avait entendu Gaynor donner si libre cours
à sa haine. Peu lui importait d'être entouré de jeunes gens des
deux sexes, inspecteurs des Stup en jean et T-shirt, l'air las et les
yeux cernés.

105

– C'est une guerre de femmes, pas vrai ?

Rosslyn acquiesça vaguement. Gaynor le traitait comme un extrémiste de son espèce. Heureusement, ce laïus fut interrompu par l'arrivée d'un coursier chargé d'emporter la transcription de l'entretien avec Hazel Cartaret pour « la remettre en mains propres au commandant Harding ». Rosslyn lui indiqua la direction d'un bureau. La transcription se trouvait dans une enveloppe cachetée au nom de Harding.

Gaynor régla la note et reprit à pleine voix :

– Comprenez bien ceci. Les renseignements généraux pataugent. SO 13 patauge. MI6... ? Une bande de tapettes. C'est maintenant au tour de MI5. Harding peut vous paraître dur, mais attendez que MI5 commence à faire la loi. Ces gars-là sont une race à part. Vous croyez que vous êtes en sécurité, à courir avec la meute, mais ce que vous ignorez, c'est que les chiens ont le goût du sang...

– Merci pour le conseil, déclara Rosslyn, qui se demandait quel sens il convenait de donner à cette déclaration.

– De rien. Vous êtes un sceptique, comme moi. Ça me plaît, Alan. Pour survivre, un homme doit avoir la haine en soi. Jusqu'ici, je ne sentais pas en vous assez de haine. J'ai changé d'avis. Comme j'ai changé d'avis sur cette pourriture de McKeague. À la fin, toutes les pourritures disent la vérité. C'est fatal, hein ?

Gaynor sourit avant que Rosslyn ait pu exprimer son opinion. Presque à regret, le bonhomme ajouta :

– C'est triste, ce qui est arrivé à votre petite amie. Vous deviez en pincer pour elle... Je dois dire que son assassinat a développé votre agressivité. Une bonne chose. Lorsque vous avez rembarré le CIO, j'ai compris que vous étiez un homme.

Pendant ce temps, le messager traversait Londres pour remettre la transcription du témoignage de Hazel Cartaret à Scotland Yard. Les quelques feuillets mentionnaient la présence d'une voiture de patrouille dans England's Lane le 26 mars à 18 heures. En une heure, les déplacements de toutes les voitures de patrouille ce soir-là seraient vérifiés à la demande de Harding. Mais le récit de l'infirmière n'était pas assez détaillé.

Sinon la police de Stranraer, en Écosse, se serait intéressée de plus près à l'inconnue qui téléphonait sur le port, depuis une cabine téléphonique.

15

— Si Dieu le veut, je tuerai ces bouchers. Ce sera peut-être la dernière chose que je ferai dans ma vie, mais j'aurai ces ordures.

Il y avait bien longtemps qu'Anna McKeague n'avait pas pleuré. Elle était penchée au téléphone, dans la cabine démolie. La pluie qui entrait par la vitre brisée lui criblait le visage. Toute la journée, la tempête avait fait rage dans la mer d'Irlande et jusqu'aux côtes de l'Écosse.

Des heures durant, elle avait tâché de contacter Londres. Enfin, elle avait appris la vérité. La presse populaire n'avait pas menti. Sa sœur, en couleurs ou en noir et blanc, la regardait sous les gros titres. MORT D'UN SUSPECT. LÀ FIN D'UNE GARCE.

La seule personne qu'elle chérissait était morte.

Elle lutta pour surmonter sa peine et sa colère.

— Les Anglais n'ont pas intérêt à sa mort. Ils voulaient une inculpation. Je n'y crois pas. Ils mentent.

Au bout du fil, la voix synthétique ne se montra pas impressionnée par son argument. Asexuée, elle ronronnait sans discontinuer.

— Nous vous conseillons de vous mettre au vert en Irlande du Sud jusqu'à nouvel ordre. Belfast est trop dangereuse. Vous devez redoubler de prudence. Vous m'entendez? Il y a de la friture sur la ligne.

Elle survola du regard le quai où le ferry tirait sur ses amarres. Son départ pour Larne avait pris un retard de plusieurs heures.

La voix reprit:

— Suivez ce conseil.

C'était en partie un ordre, en partie une question. Son calme contrastait avec la colère d'Anna McKeague.

Elle enrageait dans la cabine, comme un champion avant le signal du départ, ruminant ses larmes. Au-dehors, le tonnerre gronda.

— À mon tour de donner des conseils : je veux la preuve de sa mort, ou le nom de son assassin. Donnez-moi son nom et nous resterons en bons termes. Sinon, vous allez regretter d'être né.

— Ce serait dommage de se fâcher.

— Ça me regarde. (Elle réussit à grand-peine à allumer une cigarette.) Je veux cette preuve.

— Il est trop tard pour agir.

— C'est vous qui le dites.

La sirène d'un navire mugit dans le lointain.

— Vous avez gagné la plus grosse somme de votre carrière. Personne ne vous arrive à la cheville.

— Je le sais, abruti. Je sais ce que ça m'aurait coûté de la sortir de taule.

— Libre à vous de dépenser votre argent comme vous l'entendez.

— Tu l'as dit, mon gros.

— Mettez-vous au vert. Nous reprendrons contact dans quelque temps.

— Et si je parlais... ?

— Rappelez-vous que nous sommes liés...

— Et vous, rappelez-vous que je joue double jeu. Et si je vous perçais à jour, si je découvrais votre véritable nom, salopard ? Vous êtes foutu. Pas moi. Nous avions passé un accord. Et la mort de Dee (le nom de sa sœur redoubla la violence de ses sanglots) n'était pas au programme.

— On ne peut plus continuer ainsi.

— Je veux le nom du tueur.

— Ça ne vous servirait à rien.

— Tu parles !

— Des représailles ne feraient que reporter tous les soupçons sur vous.

Il y eut un long silence.

— Je veux une copie des interrogatoires.

– Une bande magnétique ferait l'affaire ?

– Sans problème.

– Je pourrais m'arranger pour vous procurer une cassette. Mais c'est tout.

– Merde. Je veux plus : deux fois la puissance des explosifs que vous aviez déposés la dernière fois. Là aussi, vous vous chargerez de la livraison. Je suis assez claire ?

– Qu'est-ce que vous mijotez ?

– Je veux savoir comment elle est morte. Je me réserve le salaud qui lui a fait ça. Je veux le voir crever. Ce sera mon dernier hommage à Dee.

– En échange de quoi... ?

– Vous n'entendrez plus parler de moi.

– Ce serait dommage.

– Il faudra vous y faire. Si vous échouez, je vous tuerai.

– Je ne vous promets rien.

Elle haïssait cette voix désincarnée. Elle menait une guerre humaine. Elle comprenait les technologies de la destruction : pas l'emploi de cette voix synthétique, cette terrible machine à fabriquer une parole désincarnée.

– C'est ça, faites de votre mieux, dit-elle aigrement.

Elle affronta le grand vent, évita un lourd chariot de marchandises et s'élança sous la pluie, par les rues désertes de Stranraer, en direction de sa voiture.

Ce soir-là, la tempête connut une relative accalmie, et le ferry reçut l'autorisation d'appareiller. Mais à l'heure où il fendait les flots déchaînés en direction d'un crépuscule livide, Anna McKeague n'était pas à bord. Elle fonçait droit sur Londres au volant de sa voiture.

À la radio, un ministre annonçait sa démission, pour « raisons familiales, pour me consacrer davantage à mes proches et à mes affaires. Mes convictions n'ont pas changé. Je soutiens la justice, la liberté et la libre entreprise, partout où elles fleurissent dans le cœur des hommes ».

– Moi aussi, dit Anna McKeague, en zappant de radio en radio avant de tomber sur un hommage à Joan Armatrading.

16

À Rosslyn fut épargnée la peine de revoir l'emplacement exact où Mary avait trouvé la mort, devant Thames House. Conformément aux consignes de Harding, il emprunta l'entrée par les quais pour se rendre à la réunion fixée à 9 heures du matin. Le vestibule en verre et marbre eût convenu davantage à quelque luxueux hôtel au design postmoderne. A travers le plafond en vitrage renforcé, on distinguait des murs intérieurs en pierre de Portland. À sa droite, le long rectangle d'une fenêtre d'observation. Derrière, une demi-douzaine de gardes en bras de chemise scrutaient un mur d'écrans de télévision montrant des couloirs interminables, des intérieurs d'ascenseur, le parking souterrain, des essaims d'antennes paraboliques et de liaisons satellites, et deux mitres de cheminée en métal brillant.

Un gardien lui demanda sa carte d'identité et lui désigna un siège dans la petite salle d'attente à côté du guichet. Les fauteuils au dossier étroit étaient revêtus d'une coûteuse étoffe cramoisie. On avait dépensé sans compter pour cette remise à neuf raffinée. Les agents de la sécurité prêtaient moins d'attention à Rosslyn qu'au signal de l'alerte rouge. Ils avaient tous l'air déprimé. Toutefois, lorsque Harding parut, leur regard s'illumina. Une tête connue. L'un d'eux se leva d'un bond pour se pencher sur la machine à délivrer les badges. Il en tendit un à Harding avec un sourire déférent :

– Nous vous conduisons au huitième étage, commandant.

Harding déclara qu'ils trouveraient bien leur chemin tout seuls. Mais lorsque la machine délivra le badge de Rosslyn, le garde le laissa tomber sur le guichet, l'air de dire : « Tiens, sers-toi. » Rosslyn l'épingla au revers de son veston. Il remarqua que l'employé avait déjà reporté son attention sur la rubrique hippique du *Sun*.

On les fit pénétrer par l'un des six sas qui ressemblaient à des cabines de verre et d'acier. Une fois dans l'ascenseur, Harding lui confia :

– Ils ne nous entendent pas mais ils nous voient. (Il désigna du doigt la caméra vidéo.) Il faut que je vous dise... nous n'avons pas encore retrouvé la voiture dont Hazel Cartaret vous a parlé. Nous avons pourtant procédé à des recherches très poussées.

— Et si c'était une voiture non répertoriée?

— Une voiture de police ne s'évanouit pas dans la nature! protesta Harding, alors qu'ils arrivaient au huitième étage. Je ne gobe pas cela, moi!

Ils passèrent devant des portes marquées : « Vice-directeur général », « Conseiller juridique ». *Les cages d'un zoo, songea Rosslyn, un zoo gardé par des amnésiques qui ont besoin de se rappeler le nom des espèces en voie d'extinction qu'ils protègent.*

— Je vous conseille d'attendre mon signal avant de prendre la parole, murmura Harding, tandis qu'ils avançaient dans le couloir.

Un petit homme ouvrit des portes anonymes.

— Je suis le secrétaire intérimaire de la DG, annonça-t-il fièrement. (Rosslyn contempla ses cheveux clairsemés et son complet de chez Marks & Spencer.) Nous vous attendions. Le temps presse.

Il tapota sa Rolex – une contrefaçon, nota Rosslyn.

Ils pénétrèrent dans une pièce haute de plafond, récemment rénovée. On se serait cru dans la salle à manger d'un hôtel. Aux fenêtres, de lourds volets d'acier apparaissaient sous les blancs rideaux de nylon. Sur les murs beige pâle, plusieurs fades reproductions d'aquarelles au thème mélancolique. Un homme les admirait tour à tour, son crâne dégarni incliné en signe de respectueuse admiration, jusqu'au moment où, sur le mur opposé aux volets, il remarqua un portrait sous cadre de la Reine – isolé à côté d'un caoutchouc dépérissant dans son bac en plastique.

— Commandant Harding, lança la directrice générale. Vous connaissez tout le monde, je crois...

C'était une femme sans âge, avec des pattes-d'oie au coin des yeux. Son strict tailleur gris était de ceux que la mère de Rosslyn eût qualifié de « pratique ». Par contraste, son sautoir en or semblait une réplique d'un modèle antique. Il se rappela, avec une pointe d'amertume, que Mary lui avait jadis montré un

111

modèle similaire à la boutique du British Museum. Les longs doigts jouaient avec des lunettes de lecture et un petit carré d'étoffe à nettoyer les verres. Il remarqua les ongles taillés très court. Pas d'alliance. À la place, une marque, signe de séparation ou de divorce. Rosslyn lui trouva un visage aimable. Mâchoire anguleuse, grande bouche. Les dents avaient fait l'objet de soins coûteux; un rien trop blanches, trop régulières.

– Je vous présente Alan Rosslyn, déclara Harding. Des douanes.

– Je sais, répondit la directrice. Prenez place.

Il y avait déjà une demi-douzaine de personnes dans la pièce. Des cadres de MI5, probablement. Il s'installa à côté de Harding et face à un homme au visage rubicond.

– Le Premier ministre a différé notre entretien, déclara la directrice. Il souhaite un rapport exhaustif sur nos objectifs : organisation, priorités de management, systèmes-rapports, chaînes de commandement... J'informe le Premier ministre. Et vous, messieurs, vous m'informez. Est-ce acceptable pour vous, commandant ?

– Ai-je bien compris ? protesta Harding. C'est vous qui informerez directement Downing Street ?

– C'est déjà fait.

– Mais ils n'ont pas encore reçu mon rapport !

– Ils ont le nôtre. Ne soyons pas esclaves des formalités. Ne perdez pas de vue que nous avons perdu deux des nôtres. Monro et Watson travaillaient dans mon service. Elles jouaient un rôle très important chez nous...

Rosslyn nota le ton triomphal.

– Mon rôle à moi est d'enquêter sur leur mort, déclara Harding. Quelles que fussent leurs fonctions chez vous.

– Il n'est pas nécessaire, commandant, de discuter de leurs fonctions. Vous êtes ici au titre de participant à la coordination chargée d'enquêter sur ces meurtres. Comme officier de police.

Là, le type rougeaud assis devant Rosslyn leva la main.

– Les fonctions de Monro et Watson sont classées top secret.

Harding ferma les yeux.

– J'ai besoin de les cerner.

– Ne nous fâchons pas pour si peu, reprit l'homme au visage rubicond. Monro, classe A, directeur suppléant, réseau de renseignements et opérations. Watson, c'était le cran au-dessous. Surveillance de terrain, Londres et ses environs.

– Elles étaient amies ?

– Collègues.

– Étaient-elles connues des témoins ? demanda la directrice d'une voix unie.

– Pas de nom.

– Vous semblez ne pas comprendre le sens de ma question. L'un des témoins que vous avez interrogés sait-il qu'elles travaillaient pour nous ?

Elle toisait Rosslyn comme elle eût fait d'un écolier obtus.

– M. Rosslyn, je crois savoir que vous avez interrogé au moins un témoin, non ?

– Exact. Le témoin connaissait les victimes de vue. C'étaient ses voisines, rien de plus. Ceci répond-il à votre question ?

L'insolence de la réponse n'échappa pas à Harding qui parut l'apprécier. Pas plus qu'elle n'échappa à la directrice générale dont les yeux se rétrécirent.

– Très bien, dit-elle. Il s'agit de limiter les dégâts. La mort de Watson est une perte tragique, pas seulement sur le plan humain... Tout un réseau ultra-sensible d'informateurs s'en trouve menacé à travers le Royaume-Uni. Ce réseau possède des ramifications jusqu'en Europe, au Moyen-Orient et aux États-Unis. Voilà pourquoi le Premier ministre souhaite être tenu informé au jour le jour des résultats de l'enquête. Nous devons tirer le maximum des éléments que nos experts ont récupérés. Oh, avant d'aller plus loin, il y a un point important à régler : les relations publiques.

– Vous n'allez pas me dire que les médias vont être mis dans le coup ? s'exclama Harding.

– Rien de tel. Les noms de nos agents ne seront révélés sous aucun prétexte, ni à la presse, ni à la télévision, ni aux agences de presse. À personne. Pas même, commandant Harding, au préfet. Nous suivrons la procédure normale. Comme vous dites, Harding...

113

— Nous avons respecté la procédure, dit Harding.

La directrice inclina la tête avec le même sourire qu'elle avait adressé à Rosslyn.

— Vous savez, je suppose, que j'ai appris que vous aviez révélé l'identité de Monro et Watson au préfet ?

Mon Dieu, songea Rosslyn, *elle ne se fie à personne.*

— N'est-ce pas exact ?

— C'est vrai. J'ai donné les noms au préfet, parce qu'il s'agit d'abord d'un double meurtre et d'une enquête criminelle.

— Inutile de nous rappeler les faits. Monro était indiscutablement le meilleur agent de renseignements de sa génération. C'était aussi une grande amie. La marraine de mon fils. Alors, inutile de me reprocher d'oublier qu'il s'agit d'un meurtre. Ou que je ne le prends pas à cœur. Je le prends très à cœur. Comme nous tous ici. Vous aussi, vous devriez le prendre à cœur. Car les moindres succès de SO 13 dans les derniers mois sont, à n'en pas douter, le fruit du travail effectué ici, chez nous. Grâce surtout au réseau de Frances Monro. Ce qui vous échappe peut-être, commandant, c'est à quel point le Premier ministre est informé de nos réalisations.

Est-ce qu'il est seulement au courant de mes « réalisations » à moi ? songea Rosslyn. *Elle a confisqué tout le gâteau à son profit.*

— Aucun autre agent, dans l'histoire de ce service, n'avait élaboré un réseau aussi efficace. Avec tout le respect que je vous dois, commandant, je me demande si vous évaluez à sa juste valeur le préjudice que représente la perte de Monro dans la lutte contre le terrorisme.

Pourquoi se répète-t-elle ? Prend-elle Harding pour un demeuré ?

— Tout ce que je puis dire, reprit Harding lentement, en tâchant de se maîtriser, c'est que nous regrettons profondément la mort de vos agents.

— Nous, nous ne sommes pas seulement désolés, releva la directrice d'une voix posée. Nous sommes aussi très déterminés.

— Nous aussi. (Rosslyn remarqua le ton résigné.) Nous avons réuni toutes les preuves utiles aux experts. Comme vous le savez, nous avons interrogé des témoins. Nous avons un témoin de poids, une infirmière. Nous avons endormi les médias. Nous

114

nous proposons de continuer sur cette lancée. Continuer le travail jour et nuit en tâchant de faire de notre mieux. Il faut tout vérifier sans être chiche de notre temps. Tout sera dans mon rapport. Mon service vous en fera parvenir un double dans les meilleurs délais.

La directrice leva les mains, doigts écartés, paumes vers le bas.

— Inutile...

— Pourquoi?

— Vous demanderez à vos experts de nous transmettre tout leur matériel avec leurs conclusions. Aujourd'hui même. Avant midi.

Un spasme de douleur crispa la figure de Harding.

— Pouvez-vous m'en informer par écrit?

— Certainement.

Rosslyn vit Harding refermer son porte-documents et se caler dans son fauteuil.

— Je veux qu'il soit précisé dans le rapport que tout ceci a lieu deux jours seulement après l'attentat. Aux heures les plus cruciales de l'enquête. Peu importe que ce soit nous qui la menions, ou que vous tentiez de mener les choses à votre gré en faisant cavalier seul. Mais je dois préciser clairement, dans les termes les plus vigoureux, que chaque minute compte. C'est une question de minutes. Quand les souvenirs sont encore frais... Votre requête va, je vous le dis franchement, causer un retard. C'est inacceptable. Mais si, comme je le soupçonne, vous tenez à provoquer du retard, vous devez mesurer les risques que vous prenez.

La directrice le considéra.

— Je vous entends. Tout est enregistré.

Harding fit une ultime tentative.

— Mes agents sont des professionnels, des hommes d'expérience. Pourquoi ne pas les laisser continuer?

— Vous insinuez que je fais de l'obstruction?

— Nullement.

— Je crois que si.

— Je crois que vous avez l'intention de nous évincer de cette enquête.

– Si c'est ainsi que vous voyez les choses, à votre guise.
Harding croisa les bras.

– On ne peut pas continuer à rester autour d'une table à
suggérer une méthode de travail qui ferait le jeu des terroristes.
C'est ce qu'il me semble, de mon point de vue.

– Votre point de vue ne me regarde pas.

– Moi, il me regarde.

– J'ai l'impression que vous ne comprenez pas ce que
j'attends de vous.

– Allez-y. Dites-le-moi.

– Je veux que vous continuiez à agir en officier de police.
Faites les choses en règle, en ordre. Sans émotion ni aigreur.
Sans, pour le dire carrément, cette hostilité larvée dont vous
avez fait preuve jusqu'ici. Je veux que vous parliez à l'adjoint du
préfet délégué à vos renseignements généraux. Vous lui direz,
dans vos termes, que j'ai personnellement éclairci la situation.
De vive voix et par écrit avec le préfet. Les preuves seront, je le
répète, transmises à nos services, ici même, aujourd'hui à midi.
Je ne vois pas comment je pourrais m'exprimer plus clairement.

– Je reprendrai vos termes exacts. Et j'écrirai une lettre de
protestation officielle.

– Maintenant, c'est vous qui gaspillez un temps précieux.

– C'est vous qui le dites.

– Mais non. C'est ce qui ressort de la lecture du règlement
du service de la Sûreté.

– Le règlement, c'est votre affaire.

– La vôtre également. Je cite : « La mort d'un agent de la
Sûreté, en mission ou non, peut, sous l'autorité du directeur
général, donner lieu à une enquête par le service de la Sûreté ou
des personnes déléguées par le directeur général de la Sûreté. »
Ce règlement l'emporte sur tous les autres.

Soudain, Harding se leva d'un bond.

– Mme la directrice, c'est à vous de m'écouter. Ce qui se
passe ici est honteux. (Il pointa le doigt sur les fenêtres.) Derrière ces murs, il est des hommes dont la vie est menacée. Voilà
six ans que je combats en première ligne. Je sais ce qu'il en est.
Contrairement à vous, j'ai parlé aux familles en deuil, aux blessés, aux mourants. Vos règlements, je m'en contrefiche.

116

– Rasseyez-vous, je vous **prie.**

Il resta debout.

– J'ai très envie d'appeler **maintenant** le ministre de l'Intérieur.

– Faites donc. Utilisez mon téléphone, si vous voulez.

– Je ne veux pas perdre mon sang-froid.

– Alors, que ce soit clair entre nous : quiconque dans la police, impliqué dans cette enquête, divulguerait des informations à l'extérieur sera aussitôt suspendu de ses fonctions, arrêté, poursuivi dans le cadre de la loi et retenu indéfiniment en garde à vue.

Pendant un moment, Harding accusa un air de vaincu. Rosslyn ressentit une bouffée de sympathie pour lui.

– Dernière chose, Mme la directrice, déclara Harding en reprenant son porte-documents. La famille n'a pas été prévenue.

– Je vous confie cette tâche, commandant Harding. La mère de Monro est dans une maison de repos médicalisée à Bournemouth. La maladie d'Alzheimer... (Elle feuilleta un dossier devant elle.) La sœur de Serena Watson sort d'un foyer pour drogués. J'ai décidé qu'elle ne sera pas mise au courant. Elle est assez déséquilibrée et, d'ailleurs, elles s'étaient perdues de vue depuis des années. Au fait, vous mettrez votre infirmière en garde contre les bavardages intempestifs. M. Wesley, ici présent, jouera les agents de liaison.

Bryan Wesley, l'homme rougeaud, qui était resté assis devant Rosslyn pendant toute la réunion, acquiesça de la tête.

D'où l'ont-ils déterré, celui-là ? se demanda Rosslyn, en considérant sa silhouette empâtée, la bedaine saillant par-dessus la ceinture du pantalon. *Encore un héros en pantoufles.*

– L'opération est baptisée Scorpion, je crois ? Bon titre, je trouve.

– Heureux qu'il vous plaise, dit Harding en se dirigeant vers la porte. Nul doute que nous nous reverrons bientôt.

Dehors, sur le quai, il déclara :

– Maintenant, vous les avez vus en face. Quand ils se pointent, gare à vos fesses. N'oubliez pas.

Rosslyn promit.

117

17

À midi, quand ils retournèrent à Scotland Yard, le bureau de Harding croulait sous les rapports et les documents marqués top secret. L'un d'eux, du service de déminage de la police, confirmait que le matériel utilisé dans England's Lane portait la marque de fabrique d'une société germano-belge implantée à Dresde. Mais ce n'était pas tout.

La puissance et la direction du souffle, ainsi que le type de destruction accomplie, montraient qu'au moins cent kilos d'explosifs puissants avaient été déposés dans une maison abandonnée voisine de l'objectif visé. La charge avait été placée selon des calculs qui ne pouvaient qu'être le fait d'un professionnel. La composition de la charge était inhabituelle. Les hommes de l'équipe de déminage avaient découvert des traces de PE4, un explosif utilisé par l'armée britannique, et de PETN, explosif utilisé également dans le civil par des entreprises de démolition. De surcroît, on avait identifié des traces d'un dispositif détonant, le Cordtex, et plusieurs fragments d'un micro-contact allemand. Un scientifique recherchait des fibres de cheveux humains et des traces de sang.

— McKeague avait tout dit, dit Rosslyn en tendant à Harding la bande de l'interrogatoire. Tout, sauf la charge exceptionnelle d'explosifs.

Ils feuilletèrent les autres rapports : liste de véhicules suspects aperçus dans un rayon de dix miles autour d'England's Lane dans les deux dernières semaines ; coups de fil à « Allô, appel à témoins » ; liste des effractions commises dans le nord de Londres ; dénonciations anonymes ; emploi du temps complet des véhicules de police en service dans Londres douze heures avant et après l'attentat.

— Et toujours rien sur la voiture aperçue sur place...

Harding appela son assistant.

— Envoyez une patrouille à England's Lane dans une heure. Demandez-lui d'apporter une bombe de peinture pour teinter les vitres. (Il poussa en direction de Rosslyn un exemplaire plié de l'*Independent*.) Vous lirez ça en route.

Les récents échecs des terroristes à Londres ont été tenus secrets pour protéger les sources
La police a « déjoué plusieurs projets d'attentat par l'IRA »

PAR BRUCE HYMAN, NOTRE CORRES-
PONDANT
AUX AFFAIRES CRIMINELLES

Au moins dix attentats à la bombe dans les dix-huit derniers mois auraient été contrecarrés grâce aux mesures anti-terroristes, selon une source d'information de la police.

La déclaration, difficile à vérifier, a été faite par une source haut placée, suite aux critiques adressées à la police et à la Sûreté, accusées de ne pas avoir pu prévenir l'attentat d'England's Lane. Elle intervient dans un climat de dissensions entre MI5 et la police concernant la divulgation d'informations relatives à la lutte contre le terrorisme.

Dans le même temps, on a révélé en haut lieu que l'augmentation des patrouilles de police, depuis l'attaque de Scotland Yard l'an passé, a abouti à une baisse globale de 10 % de la criminalité. L'adjoint du préfet Ian Hanson a également confirmé dans son rapport annuel qu'un homme arrêté en Irlande du Nord pour activité terroriste, aurait été entendu sur cette affaire.

Dans le sillage de l'attentat d'England's Lane, des responsables de la police s'indignent de ce qui apparaît comme une critique injuste, sapant le morale de leurs troupes. Mais ils considèrent qu'en dire plus risquerait de compromettre de précieuses sources d'information.

La source haut placée a ajouté : « Nous avons mis un terme à plusieurs tentatives pour introduire des bombes dans Londres au cours des dix-huit der-niers mois ; ce nombre se monte à deux chiffres. Outre les barrages routiers, nous menons certaines activités sur les-quelles nous ne pouvons donner de pré-cisions et que le public doit ignorer. Pour le moment, nous ne pouvons en dire plus, car un mot imprudent, une bribe d'information pourraient per-mettre de remonter à un informateur, dont la vie serait alors menacée. »

Une autre raison pour laquelle les opérations contre l'IRA sont tenues secrètes, est la répugnance de la Sûreté, qui a pris depuis octobre dernier une place prépondérante dans la lutte anti-terroriste, à divulguer ses informations.

La source haut placée précise : « Trouver un accord demande du temps et la chose est en bonne voie. Mais deux écoles s'opposent sur la question de la divulgation des informa-tions. Nous partons de points de vue parfaitement opposés. »

Chaque tentative d'attentat à la bombe a été déjouée avant la pose de la charge explosive. « Du coup, l'IRA a changé de tactique, et continuera d'en changer. Nous ne pouvons faire aucune hypothèse pour le futur, dans la mesure où ils essayeront toujours de nous sur-prendre. »

Des responsables de la police ont souligné hier que l'état d'alerte se pro-longera pendant encore quelque temps, car l'IRA risque de tenter la réédition de l'attentat d'England's Lane dès que possible.

La police de Londres affirme qu'elle consacre proportionnellement plus de ressources à la lutte antiterroriste que toute autre force armée.

– La « source haut placée », c'est moi, déclara Harding. Wesley se croit malin, en me retirant les preuves. Je vais m'assurer que les gars de notre labo auront eu le temps de les examiner à fond. Je peux parler à la presse. MI5, non. C'est notre atout.

18

À England's Lane, Rosslyn accompagna Harding devant des façades de maisons et de boutiques solidement barricadées. Les grandes bâches des échafaudages entouraient les édifices sinistrés. Il jeta sa veste sur son épaule. Il faisait chaud.

– Scorpion aura fait livrer la charge de PE4, PETN, longtemps à l'avance, confia-t-il à Harding. En cachette, de nuit ou sous la pluie. Cent kilos, ça représente un gros volume. Soit l'engin a été livré en même temps, soit Scorpion l'a apporté ici au dernier moment. Quelqu'un a dû assister à cette livraison. Selon McKeague, Scorpion opère en solo.

Même au bout de trois jours, l'odeur de brûlé était toujours aussi prenante. Les feuilles des arbres avaient été soufflées et ravagées par les flammes. De nombreux troncs étaient noircis et carbonisés. La moitié d'entre eux avaient été abattus au cours du week-end par mesure de prudence. Il régnait dans la rue un silence saisissant, en contraste avec le ciel bleu, les ombres nettement découpées et la transparence de l'air.

Au numéro 139, Harding ôta le cadenas de la porte de fortune aménagée dans une barricade de protection en madriers. À l'intérieur, on avait édifié d'autres échafaudages.

– Mettez-vous à la place de Scorpion, dit Harding. Vous apportez ici les explosifs dans des sacs.

– J'ai dû les décharger depuis la rue. Ça représente un certain volume.

– Vous êtes venu en voiture. En camion de livraison.

Harding avait les témoignages de commerçants et d'une dizaine de riverains qui avaient fait des déclarations spontanées aux enquêteurs. Aucun n'avait fait part d'un véhicule suspect.

– Scorpion, reprit Rosslyn, en imaginant le tueur absorbé dans ses préparatifs, doit avoir livré la bombe de nuit. Comptons trente minutes. Quelqu'un a dû assister à la scène...

Il fut interrompu dans ses spéculations par l'apparition sur le seuil de deux silhouettes féminines. Une femme policier escortait Hazel Cartaret.

Harding se fraya un chemin parmi les gravats.

– Merci d'être venue, Hazel. Nous voulons reconstituer les faits tels qu'ils se sont déroulés samedi dernier.

– À votre disposition, répondit l'infirmière. (Elle sourit à Rosslyn.) Je vais mieux, vous voyez. Contente de vous revoir.

Elle avait l'air plus replète que dans ses souvenirs. De bonnes joues roses, des jambes fortes en collant noir, une impeccable tenue bleu pâle. Souliers à talons plats.

– Je vous ai vu à la télévision, dit-elle à Harding. Vous faites plus grand en vrai.

Éclat de rire général.

– Vous voulez bien grimper sur l'échafaudage avec nous? Comme ça, on aura une vue d'ensemble de la rue.

Il demanda à la femme policier de retourner à la voiture de patrouille.

Du haut des échafaudages, approximativement au niveau de l'ancien appartement du témoin, on jouissait d'une vue dégagée.

– Hazel, vous avez vu la voiture là où se trouve la nôtre actuellement. Vous n'avez pas vu le chauffeur ni s'il y avait plusieurs personnes à bord. Nous avons vaporisé de la peinture sur les vitres. Ainsi, vous n'avez pas pu voir à l'intérieur. Est-ce exact?

– C'est exact.

– Y avait-il du monde dans la rue?

– Il faut que je vous dise... j'ai vu une infirmière. Elle portait mon uniforme. Je ne l'avais jamais vue, et pourtant je connais presque toutes les jeunes filles au foyer. Je sais reconnaître un visage d'infirmière quand j'en vois un. Ce n'était pas une véritable infirmière.

– Vous vous rappelez ses traits?

121

— Non, pas en détail.

— Où se trouvait-elle quand vous l'avez aperçue?

— Près de la voiture.

— Que faisait-elle?

— Rien. Elle attendait tout simplement.

— Tâchez de vous souvenir, Hazel. Nous voudrions savoir ce qu'elle faisait là. Nous devons en avoir le cœur net.

— Je l'ai vue sortir une cigarette. Aucune infirmière ne ferait ça... fumer dans la rue. Mais elle, elle fumait. Je m'en souviens parce que, pour ma part, j'ai arrêté de fumer.

— Blanche, Noire, Asiatique? s'enquit Rosslyn.

— Blanche. Mince. Athlétique. Fatiguée.

— Vous avez donc vu son visage...

— En fait, oui. Mais je ne m'en souviens pas. Elle a sorti une cigarette, puis elle est montée en voiture.

— Elle *quoi*? s'exclama Harding.

— Elle est montée en voiture et s'est mise au volant.

— Pensez-vous qu'il y avait quelqu'un d'autre à bord?

— Je n'ai aperçu personne d'autre.

— Mais au bout de combien de temps la voiture a-t-elle démarré?

— Dès qu'elle a été à l'intérieur.

Harding était d'un calme olympien.

— Vous avez votre permis de conduire, Hazel?

— Oui.

— Donc, vous conduisez. Imaginez que vous vous mettez au volant.

Rosslyn observa de près le commandant Harding. La voix posée, presque paternelle. Ses yeux sondaient ceux de l'infirmière avec l'intensité d'un maître en hypnose, traquant la mémoire vagabonde, la forçant dans ses retranchements.

— La nuit tombe, il pleut, il y a du vent. Maintenant, je veux que vous alliez regarder dans la rue...

Elle obéit. Harding parla dans sa radio et regarda sa montre. Puis la femme policier.

Cette femme ressemblait à Mary : était-il possible que Harding, avec une atroce perversité, l'ait choisie délibérément pour cette ressemblance?

– Observons-la. Je minute la scène... Go!

Elle ouvre la portière	1 seconde
Prend place	2 secondes
Ceinture de sécurité	1 seconde
Clé de contact	1 seconde
Moteur	1 seconde
Coup d'œil au rétroviseur	3 secondes
Clignotants	1 seconde
Nouveau coup d'œil au rétroviseur	2 secondes
Insertion dans la circulation	2 secondes
	14 secondes

– Quatorze secondes, annonça Harding. Un temps mesurable, variable, il est vrai, mais mesurable. Maintenant, vous fermez les yeux. Imaginez que vous êtes cette infirmière. Elle suit le même processus. Elle ouvre la portière du chauffeur. Réfléchissez.

Au bout de quatorze secondes, elle ouvrit les yeux.

– Ça a duré exactement ce temps-là!

– Vraiment? Vous êtes certaine qu'elle s'est glissée au volant?

– Tout à fait certaine. Je l'ai vue. La voiture l'attendait... Et vous savez quoi? Je pense qu'elle portait une espèce de perruque. Brune. Je me rappelle maintenant avoir pensé : Comme elle est pâle... le genre enfant battue. Hommasse. Nez écrasé. On ne dirait pas une *vraie* infirmière. (Elle parlait plus vite.) La perruque ne lui allait pas. Et son uniforme était flambant neuf.

– Quel âge avait-elle?

– La trentaine.

– Revenons à la voiture... Regardez ça. (Harding tenait des fiches 10 x 18 représentant des marquages de véhicules réglementaires de la police.) Je vous demande de me dire si l'une de ces inscriptions vous évoque quelque chose.

Il disposa les cartes par quatre.

– Vous pouvez recommencer? demanda-t-elle. Oui, c'est ça...

Le motif était simple.

123

Un grand V
puis P   O
en bas, un grand cercle orange
          O

– Il y avait aussi des bandes rouge et orange aux portières.
– Bon. Descendons. (Il lui tendit un double de son entretien
avec Rosslyn.) Vérifiez que tout est correct. Nous sommes à
vous dans une minute.
Hazel Cartaret rejoignit la femme policier pour lire la transcription.
Une fois dans la rue, Harding lança un appel radio depuis
sa voiture. Aucun commissariat n'avait envoyé de voiture
répondant au signalement à England's Lane au moment de
l'attentat.
– Il s'agit sans doute d'une voiture maquillée, conclut Harding. Comme la camionnette devant Scotland Yard, la nuit de
Noël... Vous vous rappelez?
Rosslyn se rappelait : *Jingle Bells.*
– Nous recherchons une femme. Blanche, la trentaine, opé-
rant en solo. Elle connaissait l'identité de ses victimes, le lieu, le
moment. Elle savait qu'elles seraient sur place à 18 heures, ce
samedi-là. Reste à découvrir qui pouvait connaître leurs habitudes. Amis, collègues.
– Vous croyez que Wesley va nous donner des noms?
– Qui sait? Il nous faut plus que la simple photo des
victimes. Il vous faudra obtenir de lui quelque chose
comme : agendas, cartes de crédit, relevés téléphoniques. Il
se peut qu'il refuse. Dans ce cas, nous tenterons une autre
approche.
La femme policier traversa la rue pour leur signaler que le
témoin avait lu et signé sa déposition.
– Demandez à Wesley d'identifier les corps. Accompagnez-le
à la morgue. Autre chose, faites un tour à la poste. Récupérez
tout le courrier qui serait arrivé pour Monro et Watson. Ce
n'est pas parce qu'on a cassé sa pipe que le courrier n'arrive
plus, pas vrai? Nous sommes peu nombreux à savoir qu'elles

sont mortes. Pour le moment... Attention : la visite à la morgue risque d'être moins plaisante que le sourire de Hazel Cartaret.

Ou de la femme policier, songea Rosslyn, en s'efforçant de gommer la ritournelle de Noël de sa mémoire. Une brise légère portait jusqu'à ses oreilles le timbre lointain des cloches. Il envia l'insouciance des carillonneurs et leur vie de famille.

19

Le lendemain matin, à 11 heures, Rosslyn accompagnait Wesley à la morgue. Une lumière froide tombait sur les paillasses en porcelaine au milieu d'une salle aveugle. Les paillasses étaient inclinées vers des trous de vidange. L'air était saturé d'âcres odeurs de produits chimiques.

– Je ne savais pas que notre collaboration comprenait ceci..., déclara Wesley.

– Il faut bien que quelqu'un les identifie...

– Pourquoi moi ?

– Vous êtes vice-directeur du personnel.

Rien d'étonnant si Wesley était nerveux à l'idée de contempler les restes de ses défuntes collègues.

– Tout est prêt, déclara l'homme en blanc. Prenez un bonbon à la menthe, ajouta-t-il en haussant le ton pour couvrir le bruit de l'eau courante.

Disposés sur deux dalles de porcelaine séparées se trouvaient les restes de Monro et Watson. Les bottes en caoutchouc du légiste couinaient sur le sol mouillé.

Wesley promena son regard autour de lui, vers une trousse pleine d'instruments et de flacons – n'importe où, sauf sur les têtes.

– Voici tout ce qui reste, messieurs, reprit le légiste. Étonnant comme des morceaux de verre arrivent à se nicher dans les cavités du crâne. Numéro 1 : perforation de la boîte crânienne. Elle a dû être surprise la bouche ouverte. Rupture des poumons.

Un assistant noir en blouse verte plastifiée manipula la tête. Le légiste essuya ce qui restait du visage à l'aide d'une petite éponge.

Wesley se racla la gorge. Il était tout pâle.

– Watson, annonça-t-il d'un ton sec. C'est Watson.

– Et le numéro 2. Même type de lésions. Métal et fragments de pierre.

– Monro. Frances Monro.

– Le compte est bon. Dieu merci, je n'ai pas souvent affaire à des victimes de bombes.

– Puis-je avoir un autre bonbon à la menthe? demanda Wesley.

– Je vous donne mon dernier... De toute façon, c'est mauvais pour l'estomac.

Wesley partait déjà en courant, la main sur la bouche. Un inconnu avait abandonné à la porte un sac du National Health Service. Il l'atteignit juste à temps.

Dans le bar privé où ils s'étaient installés, Wesley reprenait lentement des couleurs sous les yeux de Rosslyn.

– Ici, on me connaît, dit-il.

Le barman, un type voûté et blême, venait de prendre la commande.

– C'est la boîte qui régale... et j'ai aussi ça pour vous. (Il produisit une enveloppe.) Ouvrez. Et posez-moi toutes les questions que vous voudrez. Puisque nous faisons équipe, autant que nous apprenions à nous apprécier. De grâce, comprenez que nous ne pouvons pas vous confier les agendas et les relevés de compte que vous m'avez demandés. Ces documents sont confidentiels. Mais ceci vous servira...

Au premier coup d'œil, Rosslyn comprit que les deux brefs paragraphes dactylographiés seraient inutilisables.

Monro, Frances Melissa. Née en 1953, Godalming, Surrey, UK. Célibataire. Études : St. Mary, Ascot; Lady Margaret Hall, Oxford. Entre dans la fonction publique en 1979. Enquêteur. Missions de surveillance auprès du Parti communiste de Grande-

Bretagne. Section B contre-terroriste. Espagne. Italie. Moyen-Orient. Irlande du Nord. Formation à l'encadrement. Assistante du vice-directeur général, préparation. Directeur suppléant, Renseignements et Opérations.

WATSON, Serena Rita. Née en 1963, Stockport, Lancashire. Études : établissement secondaire polyvalent, Stockport. Service militaire dans les Transmissions. Sous-officier. Affectations : Aldershot, Catterick, Irlande du Nord. Entre chez Cornell Davie Associates Ltd (Protection industrielle). Entre dans la fonction publique en 1991, surveillance de Londres et ses environs.

– Voilà, vous savez tout... La directrice vous fait une fleur, à vous et à Harding. Vous savez, ces informations sont confidentielles.(Wesley lui fit passer deux photos d'identité.) Monro, c'est écrit au dos... Et Watson.

– Vous les connaissiez bien ?

– Très bien. Comme vous l'avez si justement rappelé à la morgue, je suis du personnel. C'est mon boulot de connaître mes collègues. Je me flatte de connaître chacun mieux que lui-même.

– C'est vrai ?

– En toute modestie, oui. Vous, par exemple. Sachez que j'ai été très peiné d'apprendre le drame qui vous a frappé. Une terrible tragédie. Vous avez toute ma sympathie.

– Merci. Vous avez une famille ?

– Deux garçons étudiants à Manchester. Félix se destine au métier d'anthropologue – c'est de famille, ma foi. Jonathan, le cadet, fréquente un cours d'art dramatique. Il tient de sa mère. Un garçon indépendant, qui préfère la solitude. Tout comme sa mère... Nous sommes séparés. Avec cela, les meilleurs amis du monde. Chacun a planté sa tente dans son coin. Le divorce, quel gâchis...

– Mme Wesley travaille ?

– Absolument. Elle est des nôtres. Très contente de son sort. Un joli cottage à Amersham, des chiens, des chats, un jardin... La vraie ménagerie. Et vous ? Peut-être que non, pas si tôt après la disparition de Mary. Une petite amie, une compagne ?

127

Rosslyn hocha la tête. Le barman apporta les consommations dans des verres ébréchés. Une guêpe se posa sur la table.

– Vous préférez peut-être ne pas en parler?

– Pas maintenant, admit Rosslyn. Que savez-vous de Frances Monro?

– Comme tout le monde... Je lui ai fait passer un entretien, quand elle a brigué le poste d'instructeur d'encadrement. Très bonne en interview. Une femme très cultivée, qui encourageait ses jeunes éléments. Davina – ma femme – la connaissait bien et l'estimait. De la graine de directeur général. Le dessus du panier. On voyait qu'elle irait loin.

– Elle avait ses entrées dans les autres départements?

– Plus que la plupart des agents. Rappelez-vous que nous pratiquons le plus possible le cloisonnement de l'information. Seuls les haut gradés ont la possibilité de se faire ouvrir les portes...

– Vous m'avez dit qu'elle était haut placée.

– Pourquoi cette question?

– J'essaye de me faire une idée précise de son poste. Que signifie sa mort pour votre organisation; jusqu'à quel point l'IRA pouvait la considérer comme une cible majeure.

– Je comprends. Même en laissant de côté la question de la direction générale, je peux vous affirmer qu'elle jouait un rôle clé, sans entrer dans les détails... Elle était, bien évidemment, plus importante que son amie Watson.

Il reporta son attention sur la guêpe. Sa tentative pour l'écraser sous le cendrier en plastique échoua.

– Dites-moi, que ferez-vous de ces informations?

– Nous les analyserons avec soin, M. Wesley. Nous avons besoin de votre aide.

Les photos des deux femmes étaient posées à côté de la guêpe.

– Je crois, Rosslyn, que vous n'en aurez pas besoin. Vous devez avoir l'impression de patauger, non? Il y a certains points de la vie d'un agent de notre service qui ne sauraient être abordés. Monro était un excellent agent, avec de copieux états de service. Je peux vous affirmer qu'elle abattait une charge de travail colossale. Lockerbie, par exemple. Les ventes d'armes à Saddam. Elle a fait des merveilles avec l'Irak. Votre rayon, je crois – armes, explosifs... C'est elle qui aurait lâché Édith Cresson. Depuis, les Français ont une dette à vie envers nous. C'est elle qui aurait couvert les bévues de Clinton à Oxford. Maintenant les Américains ne nous aiment plus beaucoup. Si vous croyez que les Yankies lâchent une alliance militaire de bon cœur. Nous leur avons botté le train jusqu'à ce qu'ils crient grâce. La Maison Blanche est à nos pieds. Tout ça, grâce à Monro...

– Et l'Irlande du Nord ?

– Vous n'en avez pas assez ? Nous parlons d'opérations d'envergure. Bagdad. Paris. Washington.

– N'est-ce pas le territoire de MI6 ?

– Naturellement. Mais le monde est plus petit que vous ne vous le figurez peut-être, aux douanes.

– Son CV indique l'Irlande du Nord.

– Son rayon d'action s'étendait jusque-là.

Il offrit à Rosslyn un sourire crispant : *Frappe-moi si tu l'oses*, disaient ses yeux, tandis qu'il se mordait la lèvre inférieure.

– Rien qui ait un rapport avec England's Lane.

– Vous en êtes certain ?

– Je le sais.

– Et que savez-vous de sa vie privée ? Vous la fréquentiez, vous et votre femme ?

– Pas assez pour en tirer des conclusions.

– Mais vous avez dit que votre femme, Davina...

– Mon ex-femme.

– Vous avez dit qu'elle travaillait à... Amersham ?

– Rectification : elle travaille à Beaconsfield et habite à Amersham.

– Compris. J'aurais dû prendre note. Mais je suppose que ce n'est pas une information capitale.

– Non, pas le moins du monde.

Donc, c'est une information, songea Rosslyn. *Si cette Davina était copine avec Monro... c'est lui qui l'a dit.*

Une nouvelle guêpe avait rejoint la première.

– Je suppose que Mme Wesley pourrait peut-être me dresser

un portrait plus actuel de Monro, plus détaillé, que celui que nous avons ici...

– Je lis en vous, Rosslyn. Vous avez parfaitement raison. Pourquoi pas, après tout ? Allez toucher deux mots à Davina. Gardez à l'esprit que Beaconsfield est une ruche. Technologie de pointe, laboratoires, recherches. Vous verrez, Davina est une scientifique de haute volée...

– Je ne vous demande pas ce qu'elle fait, l'interrompit Rosslyn.

– Mais je ne vous dis rien de tel ! Si vous me laissiez finir...

– Ainsi, Monro visait la direction générale ?

– Je n'ai pas dit ça.

– Elle briguait le poste, oui ou non ?

– Nous tournons en rond, Rosslyn. Elle n'était pas dans la course. N'oubliez pas que je suis du personnel.

Là, petit sourire satisfait. Un bref ricanement. La tête à claques du premier de la classe.

– Supposons qu'elle l'ait été. Qu'allez-vous en conclure ? Que l'IRA a pris pour cible une candidate aux plus hautes fonctions dans le milieu du contre-espionnage occidental ?

– Nous sommes tous des cibles potentielles, M. Wesley.

– Pas moi, je vous assure. Désolé si c'est votre cas.

– Vous oubliez que j'ai perdu quelqu'un de proche. C'était une cible.

Wesley lui adressa un sourire paternel.

– Je voulais vous faire comprendre ceci, une simple remarque de bon sens : très franchement, il y a un monde entre des agents comme Davina et Monro. Davina est une aristocrate écossaise, née Macleod. La famille. Le clan. Monro, en dépit d'un nom des Basses-Terres, était du Surrey. Milieu familial modeste de confession catholique. Modeste club de bridge. Modeste bourse d'études pour entrer au Lady Margaret Hall. Nous restons dans un milieu social assez médiocre. Vous me suivez ? Avec nos deux mille employés, nous représentons toutes les couches de la société britannique, divisés parfois par nos origines, mais soudés par les mêmes convictions et la défense d'une même cause. Comme une famille. Voilà pourquoi nous pouvons nous permettre de recruter des individus issus de milieux si différents. J'aime à penser que nous défendons l'idée de l'égalité des chances dans le travail. Nous avons besoin de tout le monde : Noirs, Blancs, Juifs, « Gentils ». Les tordus, les pédés. Unis dans la même foi. De nos jours, chacun est un peu plus ouvert sur *certaines choses.*

Il écrasa les deux guêpes sous le cendrier. Puis posa un doigt sur ses lèvres closes.

— Ne me donnez pas votre réponse maintenant. L'offre est trop importante pour être considérée à la légère. Réfléchissez-y à tête reposée. Avez-vous déjà envisagé d'entrer chez nous ?

Rosslyn se cala dans son fauteuil. Un ressort cria.

— Êtes-vous en train de me faire une offre ? Je veux dire... agissez-vous de votre propre chef ?

— Peut-être. Je tâte le terrain. Vous pourriez obtenir un grade élevé. En gros, le profil du poste que nous avions offert à Mary Walker. Frances considérait Mary comme l'une de ses meilleures recrues. Vous avez la même stature.

Rosslyn se sentait gagné par l'engourdissement. Le sang lui battait dans la tête, dans les veines de ses mains raidies.

— Une jeune femme d'exception, jacassait Wesley. Je comprends ce qui vous avait séduit en elle. Réfléchissez à mon offre.

Il lui tendit une carte de visite : Bryan T. Wesley CBE, Kensington Court, Londres W8 5BH.

— Appelez-moi à ce numéro. (Il griffonna un numéro de téléphone sous son adresse.) Dînons ensemble un de ces soirs. Pas ici. Cette boîte est sinistre. Elle a beaucoup baissé... Que diriez-vous du Garrick ? Vous avez un club ?

— À part mon club de sport...

— J'ai ma carte du Garrick, dit Wesley en réglant la note. La seule façon de détruire l'IRA, pour nous les honnêtes gens, c'est de continuer à mener une vie normale en dépit des massacres et des bombes. « Le cœur pur et la tête haute. » (Il se tapota la poitrine, au-dessous du cœur.) Tout est là. Dites donc, Rosslyn, vous avez bien une idée de la réponse que vous comptez faire à ma proposition ?

— Ce sera probablement non.

— Réfléchissez. Pensez à Mary. Vous êtes surmené. Une visite à Davina sera une salutaire diversion. Je la préviendrai de votre venue.

Le centre de tri postal de Hampstead se trouve au bout de Shepherd's Walk, ruelle en retrait de l'artère principale. Rosslyn signa pour le courrier en attente des deux victimes. Il s'agissait surtout de prospectus d'agences immobilières adressés à Mlle Watson.

Elle avait cherché à acheter un appartement, avec une chambre, dans les 90 000 livres.

Mlle F. Monro était toujours en compte avec Marks & Spencer, Selfridges et Peter Jones. Elle devait un total de 457 livres et 62 cents. Elle était invitée par le directeur de la National Gallery à visiter une exposition en avant-première. Le *Spectator* lui rappelait que son abonnement arrivait à expiration.

Un facteur descendit la volée de marches en sifflotant un hymne religieux. Il consulta sa montre et passa sans un regard pour Rosslyn qui, le dos au mur, décachetait une nouvelle lettre adressée à Mlle Monro, un imprimé du député Glenda Jackson. Une autre enveloppe contenait des brochures de l'agence de voyages Hogg Robinson dans Gower Street. La dernière enveloppe portait un cachet flou, la mention STRICTEMENT CONFIDENTIEL, et était tout simplement adressée à Frances Monro.

Peu à peu, il comprit qu'il était observé par l'employé de la poste, qui s'était retourné au bout du passage.

Il parcourut la lettre en diagonale.

« Chère Fran,
Je me décide enfin à prendre la plume pour te dire que j'ai été très attristée d'apprendre que tu n'avais pas obtenu la direction générale. Nulle ne méritait ce poste plus que toi. Au moins, j'espère que tu puiseras du réconfort dans cette certitude. Tous tes fans doivent être déçus. Mais ce n'est que partie remise, j'en suis

sûre. Pourrais-tu me retourner Ingénue, *quand tu auras le temps ?*

> Avec toute ma sympathie,
> Bien à toi, Davina. »

Il remit l'élastique autour de la liasse de lettres et se dirigea vers High Street, l'esprit encombré de pensées, à propos des victimes, et de la lettre de Davina, sans date ni adresse. Il ne pouvait s'agir que de la femme de Wesley.

20

— Que Wesley s'occupe de ses affaires ! explosa Harding, dans son bureau de Scotland Yard. Il est ce qu'il dit être, Alan, un observateur, alors qu'il reste à sa place. Si ce faux-cul veut foutre le bordel avec ses tentatives pour vous recruter, à sa guise. Il veut vous mettre dans sa poche, mais il oublie que nous sommes déjà dans le bain. On ne lui demande pas de penser à notre place. Quant à ses CV... j'aurais pu vous dire tout ça sans lui. Bien sûr que Monro était une cible privilégiée. Mais je dois vous prévenir que Wesley ne nous donnera aucune information significative sur ses missions.

— Il a mentionné Lockerbie, l'Irak, les Français, et même les Américains. J'ai l'impression qu'elle travaillait aussi pour MI6.

— Il évite de parler de ce que McKeague vous avait donné, de ce qu'elle aurait pu vous donner, et essaye de vous embrouiller en vous parlant de Mary. Ces salauds de MI5 mettent tout sur un plan personnel. C'est de la psychologie de bazar, mais ça ne marche pas. (Harding le regarda avec gravité.) Interrogez son épouse au sujet de cette lettre. Rendez-vous à Beaconsfield. Faites-lui brosser un tableau de la vie de Monro. Nous aussi, nous pouvons mettre les choses sur un plan personnel. Ils peuvent essayer de nous interdire l'accès au labo, mais pas nous empêcher de mettre le nez dans leur linge sale. MI5 est une serre où couvent les petites rivalités, les amourettes, les guerres larvées, etc. Ça se propage comme les remous dans une mare.

133

Rosslyn regarda par la fenêtre. Des nuages noirs menaçaient le sud de Londres. Des pigeons s'agitaient sur le rebord des fenêtres.

— Je la verrai cet après-midi. »

— Auparavant, j'ai encore deux nouvelles à vous communiquer. Que voulez-vous en premier, la bonne ou la mauvaise ?

— La mauvaise.

— Nos amis de MI5 ont déposé une plainte officielle concernant les mauvais traitements infligés à McKeague. Le médecin du service affirme que sa mort fait suite à un passage à tabac au cours de l'interrogatoire. S'ils le prouvent, cette enquête sera confiée à MI5. Ils vous accusent formellement. Ils disent détenir une preuve matérielle.

— Laquelle ?

— L'enregistrement. Tout est sur la bande.

— Mais ils n'ont jamais eu cette bande ! Je leur ai fait parvenir la transcription. La cassette était dans le coffre de Gaynor. Bon sang, il y avait une table entre nous, le judas était ouvert, n'importe qui pouvait me voir...

— La preuve de MI5 vous accable.

Rosslyn haussa les épaules.

— Ça m'étonnerait. Pourquoi aurais-je levé la main sur elle ? Je n'en avais pas la possibilité, même si je l'avais voulu. De toute façon, ce n'est pas mon style, et vous le savez.

— Oui, je le sais. Mais vous aviez un motif. Vous vouliez le nom de l'assassin de Mary.

— Entre autres...

— Vous voyez. Et quant à la cassette...

— C'est vous qui l'avez. Ne me dites pas qu'elle a été fauchée, ici, à Scotland Yard !

Harding hocha la tête.

— Tenez... (Il fit glisser la cassette sur le bureau.) Celle que vous m'avez donnée. Elle est vierge.

Rosslyn revit la scène : England's Lane après la bombe. Sa portière fracturée. Son attaché-case sur le plancher côté passager. L'inconnue se faufilant dans la circulation à Haverstock Hill. Il raconta tout à Harding.

134

– Elle aura procédé à une substitution... Maintenant, voilà ce qu'il nous reste... (Il mit en marche le magnétophone.)

Dans le genre répugnant, c'était un chef-d'œuvre. L'enregistrement d'une femme battue à mort. Ses cris. Ses supplications. Les coups de poing à la figure. Trafiqués. Les questions de Rosslyn intercalées entre les implorations. Ses interventions raisonnables serties dans la logique tordue d'un sadique. Il en avait la nausée.

– Ils veulent vous virer, Rosslyn. Suspension immédiate, sanction disciplinaire. J'en ai parlé au préfet de police.

– Qu'en dit-il?

– Il me laisse juge. J'ai soumis un rapport au ministère public. C'est grave... Tôt ou tard, tout le monde s'aligne au niveau de l'IRA. Foi de Harding. La crème s'enfonce sous la surface.

– Vous les croyez donc?

– Non. Mais MI5 n'en saura rien. Nous leur dirons que vous avez été sanctionné par le procureur général. Ne vous en faites pas, c'est une amie à moi. L'une des rares femmes haut placées que j'admire. Elle prendra son temps pour examiner le dossier. Même MI5 ne peut rien contre elle. (Il hésita.) Le problème avec les mauvaises nouvelles, c'est que chacun gare ses fesses de plus belle. (Une fois encore, il marqua une pause pour examiner Rosslyn.) La bonne nouvelle, reprit-il, c'est que je suis en rémission. Je vous l'aurais dit tôt ou tard. Il faut que vous sachiez. J'ai un cancer.

– Vous?

– Oui.

Rosslyn prit une profonde inspiration.

– Quand?

– Deux ans, peut-être cinq. (Il eut un rire morne.) J'en connais qui donneraient cher pour le savoir. Nous ne leur donnerons pas ce plaisir.

Il y avait de la résignation dans sa voix.

– Le succès est la plus belle des revanches. On continue comme avant. Peu importe ce qui finira par arriver.

Il se souriait à lui-même, comme absorbé dans quelque plaisanterie privée.

135

Il y eut un long silence. Rosslyn réussit à sourire. Il venait seulement de réaliser que, contre toute attente, Harding avait commencé à occuper une certaine place dans sa vie.

— Partez voir Davina Wesley. (Il lui tendit une adresse dactylographiée à Tavistock Crescent.) Voilà votre prochaine adresse. Une planque.

— Je suis désolé pour...

— La cassette?

— Non, pour vous.

— C'est la vie, dit Harding.

Et il lui tourna soudain le dos.

21

Situé à trois miles des faubourgs de Beaconsfield, Le STRU, l'unité scientifique et technique de recherches de MI5, fut aussitôt en état d'alerte rouge, lorsque Rosslyn arrêta sa voiture devant le portail. Au bout d'une allée se dressaient deux portes de fer scellées dans un gros mur de briques renforcé de barbelés électrifiés, comme une prison. Les caméras de surveillance vidéo semblaient d'une installation plus récente que le fil barbelé. Deux bergers allemands et leurs maîtres patrouillaient dans le périmètre ensablé qui ceinturait le mur. Rosslyn lança un coup d'œil à la pancarte devant le poste du gardien.

DANGER.

MINISTÈRE DE LA DÉFENSE : STR UNIT

(Beaconsfield)

CECI EST UNE ZONE INTERDITE DANS LE CADRE

DE L'OFFICIAL SECRET ACT.

TOUT INDIVIDU ENTRANT SANS AUTORISATION

SERA ARRÊTÉ ET PASSIBLE DE POURSUITES.

Le gardien, un Indien en uniforme coiffé d'un turban, informa Rosslyn qu'il était attendu par le responsable administratif.

– Vous pouvez vous garer à côté de la voiture de Mme Wesley.

Rosslyn soumit sa mallette au détecteur.

– Pas d'appareil photo ni de magnétophone ?

Un autre gardien examina le châssis de la voiture à l'aide d'un grand miroir fixé au bout d'une perche.

Ces formalités accomplies, il fut autorisé à franchir les grilles actionnées depuis le pavillon des gardes.

– Mme Wesley vous attend dans le laboratoire, lui apprit l'Indien.

Ils passèrent devant un groupe d'hommes et de femmes en blouse blanche. Au fond, l'Indien utilisa des cartes en plastique pour ouvrir une porte en fer noire. Aucune indication ne permettait de distinguer les portes entre elles. Rosslyn en conclut que les couleurs devaient correspondre à un code. Le noir semblait tout indiqué pour l'expertise.

À l'intérieur, coupés de la lumière du jour, ils se retrouvèrent dans un couloir étroit menant à un ascenseur. Le garde s'effaça pour le laisser passer. Il faisait très sombre.

– Descendez au niveau – 4. Mme Wesley viendra vous chercher.

L'ascenseur descendit lentement. Le niveau – 4 semblait au centre de la terre. Rosslyn se faisait l'effet d'un mineur de fond. Ses yeux s'accoutumèrent à la pénombre.

Du coup, à l'ouverture des portes, il fut si ébloui qu'il eut peine à distinguer la femme qui se tenait dans le passage.

– Je me présente : Mme Wesley. Davina.

– Alan Rosslyn.

C'était une femme remarquable de séduction, qui devait avoir été d'une beauté sensationnelle dans sa jeunesse, avec son épaisse chevelure noire et sa dentition parfaite. Elle portait un gilet de cachemire vert pâle par-dessus une robe d'été, et des chaînes en or au cou et aux poignets.

Elle lui décerna un sourire d'une chaleur presque maternelle.

– C'est vous, le jeune ami de Bryan. Je m'inquiète de le savoir seul. Comment va-t-il ?

— Ça va, je crois, fit Rosslyn, d'un ton vague.

— Nous sommes tous très occupés avec cette bombe.

Elle ouvrit une porte sur un laboratoire tout en longueur, fortement éclairé. Des rangées d'hommes en blanc se penchaient sur des fragments dans un silence à peine troublé par le ronronnement du climatiseur. Personne ne leur prêta la moindre attention. Mme Wesley guida Rosslyn jusqu'à un cube de verre au fond du laboratoire.

— Ici, nous serons tranquilles, dit-elle.

Encastrés dans le mur, de petits écrans vidéo montraient les experts techniciens penchés sur des paillasses dans la lumière aveuglante des néons, ainsi que bon nombre de couloirs et de passages. Il y avait également deux écrans montrant les salles des ordinateurs — l'un des écrans s'intitulait « Live Index » ; l'autre « Research Index ».

Mais ce fut la rangée d'écrans la plus basse qui retint surtout l'attention de Rosslyn par l'incongruité de ses images. Il vit un poisson dans un aquarium ; des tritons dans un autre ; et dans le troisième, des grenouilles.

— Ici aussi, vous avez des petites bêtes...

— Oui, admit-elle. Pas pour notre plaisir, ni le leur.

— C'est un élevage ?

— En effet.

Rosslyn fixa les écrans.

— Ceux-là, je ne les avais jamais vus qu'en photo. Ce sont des poissons japonais, des *fugus*.

— Vous connaissez les poissons-globes ?

— La dernière fois que j'en ai vu, c'était dans un sac que j'avais confisqué à un designer d'automobiles japonais à Heathrow, une veille de nouvel an. Le type lui avait mis du rouge à lèvres et un petit haut-de-forme. Vous imaginez ? C'est ainsi qu'on représente les *fugus* dans les restaurants japonais. Je ne trouve pas ça très drôle. Bon sang, il y avait assez de tétrodotoxine dans son foie pour empoisonner une bonne partie de Londres. Le Japonais m'a dit : « J'aimerais goûter au *fugu*, mais la vie est trop douce. » Je lui ai dit : « Vous n'y toucherez même pas. » La TTX est le plus puissant des poisons répertoriés.

Qu'est-ce que vous en faites? Et les salamandres – c'est dans leur peau; et dans ces vilaines grenouilles du Costa Rica. Avez-vous jamais constaté les effets de la TTX?

– Seulement sur des rats. Comment se fait-il que vous connaissiez la tétrodotoxine?

– J'ai étudié ce poison dans le cadre de mes études en faculté. Tritons, grenouilles, crapauds... Comme dans *Macbeth*. Ils sont dangereux. À quoi vous servent-ils?

– Cela entre dans le cadre de notre programme de lutte contre la prolifération des armes. Nous combattons la fuite des technologies spécialisées. Et, plus généralement, nous nous penchons sur la fabrication illicite de substances toxiques. Il est hélas horriblement facile de synthétiser la tétrodotoxine.

Elle lui lança un regard ambigu.

– Mais nous ne sommes pas ici pour parler des gonades des *fugus*, n'est-ce pas *Honorable* Rosslyn?

– C'est vrai. Parlez-moi de la composition de la bombe.

– Le commandant sera content d'apprendre que les éléments sont de deux types: le matériel de base sort d'une usine germano-belge. De surcroît, nous avons découvert des traces de plastic français. Vous devez connaître, de par votre travail, la composition du PE4 anglais. Tout cela a servi de base au second type d'explosif, qui a fourni la puissance d'impact. Notre opinion est que l'ensemble porte la signature de l'IRA.

– D'où vous vient cette certitude?

– Nous avons réuni le même matériel en respectant les proportions pour tester la direction du souffle. Cette vérification faite, nous avons rassemblé les fragments disponibles... On a pu ainsi reconstituer les mouvements des artificiers jusqu'au déclenchement de l'explosion. Dans le cas d'England's Lane, il a fallu au moins deux personnes pour livrer les explosifs.

– Sauf si la livraison est le fait d'un individu d'une force exceptionnelle.

– Et, dans ce cas, la mise en place a dû prendre un temps considérable. Mais vous savez, dans un espace aussi restreint, l'impact a été massif, sans parler des ravages causés par l'incendie. À notre avis, il est exclu qu'on puisse retrouver des indices susceptibles de mener à l'identification des terroristes. Les preuves ont disparu dans l'incendie.

— Est-ce l'opinion du chef du service scientifique?

— Oui. Je puis vous faire parvenir un double de son rapport. Le commandant Harding en a déjà un.

— Croyez-vous qu'il y ait une chance pour que le coupable ait été pris dans l'explosion?

— Aucune. Nous aurions découvert des restes. Mais il me semble lire dans vos pensées. Si le terroriste s'apprête à rééditer son coup, nous serons peut-être en meilleure posture cette fois.

— Vous croyez à une nouvelle attaque?

— Personne n'est en mesure de hasarder des hypothèses.

— Êtes-vous en train de me faire comprendre, Mme Wesley, que nous en sommes au point mort?

— Je ne serais pas aussi pessimiste. Mais en tant qu'expert, je ne me bercerais pas d'illusions sur la possibilité d'identifier le coupable. C'est tout le problème des attentats à la bombe : l'arme se détruit dans l'explosion. Ce n'est pas comme avec un revolver ou un couteau. La bombe élimine les indices. Navrée de ne pouvoir vous être plus utile. La chance n'est pas de notre côté, n'est-ce pas, M. Rosslyn?

Il vit sur les écrans vidéo des hommes quittant leur poste de travail. Les *fugus* se mouvaient lentement, avec nonchalance, dans les aquariums.

— J'aurais des questions plus personnelles à vous poser sur les victimes. Si vous n'y voyez pas d'objection.

— Bien sûr que non. Et si vous me suiviez en voiture jusqu'à chez moi? Nous pourrions nous détendre devant une bonne bouteille.

— Ça me va... Nous n'attendons pas de résultats sensationnels du côté des experts.

— Sage politique. La science a ses limites. C'est le doigt qui appuie sur la gâchette et le cerveau qui commande l'opération qui comptent finalement. Nous sommes bien d'accord. Contente que vous appréciiez nos aquariums.

Il la suivit hors de la cage de verre.

— J'ai besoin d'un bon bol d'air, dit-elle. On se croirait déjà en été. N'est-ce pas extraordinaire, cette précocité de l'été, de nos jours? L'effet de serre, dit-on. Il fait beau, là-haut?

— Très beau.

Elle soupira.

— On s'installera au jardin.

Dans l'ascenseur qui les conduisait au rez-de-chaussée, Rosslyn souffrit des oreilles. Il sentait le regard ténébreux de la femme dardé sur lui. La faible lumière se reflétait dans ses pupilles. Drôle de couple, les Wesley. Leur séparation n'avait rien d'étonnant. Peut-être leur union prouvait-elle que le vieux cliché, selon lequel les extrêmes s'attirent, n'était pas totalement faux.

Une fois à l'air libre, il leur fallut se soumettre à la fouille. Il n'y avait pas d'exception, même pour Mme Wesley. Les gardes étaient plus précautionneux avec elle qu'avec lui. Peut-être en raison de son grade. Ils étaient ses subordonnés. Elle semblait leur inspirer une sainte frousse.

— Merci, dit-elle machinalement. Bonsoir et à demain.

Elle leur adressa un sourire aimable et se retourna sur Rosslyn, qui lui ouvrait la portière.

— « ... d'un bond, elle était libre », dit-elle d'un ton taquin d'écolière. Bryan m'avait dit que je vous apprécierais. Il n'a pas toujours raison sur mes goûts masculins. Mais pour vous, il avait vu juste. Suivez-moi.

Elle lui plaisait aussi. Les *fugus* étaient en de bonnes mains. Dieu sait ce qu'elle avait pu trouver à Bryan Wesley.

Son jardin était une jungle foisonnante de vie, un enchevêtrement de vieux rosiers grimpants, de géraniums-lierres, de forsythias en fleur; la pelouse, une étendue d'herbes folles tapissée de mousse spongieuse. Derrière les citronniers, une fumée bleue montait à la verticale dans le ciel.

Rosslyn essuya un banc rongé de moisissure verte.

— Je m'attendais à ce que vous me posiez des questions sur Frances, dit-elle en déposant un plateau — une bouteille de meursault et deux verres à pied — sur la petite table branlante piquetée de taches verdâtres; un escargot progressait sur le rebord.

Elle tendit la bouteille à Rosslyn et s'efforça de déchirer un sachet de biscuits grecs.

Soudain, la véranda fut envahie d'une meute de corniauds braillards.

– Surtout ne leur donnez rien, sinon vous n'aurez pas la paix.

Son demi-sourire était comme figé. Il se rappela qu'il avait affaire à une femme solitaire et préoccupée de son âge.

– Frances m'était proche, dit-elle. Je vous remercie d'avoir pensé à me rendre la lettre. Je regrette qu'elle ne l'ait jamais lue. Le malheur frappe toujours à l'improviste. Difficile d'imaginer une fin plus horrible. J'espère seulement qu'elle n'a pas eu le temps de se rendre compte. Je ne m'explique pas toutefois par quelle fatalité Serena se trouvait chez elle. C'est vraiment jouer de malchance. Choisir ce moment-là pour lui rendre visite. Ç'aurait pu être moi. Ou vous, M. Rosslyn.

– Je ne connaissais pas ces femmes.

– Oh, je croyais...

– Vous confondez avec le commandant Harding. C'est un ancien collègue de Frances.

– Ainsi, lui et Bryan vous ont déjà parlé d'elle ?

– Je sais uniquement ce qui n'est pas confidentiel. Votre mari est... aimable, mais pas vraiment d'un grand secours.

– C'est comme ça avec MI5... Leur chasse est bien gardée.

Les chiens avaient été rejoints, à distance respectueuse, par des chats. Un gros écureuil gris contemplait la scène depuis son perchoir dans un arbre. L'assistance animale fit silence.

– Je travaille dans un domaine très limité, vous savez. J'espère pouvoir vous être utile sur des questions plus personnelles.

– C'est très aimable à vous. Votre lettre à Frances... vous l'avez postée d'ici ?

– Je l'ai glissée dans la boîte aux lettres sur la route. Lors de ma promenade du soir. Après une journée sous terre, j'ai besoin de prendre l'air. À propos, nous aimerions vous faire rencontrer notre équipe d'experts, vous aurez ainsi les tout derniers résultats. Entre nous, nous avons une bonne longueur d'avance sur les experts de la police. Mais au sujet de la lettre – vous avez compris que j'étais bouleversée d'apprendre que Frances n'avait pas eu le poste qu'elle méritait. Je ne mets pas en cause la DG. Mais Frances avait voué sa vie au service. Elle l'a d'ailleurs prouvé. Un sacrifice mortel... Au fait, cet échec est une information confidentielle. Enfin je crois... quand on pense que la presse a stupidement révélé le nom des boutiques où la DG fait ses courses ainsi que son adresse personnelle. L'IRA a dû se régaler. Il a fallu qu'elle déménage... Si Frances avait eu sa place, les choses auraient été différentes, croyez-moi. Personnellement, je ne crois pas en un service de la Sûreté incapable d'assurer sa propre protection.

– Vous n'appréciez pas le nouveau visage de M15?

– Je mentirais en prétendant le contraire. Frances pensait de même.

– Elle avait des ennemis à MI5?

– Une femme exceptionnelle se fait des ennemis n'importe où à la Sûreté, M. Rosslyn.

– Qui, en particulier?

– J'entends des ennemis sur le plan institutionnel. En général, elle était très aimée. Et très proche de la directrice générale.

– C'était la marraine de son fils, paraît-il?

Elle parut surprise.

– C'est Bryan qui vous l'a dit?

– Non, c'est elle-même.

– Ah... J'ignorais que vous étiez aussi proches.

– Seulement professionnellement, Mme Wesley. La coopération est une valeur en hausse de nos jours. Voilà pourquoi je travaille en tandem avec votre époux.

– Il enquête sur le meurtre de Frances et Serena? Je n'aurais pas cru Bryan qualifié pour participer à une enquête criminelle... Bon... Il pourra vous dire que Frances m'a été d'une aide très précieuse lors de notre rupture. Une oreille attentive. Une épaule pour pleurer. Nous étions très amies. Elle m'emmenait dîner en ville, au concert. Mon groupe préféré, c'est les Proms. Pas K D Lang. Je lui avais prêté le compact disc, mais je ne l'ai jamais récupéré.

– Celui que vous lui avez demandé de vous retourner?

– Oui. *Ingénue*. Je n'ai jamais vraiment accroché. Au contraire. C'est mon fils, Félix, qui m'a écrit de Manchester pour me demander de le lui apporter. Je suis allée là-bas une semaine avant le meurtre de Frances et Serena, pour voir mon autre fils, Jonathan. Assister à son nouveau spectacle. Jonathan est l'artiste de la famille. C'est là-bas que j'ai appris l'affreuse nouvelle. Mais je ne crois pas qu'il soit nécessaire de discuter des petites affaires de famille, n'est-ce pas?

– Vos fils connaissaient Frances?

– Seulement comme amie.

– Ils s'entendaient bien avec elle?

– Je crois...

– Vous pensez qu'ils accepteraient de me parler?

Sa question sembla l'inquiéter.

– Je préférerais laisser ma famille en dehors de tout ça. J'ai toujours encouragé les enfants à voler de leurs propres ailes. Notre monde fait peser assez de contraintes sur la vie de famille.

– Vous seriez contre un entretien?

Encore cet air anxieux.

– C'est à vous de voir. J'aimerais mieux pas. Et franchement, je ne crois pas qu'ils pourraient vous aider. Ils ne sont vraiment pas en mesure de vous dire qui a tué Frances et Serena. Ce ne sont que des adolescents. (Elle sourit.) Sur qui se portent vos soupçons?

– L'IRA. Je partage votre point de vue. Mais ils n'ont pas encore revendiqué l'attentat.

– Bien sûr que non. L'identité des victimes n'a pas été révélée à la presse.

– L'IRA pourrait le faire.

– Et MI5 ne ferait aucun commentaire.

– ... Ce qui le forcerait à montrer en public, et bien vivantes, Frances et Serena?

– Absurde. Nous ne confirmons ni ne nions les activités de nos agents. Tous les états de service sont secrets. Cela ne change rien à ma conviction que c'est l'IRA la coupable. Sauf s'il s'agit d'un règlement de comptes personnels. La plupart des assassinats sont commis par des proches, dit-on.

144

– Mais l'arme du crime est en général un couteau ou un ustensile de cuisine. Pas une bombe de plusieurs kilos. Il s'agit d'un meurtre soigneusement prémédité.

– Tout à fait d'accord. Vous apportez de l'eau à mon moulin : les crimes de l'IRA sont toujours préparés avec soin. Fouiller dans la vie privée des victimes ne nous mènera à rien.

– Vous connaissiez la famille de Frances ou de Serena ? La mère ou la sœur de Serena ?

– J'ignorais qu'elle avait une sœur. La mère de Frances est atteinte de la maladie d'Alzheimer. Elle est dans une maison, dans le sud. Mais Frances parlait parfois d'un ami, officier dans la RAF. Un homme marié. L'épouse avait fini par découvrir l'infidélité de son époux et mis fin à la chose.

Une minute. Ça ne colle pas.

Elle parut lire dans ses pensées.

– C'était il y a des années, il me semble..., s'empressa-t-elle d'ajouter.

J'ai touché un point sensible.

Elle était impatiente de changer de sujet.

– Je crois que Frances a été soulagée que ce soit fini. Leur liaison était sans espoir. Il buvait.

– Vous connaissez son nom ?

– Non, mais Bryan pourra vous le donner.

– Comment se fait-il qu'il était au courant ?

– L'épouse avait envoyé une lettre de protestation à Thames House. Le service juridique a traité l'affaire avec beaucoup de tact. Au fait, si vous vouliez le contacter, laissez tomber.

– Pourquoi ?

– Il y a deux ans, il a trouvé la mort dans un accident de voiture. Sa femme a émigré au Canada peu après. Frances l'a mal pris.

– Et l'affaire a été classée ?

– Le service juridique a clos le dossier.

– Vous avez des lettres de Frances, des photos, des objets personnels, liés à cette affaire ?

– Hélas, non. Je n'ai qu'une photo d'elle. Je l'avais photographiée dans le jardin au milieu de mes bêtes. Venez...

Elle le précéda dans la maison et le conduisit jusqu'à un portrait fixé au mur. Frances Monro leur souriait d'un air supérieur à côté d'un petit miroir dans son cadre doré.

Les yeux de Davina se reflétaient dans le miroir avec une expression lointaine.

– Une terrible perte, dit-elle. (Elle soupira.) Insoutenable, n'est-ce pas? On a peine à imaginer...

– Vous avez toute ma sympathie.

Elle prit une profonde inspiration.

– Et vous avez la mienne... Cette enquête doit être très douloureuse. Le commandant Harding doit subir une terrible pression. Vous vous entendez bien?

– Parfaitement bien.

– Un homme brillant, quand on le voit à la télévision. J'ai été navrée d'apprendre ses ennuis de santé. Vous êtes au courant, je suppose?

Rosslyn acquiesça d'un discret hochement de tête.

– Entre nous, ce doit être grave. Nous avions été contactés pour renforcer la sécurité à St. Paul. Quand il s'est retrouvé à l'hôpital (et j'imagine que les médecins pensaient le garder), la question fut posée: devait-on organiser les funérailles à St. Paul? J'ai trouvé que c'était un peu prématuré. On nous demandait de réaliser des études, alors que rien n'était encore fait... Puis, l'affaire a été ajournée soudainement. Et voilà qu'il reprend du poil de la bête. Bonne nouvelle. Mais organiser ses obsèques alors qu'il était toujours en service... Le Met doit aimer avoir une longueur d'avance. C'est une figure publique. Plutôt attirant dans son genre, vous ne trouvez pas?

– Je n'ai jamais su ce que les femmes trouvaient attirant chez un homme, déclara Rosslyn, pressé de s'en aller.

La remarque la fit rire. Hilarité qui déchaîna un concert d'aboiements. Un chat traversa la pièce comme un ouragan. Un autre, un gros rouquin, bondit sur une étagère près d'un vase de roses flétries. La ménagerie ne tenait pas en place.

– Si je puis vous aider, n'hésitez pas à m'appeler, M. Rosslyn. (Elle lui serra la main, fermement, un peu trop longtemps selon les règles de la courtoisie.) J'ai apprécié votre visite.

146

Il regagna rapidement sa voiture.

Dans le rétroviseur, il constata qu'elle était restée sur le seuil pour assister à son départ. Il y avait en elle quelque chose de séduisant et de légèrement inquiétant. Et il ne savait pas quoi.

Lorsqu'il retourna chez lui, les officiers de surveillance l'attendaient. Un responsable lui expliqua le fonctionnement des alarmes mobiles, des micros et des caméras vidéo cachées. Au cas où Rosslyn aurait besoin de rentrer chez lui, il devrait prévenir les guetteurs. Une équipe était planquée de l'autre côté de la rue, dans un appartement au dernier étage d'un immeuble. Sinon, il pouvait conserver ses habitudes : conduire sa voiture, recevoir les journaux. On avait pensé à tout. Il y avait même une femme policier noire qui viendrait chaque jour déguisée en femme de ménage pour répondre aux appels : « M. Rosslyn est en voyage », avait-elle mission de dire aux curieux. Le responsable était persuadé que ses gars épingleraient le Scorpion s'il se montrait à Pimlico.

Rosslyn fit ses bagages pour un séjour indéterminé dans une planque à Tavistock Crescent. Il fit une place dans sa valise pour la photo de Mary, son kimono et son journal.

À Hyde Park Corner, la circulation était bloquée. Sa radio lui apprit pourquoi : il était conseillé aux automobilistes d'éviter le West End, où une bombe avait explosé dans le quartier chinois. Dans Gerrard Street, deux étages d'un bâtiment avaient été ravagés par les flammes et une femme avait fait une chute mortelle en sautant par la fenêtre. D'après la police, il s'agissait d'une Chinoise, spécialisée dans le change de devises. Vicki Leung, quarante ans.

Tous ceux qui se trouvaient cet après-midi-là, entre 16 et 17 heures, dans les parages de Gerrard Street, étaient priés de contacter Scotland Yard au 071-231-1212.

Selon une source de la police, l'assassin était lié à l'IRA.

147

22

Anna McKeague apprit la mort de Vicki Leung sur *Channel 4 News*, à 19 heures, dans un pub de Covent Garden. La photo de sa « blanchisseuse » la troubla.

Pour la troisième fois de la soirée, elle retourna dans la cabine téléphonique pour établir le contact avec son commanditaire.

Un disque lui répondit que le numéro ne répondait pas. « Veuillez rappeler ultérieurement. »

Elle espérait que Vicki Leung était bel et bien morte. Slam. La fourche vibra. Elle était folle de rage. *On* avait dû retrouver la trace de l'argent ; c'était un coup monté. Vicki Leung l'avait donnée. Petit à petit, on la prenait à revers.

Des poivrots sortaient des pubs pour se répandre dans la rue. Une grosse barrique de flic parlait dans son téléphone mobile. Londres puait le chou pourri.

Réponds. Cette fois, la voix désincarnée obéit.

Elle voulait vérifier que la mort de Vicki Leung ne signifiait rien pour elle. Elle mourait d'envie de poser la question. Son bon sens lui soufflait de n'en rien faire ; il y avait plus pressé.

— La marchandise sera sur place demain, à 5 heures du matin. Il y a un problème. Le document que vous demandez est disponible à une condition.

— Pas de condition.

— Vous ne pourrez pas en prendre possession.

— Vous étiez d'accord pour que je puisse écouter la cassette !

— Vous l'écouterez. Nous avons pris nos dispositions pour que vous puissiez le faire en toute sécurité. Mais il y a un prix à payer.

Il y eut un silence. Les cartes se retournaient contre elle.

— Je ne traite pas avec les maîtres chanteurs.

— Nous non plus. Notre messager exige cinq mille livres cash. Payables d'avance.

— Payez-le.

— Impossible.

Incroyable ! Son commanditaire n'était pas fichu de trouver cinq mille livres en liquide.

– Je vous demande de le payer.

– C'est vous qui nous demandez une information. La livraison d'explosifs ne présente pas de difficulté. Mais la cassette implique un facteur humain. Votre refus n'est pas logique.

– C'est trop dangereux. L'argent peut être retrouvé. Il est trop tard pour s'y prendre autrement. Vous me parlez de facteur humain, et moi je ne veux pas de contact. C'est vous qui avez établi cette procédure de contact, pas moi. Comment pouvez-vous me garantir que votre homme ne réussira pas à m'identifier, s'il voit mon visage ?

– Ne vous en faites pas. Nous pouvons révéler votre identité au « livreur ». Il ne sera pas en mesure de vous identifier. Il ne sait rien de vous. Il est attaché à un département du ministère de l'Intérieur. Employé au greffe du service de la sûreté de la préfecture. Nous vous donnerons accès au SSP à Queen Anne's Gate. Vous avez rendez-vous avec un certain M. Levy.

Un piège, sans nul doute. Son silence devait avoir trahi ses soupçons jusqu'à l'autre bout de la ligne, car la voix poursuivit sans hésiter :

– Ne redoutez pas un piège. Levy est notre contact à la préfecture. C'est un aveugle. Si vous voulez, vous pouvez le contacter au poste 2828. Le numéro du ministère de l'Intérieur est le 071-273-3000. Il attend un appel d'une certaine Mme Margiesson. La somme de cinq mille livres en liquide, en cent billets de cinquante livres, attestera de votre identité. Mettez-vous à sa place. Il veut être certain qu'il ne lui arrivera rien. Il va sans dire que vous ne devrez pas porter d'arme. C'est nous qui courons un risque, ma chère.

Anna McKeague alluma une cigarette. Elle était obligée de pactiser.

– Entendu. Si c'est moi qui paye, c'est moi qui règle les derniers détails. Ce Levy... notre rencontre aura lieu en terrain neutre. Il aura sa récompense. Il n'a rien à craindre. Dites-lui de se trouver dans une heure à la station Camden Town, la ligne souterraine, quai deux. Il y a une armoire à extincteurs sous une pendule arrêtée. Qu'il attende là-bas trente minutes. Si je ne viens pas, l'affaire est réglée. S'il ne se montre pas, vous le regretterez. S'il vient accompagné, tant pis pour eux. Je serai armée et je flinguerai votre type et tous ceux qui se pointeront dans ma ligne de mire.

— Je dois prévenir Levy...

— C'est ça, prévenez-le.

— Très bien. C'est la dernière fois que nous nous contactons à ce numéro. La ligne va être résiliée.

— La prochaine fois, pensez à payer la facture. Ne comptez plus sur moi pour payer vos communications. Levy est une chose, payer vos foutues notes de téléphone en est une autre!

On avait déjà raccroché.

Anna McKeague se faufila dans la foule de Covent Garden et chercha un taxi pour atteindre au plus vite Camden Town.

De là où elle se trouvait, à l'entrée de la librairie Penguin, elle aperçut l'aveugle qui réglait son taxi à 20 h 05 – dix minutes avant l'heure convenue. Levy poserait peu de problèmes s'il y avait du vilain. Son patronyme laissait entendre qu'il était juif, aussi fut-elle surprise de constater qu'il était noir. Taille : 1,78 mètre environ. Poids : dans les quatre-vingts kilos. Il arriva accompagné d'un chien d'aveugle, un labrador jaune.

Elle traversa la rue et se rendit à l'entrée de la station, où des pochards se disputaient un reste de pizza. Levy faisait la queue devant le guichet. Elle lui tourna le dos pour acheter deux cartouches de cigarettes dans un kiosque. Le commerçant lui donna un sac en plastique. Une fois de plus, elle scruta l'accès principal. Il n'y avait là personne susceptible de lui créer des ennuis. La contrôleuse était harcelée par un individu louche qui avait dû autrefois ressembler à Andy Warhol. Elle savait d'expérience que les hommes de la brigade d'intervention de MI5 ne poussaient jamais l'art du déguisement jusqu'à se faire des têtes d'ex-idoles du pop'art. Levy était fiable. Elle attendit qu'il ait passé le portillon pour acheter un ticket au distributeur automatique et le suivit dans le couloir souterrain en enfilant une paire de gants.

Il était exact au rendez-vous, sous l'horloge, à côté du placard à extincteurs.

Ses yeux étaient **tout blancs.**

– M. Levy?

– Mme Margiesson.

Le labrador fixa la nouvelle venue. Une rame vomit son flot de passagers.

Elle garda l'œil sur la caméra de surveillance et passa le bras autour des épaules de M. Levy. Les Transports londoniens auraient vu un bon Samaritain secourant un aveugle. Sauf que, et elle le savait, le système était débranché depuis Noël. Il avait prouvé sa valeur lors de l'attentat manqué contre Thames House.

Pour un petit fonctionnaire, Levy avait des goûts de luxe. Son accent était assorti à son costume de chez Savile Row.

– Nous pourrions peut-être régler la question de la prime? fit-il d'une voix posée.

Elle le laissa palper le sac en plastique.

– Comme convenu, emballé dans des cartouches de cigarettes.

Il brandit le sac devant le museau du chien, qui le renifla avec défiance.

– À votre place, je ne l'ouvrirais pas ici, dit-elle.

Il posa un petit magnétophone sur le placard à extincteurs. Elle veilla à garder son sac avec elle.

– Si vous voulez bien écouter, dit-il en lui tendant un écouteur.

« *Commissariat de Paddington Green. Vendredi 25 mars... Comprenez-moi, je suis douanier. Nous ne passons pas de marché, McKeague. Vous en avez pour quarante ans, au moins. Quand vous sortirez, vous serez vieille.*

– *Vous êtes dur, M. Rosslyn.* »

Elle reconnut instantanément la voix de sa sœur. Elle accéléra le déroulement de la bande, arrêtant, choisissant des passages au hasard.

« *Je veux vous parler de MI5... on m'a piégée.* »

Bien. Elle avait fait marcher ce pourri.

« *Qui ça? Qui vous a contactée?*

– *Sans commentaire.* »

151

Sa sœur se mit à pleurer.

« *Pour qui travaillait cette personne ?* »

Puis il y eut un son vague, un coup de poing, un craquement d'os suivi d'un gémissement.

« *... M. Rosslyn, qu'est-ce qu'il vous faut encore ?* »

Elle suppliait, elle suffoquait.

« *Écoutez, McKeague, je n'ai pas demandé à vous parler.* »

Anna McKeague continua d'écouter les cris de douleur de sa sœur. Elle l'entendit haleter, s'étrangler, s'étouffer. Elle assista à l'agonie de sa sœur tabassée par son bourreau. Elle imagina Dee, strangulée et matraquée à plusieurs reprises par un objet métallique enveloppé dans un linge. L'homme éleva la voix, insista. Puis, pendant quelques secondes, une longue plainte.

Elle fut interrompue par l'arrivée d'une rame. Les rails vibrèrent. De l'air vicié sortait de la bouche du tunnel.

Elle éjecta la cassette du magnétophone et dans le même temps fourra le sac en plastique dans les bras de Levy. Le sourire vague de l'aveugle s'effaça.

Elle bondit, l'étrangla à deux mains et le poussa au bord du quai.

Les phares de la rame pointèrent au bout du tunnel.

Elle ceintura Levy dans ses bras et le fit basculer en arrière. Le sac tomba sur le quai, et, renversé par le pied agité de tressautements de Levy, déversa son contenu, les cartouches de cigarettes, au bord du quai.

Elle avait toujours la cassette. Mais elle avait compté sans le labrador. Il s'élança et planta ses crocs dans sa manche.

Elle roula sur le côté et poussa Levy sur la voie. La cassette lui échappa des mains. Le chien se jeta vers son maître. La rame percuta de plein fouet la tête et la poitrine de Levy.

La rame ne s'était pas encore complètement arrêtée qu'Anna McKeague courait dans les couloirs et rejoignait un autre quai.

Les seuls passagers dans la voiture étaient trois Japonais aux mallettes identiques, plongés dans la lecture du catalogue de Harrods. Elle ôta ses gants. À part les Japonais, elle était seule. Elle avait voulu savoir tout de Rosslyn. Maintenant, elle était fixée. Elle avait le nom du coupable ; restait à connaître son visage.

Les portières s'ouvrirent à Chalk Farm. Elle respira une froide bouffée d'air vicié. Une voix dans un micro annonçait des retards dans la direction opposée. Elle détourna la tête pour éviter le regard des Japonais qui la fixaient d'un air désorienté. Quelques minutes plus tard, elle réapparaissait à l'air libre.

Dans la rue, c'était déjà le crépuscule.

ÉTÉ

Le crime parfait, c'est-à-dire le crime prémédité par un meurtrier qui a tout combiné de sorte que le décès passe pour un accident, n'est possible qu'en théorie. On objectera que nombre de meurtres ont été jugés comme des suicides ou des accidents, et leur instigateur laissé en liberté. Toutefois, il ne s'agit pas de *crimes parfaits* à proprement parler ; on a simplement échoué à apporter la preuve d'une machination criminelle.

Arne Svensson et Otto Wendel,
Techniques of Crime Scene Investigation,
American Elsevier Publishing Inc., NYC, 1965

Certains agents – simples particuliers ou membres d'organisations cibles – prennent régulièrement des risques considérables dans le cadre de leurs missions. Des efforts substantiels sont consacrés à assurer leur protection et celle de leur officier de liaison, en particulier pour assurer la bonne suite de l'opération. Une attention particulière est également portée à la sécurité de nos agents, pendant et après leur carrière.

Le service de la Sûreté, Londres, juillet 1993

mortel de Mary. Le jour [...] Ils sont plus [...] une autre
[...]
[...]
[...]
[...]
[...]
[...]
[...]

23

« Le Royaume-Uni compte cinquante-huit millions d'hommes, de femmes et d'enfants, écrivit Rosslyn à la mère de Mary, quelques semaines plus tard.

Parmi eux se trouve l'assassin de Mary. Je la traînerai en justice. Je dis elle, *parce que nous savons qu'il s'agit d'une femme. Ce qui divise la population en deux. Si l'on considère qu'il y a environ sept millions de femmes âgées de plus de soixante-cinq ans, cela réduit le nombre de suspects. Nous avons également des raisons de penser qu'elle est blanche, ce qui limite encore les recherches. Et si nous considérons le nombre de femmes blanches irlandaises, nous arrivons à trois cent mille individus. Les statistiques ont du bon.*

Je puis également vous assurer que les services de la Sûreté, la police et les douanes collaborent dans cette traque. Notre cible ne pourra pas fuir et se cacher éternellement. Tout est mis en œuvre pour venger Mary. Je sais que c'est votre vœu le plus cher.

J'aimerais avoir de vos nouvelles. J'ai tant de questions à vous poser sur Mary. Si vous êtes prête à me répondre, faites-le-moi savoir au Bureau des douanes, New King's Beam House, 22, Upper Ground, Londres SE1. »

L'idée d'écrire à la mère de Mary lui était venue au cours des longues journées d'attente dans la planque que lui avait procurée l'unité de protection des renseignements généraux à Tavistock Crescent. Il lui devait des remerciements pour le journal de Mary : ce legs chéri et détesté. De plus, une autre idée avait germé dans son esprit : que Mary avait déformé la vérité. Sa mère serait en mesure de le confirmer, au moins sur un passage pénible qui la mettait en cause – ce qui l'avait encouragé à tenter une ouverture dans sa direction. De fait, elle était le seul témoin disponible de la double vie de Mary, susceptible à ce titre de confirmer ou non certaines de ses allégations ; et c'est la lecture de ce passage qui le décida à entamer le dialogue avec cette femme qui habitait au nord de l'Angleterre. Mary avait écrit :

C'est bientôt l'été et j'ai découvert que je suis enceinte.

De R ou THUG, je l'ignore. Je devrais pourtant le savoir. J'ai un bouquet de tulipes hollandaises sur mon bureau.

Deux douzaines de tulipes blanches de la part de THUG. Trois douzaines de tulipes rouges de la part de R. Rouge et blanc : douleur et chagrin.

Je les ai prévenus que je m'absentais pour quelques semaines. J'ai besoin d'être un peu seule. Comprends-moi, mon chéri. Un petit séjour aux Hébrides. Loin du téléphone, loin du service. A bientôt.

Je suis retournée chez Maman qui m'offre son soutien. J'aimerais être certaine que l'enfant est de R. Y a-t-il des tests pour le savoir à l'avance ? Si oui, je ne veux rien savoir. Ce sera plus facile de supporter l'avortement, si je ne sais rien.

R n'est pas prêt à être père. Même s'il me disait le contraire, je n'en croirais rien.

Il avait l'air si triste, quand je suis partie. Courant comme un gamin sur le quai. Ses dernières paroles résonnent encore en moi : « Je ne peux pas vivre sans toi. »

Je lui ai dit : « Amuse-toi bien. Ça fait du bien d'être seul. Je t'aime, tu sais. »

Il paraissait si abattu. Les adieux ne sont pas son fort. Moi, en revanche, j'ai une grande expérience en ce domaine. Je respire plus librement. J'adore voyager. Surtout en train. Bientôt, tout sera fini.

Adieu, mon ange.

R m'attend à Londres. La vie suit son cours.

Dieu merci, il ne saura jamais.

— La situation est bloquée, déclara Harding un matin, dans l'appartement de Tavistock Crescent. Vous devez prendre votre mal en patience. (Il s'approcha de la fenêtre.) Ça vous ennuie ? dit-il en effleurant le grillage de protection.

— Et vous ?

— C'est de bonne guerre. Vous vous y ferez. Il faut attendre qu'elle sorte de sa tanière, la tête au-dessus du parapet. Qu'elle fasse le mauvais pas.

— Et si elle avait abandonné ?

— Non. Je la connais. Je sais comment elle fonctionne. Elle est comme une droguée. L'alcoolo repenti qui carbure au café. C'est dans le cerveau. On ne guérit pas de la drogue. Un tueur, c'est pareil. Il prend son pied en tuant comme d'autres en se piquant. Comme ces dragueurs qui s'épuisent à battre leur record. Un tueur est comme tout le monde. Croire le contraire serait une lourde erreur. Et nous aussi, Alan, nous sommes « accros »... à la battre à son propre jeu, cette sale garce.

Un autre jour, ils passèrent des heures à discuter des Wesley. Bryan Wesley ne délivrait plus ses informations qu'au compte-gouttes. Il ne répondait plus au téléphone. « Je vous appellerai quand j'aurai du nouveau. Nous aurons une réunion stratégique à Thames House en temps utile. Nous travaillons sur ce dossier. Soyez patient. » C'était à devenir fou.

Et puis, il y avait Davina Wesley, qui semblait avoir connu les victimes, du moins Frances Monro, mieux que personne, sauf peut-être la directrice générale. Cette dernière avait décliné toute demande de réunion, « jusqu'à ce que nous ayons éclairci la situation ». Avait-elle intimé le silence à Davina ?

— Laissons-la mariner dans son coin, dit Harding, jusqu'à ce que la directrice générale nous convoque à la grande réunion.

— J'aimerais interroger les fils Wesley à Manchester. Ils connaissaient Monro. Vous savez, sa mère a exposé sa photo chez elle à la place d'honneur. C'était une amie de la famille. La mère a dû parler d'elle aux enfants. Il faut que je leur parle.

— Plus tard. Ne faisons pas de vagues pour l'instant. On a

déjà la cassette de votre interrogatoire de McKeague suspendue au-dessus de nos têtes. Je veux savoir ce qu'ils comptent en faire.

– J'en ai ma claque d'attendre. C'est un comble, non? Je suis prisonnier. Et le tueur court toujours, Dieu sait où... Je suis le chasseur ou la proie?

– Les deux.

– Alors, qu'est-ce qu'on attend pour agir?

– Patience. Gardons la main sur le gouvernail.

– Bon sang, maintenant vous parlez comme Wesley...

Il ne reçut pas de réponse de la mère de Mary. Peut-être sa lettre ne lui était-elle pas parvenue; ou bien sa réponse avait été interceptée. Ce silence l'aurait inquiété, sans l'incident qui eut lieu à l'heure de pointe sur le quai de métro Angel.

Tout commença par l'appel de Gaynor.

– Alan, une indic demande à vous parler. Elle a refusé de dire comment elle avait appris votre nom. Elle appelait d'une cabine publique, à Hammersmith.

– Qui est-ce?

– Elle ne veut pas donner son nom.

– Vous savez que je ne peux pas me déplacer.

– Dans ce cas, demandez à Harding de clarifier la situation. Elle nous offre le nom d'un navire chypriote bourré d'une cargaison de fusils de chasse Franchi Spas 12 semi-automatiques.

– Vous ne pouvez pas envoyer quelqu'un d'autre?

– Elle veut vous parler personnellement.

– Je vais demander à Harding...

Mais quand le commandant fut mis au courant, il déclara avec fermeté qu'« il n'aimait pas ça ».

Rosslyn avait un autre point de vue.

– Ça ne peut pas être le Scorpion. Il saurait que le lieu du rendez-vous grouillera de policiers en armes.

Un marché fut conclu. Rosslyn rencontrerait l'indic à la station de métro Angel à côté du guichet. Gaynor servit d'intermédiaire. L'indic demanda que Rosslyn s'identifie en apportant un annuaire commercial. Elle porterait un jean et un T-shirt à l'effigie de Bob Marley.

La rencontre était fixée à 9 h 05 du matin.

Rosslyn se présenta sur place, ostensiblement seul. Les officiers en gilet pare-balles, assistés des tireurs d'élite de SO 19, se postèrent dans la station de métro, les fusils et grenades paralysantes cachés et prêts à servir.

Harding avait insisté pour que son homme bénéficie d'une protection maximum, et Rosslyn attendit, son annuaire sous le bras, guettant parmi les voyageurs une femme en T-shirt Bob Marley. Elle ne se montra pas. A 10 heures du matin, l'opération fut suspendue.

De retour à Tavistock Crescent, Rosslyn dit à Harding qu'ils avaient perdu leur temps.

— Peut-être qu'elle a reculé au dernier moment.

— Elle aurait flairé les armes ?

— Probable. Et elle s'est carapatée.

La convocation à Thames House leur parvint quelques jours plus tard.

— Ils ont établi un lien entre la mort de la Chinoise et celle de Levy, déclara Harding, dans la voiture qui les conduisait à Millbank, sous une pluie battante.

— Quel lien ?

— Ils ne sont pas entrés dans les détails.

— Bon Dieu, on se demande de quel bord ils sont !

— Ne sortez pas de vos gonds, Alan. Il y a de nouveaux joueurs à la table, à présent.

— Qui ?

— Le ministère de l'Intérieur. Et MI6. J'ai l'impression que la terre tremble sous nos pieds.

C'était bien une réflexion digne de Harding, le roi de l'allusion... Il aurait pu aussi bien se parler à lui-même. Un peu plus tôt, il avait demandé à Rosslyn de se préparer à déménager. Plier bagages, sans autre explication.

Près du quai, Harding dit :

— La DG était trop polie au téléphone avec moi. (Il se livra à

161

une imitation passable de sa voix.) Je souhaite que vous et M. Rosslyn acceptiez mon hospitalité.

– Quelle hospitalité?

– On va voir..., dit Harding. (Sa patience commençait à montrer ses limites.) Je n'ai jamais aimé qu'on se foute de moi. Et j'ai cette impression désagréable chaque fois que j'arrive à Thames House.

– Moi aussi.

– Nous court-circuiter les uns les autres ne donnera rien de bon.

– C'est bien ce que je vous disais...

– Et vous aviez raison.

La voiture entra par Thorney Street sur le parking de Thames House. Si ses occupants n'avaient pas été aussi préoccupés, nul doute qu'ils auraient remarqué qu'un taxi les avait suivis.

Le véhicule s'était garé discrètement dans John Islip Street. Sur la banquette arrière, Anna McKeague attendait son heure. *L'heure où les fauves vont boire...*, songea-t-elle. *Les animaux entrent dans la cage. Cette nuit, ce salopard ira en enfer.*

24

– Les « têtes pensantes » du contre-terrorisme ont été liquidées, déclare Wesley, dans le fond de la salle de conférences.

Il en parle comme d'une information confidentielle, alors que le monde entier sait déjà que le crash de l'hélicoptère Chinook à Mull of Kintyre a fait vingt-neuf morts. Les victimes appartenaient à l'armée, la Royal Air Force, la police de l'Irlande du Nord et MI5.

– John était un ami de vingt ans, poursuit Wesley. Un grand vice-directeur général. Terrible perte. Six amis – une tragédie. Une catastrophe.

– C'est un accident? demande Rosslyn.

Wesley hausse les épaules.

– Nous le saurons tôt ou tard.

– Tard, à mon avis. Trois équipes mènent l'enquête.

– On n'est jamais trop nombreux.

– Je suis d'un avis contraire. Je trouve étonnant que des hommes à des postes clés aient été autorisés à prendre le même vol.

– C'est Dieu qui l'a voulu.

– L'IRA doit penser de même.

Wesley se sert un café sur le plateau roulant.

On n'attend plus que la DG pour ouvrir la séance. Rosslyn reporte son attention sur la pendule murale qui affiche 21 h 15. La directrice a quinze minutes de retard.

– Si le Sinn Fein envisage sérieusement de discuter avec nous d'un avenir constitutionnel, reprend Wesley, alors bon sang, on est en droit d'espérer l'arrêt des hostilités. Vous ne trouvez pas?

Rosslyn jette un coup d'œil à Harding, qui lit les journaux en gardant ostensiblement ses distances.

– Et je n'hésite pas à dire que l'attitude des États-Unis envers l'Irlande du Nord est un peu trop chaleureuse. Supposons qu'un Jumbo de l'Airways soit visé à Heathrow et tous ses passagers américains massacrés? Je parie que ça leur remettrait les idées en place, à ces Ricains. Ils ont beau prêcher la « démilitarisation », la « clarification », et le « dialogue avec les unionistes », ils font le jeu des terroristes. Pensez aux tirs de mortier contre le conseil de guerre réuni pendant la guerre du Golfe au 10, Downing Street, à Bishopsgate, Heathrow... Je vous le demande, qu'est-ce qui nous pend au nez... le retrait britannique, la paix, une capitulation? Faites votre choix. Ce que je redoute, ce sont les représailles des protestants.

– Pourquoi le président ne nous apporte-t-il pas un soutien sans équivoque?

– Ne me le demandez pas. Je n'aime pas les Ricains. C'est physique. J'adore leur dire en face le fond de ma pensée. Vous verriez leur tête! Leur ahurissement! Il faut les entendre pleurnicher sur le Viêt-nam. C'est facile de déplorer les guerres du passé. Trop facile. Les bombes, ça les connaît. Ils s'y entendent à bombarder des populations innocentes. Ils ont la « liberté » toujours à la bouche. Quelle liberté ? Je vais vous le dire : celle de faire la loi. Et toujours, *toujours*, ce besoin d'être aimés et admirés. La popularité est tout pour un Américain. Ce doit être une matière enseignée dans leurs universités pourries. Je n'en serais pas autrement surpris. La popularité... pour quoi, pour qui ? Leurs « liens historiques », je m'en fous. Leur « cousinage », mes fesses. L'IRA est récompensée pour ses massacres.

Qu'est-ce qu'il cherche ? Me faire passer pour un doux apôtre de la non-violence ? M'entraîner dans des considérations irresponsables ?

— Je sais ce qui leur dessillerait les yeux : un bain de sang dans les rues de Washington.

— Vous n'en avez pas assez ?

— Vous marquez un point ! s'exclame Wesley, en gloussant comme si Rosslyn avait lancé une bonne plaisanterie.

— Peut-être la Maison Blanche réalise-t-elle que le processus de paix est grippé. Ce n'est pas votre sentiment ?

— Oh, en effet. C'est indiscutable. J'aimerais me présenter comme un partisan de la paix. Mais entre nous...

— Vous n'en êtes pas un ?

— Que cela reste entre nous..., chuchote Wesley en s'éloignant avec le sourire.

Sur son passage, Rosslyn sent son haleine – mélange d'alcool et d'acide gastrique.

En marge de la réunion, Rosslyn surprend des bribes de la conversation d'un quidam qui semble appartenir au ministère de l'Intérieur et repère son nom : Julian Lucas, silhouette trapue affublée d'une cravate aux couleurs du Garrick Club. Le ton des rayures de la similisoie détonne avec les narines irritées. *Est-ce qu'il prend de la cocaïne ? Il a l'air survolté.* Puis il voit Lucas sortir une tablette d'antihistaminiques. Il converse avec une certaine Verity Cavallero. Elle l'asticote. Rosslyn est frappé par la tension qui règne : *Chacun est prêt à bouffer son voisin.* Il aperçoit d'autres visages inconnus et en déduit qu'il s'agit d'observateurs délégués par la nouvelle cellule chargée de coordonner les activités de renseignements et les opérations en Irlande.

L'IRA a un nouveau joujou dans les pattes. Si elle pouvait juger de l'ambiance, elle serait ravie.

Une émanation de pollen hors de saison doit faire de la vie de Lucas un enfer. Il renifle et s'essuie les narines. Ou bien, explication plus convaincante, c'est l'air vicié et sec, recyclé par le nouveau système de climatisation, qui lui pose problème. Ou encore serait-ce Verity Cavallero? Elle a un nez pointu, une longue chevelure blond platine coiffée à la Jeanne d'Arc, qui lui donne l'air d'une écolière.

Sa frange arrive au ras de ses yeux bleus perçants. Sourcils bruns et épais. Une fausse blonde, nouvelle déception.

— Ce que je dis, explique-t-elle à Lucas, c'est que la présente rénovation a dépassé largement les deux cent quarante millions de livres du budget initial. Oui ou non?

Un nuage passe sur le visage de Lucas. Il resserre son nœud de cravate et fait saillir sa mâchoire.

Cavallero n'en a pas fini avec lui.

— Est-il exact que la moquette du restaurant d'entreprise a coûté plus de soixante-dix livres le mètre carré? Nous avons vu les chiffres. Et au fait, combien vous a coûté toute la baraque, Julian? Cent millions? Ne prenez pas cet air offensé. Répondez-moi.

— C'est top secret, dit Lucas en tâtonnant à la recherche de son mouchoir.

— C'est vrai ou c'est faux?

— Lâchez-moi, Verity. C'est vous, l'audit. Merde, si quelqu'un sait dans ce foutu pays combien d'argent a été dépensé dans ce bâtiment, c'est bien vous. Vous avez le ministère des Finances, la City, les banques, pour faire joujou. Pourquoi me demander ça à moi? Vous savez que les comptes ont été approuvés.

Quelqu'un surgit à la droite de Rosslyn. Harding. Rosslyn ne peut suivre jusqu'au bout la querelle entre Cavallero du SIS et Lucas, de l'Intérieur.

— Que fout la DG?

165

– Le crash de l'hélicoptère, suggère Rosslyn.

– A ce compte-là, on en a jusqu'à demain matin! Lisez ça... (Harding lui tend un exemplaire plié de l'*Evening Standard.*) C'est à vomir.

MI5 ne craint pas les bombes

Une alerte à la bombe contre MI5 prouve que les vieux réflexes ont la vie dure. La nouvelle de la politique d'ouverture annoncée par le ministre de l'Intérieur et la directrice générale de MI5 n'est apparemment pas parvenue dans tous les services. Selon le *Bulletin* de la fédération de la police, un agent aurait appelé Scotland Yard pour déclarer qu'on avait menacé par téléphone de faire sauter le Q.G. des services secrets.

« OK, dit Scotland Yard. Nous envoyons quelqu'un. Où êtes-vous?
– Je ne peux pas vous le dire, répond l'agent à l'autre bout de la ligne. C'est top secret. »

Après « bien des prières et des émotions », le renseignement fut donné à contrecœur. Pour information, le poste 500 est situé sur la berge, tout près de Lambeth Bridge.

La directrice générale est entrée dans la salle de conférences pendant que Rosslyn poursuivait sa lecture. Il retrouve son siège. La DG prend place en bout de table.

– Si certains d'entre vous préfèrent tomber la veste, n'hésitez pas.

Tous s'exécutent, sauf Rosslyn et Harding. Rosslyn connaît l'astuce pour y recourir lui-même à l'occasion. Un vieux truc pour aider le suspect à se détendre. On le met à l'aise. Une fois que la veste est tombée, c'est comme une carapace qu'on a retirée. Rosslyn reconnaît dans cette petite ruse la marque du vrai professionnel. Lucas, son voisin, exhibe une chemise de chez Jermyn Street et des bretelles rouge vif. Son odeur évoque l'officine de pharmacie, un mélange de désinfectant, de savon bon marché et de déodorant.

– Tout le monde a lu l'ordre du jour..., déclare la directrice générale.

Rosslyn et Harding échangent un bref coup d'œil. On ne leur a envoyé aucun ordre du jour. Il n'en reste même pas un exemplaire disponible sur la table.

La directrice générale feuillette rapidement ses papiers. Rosslyn remarque qu'elle a retourné un numéro de *Country Life*. *Elle a dû l'apporter par erreur.*

– Pas de rappel de la dernière réunion. Pas d'ordre du jour complémentaire. Si tout le monde veut bien se présenter, nous pourrons commencer.

Pas d'excuses pour son retard ni d'explications. Même pas une petite allusion vacharde, comme le gros Wesley en raffole, pour détendre l'atmosphère.

– Tour de table, dit-elle.

– Bryan Wesley. Je crois que je connais tout le monde... (Et c'est, semble-t-il, réciproque.)

– Conseiller juridique de MI5.

– Vice-directeur des opérations de MI5.

Harding griffonne sur un bloc-notes portant la devise de MI5 sous des armoiries aussi triviales que le logo d'une marque de bière. REGNUM DEFENDE.

– Conseiller du personnel de MI5.

– Directeur des réseaux de renseignements et opérations.

– Opérations, contre-terrorisme, Irlande et territoire national.

– Contre-espionnage et contre-prolifération.

– Contre-subversion.

Puis Verity Cavallero, MI6 ; Julian Lucas, ministère de l'Intérieur ; commandant Harding ; M. Rosslyn.

Harding transmet sous la table son petit mot à Rosslyn. « Voyez votre amie ce soir. Déboutonnez-la. Prenez le métro. Je vous emprunte votre voiture. *Regnum Defende* signifie : gare à tes fesses. N'oubliez pas : je joue le méchant ; vous le joli cœur. Montrez-moi que vous avez compris et faites disparaître ce message. »

Rosslyn prend l'air absent, relève les yeux et acquiesce. Le bref signal n'échappe pas à la directrice générale qui lui décoche un regard irrité. Harding arbore un air d'innocence angélique. *C'est pas moi, maîtresse... Quoi, MOI?*

— Si nous pouvions concentrer notre attention sur Scorpion, insiste la directrice d'un ton tranchant qui les vise tous les deux. Il est plusieurs aspects de la situation sur lesquels j'ai fait plancher des officiers de mon service. A vous, monsieur le conseiller juridique.

— Je n'ai aucun argument pertinent à opposer à la poursuite de l'opération Scorpion présentement en cours, catégorie rouge. (Il parle sur un ton monocorde, comme un disque des Télécom.) Je fais allusion, bien entendu, à une possible violation de la Convention européenne des droits de l'homme.

Suivent des développements verbeux sur les « tenants » et les « aboutissants ».

Rosslyn jette un coup d'œil au gribouillis de Harding : « L'Europe nous EMMERDE. »

Puis c'est au tour du premier des directeurs. Il parle la tête tournée vers la DG, nouant et dénouant ses longs doigts comme un courtisan efféminé.

— Je constate que la situation n'a pas changé par rapport à la répartition des responsabilités, telles qu'elles avaient été définies dans votre premier mémorandum. Sur le chapitre des répartitions et délégations, dans la mesure où elles concernent l'opération en cours, je constate que notre ligne de conduite n'a pas varié.

Rosslyn n'a pas besoin de consulter Harding pour savoir qu'il lutte pour réprimer un bâillement. Mais ses efforts ne passent pas inaperçus auprès de la DG.

— Prenez la parole, commandant Harding, si un point vous semble inacceptable.

— Rien entendu qui puisse m'empêcher de dormir, répond Harding, du tac au tac.

— Dans ce cas, je vais résumer la situation... Si quelqu'un veut intervenir, surtout qu'il n'hésite pas. Primo : le Premier ministre est tenu au courant par le ministre de l'Intérieur qui est briefé par moi. M. Lucas sert d'intermédiaire dans ce cas précis.

Lucas renifle.

– Notre conclusion est que nous poursuivons une cible unique. J'en ai parlé au Premier ministre. Un terroriste qui fait cavalier seul. Terroriste pour qui, d'après notre analyse, tout agent des services secrets est une cible. Il n'y a – Mlle Cavallero le confirmera sans doute – aucune raison de supposer que cet agent est membre d'une organisation terroriste internationale... Vous confirmez, Verity ?

Lucas se mouche.

– Vous avez résumé la situation. Nos contacts au Moyen-Orient, nos amis de Washington, nos nouveaux réseaux à Moscou via Bonn, Paris, Genève n'ont trouvé aucune preuve permettant d'attester des liens avec le Hezbollah ou tout autre cellule connue. Bien entendu, comme vous vous en doutez, nous continuons à rechercher des pistes du côté de l'IRA Provisoire, l'Armée nationale de libération irlandaise, et l'Organisation de libération du peuple irlandais. Nous estimons qu'aucun de ces groupes ne porte la responsabilité directe des meurtres de Frances Monro et Serena Watson, le 26 mars dernier. Ni de celui de l'officier de police Mary Walker, l'an dernier.

Mary Walker. A la mention de ce nom, Rosslyn se raidit. Il entend sa voix résonner dans son cerveau. Bat des paupières. *Mary.* Un fantôme. Si douce. Son désir revient comme un spasme. C'est physique. *Mary.* Et la réalité ? Bien sûr. *Mary n'est plus là.* Le vide se fait de nouveau en lui. Il ferme les yeux. Les rouvre.

Mary Walker, l'année dernière. Il y a cent ans.

– Nous avons également étudié l'interconnexion entre ces meurtres en nous référant aux rapports d'expertise et aux dépositions des témoins. Nous avons aussi envisagé une possible implication d'autres organisations comme les Forces des volontaires de l'Ulster ou l'Association de défense de l'Ulster. Mes collègues des départements concernés n'ont relevé aucun lien avec ces organisations. Je suis consciente que votre tâche serait grandement facilitée si je pouvais vous permettre de remonter jusqu'à un groupe connu. Mais au stade de nos recherches, nous pouvons affirmer que cela est exclu. Je n'ai plus rien à ajouter... (Cela dit sur un ton de cheftaine.)

– Merci, dit la DG.

Elle se tourne vers Bryan Wesley, qui se racle la gorge, toussote et allonge le bras vers son verre de vin.

– Nous avons beaucoup progressé... J'espère, madame la directrice, que les minutes de cette réunion témoigneront de la gratitude du Service à l'égard du professionnalisme du commandant Harding et de M. Rosslyn. Ils ont apporté une aide précieuse à la poursuite de l'opération, dans un domaine quelque peu éloigné de leurs attributions respectives.

Harding fixe d'un regard vide son dernier gribouillis. Le monstre ailé à queue de poisson trône sur un cabinet. Rosslyn louche sur le dessin. *Assez représentatif de ce qui se passe ici.*

– Mes conclusions provisoires sont en A.1, dit Wesley.

Froissements de papier autour de la table.

– Nous vous écoutons, dit la DG.

– Bon. En ce qui concerne le mobile des meurtres, nous sommes dans le flou. L'individu solitaire avec un motif politique ? C'est vague. Voyons le dossier du conseiller du personnel... (Il lève les yeux sur ledit conseiller, qui bat des paupières.) Là, nous avons des faits : nous pouvons affirmer qu'à aucun moment ni Watson ni Monro – ni leurs collègues ou leurs proches – n'ont sollicité d'entretien avec le conseiller pour des problèmes de stress d'ordre personnel ou professionnel, de conflit, de dépression, troubles mentaux ou difficultés financières. Les rapports du commandant Harding et de M. Rosslyn sont encore plus clairs : nous avons là les rapports d'experts corroborés par le STRU, à Beaconsfield. Nature des explosifs, localisations, timing, etc. Tout cela est confirmé par la déposition d'un témoin, l'infirmière Cartaret. Elle n'a, de son côté, apporté aucun élément d'information nouveau, à part la présence inexpliquée d'un véhicule de police avant l'explosion. Cette voiture n'a pas été retrouvée. Vous trouverez d'autres éléments dans ce dossier. Mais je suis sûr qu'aussi bien le commandant Harding que M. Rosslyn vous confirmeront que tout cela ne forme pas un tableau très parlant. S'il y a des questions, je sais que le commandant et M. Rosslyn seront tout disposés à vous répondre.

Il n'y en a aucune.

— Voilà où nous en sommes, conclut la DG. J'ai présenté ces résultats au Premier ministre qui tient absolument à ce qu'aucune déclaration ne soit faite à la presse. D'un côté, cela nuit en général à l'enquête. De l'autre, un analyste impartial verrait que certains progrès ont tout de même été accomplis. Je puis vous dire — mais c'est entre nous, commandant — que la balle a rebondi dans la partie du court que vous partagez avec votre partenaire, M. Rosslyn. Et nous nous demandons si vous avez déjà anticipé le prochain coup de l'adversaire, si vous voulez bien me passer cette métaphore tennistique. C'est à vous de servir.

Les couteaux sont sortis.

— Sauf votre respect, je ne vois pas ceci comme un jeu, rétorque Harding.

Prends ça. Rosslyn gribouille une paire de couilles sur son bloc *Regnum Defende.*

— A votre guise...

Harding attaque.

— Peut-être avons-nous adressé nos preuves à la mauvaise adresse ?

— Je sais, figurez-vous, que notre adresse est de notoriété publique depuis que la fédération de la police l'a communiquée à l'*Evening Standard.*

— Vous aurez sans doute l'occasion de regretter d'avoir permis une telle chose.

— Contrairement à vous, je crois à l'ouverture. N'en déplaise aux médias. Nous ne polémiquons pas avec la presse, commandant. Gardez à l'esprit que je suis pour une politique de coopération, tout comme le Premier ministre et le ministre de l'Intérieur. Nous servons tous le même maître.

— Je suis officier de police. J'obéis.

— Dans ce cas, abstenez-vous de nous donner ce nous savons déjà. Soyez assuré que l'on ne vous demandera pas l'heure à

Thames House. D'ici, on entend les carillons de Big Ben, et ce qu'ils nous disent, c'est que le temps joue contre nous.

– Venez donc un jour entendre Big Ben de chez nous, à Scotland Yard. Vous entendrez aussi les sirènes. Les alarmes. Et la grogne de nos officiers qui n'ont pas besoin de protection armée ni d'un palace retapé par des zinzins dilapidant les deniers publics au profit des lecteurs de *Country Life*.

– Commandant, murmure la DG, certains d'entre nous ont un foyer, eux.

Bon Dieu. Country Life. *Il y va fort, ce coup-ci.*

C'est au tour de Harding de répliquer. Mais il est tout pâle. Ses mains tremblent.

– Excusez-moi...

– Un problème, commandant?

– Je ne me sens pas très bien. Si vous le permettez... (Il se tourne vers Rosslyn.) M. Rosslyn vous fournira tous les éclaircissements...

Soudain, il quitte la table et gagne la porte.

Merde. Il prend la tangente. Est-ce qu'il s'attend à ce que je lui emboîte le pas?

Il rattrape Harding sur le seuil.

– Restez, lui ordonne Harding.

Il a l'air épuisé.

– Vous êtes sûr que ça va? demande Rosslyn, en tournant le dos à l'assemblée. Il lui tend ses clés de voiture.

Les autres affectent d'ignorer l'atmosphère de guerre. Plusieurs voix s'élèvent en même temps, dans un effort commun pour dissiper l'agressivité et la gêne.

– Ça va, dit Harding. Si ça vous intéresse, ma loge tient séance au Café Royal. N'oubliez pas mes instructions. Mettez la femme dans votre poche. *Regnum Defende.*

– Vous de même.

La femme du SIS, Cavallero, sort sa botte secrète:

– Dans une affaire, nous portons toujours un intérêt tout particulier à l'aspect financier. De grosses coupures en quantités importantes ont été retrouvées à Hong Kong. Nos amis là-bas ont remonté la filière jusqu'à l'Annexe de chez nous. Pour la forme, mon directeur des finances voudrait vérifier qu'il ne s'agit pas de billets qui étaient destinés à Tripoli ; par ailleurs, les numéros prouvent que ces billets vous avaient été adressés. Apparemment, au service du personnel.

– Nous avons déjà discuté de cela, dit la DG avec impatience. Bryan ?

– Cela ne concerne pas la présente réunion, déclare Wesley. Mais oui, les billets sont passés par notre service il y a des mois pour être remis à un agent qui travaillait pour nous depuis un certain temps. Avant de prendre mes nouvelles fonctions, j'ai procédé à ce règlement. (Il sourit à Cavallero.) J'en assume la pleine responsabilité.

– Je crois, dit Cavallero, que M. Rosslyn, des douanes, aimerait peut-être lâcher ses chiens renifleurs chez nos amis les Chinois.

Elle se tourne vers Rosslyn. Tous les regards se braquent sur lui.

– Nous n'avons pas envisagé la filière chinoise, dit-il.

– La question ne se pose pas, approuve Wesley d'un air suffisant.

– Je vous conseille toutefois de bien considérer les enjeux. S'il s'agit d'une manœuvre venue d'Extrême-Orient, vous devriez vous inquiéter pour votre sécurité personnelle. Une « blanchisseuse » a été tuée. Je suis très surprise que notre représentant du ministère de l'Intérieur n'ait pas soulevé la question. (Elle se tourne vers Lucas.)

– Elle a fait une chute mortelle, dit Lucas. Nous n'avons pas de preuve.

– Sauf celle que son lieu de travail a été attaqué à la bombe incendiaire. Elle était peut-être des vôtres, Bryan ?

– Non, elle ne travaillait pas pour nous.

– Je n'ai pas dit ça, Bryan. (Cavallero lui décerne un sourire amical.) Elle n'était pas des nôtres non plus. Mais vous ne croyez pas que cela mériterait une enquête ?

Elle se cale dans son siège. Croise les doigts derrière la tête.

– Et nous attendons toujours de découvrir la cause de la mort de Levy. Les gratte-papier vivent jusqu'à la retraite, d'ordinaire.

— Nous suivons cette affaire, dit Lucas. L'enquête sera menée à son terme.

— J'aimerais déjà qu'elle commence..., remarque Cavallero, qui se met à écrire sur un bloc-notes, en prenant appui sur son portfolio ouvert sur ses genoux.

Rosslyn remarque qu'elle dissimule le bloc-notes aux regards.

— La structure de cette enquête est idéale, déclare Lucas. Elle reflète l'esprit de coopération interservices au plus haut niveau, conformément aux vœux du ministre.

— M. Rosslyn, l'interrompt la DG, en l'absence du commandant Harding... (Elle semble tenir à garder le contrôle des débats.) M. Rosslyn, si je puis parler au nom du service de la Sûreté (Là, regard incisif en direction de Wesley, qui pousse de profonds soupirs), nous ne doutons pas que Scotland Yard considère activement les implications de la mort de cette Chinoise. Mais nous estimons que cela n'affecte pas fondamentalement l'enquête. De même la mort de Levy. L'argument que j'aurais voulu faire valoir au commandant Harding avant son départ est le suivant : plus que jamais, il importe de se concentrer sur ce qui s'est passé dans le nord de Londres. Mes raisons sont claires : pas de précédent. Pas de lien évident avec d'autres actions terroristes. Par ailleurs, nous tenons à ce que la plus grande attention soit portée à l'examen des preuves.

— C'est ce que nous faisons, rétorque Rosslyn.

— Et sans le recours à d'intolérables moyens de pression sur la personne des suspects.

Merde. Je la vois venir. Elle me tient par les couilles. L'enregistrement trafiqué. Elle cherche à me faire virer.

— Nous ne tenons aucun suspect.

— Malheureusement. Tout ce que vous avez réussi à faire, pour le moment, c'est ajourner les sanctions disciplinaires à votre égard. Je suppose que le commandant Harding est à l'origine de la clémence du ministère public ?

Il ignore complètement ce que Harding a bien pu trafiquer de son côté. Il veut protester.

Il s'agit d'un complot délibéré pour me discréditer. La tentation est forte d'arracher son masque d'indifférence.

Mais il choisit de s'abstenir de tout commentaire.

– Je pense que vous m'avez comprise, reprend la DG. Sinon, je me verrai forcée de vous signaler que la navrante histoire de cette suspecte battue à mort donnera lieu en son temps à une enquête.

– Je l'espère. Cette mort nous a privés d'une aide précieuse. J'affirme n'être pour rien dans cette affaire. Je n'apprécie pas l'allusion selon laquelle j'aurais dépassé les limites. L'enregistrement de mon dernier interrogatoire a été falsifié.

La DG se penche par-dessus la table. Elle a un vague haussement d'épaules.

– Nous ne le croyons pas, M. Rosslyn. Quelle raison aurait-on eu de toucher à cette bande ? De fait, les motivations seraient plutôt de votre côté. Vous, ou vos collègues, aviez intérêt à produire l'enregistrement de brutalités intolérables commises sur la personne de la détenue. D'ailleurs, il y a deux versions, n'est-ce pas ? Sur l'une, vous vous comportez correctement. L'autre narre une tout autre histoire.

Elle fait un rapide tour de table. Le conseil de discipline arbore un air vaguement offensé. Le sourire vague qui dit que l'inculpé l'a jusqu'au trognon : Je sais, vous savez, il sait. Verdict ? Coupable.

Rosslyn a envie de vomir. Il pourrait dire que cette falsification vise à le discréditer.

Argument trop sensible. *Regnum Defende.*

– Voyez-vous, je tiens à ce que les minutes de cette réunion reflètent notre opinion sur votre conduite de l'affaire McKeague. On juge un service de la Sûreté non seulement à son efficacité, mais aussi à son respect de la déontologie. Je pense que mes collègues du SIS seront d'accord.

Elle se tourne vers Verity Cavallero pour confirmation.

La séance touche à son terme.

– En principe, déclare Cavallero, je suis entièrement d'accord. Le comportement de M. Rosslyn dans le suivi de l'interrogatoire avec un suspect de l'IRA pourra donner lieu à un jugement à une date ultérieure. Pour le moment, si l'objet de cette réunion, convoquée dans un esprit de collaboration

175

interservices, est de permettre au commandant Harding de poursuivre l'enquête avec la collaboration de M. Wesley et M. Rosslyn, je n'y vois pas d'objection. Nous autres, de l'autre côté de la Tamise, pouvons avoir des réserves. Mais nous n'avons pas l'intention de prendre parti. Donner notre avis, oui. Mais pas davantage.

– Merci, dit la DG. Autre chose?

Wesley désire soulever un dernier point.

– J'aimerais mener mon enquête sur cette histoire de billets. Cela nous permettrait peut-être de remonter jusqu'à l'entourage de certains agents utilisés par Frances. J'aimerais me charger de ce point-là.

– Accordé.

La séance est levée. Les participants se répartissent en petits groupes. La DG est entourée de ses sbires, parmi lesquels Lucas, qui boit ses paroles.

Cavallero s'éclipse discrètement.

– Je suis en retard, dit-elle à Rosslyn. Je peux vous déposer? Je me rends à St. John's Wood.

– Si vous voulez bien me déposer à Baker Street...

Dehors, il pleut. Typique de l'été anglais. Rosslyn aperçoit un visage familier : le coursier à moto, qui était apparu aux douanes pour prendre livraison de la transcription de son entretien avec Hazel Cartaret.

– De la part du commandant Harding... Il vous recommande de l'ouvrir en privé. Signez ici.

Le colis, soigneusement enveloppé, a une apparence anodine. Une inscription manuscrite sur le papier kraft, précise : *Regnum Defende*.

– Et voici votre sac. Vos effets personnels. Le commandant Harding m'a dit de veiller à vous le remettre en mains propres.

– Merci.

– Pas de quoi.

Rosslyn monte dans la Volkswagen noire de Verity Cavallero.

176

Tout – des apartés de Wesley sur le crash de l'hélicoptère à 21 h 15 dans la salle de conférences, jusqu'au moment où Rosslyn s'est protégé de l'averse –, chaque détail, chaque mot, chaque geste, a été scrupuleusement enregistré dans l'enceinte de Thames House par des caméras de surveillance équipées de zooms et d'un système à infrarouge fonctionnant 24 heures sur 24.

Rosslyn sait que MI5 n'avait rien manqué. Pas même la futilité de ses propres délibérations. *Cette femme... elle serait foutue de filmer sa propre mort en vidéo. Le grand frisson sur écran. Comme ces films que j'avais piqués aux sadomaso d'Amsterdam. « Strictement réservé à mon usage personnel », disaient-ils. MI5 aussi...*

25

– Entre nous, disait Verity Cavallero, en se frayant un chemin dans le flot de la circulation, je m'intéresse surtout au circuit des devises bidon au sortir de l'Annexe. MI5 a commandé dix fois la provision ordinaire au cours des trois dernières années. Plus de trois cent mille livres en deutschemarks et francs suisses. Le règlement maximum pour un simple informateur tourne autour de cinq mille livres par an. Devons-nous croire que MI5 s'est subitement mis à entretenir deux cent cinquante nouveaux agents au Royaume-Uni et dans l'Irlande du Nord? Je ne le pense pas. Ces sommes n'ont pas atterri dans les caisses de l'IRA Provisoire, de l'INLA ou de l'IPLO. Ni chez Abu Nidhal ou les groupuscules terroristes de l'Inde. Je crois que l'argent est allé ailleurs.

– Où?

– Qui le sait?

– Il ne doit pas vous être difficile de contacter le service financier de Thames House...

– C'est déjà fait. Ils ne sont pas fous. Ils appliquent le système crabe. Une pince transmet l'argent à une autre pince. La section financière ne contrôle pas la circulation de devises étrangères bidon.

– Qui alors?

– Au choix: l'un des cinq services opérationnels, y compris l'administratif, le personnel et l'intendance. Je vous conseille de vous intéresser à la Chinoise et sa clientèle. Également à Levy. Il avait un petit ami... (Elle tendit à Rosslyn le billet qu'elle avait rédigé discrètement en cours de séance.) Il s'appelle Patrick Coker. Voici son adresse dans les Costwolds. MI5 peut soutenir la thèse de l'absence de lien entre Levy, la Chinoise et Coker, mais nous avions depuis longtemps des soupçons sur Levy. Il entretenait Coker à grands frais, et ce depuis des années.

– Quelle sorte d'homme est-ce?

– Coker? Trente-cinq ans. Six ans dans les tanks en Allemagne. Habitué des clubs *gay* de Düsseldorf. Viré de l'armée pour usage de stupéfiants. Il est chauffeur de taxi, quand il se fait racoler par Levy. Nous avions un dossier sur lui depuis sa liaison avec un agent de la RDA.

– Pourquoi n'allez-vous pas l'interroger?

– Pour me mettre tout le monde à dos? Merci bien. Mais si j'étais vous, je m'intéresserais rapidement à ce type. Au fait, je vous soutiens dans cette histoire de bande... On vous a piégé. Vous ne croyez pas toutes ces salades sur la nouvelle politique d'ouverture, j'espère? Toujours la même antienne. La politique est plus que jamais l'art du mensonge.

– C'est facile d'être pessimiste.

– Je sais. Mais c'est encore le meilleur moyen de ne pas être dupe. Vous me dites où je vous dépose?

– Ici, ça ira très bien.

Ils étaient non loin de chez Mme Tussaud.

– La plus populaire des institutions britanniques, déclara Cavallero. Le musée des mannequins de cire. A l'image de notre police: une bombe et tout se liquéfie.

Rosslyn prit sa mallette sur la banquette arrière.

– Merci pour tout.

– Votre ami Harding est un peu culotté de vous faire passer un mot à l'intérieur de Thames House. Les caméras ont tout enregistré. J'espère que cela ne portait pas à conséquence. Au fait, gardez l'œil sur Wesley. C'est un enfoiré de première. Demandez à sa femme.

Rosslyn eut un sourire vague.

– Son ex-femme.

– Vous la connaissez?

– Pas vraiment.

– Vous savez quel est son problème?

– Non.

– Elle est frappée. C'est fatal, quand on a épousé une ordure comme Bryan. Complètement frappée.

Debout dans la rue, Rosslyn ruisselait.

– Vous les connaissez bien?

– Wesley? Pas au sens biblique du terme. Il préfère les petites Philippines douces comme miel. Des femmes de ménage en situation irrégulière. Vous devriez leur parler. Elles vous apprendraient peut-être quelque chose...

Elle eut un petit rire.

– Sa femme, c'est un cas!

– Vous détestez MI5, n'est-ce pas? fit Rosslyn.

– Pas vous? rétorqua la jeune femme en se penchant pour refermer la portière. N'oubliez pas : une fois que vous avez commencé à travailler avec eux, ils vous piquent comme des oursins. Les plaies s'infectent très vite. (La portière était toujours ouverte.) J'imagine qu'ils ont essayé de vous recruter?

– Wesley a fait une vague tentative.

– Eh bien, mon cher, vous êtes dans le bain. Méfiez-vous d'eux, méfiez-vous de Harding. On ne sait jamais d'où viendra le prochain coup de couteau. L'essentiel, c'est d'être prêt à parer l'attaque. Entraînez-vous à voir dans le noir, M. Rosslyn. Partez, vous allez finir par attraper un rhume. Appelez-moi un jour prochain. Ce fut un plaisir de bavarder avec vous.

Il regarda la voiture s'éloigner, puis se hâta sous la pluie en direction de la gare.

179

26

Une arme de poing, des munitions et un étui d'épaule à bretelle ultra-léger. Smith & Wesson Mark 10. Équipement standard pour protection personnelle. Tel était le contenu du paquet que Rosslyn ouvrit dans les toilettes du train qui le conduisait à Amersham.

Il chercha une note d'explication de Harding. Sans succès. L'arme était assez explicite. *Garde-moi auprès de toi. Sers-toi de moi au besoin. Je suis ta meilleure amie, tu peux avoir confiance.* On lui avait enfoncé ça dans le crâne à Lippitts Hill. Il chargea l'arme avec un frémissement d'excitation. Fixa l'étui à son épaule. Il se sentait très à l'aise. Harding avait choisi la bonne taille. Une fois qu'il eut endossé sa veste, il chercha à déceler une protubérance révélatrice. Aucune. Satisfait, il poussa l'emballage sous un tas de papiers gras et de journaux, sous le lavabo qui fuyait. Une cannette de bière vide roula sur le sol, glissant au rythme des cahots erratiques du train.

Revenu à sa place dans le wagon désert – les revêtements des sièges lacérés au couteau par des vandales, les vitres constellées de graffitis –, il fouilla dans son sac à la recherche d'un double fond. Simple réflexe professionnel. Le B A BA de son boulot. Fouine, ouvre les yeux. Flaire. Palpe. Laisse venir à toi les coupables. Son premier instructeur, « TAM », la Terreur des Arts Martiaux – Tami, pour les intimes –, disait que le plus malin des contrebandiers finit toujours par se trahir. Du calme, laisse-lui croire que c'est toi le couillon. Qu'il creuse sa propre tombe.

Tami, philosophe à sa manière, conseillait de prendre exemple sur les Japonais, autre peuple insulaire : rester sur sa réserve, feindre l'embarras, se montrer respectueux, passif, toujours passif. Tu sais que tu es sur la bonne voie. Avec son arme calée sous l'aisselle, bien au chaud, Rosslyn redevenait optimiste. Certes, il n'y avait pas de double fond à son bagage. Il passa son contenu en revue – passager solitaire traversant la lugubre banlieue londonienne sous la pluie.

Linge de corps, chemise, chaussettes; photo de Mary, son kimono, brosse à dents, dentifrice; le journal de Mary et les lettres qu'il lui avait adressées, les pages de son journal intime, qui étaient comme autant d'instantanés d'elle, pris par un tiers. Ou devait-on plutôt comparer ces descriptions à un appareil photo qu'elle aurait focalisé sur sa personne pour tirer ses autoportraits? *Mary au miroir* l'invitait à entrer dans son intimité la plus secrète et le journal l'agressa par sa terrible sincérité.

SOUDAIN L'ÉTÉ DERNIER
R + 99

Je porte trop de secrets en moi; cela me fait du mal. Il me tarde de tout recommencer de zéro, essuyer l'ardoise, retrouver un peu d'innocence. On devrait inventer une pilule à gommer les souvenirs pour de bon. Je demanderai à ma psy.

Ma psy. Je suis allée la voir quand mon aventure avec THUG est allée trop loin. Je lui ai dit que j'étais prête à tout pour plaire à THUG. Elle m'a demandé son véritable nom, mais je n'ai pas voulu le dire. Vous n'avez pas confiance en moi? m'a-t-elle demandé. En vous, oui. Mais pas en lui.

Pourquoi?

Pourquoi? Parce qu'il me tuera si je vous dis son nom.

Parlez-moi de cela.

Vous voulez savoir pourquoi il me tuerait? Parce qu'il ne sait pas se contrôler. Il aime la souffrance. Il veut toujours aller plus loin. Il est accro à la souffrance.

Et vous, Mary, qu'en pensez-vous?

Merde, qu'est-ce que je pense de la souffrance? Ma psy en tient une couche.

Ça fait mal.

Bien sûr. Mais chacun de nous a une approche différente de la douleur.

Je suppose que c'est vrai.

Racontez-moi, dit-elle. Parlez-moi de vous deux.

Tout a commencé dans cette chambre qu'il avait réservée au Hilton de Kensington. Au bout d'un couloir. Ce genre de pièce qui paraît insonorisée, et où pourtant on entend le bruit de la rue. *Je suis en retard.* Il me sourit. Il accroche le panneau Ne pas déranger *à la poignée de la porte. Ferme à double tour. Il dit que je suis une vilaine fille. Papa est très fâché. Papa a amené un ami pour te punir.*

Où est-il?

Il dit : Tu n'as pas le droit de le voir. Et il baisse la lumière. Tu as confiance en moi?

Oui.

Bien. Il sort un grand mouchoir noir et me bande les yeux. Je n'y vois plus rien. Il me déshabille. Il a déjà fait ça des milliers de fois.

Lorsque je suis nue, je l'entends qui ouvre le minibar. Cliquetis de verre. Il décapsule une mini-bouteille de Cointreau. Très froid. Il écarte mes lèvres et le liquide coule dans ma gorge. Puis il laisse tomber la bouteille. Ça fait un petit bruit. Il me met en travers de ses genoux.

Tu veux la fessée?

Si ça peut te faire plaisir.

Tu vas pleurer?

Non.

Demande-moi pardon.

Pardon.

C'est bien.

Il me frappe. Fort. Encore plus fort. J'ai les fesses qui piquent.

Ça brûle?

J'ai mal.

Puis il me caresse entre les jambes et je sens un truc glacial qui entre dans mon cul.

Détends-toi.

J'obéis. Qu'est-ce que c'est?

Tu aimes?

Oui.

Une bougie.

Puis il me retourne et se glisse en moi, je sens les oreillers au creux de mes reins, j'ai les jambes écartelées, la bougie toujours dans mon cul.

Je comprends qu'il a tout préparé longtemps à l'avance. Il attendait son heure, quel sadique. Il retire le bandeau, la bougie, et sa queue. Je lui demande pourquoi il n'a pas éjaculé en moi.

Parce que c'est ton tour, fillette.

Alors j'aperçois une fine canne en bambou sur le lit, il a l'air apeuré et un sourire bizarre.

Et maintenant ses salades sur sa dépravation. Son sentiment de culpabilité, la honte qu'il ressent. Je mérite d'être bien puni.

2 et 2 font 4, dis-je.

6. Il dit 6. Je ne veux pas voir ça.

J'ai compris. Je lui bande les yeux. Le force à se mettre à croupetons sur le lit. Je le déshabille, lui baisse son froc.

Je mérite d'être marqué.

Tu le seras.

S'il te plaît, dit-il. Ça veut dire : « S'il te plaît, fais-le » ou : « S'il te plaît, pas ça » ? Je ne sais pas.

Alors je le corrige. Puisque ça lui fait plaisir, je n'y vais pas de main morte. Les trois derniers coups sont très durs. La canne se fend et le sang gicle.

Il se met à pleurnicher.

Aime-moi, dit-il. Aime-moi, Mary.

Alors je lui demande de se retourner et je glisse sa queue en moi. C'est fini au bout d'une minute. Ça n'a pas traîné. Nous sommes tous deux en nage et les draps sont tachés de sang.

À présent que je relis ceci, ces confessions que j'ai faites à ma psy, je réalise que c'est bien le genre de chose que je condamnerais totalement, s'il s'agissait d'une autre.

Le problème, comme je l'ai dit à ma psy, c'est que ça m'a plu. Son plaisir. Sa faiblesse. Sa passivité pathétique.

Nous sommes allés trop loin. Je l'ai compris dès que nous nous sommes retrouvés allongés entre les draps poisseux. Moi et mon pauvre vieux que j'avais fouetté au sang.

Nous avons pris un bain, nous nous sommes rhabillés, avant de partir à la recherche d'un restaurant « où l'on dîne aux chandelles », a dit THUG.

THUG est le seul homme que je connaisse capable de choisir un restaurant simplement parce qu'il y a des bougies sur les nappes.

183

Nous avons dîné aux chandelles. « Si jamais tu me trahis, je te tue.

— Combien de femmes t'ont fait ça? je lui demande. Et dans l'autre sens. »

Il sourit en silence.

La psy m'a demandé : Il ne vous l'a pas dit?

Non.

Et comment avez-vous réagi?

Mal.

Vous l'avez mal pris?

J'ai détesté ça. Qu'en pensez-vous?

C'est une réaction parfaitement normale.

Et lui aussi, je le déteste.

Là, j'ai fondu en larmes.

Elle savait. Je savais. Je l'aime. Je l'aimerai toujours. Lui, il sait que j'ai aimé ça. La souffrance nous a réunis. C'est le problème, avec la douleur. Plus de borne. C'est en vous et c'est le plus génial des plaisirs.

Mais je me dégoûte.

Et pourtant, je sais que si R découvrait qu'il y a un autre homme dans ma vie, il me tuerait. C'est vrai.

Je dois tourner la page.

J'aimerais remercier ma psy qui m'a guérie du sadomaso-chisme, de THUG qui veille sur moi dans l'ombre, et R qui est si adorable, qui m'aime et dont je veux porter les enfants. Voilà les bonnes nouvelles.

Je ne peux toujours pas regarder une bougie sans rire, sans avoir envie de crier aux hommes : Vous voulez vous attacher une femme pour toute la vie? Achetez des bougies et un frigo.

Comme je regrette le passé.

Comme j'aime THUG, mon amant tordu et jaloux.

Comme j'aime R, mon amant droit et jaloux.

Il y a des femmes qui ont vraiment de la veine. Pourvu que ça dure. Encore un peu.

Il eut froid. Chaud. Il était en nage. Dans ses mains trem-blantes, le journal chéri dégageait une odeur de corruption. Il le détestait. Baigné de sueur, il appuya la tête contre la vitre froide, pris d'étouffement. A l'accès de terreur succéda le ressentiment, contre Mary, contre son répugnant amant, contre lui-même. La pureté de leur amour, l'image parfaite qu'il s'était faite d'elle – il n'y avait plus rien. Le sang pulsait dans ses tempes, occultant la musique du train.

27

À la gare d'Amersham, la station de taxis était déserte. Il composa le numéro de plusieurs compagnies. À chaque fois, une voix féminine lui répondait que sa ligne était en attente. « Ne quittez pas, s'il vous plaît. » Et à chaque fois, il devait patienter sur la même version au synthétiseur des *Quatre Saisons* de Vivaldi, un parfum d'été sous la pluie. Il se décida à marcher. Lève le pouce. Une voiture finira bien par s'arrêter. Mais non.

Trempé de la tête aux pieds, il se traîna par les rues. La pluie transperçait sa veste et sa chemise. Les courroies de son holster lui irritaient la peau. Il essaya d'analyser ses sentiments envers Mary, le journal. Il n'y avait pas de mot pour qualifier ce qu'il ressentait. Haine, regret, chagrin ? Dégoût et angoisse, plutôt... et incrédulité. Une corrosive incrédulité. Il en avait le souffle court, la bouche sèche. Ses yeux lui brûlaient. Ce que cet homme lui avait fait dans cette chambre d'hôtel l'écœurait. Il imagina – peut-être la référence au Hilton – que c'était un Américain. L'idée de prendre un bain avec Mary après l'amour, se vautrant dans la mousse avec elle, renforçait cette impression. THUG, un nom d'Américain.

Une Volvo qui remorquait une caravane oscillante le dépassa en l'éclaboussant. Il vit des frimousses enfantines qui lui souriaient. Une fillette d'une dizaine d'années lui tira la langue et leva deux doigts en une réponse obscène à son pouce levé.

Il se demanda pourquoi cette enquête l'avait précipité dans

un tel gouffre émotionnel. C'était peut-être sa faute. Il n'avait pas su la comprendre, elle, son passé, son être profond. Un échec minable. Il touchait le fond. Me voici, crevé, trempé, marchant dans un bled où la nuit tombe, arme à l'épaule, pour fricoter Dieu sait *quoi* avec l'ex-femme dérangée d'un salopard de MI5 qui est censé être mon collègue. Et dont deux collègues ont déjà été déchiquetés par Dieu sait qui, et pour Dieu sait quel motif. Débrouille-toi avec ça, si tu peux.

— Je ne peux pas, dit-il à haute voix.

À l'heure où il atteignit la demeure de Davina Wesley, il savait qu'il offrait un spectacle pitoyable. Saucé, à demi humain, tel la Bête des Marais qui hantait ses cauchemars d'enfant. À en juger par son regard ahuri quand elle lui ouvrit la porte, Davina Wesley partageait son point de vue. Il y eut un silence. Il avait l'impression qu'on l'attendait.

— Entrez, dit-elle. Vous êtes en panne?

— J'ai pris le train. Pas trouvé de taxi.

Il grelottait dans l'entrée.

— J'aurais pu venir vous chercher. Il fallait me prévenir par téléphone.

Il n'avait pas l'intention de lui dire que son téléphone risquait d'être sur écoute. Les espions auraient été prévenus de sa visite. Elle avait probablement compris d'elle-même. Peut-être vit-elle dans sa démarche un parti pris de discrétion.

— Comment saviez-vous que je serais chez moi?

— J'ai compté sur ma chance.

— Vous êtes verni.

Elle lui recommanda de rester où il était, trempé jusqu'aux os, sous la garde de ses chiens et chats, et monta à l'étage lui chercher des vêtements secs. Elle revint avec un long peignoir de soie bleu.

— Vous allez prendre un bain chaud. La salle de bains est sur votre gauche, en face de ma chambre. Laissez votre sac dans la lingerie. Je ferai sécher vos vêtements.

— Je ne veux pas vous déranger, Mme Wesley.

— Si ça me dérangeait, je ne vous le proposerais pas. Au fait, appelez-moi Davina, Alan. Dînons. Comme ça, vous pourrez

186

m'expliquer pourquoi vous avez surgi comme le monstre des abysses. Prenez votre temps. Je suppose que vous avez une grande nouvelle à m'annoncer.

Elle sourit. Puis disparut dans la cuisine.

— Mettez-vous à votre aise...

Enfilant le peignoir, il monta à l'étage. Il laissa son sac à la lingerie, un petit vestibule encombré de paniers à linge, d'une penderie et d'une machine à coudre.

Les portes étaient ouvertes ; l'une d'elles donnait sur un bureau aux murs tapissés jusqu'au plafond de livres, de classeurs et de revues scientifiques. Un océan de paperasse jonchait le plancher : manuscrits dactylographiés, télécopies, photocopies ou catalogues de multinationales fabriquant des produits chimiques ou électroniques. Juste derrière la porte se trouvaient deux paniers à chien rembourrés de vieilles couvertures et une litière à chat qui expliquait l'odeur. La pièce d'à côté était sa chambre, aux murs également encombrés de livres.

Partout, les lourds rideaux étaient tirés. Il sentit son parfum capiteux, plus prenant que la pisse de chat. Ce parfum le suivit partout, et lorsqu'il suspendit le peignoir derrière la porte de la salle de bains, il comprit que le vêtement en était imprégné. Elle avait dû l'asperger récemment de Coco de Chanel ; le flacon se trouvait sur la table de toilette. Mary faisait de même : déposer son odeur animale. Une invite à interpréter à sa guise.

De même que l'invitation à se mettre à son aise : barboter dans le bain, user de son savon, de ses serviettes de bain blanches et rêches, enfiler son peignoir, s'attabler dans la cuisine.

— Poulet poché sauce aux amandes, annonça-t-elle. Ma version d'un plat du Moyen-Orient, le poulet à la circassienne. Dites-moi, vous avez avancé dans votre enquête ?

Il se livra à un résumé de sa réunion à Thames House.

— Vous croyez donc à l'œuvre d'un psychopathe isolé ?

— C'est probable. Mais pour agir en solo, il faut des complicités. Du cash. De quoi acheter des explosifs. Une assistance pour organiser sa fuite. Il n'y a pas d'exemple d'un tueur isolé menant à terme seul ce genre d'attentat. Il lui faut un groupe derrière elle. Il doit exister une organisation.

– Vous dites *Elle*. On est sûr que le tueur est une femme ?
Il récapitula le témoignage de Hazel Cartaret.

– Qui sait que vous êtes ici ?

– Le commandant Harding. Nous n'avons pas de secret l'un pour l'autre.

– Bryan le sait aussi ?

– Non, et je vous saurais gré de ne pas lui en faire part.

– Je n'ai aucune raison de lui parler. Ne faites pas cette tête. Pas de danger qu'il rapplique. Il ne débarque jamais à l'improviste. Pas son style. Bryan n'aime pas les surprises. C'est un être strictement routinier.

– Et Frances ? Elle aimait la routine, elle aussi ?

– Absolument. Elle avait une vie bien rangée.

– Pourriez-vous me donner un renseignement, sur son travail, sa carrière, sa vie privée, qui permettrait de penser qu'elle était une cible de choix ?
Elle considéra la question avec soin.

– Non. Croyez-moi. Et j'ai une grande dette envers elle. Je vous l'ai déjà dit. Elle m'a été d'un grand secours lors de ma rupture avec Bryan.

– Vous lui aviez parlé de Bryan ?

– Naturellement. (Elle éclata d'un rire nerveux.) C'était lui, la cause de tous mes maux. Je ne lui ai rien caché.

– Frances ne l'aimait pas ?

– Elle ne l'appréciait pas.

– Sur un plan professionnel ou personnel ?

– Les deux. C'est une brute.

– En paroles ou en actes ?

– Les deux. Il m'a frappée plus d'une fois. (Elle détourna les yeux.) Pas pour rire. C'était intenable, je l'avoue. Le jour où il m'a brutalisée devant les enfants, j'ai compris que c'était terminé entre nous. Je suis foncièrement contre la violence. Je crois que c'est l'une des raisons, sur le plan philosophique, qui justifie mon travail. Je veux mettre un terme à la violence. Bryan, au contraire, croit en l'efficacité de la confrontation violente. Il n'est pas du genre à tendre l'autre joue. Il admire « la main de fer dans le gant de velours ». Son expression préférée.

188

« Quand ça barde, on devrait pendre les terroristes par les couilles. » Il met ses convictions en pratique. Et sa « pratique » me fait peur. Professionnellement, c'est un spécialiste des coups fourrés.

– Professionnellement? Est-ce la raison pour laquelle le SIS ne l'aime pas? Sa façon de distribuer les devises qui sortent de l'Annexe?

Son visage trahit sa consternation.

– Vous savez ça aussi? C'est lui qui vous a mis au courant?

– Non.

– Alors qui?

Il évita de donner une réponse directe.

– La douane a saisi de faux billets en divers centres.

– Je sais. Mais comment avez-vous appris que Bryan rémunérait des agents terroristes?

– Je n'ai pas de détails, répliqua-t-il. (Ce qui était la pure vérité. À moins de gober l'historiette de Cavallero. Compte tenu de son pedigree, elle pouvait aussi bien avoir lancé un cerf-volant.) Je vous vois froncer les sourcils. Ce n'est qu'une rumeur. Ces faux billets qui seraient passés dans les mains de Bryan auraient refait surface à Hong Kong. Le fait est que le SIS est dans tous ses états.

– Et Bryan?

– Probablement. Si vous voulez, vous pouvez toujours lui en parler.

– Nous ne nous adressons plus la parole.

– Jamais? Même à propos d'une affaire en cours? Comment faites-vous, quand le travail l'exige?

– Heureusement, c'est rare. Qu'il ne compte pas sur moi pour l'aider.

– Vous croyez qu'il a des ennuis?

– Bryan? Non. Il se protège des ennuis en y fourrant les autres. Voilà pourquoi il aime travailler dans le service du personnel. Quand il faut enfoncer les copains, c'est un génie. Il a élevé le sabotage d'une vie au rang d'un art. Amis, ennemis, maîtresse – moi, sa femme. Si vous croisez son chemin, c'est à vos risques et périls. Il ne fait pas de prisonnier. Prenez sa famille... sa mère lui laissait une petite fortune. Il n'a pas pu attendre qu'elle soit morte pour poser ses grosses pattes sur le magot. Ne vous fiez pas à ses grands airs. C'est un parvenu... et le dernier des égoïstes. Quand il offre un cadeau, il laisse le prix dessus, probablement une fausse étiquette volée dans la boutique.

— Vous avez toujours une dent contre lui.

Elle hocha la tête.

— Je me suis fait une règle de vie de ne plus jamais parler de lui. (Une règle qu'elle transgressait allégrement, songea Rosslyn.) Il m'est indifférent. Profondément, irrévocablement indifférent. L'indifférence est la meilleure des armes contre ceux qui vous ont blessé à mort.

Il songea à Mary et se demanda si elle avait eu l'intention de lui avouer un jour ses turpitudes. Était-ce son arme à elle ? Ou était-il plus juste de considérer qu'elle avait fait preuve de sottise ?

— Vous savez, Bryan est un raffiné, quand il s'agit de faire le mal. Je pourrais vous en parler toute la nuit.

— Si vous voulez...

— Non. C'est du passé. À quoi bon remuer le couteau dans la plaie ? C'est si vulgaire de s'apitoyer sur son sort, vous ne trouvez pas ?

— Je ne sais pas. Tôt ou tard, la plupart d'entre nous trouvent toujours une raison de pleurer sur leur sort. Mieux vaut peut-être le garder pour soi.

— Est-ce la raison pour laquelle vous ne parlez jamais de votre amie ?

— Ça aussi, c'est du passé. J'ai découvert que je m'étais trompé sur son compte.

— Alors, mieux vaut peut-être ne pas parler d'elle.

— Sauf que je n'ai pas le choix. Je veux connaître l'identité de son assassin.

— Le châtiment... Vous voulez un châtiment proportionné au crime.

— Pourquoi pas ? Comprenez mon point de vue. Je désire seulement connaître le nom de l'assassin et le motif de son acte.

190

– Et pour Frances et Serena?
– Ça fait partie de mon boulot.
– Du mien également. Nous poursuivons le même but.
Vous devriez suivre ma méthode.
– Laquelle?
Elle expliqua qu'elle était une scientifique. À ce titre, elle
construisait des modèles. Le premier était simple :
– Frances manipulait un nombre incalculable d'agents,
souvent en s'exposant directement dans l'urgence du danger,
parfois en restant dans l'ombre. Par exemple, elle avait une
cible, un diplomate libyen, qui s'était entiché d'une petite atta-
chée de presse de l'Office du tourisme anglais. La fille est
mariée. Le Libyen la met enceinte. Lui aussi est marié. Frances
fait filer les tourtereaux. La fille veut se faire avorter. Son père
est un haut magistrat dont le frère occupe une place importante
aux Finances. J'applique le modèle de l'arbre. Facile. Toutes les
parties en présence auraient à pâtir de la bêtise de la fille. Mais
elle dit au Libyen qu'elle veut garder l'enfant. Une visite est
faite à l'avorteur comme preuve de bonne volonté vis-à-vis du
Libyen qui n'en mène pas large. L'avorteur est payé par Frances
pour affirmer que la grossesse est trop avancée, ce qui est faux.
» Le Libyen reçoit alors des lettres de menaces, anonymes
s'entend. Des menaces de mort. À moins qu'il n'accepte de rencontrer « un ami qui lui veut du bien »... Frances. Le Libyen est
dans tous ses états. Il bavarde, confesse l'heure et le lieu, et les
filières utilisées pour importer des armes et de la drogue –
d'Alger à Portsmouth, et même de Bogota à Southampton.
Classique. Puis le Libyen se fait tirer l'oreille. La fille est ache-
tée. Elle s'est fait avorter, mais quelques mois plus tard, elle
réapparaît à Paris avec le gosse, un substitut, évidemment,
qu'elle exhibe devant l'épouse du Libyen. Une semaine plus
tard, le corps de ce dernier est retrouvé gisant sur la chaussée
devant un hôtel rue de l'Université. Le crâne fracassé. Victime
d'une chute... dit-on. Fin de l'histoire. Un modèle parfaitement
circulaire, avec une conclusion bien nette... mais il y a un petit
défaut. Vous le voyez?
– Lequel?

– La répugnance de Frances à déléguer l'a amenée à traiter directement avec le Libyen. Elle s'en est fait un ennemi. Il a perdu la tête, s'est confié à quelqu'un de son propre camp. Cela arrive tôt ou tard, surtout avec les Arabes. Il faut qu'ils se confient, quitte à n'en dire qu'une partie. Comme on parle à un frère d'armes. Rares sont ceux qui peuvent encaisser la pression tout seuls. La rigueur professionnelle ne se prolonge pas toujours dans la vie privée. Donc, l'Arabe a un ami, et cet ami est devenu l'ennemi de Frances. Une nuit, à Douvres, deux véhicules poussent la voiture de Frances dans le décor. Elle ne souffre que de blessures superficielles. Elle a eu de la chance. L'une des voitures avait été payée comptant la veille à Maidstone. La police du Kent a retrouvé la piste du chauffeur, qui avait travaillé jadis pour les Libyens. Le temps qu'ils retrouvent son nom, il avait quitté le pays. L'identité de la seconde voiture ne fut jamais établie. Mais l'ensemble de l'accident prouve que Frances était sur la liste noire. Elle n'avait à s'en prendre qu'à elle-même. Elle ne voulait pas déléguer ; elle s'était isolée. On peut dire aussi qu'elle fut sa propre victime. Elle avait trop confiance en elle. Je ne serais pas surprise si, en appliquant ce même modèle à un autre cas, on découvrait une histoire de vengeance. En fouillant dans son passé professionnel.

Son exposé était crédible, si l'on supposait qu'un agent comme Frances Monro n'avait pas appris sa leçon. Les vieilles habitudes du contre-espionnage ont la vie dure. Il était probable que Monro se croyait indestructible ; protégée par l'anonymat que lui offrait le Service. Un encouragement de plus à mener elle-même l'opération, tel un cow-boy solitaire sur un territoire fangeux de traîtrise et de violence. Peut-être avait-elle été dépassée par les événements.

Rosslyn expliqua pourquoi ce modèle lui semblait inexploitable.

– Je considère comme allant de soi que la future DG aurait vu ses états de service passés au tamis.

– Très juste. Mais c'était aussi quelqu'un de très secret.

– Toutefois, elle aurait gardé des dossiers très complets de ses affaires, de ses agents, ses contacts, tout le détail de son parcours professionnel. Une telle femme doit vouloir que ses états de service soutiennent un examen. Elle doit vouloir que sa candidature aux plus hautes fonctions paraisse crédible.

– Tel était le cas.

– Donc, elle n'aurait pas osé continuer à briguer ce poste s'il y avait eu des squelettes dans le placard, le spectre de représailles, n'est-ce pas ?

– En effet, je vous donne raison.

– Quel est votre deuxième modèle, la thèse de l'agent double, du traître ?

Elle eut comme un sourire.

– Vous êtes libre de vos suppositions. Mais dans le cas de Frances, la question ne se pose même pas.

– Et pour Serena Watson ?

– Non plus.

– Vous savez, je dois fouiner. C'est dur, je sais. Mais il faut m'aider, Davina. Parlez-moi de ses erreurs. Ses défaites, ses failles. Fouillez dans votre mémoire. Vous avez un avantage : vous l'avez connue.

– C'est vrai. Comprenez que rien dans son bagage n'était susceptible de motiver ce meurtre. Je vous ai parlé de son grand défaut : son refus de déléguer. Thames House a dû déjà fouiller dans ses dossiers. J'admets que mon premier modèle n'est pas adéquat. Le second était un cas d'école. Il vous reste le rapport d'expertise. Nous savons l'un comme l'autre qu'il ne contient rien de tangible. Cela vous place, vous et le commandant Harding, dans une position peu enviable. On ne vous laissera jamais fouiller dans ses dossiers à Thames House. Au fait, sachez qu'il est certains domaines où même Bryan n'a pas accès. La seule, l'unique personne à qui toutes les portes sont ouvertes, c'est la directrice générale. Vous pourriez solliciter un entretien en privé. Abattre toutes vos cartes. Proposer de donner votre avis sur les éléments qu'elle a déjà emboîtés. Mais à votre place, je ne le ferais pas.

– Pourquoi ?

– Jamais elle n'acceptera de vous livrer ses informations. Ni au commandant Harding ni à ce cher vieux Bryan. Thames

House lave son linge sale en famille. Vous ne pouvez pas demander aux différents services de baisser les armes, de rappeler des agents lâchés sur tout le territoire. Non. Le spectacle doit continuer. On n'interrompt pas la pièce parce que quelqu'un réclame un intermède pour comprendre l'intrigue. Ça n'est encore jamais arrivé. Et croyez-moi, ça n'arrivera jamais. Vous n'avez plus qu'à attendre...

— Quoi?

— Que l'autre camp se manifeste. Ne faites pas cette tête, Alan. À votre tour de vous creuser les méninges. À vous de construire votre modèle. Imaginez les événements avant ces meurtres en série. Votre propre vie avant la mort de Mary. Je vous écoute. Commencez par le début.

Une fois de plus, il rapporta les circonstances de l'arrestation de McKeague. Il décrivit succinctement son interrogatoire. Comment Dee McKeague savait que Monro et Watson seraient assassinées. Comment elle avait été contactée. Qu'elle connaissait le nom du tueur de Mary qui avait joué un rôle clé dans l'attentat raté contre Thames House, la nuit de Noël. Il relata les événements avec conviction et dans tous les détails : il résuma les grandes lignes de l'interrogatoire, et comment certains n'avaient pas hésité à falsifier la bande, ce qui aurait entraîné sa suspension immédiate si Harding n'était pas intervenu.

— Je suis convaincu qu'il s'agit d'un type de MI5.

— À moins que ce ne soit un sympathisant de l'IRA ou quelqu'un qui a été acheté. Cette bande valait de l'or et il y a toujours des brebis galeuses dans la police.

Rosslyn hocha la tête.

— Harding connaît bien les policiers de Paddington Green. C'est son rôle d'avoir des oreilles dans tous les services sensibles.

— Voilà qui vous ramène à la directrice générale. Et bien sûr, elle aura épluché tous les contacts de McKeague. Complicités. Famille, amis, en remontant dans son passé jusqu'à l'époque où elle n'était encore qu'une innocente fillette irlandaise. Il y en a des millions comme elle, parmi lesquelles des milliers gagnés à la cause de l'IRA. Et des centaines qui, à un moment donné, passeront à l'action dans un centre urbain. La preuve de sa culpabilité se trouve parmi des milliers de tonnes de gravats enlevés des rues. Autant chercher une aiguille dans une botte de foin.

– Au moins, fit Rosslyn, en se levant de table, nous avons encore à faire des liens. Et à établir des faits. Souvenez-vous, je suis douanier. Tout le monde a quelque chose à déclarer.

Après dîner, tandis qu'elle lâchait ses chiens et chats dans le jardin, Rosslyn débarrassa la table. La pluie avait cessé. Il l'entendit parler aux chiens ; elle appelait chacun par son nom pour lui dire bonsoir. Pendant un moment, il la regarda, immobile, le visage levé vers la lune, comme en contemplation. Seul dans le silence, il eut soudain une pensée fugace pour Mary. Il éprouvait de nouvelles sensations : sérénité, illusion d'être temporairement soustrait aux tensions de l'enquête. Même sa colère contre Mary était retombée. C'était en partie grâce à l'attitude de Davina et à son impression qu'il pouvait se fier à elle. Tous deux étaient, chacun à sa façon, des victimes.

Elle verrouilla la porte du jardin.

– Voyons les choses en face, Alan : vous allez devoir passer la nuit ici.

Il était presque 3 heures du matin.

– J'ai un train dans une heure ou deux. Si vous n'y voyez pas d'inconvénient, je vais rester ici et lire un peu. (Il avisa un sofa à côté de la cheminée.) Je pourrai dormir là.

– Non. Vous allez dormir à l'étage. (Elle éteignit les lumières dans la cuisine et lui prit la main.) J'ai encore bien des choses à vous dire sur Frances et Serena. Et sur ce qui a entraîné la mort de Mary. Leur mort à toutes trois. Je me sentirai plus à l'aise pour parler si je suis contre vous.

Il y avait une seule lampe de chevet allumée dans sa chambre.

– Ce serait bien si nous pouvions dormir ensemble, dit-elle. Rien que quelques heures. Ou plus, si vous le désirez. Je pourrais prendre ma matinée.

Elle se rendit dans la salle de bains. Par la porte, elle cria :

– Vous pourriez faire de même... ?

— Pas demain.

— Bon. Alors, déshabille-toi et couche-toi.

Il attendit, allongé sous les draps. Puis il l'entendit dire :
« Éteins. »

28

Même un débile mental aurait vu que les officiers de surveillance s'étaient planqués non loin du domicile de Rosslyn, à Pimlico. Anna McKeague les avait repérés quelques semaines plus tôt, depuis un taxi, postés au dernier étage d'un immeuble de l'autre côté de la rue. Et depuis le bar à vin qui occupait le coin de la rue, elle avait également vu Rosslyn parler à un gradé. Rosslyn se tenait à côté de sa voiture avec son sac. Elle avait alors pris un taxi pour le suivre jusqu'à une résidence dans Tavistock Crescent. Là, elle avait attendu, incognito. Le chat devant le trou de la souris.

Le chauffeur avait déclaré qu'il avait fini sa journée.

— Vous attendez quoi ? demanda-t-il aigrement.

— Un ami.

Elle offrit de lui régler le double de la course.

— Vous allez bousiller mon compteur, bougonna le chauffeur.

Deux heures plus tard, la voiture de Rosslyn quittait Thames House. Il pleuvait des cordes. Ils suivirent le véhicule dans le West End et perdirent sa trace au niveau d'un parking public.

Elle régla la course avec deux billets de dix livres et s'abrita sous un porche d'où elle pouvait surveiller l'accès principal. Rien. Peut-être avait-il emprunté une autre issue ? Les minutes s'écoulèrent. Elle décida de pénétrer à son tour dans le parking afin de repérer sa voiture.

Elle la localisa au dernier niveau. Personne. Rasant le mur le plus sombre, elle s'approcha d'une caméra vidéo de surveillance.

S'étira sur la pointe des pieds, et barbouilla l'objectif avec une noix de vaseline – de quoi effacer toute trace de sa présence et suggérer au gardien dans sa cabine que la caméra était provisoirement détraquée.

Il ne lui restait plus qu'à s'occuper de la voiture.

Elle se glissa sous le châssis et y fixa un petit paquet d'explosifs. Elle vérifia l'installation électrique, régla l'horloge. Puis elle enduisit le tout de vaseline et le souilla d'une couche de cambouis et de crasse.

À présent, la bombe était parfaitement camouflée, prête à exploser quelques minutes après le départ du véhicule. Sa mise en mouvement déclencherait le mécanisme d'horlogerie. Aussi simple que d'allumer un feu de bois. Sauf que là, il s'agissait de tuer. Encore du boulot bien fait.

Une fois debout, elle ressentit une vive émotion. La bagnole serait désintégrée. Le verre et l'acier déchiquetteraient Rosslyn. Il serait découpé en morceaux. On emporterait ses restes dans des sacs en plastique. Commencerait alors le lent et laborieux travail des experts pour reconstituer son œuvre. Elle eût voulu assister au massacre. Mais elle savait qu'il n'était pas raisonnable de traîner dans les parages et elle repartit par l'escalier.

Au-dehors, tandis qu'elle se rendait sous la pluie à la gare pour prendre le train qui la conduirait à Amersham à la première heure, elle essaya de se décontracter.

Le voyage était un prélude aux choses plus sérieuses.

Ça ne tient qu'à moi. Elle voulait que ces porcs souffrent la plus affreuse des morts qui se puisse imaginer.

Il ne me reste plus qu'à me procurer l'arme.

Et je vais me servir de leurs cerveaux. Ils ont tressé la corde qui va les pendre.

Vous allez m'ouvrir votre boutique, Mme Wesley. Vous allez me montrer vos petits secrets.

29

Rosslyn se réveilla perclus de courbatures et se renfonça dans la tiédeur du lit pour soulager ses épaules endolories. La pendulette indiquait 5 h 30.

Il entendit le chœur matinal dans le jardin et aux alentours. Sonnerie du téléphone. Jappements. Sa voix à elle, au téléphone, au rez-de-chaussée. La bouilloire qui chantait.

Il se rappela ses paroles : « J'aurais bien d'autres choses à dire, Alan, sur ce qui est arrivé à Frances et Serena. Et ce qui a entraîné la mort de Mary. » Et l'étrange condition préalable qu'elle avait mise à ces confidences. « Je me sentirai plus à l'aise pour parler si je suis contre vous. »

Comme si elle avait eu besoin de compléter une reconnaissance. Comme Gaynor lui avait dit un jour, dans une phraséologie qu'il prétendait tenir de l'armée : « Le temps consacré en reconnaissance est rarement du temps perdu. » De fait, cette « reconnaissance » avait gommé toutes les préventions qu'elle pouvait avoir contre lui.

Elle rentra dans la chambre avec le plateau du petit déjeuner.

— Les chiens t'ont réveillé ?

— Non. J'ai entendu le téléphone. (Il était curieux de savoir qui pouvait l'appeler à cette heure matinale.)

— Bryan..., dit-elle.

— Qu'est-ce qu'il voulait ?

— Savoir si, par hasard, je savais où tu te trouvais.

Rosslyn lui lança un regard embarrassé.

— Tu le lui as dit ?

Elle hésita, puis éclata de rire.

— À ton avis ? « Oui, Bryan. Il est même dans mon lit. Nous sommes amants. C'est plutôt flatteur d'avoir un jeune homme dans son lit qui fasse aussi bien l'amour. Ça me change de toi. » (Elle lui jeta un regard déçu.) J'espère que c'était plus que ça, Alan.

— Plus que quoi ?

– J'espère que tu n'as pas couché avec moi par intérêt. *C'est le monde à l'envers*, songea-t-il, mais il garda ses commentaires pour lui. Après tout, elle avait pris les devants.

Il s'apprêtait à la rassurer, quand elle déclara :

– Écoute, j'ai de mauvaises nouvelles. Le commandant Harding est à l'hôpital. Une bombe a explosé cette nuit.

Rosslyn sentit son sang se glacer dans ses veines.

– Il est mort ?

– Non, mais grièvement blessé, semble-t-il. Il est lucide. « On a frisé la catastrophe », a dit Bryan. Il aime annoncer les mauvaises nouvelles. Et ton ami Harding a conservé assez de bon sens pour demander à te parler au plus tôt.

– Bon Dieu, je ne comprends pas pourquoi c'est Bryan qui a appelé.

– On lui a demandé de joindre par téléphone toutes les personnes que tu pouvais contacter, et celles que tu avais déjà interrogées. Je ne connais pas ces personnes, Alan. Mais je suis la première de la liste, non ?

– Ils savent qui est le coupable ?

– Je l'ignore, je n'ai pas demandé. Bois ton café, il va refroidir. Ne t'inquiète pas pour tes vêtements, ils sont secs. À propos, tu couches avec tous tes témoins ?

– Tu n'es pas très sympa, Davina.

– Je suis sympa. Avec moi-même. Je ne veux pas souffrir. J'ai une requête : je veux que tu m'écrives... (Elle lui posa un doigt sur les lèvres.) Un petit mot. Ne dis rien maintenant. Un billet doux.

Il acquiesça d'un sourire.

– Bien. Je t'attendrai. Ma porte te sera toujours ouverte.

– Quand tout sera fini, dit-il, nous partirons dans le nord. La région des lacs, peut-être. Nous rendrons visite à tes fils. Jonathan, c'est celui qui vit à Manchester, n'est-ce pas ? Et l'autre...

– Félix. Oui. Mais je trouve que nous devrions d'abord nous connaître un peu mieux. Pour le moment, tu dois rentrer à Londres. (Elle hésita. Ses yeux exprimaient la crainte.) Alan, c'est ta voiture qui a sauté cette nuit.

Il ne l'avait même pas envisagé. Soudain, il se rappela.

— Bryan a été formel sur ce point?

— Oui. Voilà pourquoi Harding ne veut pas que tu traînes dans les rues. Tu aurais pu être pulvérisé. Te voici devenu une cible de premier plan. Je ne veux pas qu'il t'arrive malheur, Alan.

— Il ne m'arrivera rien. Mais de grâce, si tu as quelque chose à me dire, quelque chose que tu me caches encore, parle maintenant.

— J'y ai beaucoup réfléchi...

Une fois de plus, elle hésitait.

— Il s'agit du passé de Frances... Ce serait terrible si on découvrait qu'elle est morte pour si peu... Tu te souviens de cet officier de la RAF dont je t'avais parlé? La dénonciation de son épouse... sa jalousie obsessionnelle...

C'est reparti.

— À la mort de son mari, elle a touché gros. Il avait contracté une assurance-vie... Une maison dans le Lincolnshire. Un appartement à St. John's Wood. Elle a tout vendu avant de s'envoler pour le Canada. Elle avait les moyens de liquider Frances.

— Quoi? En payant un membre de l'IRA? Ça m'étonnerait...

— Son mari avait travaillé dans les services secrets de la Défense. Il connaissait les ficelles. Sa femme n'était pas idiote. On parle beaucoup entre épouses de militaires, ce n'est pas comme chez nous. La tradition du contre-espionnage a des racines moins profondes dans l'armée.

— Pourquoi n'en avais-tu encore parlé à personne? À Bryan, par exemple...

Elle regarda par la fenêtre. Le soleil montait derrière la ligne des arbres.

— Il va faire beau aujourd'hui, dit-elle.

Elle se tourna vers lui.

— Je ne sais pas... Peut-être parce qu'on ne m'avait pas demandé mon avis. Du reste, c'est une pure supposition. J'admets que cela n'explique par la mort de Mary. Ni celle de

Serena Watson, la pauvre. Elle s'est trouvée au mauvais endroit au mauvais moment...

Elle cacha son visage dans ses mains.

– Quand j'y pense, ça me rend malade...

– Je te remercie, dit-il avec tact. Le moindre détail peut être utile.

– Tu n'es pas déçu?

Elle l'embrassa sur la bouche.

– J'ai l'impression de t'avoir trompé.

– Mais non.

Il descendit au rez-de-chaussée. Ses vêtements étaient secs. Il se hâta de s'habiller en silence sous le regard morne des chiens.

Elle le conduisit à la gare en voiture. L'embrassa tendrement et lui rappela qu'il avait promis de lui écrire. Il dit qu'il n'y manquerait pas.

On faisait la queue au guichet. Hommes et femmes en imperméable, un parapluie au bras, certains avec des téléphones portables et des porte-documents ventrus. L'un d'eux portait une mallette de franc-maçon, comme Gaynor.

Tout en se dirigeant vers le quai, Rosslyn jeta un regard en arrière. Davina Wesley était repartie. Là où elle s'était garée, il aperçut la silhouette d'une jeune femme montant dans un taxi. Cheveux courts, plutôt athlétique, vêtue comme une infirmière. Elle ressemblait à quelqu'un qu'il avait déjà vu – le côté tendu et un rien débraillé. Une infirmière en congé, une femme policier, voire une institutrice? Il connaissait cette tête. Un faux air de Mary? Les douaniers sont formés à se rappeler l'identité des personnes, et il s'en voulut de ne pas parvenir à la situer. Elle transportait une tirelire en plastique rouge, le genre que les dames patronnesses vous agitent sous le nez dans l'espoir de vous soutirer quelques sous pour leurs bonnes œuvres. Non. Il ne se rappelait pas. Le taxi démarra.

Au moins, il y avait une place libre dans le train de Londres.

201

30

Dans les toilettes, à l'abri des regards indiscrets, il chargea son arme et mit le cran de sûreté. Il avait l'impression que le revolver formait une bosse suspecte sous la veste.

Il retourna à sa place avec son bagage et s'assit le dos rond, bras croisés, content d'entendre le faible *hiss-hiss-boum-boum* du baladeur de son voisin. Le bruit agaçait les autres passagers, et détournait heureusement les regards de sa personne. C'est comme lorsqu'on se présente au guichet *Rien à signaler*. On a toujours intérêt à suivre un étudiant loqueteux.

Rosslyn tâtonna à l'intérieur de son bagage, vérifiant son contenu. Il trouva un paquet qu'il n'avait pas placé lui-même.

Ceci est à vous, monsieur ?

Oui.

Quelqu'un vous a demandé de vous charger d'un colis ?

Non.

Il ne s'était pas douté que Davina avait glissé à son insu quelque chose dans son sac. Une enveloppe timbrée avec une adresse en grosses lettres. Son adresse à elle. Et il y avait un bic à l'intérieur.

Il se mit à écrire : « Davina, merci pour cette nuit. »

Que devait-il ajouter ? Elle lui avait demandé un mot doux, pas une grossièreté comme : « Merci pour la baise. »

Il porta le papier à son visage. Il sentait son parfum.

La passagère sur la banquette opposée détacha les yeux des mots croisés du *Telegraph* posé sur ses genoux.

Elle lui sourit, mais Rosslyn fuit son regard et écrivit : « En cas de besoin, appelle-moi ou écris, ou encore envoie-moi un fax à mon bureau. Je te tiens au courant. Fais-moi savoir quand et à quel numéro on peut te joindre. Merci encore. Bien à toi, A. R. »

Il posta la lettre en sortant de la gare. Puis il appela Wesley, pressé de se rendre sans délai au chevet de Harding.

Comme il attendait la communication, il ressentit soudain un malaise. Ne s'était-il pas lancé dans une histoire où il risquait d'éprouver la même déception qu'avec Mary ? Il avait hâte de reprendre du collier, non par obligation mais parce que le boulot lui offrait un dérivatif à sa colère contre Mary ; le fait qu'il y avait, pour ainsi dire, un contentieux entre eux. Il enquêtait sur sa mort, comme sur celles de Monro et Watson, en secret, tandis que quelque part, quelqu'un souhaitait sa mort. Pourquoi, sinon, avait-on piégé sa voiture ? Encore ce froid dans ses veines. Il avait l'impression effrayante d'enquêter sur lui-même. Désormais, il était la proie. Et il lui semblait qu'un autre, Scorpion, devait être dans le même état d'esprit. Scorpion le connaissait. Mais il ne connaissait pas Scorpion.

Wesley lui parlait. La même voix distinguée, oppressée, un rien trop familière, lui exposait les détails de l'« accident ».

– Un peu plus, et il y passait... Où êtes-vous ?

– Regent's Park, mentit Rosslyn.

– Et cette nuit ? Nous vous avons cherché.

– C'est confidentiel.

– Je crois qu'à l'avenir, Rosslyn, il faudra me prévenir de vos déplacements. Allez voir Harding. Je vais avertir l'unité de protection que vous serez là-bas dans une demi-heure.

Rosslyn sentait que Wesley avait autre chose à lui dire. Il n'eut pas à attendre longtemps.

– Au fait, Rosslyn, c'est moi qui reprends les rênes, maintenant que Harding est hors de combat. Nous tournons la page. Notez vos faits et gestes, je vous prie. Et ne parlez de l'opération à personne sans mon autorisation, je dis bien à personne. Et pas de confidences à la presse, au cas où l'idée vous aurait effleuré l'esprit.

– Elle ne m'a pas effleuré l'esprit.

– Tant mieux. Courez à l'hôpital, puis rejoignez-moi à Thames House. J'ai à vous parler. Rendez-vous à mon bureau, à midi et demi. Ce que j'ai à vous dire, Rosslyn, est personnel et déplaisant.

– À quel sujet ?

Wesley raccrocha sans répondre.

31

La pluie était tombée toute la nuit, donnant de l'éclat au luxuriant jardin de Davina Wesley.

Assise en plein air, devant son bol de café, elle écoutait le grondement lointain d'un tracteur. Des pigeons ramiers battaient des ailes dans les hêtres. Elle les regarda prendre leur envol puis tomber en piqué et s'écarter en décrivant un arc de cercle. Ses chiens observaient les pigeons d'un regard ennuyé – les chats avec un intérêt de prédateur. Elle admira l'enchevêtrement des plantes grimpantes, les fougères et les rosiers grimpants. L'été était précoce. Cette pensée la troubla comme si une horloge digne de foi avait soudain avancé d'une heure. Des fleurs sauvages avaient déjà élu domicile chez elle. Des orchidées-papillons étaient en fleur, avec leurs pétales ivoire. Des pivoines s'épanouissaient dans l'humidité des recoins les plus ombragés du jardin en inclinant leurs têtes rouge-rose. Elle avait bien choisi son jour pour échapper à sa glacière souterraine de Beaconsfield.

L'un de ses chats était allongé sur une dalle sèche bordée de mousse. Il lui fit penser à Alan. Nerveux, solitaire et aussi probablement un peu naïf. Un petit dur. Elle avait toujours attribué du courage aux chats, raison pour laquelle elle avait appelé celui-ci – son préféré – Meg, en hommage aux *Meg Merrilies* de Keats :

> Brave comme la Reine Margaret
> Et élancée comme l'Amazone.

Elle vit Meg frémir des oreilles, tandis que ses poils se hérissaient sur son échine. La chatte se releva et arqua le dos. Le timbre feutré de la sonnette d'entrée les avait alertés en même temps.

Davina se leva de son fauteuil de jardin. Un chien donna de la voix.

– La paix ! cria-t-elle. Couché !

Elle rentra dans la maison par la cuisine. Ses yeux, habitués au plein soleil, eurent peine à s'accoutumer au demi-jour dans l'entrée. La tête lui tournait légèrement. Le manque de sommeil, peut-être.

– Qui est-ce? cria-t-elle derrière la porte.

– *Sauvons les enfants*, répondit une voix de femme.

– D'accord. Une minute...

Elle trouva un billet de cinq livres dans son sac à main. La quêteuse se réclamait de l'œuvre de Sa Royale Majesté, pour laquelle Davina avait une vague sympathie.

– Je crains que le rabat de la boîte aux lettres ne soit coincé, dit-elle. Voilà.

Elle força le billet par la fente étroite.

– Vous êtes Mme Wesley? demanda l'inconnue. Vous figurez sur notre liste.

– Pourquoi cette question?

– Vous voulez bien m'accorder un instant? Je vous expliquerai les avantages liés au statut de bienfaiteur.

– Je regrette, mais ce n'est pas le moment.

– Pardon. Vous avez peut-être de la visite...?

– Non. Mais cela ne change rien.

La pauvre était déçue.

– Si je pouvais vous montrer notre brochure. Elle ne passera pas sous la porte. Juste une minute?

– C'est bon...

Elle ouvrit la porte.

Ce fut la dureté de son regard qui la frappa. Les yeux ne cillaient pas. Ce n'était pas les yeux d'une dame patronnesse. La seconde d'après, elle aperçut le revolver. L'accent trahissait des origines irlandaises.

– Retourne-toi. Lentement. Tu vas faire exactement ce que je te dis, déclara l'Irlandaise. Sinon, je t'explose les nichons.

Rosslyn vit de nouvelles têtes à l'hôpital militaire King Edward VII. C'était hier, semblait-il, qu'on lui avait attribué une escorte armée, comme à Harding. Choc et blessures lui avaient donné un coup de vieux. Rosslyn cacha la pitié qu'il éprouvait devant sa frêle apparence.

Leur entretien dura une demi-heure. Harding expliqua comment la bombe avait failli le tuer.

— Je braque ma lampe de poche sur votre automobile. Dessous, et tout autour de la carrosserie. Rien. Je m'apprête à monter, lorsque je remarque des traces dans la poussière, comme de la crasse, comme si on avait traîné quelque chose sous la carrosserie. Apparemment, quelqu'un avait jeté un coup d'œil avant de s'éclipser en vitesse.

— Alors, qu'est-ce qui a déclenché l'explosion ?

— J'y viens. Je descends voir le gardien, un Asiatique, qui me dit : « J'ai vu tous ceux qui entraient, tous ceux qui sortaient. » Je vérifie la caisse, les reçus, les installations. Puis je passe au circuit de surveillance. Et là, tilt ! la caméra du dernier étage est brouillée. Totalement occultée. Cet abruti préfère sans doute les programmes télé. Je lui dis : « Fermez les issues. » Il me répond : « Et les clients ? » Je suis bien forcé de lui expliquer qu'il est possible qu'une bombe amorcée se trouve sous ma voiture. « Restez là », dis-je. Et j'appelle Scotland Yard. Alors, et je ne comprends toujours pas ce qu'il n'a pas digéré — son sandwich tandoori, sa bière, ou bien la bombe — il jaillit hors de la cabine en gueulant : « Je vais vomir ! »

» Il court comme un dératé, enfile comme un rien les cinq étages de l'escalier de secours. Pour un type qui a envie de dégueuler, chapeau ! Je cours après lui et me tords la cheville. Je finis par le retrouver la tête dans le coffre de la voiture garée à côté de la mienne — la vôtre. Là, je sors mon flingue. Il tient un sac en plastique. « C'est seulement des billets, dit-il en tremblant. Gagnés à William Hill. » Je dis : « Reposez ça délicatement. Lentement, à vos pieds. NE ME LE TENDEZ PAS. Faites comme je vous dis ou je vous tire dans les pattes. » Il grelotte comme un flan au micro-ondes. Puis j'entends les sirènes. Les gars débarquent. Notre ami se pétrifie sur place. Puis il se met à dégueuler, sa bière et son tandoori, tout ce qu'il a dans les tripes. Il plonge la tête dans le sac en plastique. J'essaye de l'attraper. Mais il s'esquive, rebondit contre votre voiture. S'il y a une bombe, combien de temps il nous reste, à tous les deux ?

» Je le traîne, lui et son sac à merde. Il commence à reprendre ses esprits. Il rampe. Alors, je le prends par les aisselles et je le remets sur pied. Nous avons pratiquement franchi la porte battante, la porte coupe-feu de l'escalier, quand ça pète. Sans la porte coupe-feu et la direction de l'impact, je ne serais pas là.

— Merde, je suis désolé.

— Ça va. Je suis en vie. L'Asiat aussi. Choqué et blessé mais vivant. Le plus drôle, c'est qu'il n'avait rien à se reprocher : il avait gagné son fric le plus légalement du monde. Mais j'ai les jambes bousillées. Je mettrai du temps à m'en remettre. Je me collerais des claques de n'avoir pas remarqué l'état de la caméra. On l'avait enduite de vaseline. Même si l'Asiat n'avait pas été à moitié soûl, il n'aurait rien pu voir. Certains Indiens devraient lâcher un peu la bouteille.

— L'attentat est revendiqué ?

— Non. Mais c'est un coup de Scorpion. Dommage que ce foutu parking n'ait pas été équipé d'un système d'enregistrement. Nous aurions pu la voir en vidéo. Un peu plus... Je vous l'affirme, Rosslyn, nous allons avoir sa peau. Pas MI5. Nous.

Malgré ses blessures, Harding était plus déterminé que jamais.

— Est-ce vrai que Wesley reprend les rênes ? C'est lui qui me l'a dit.

— C'est vrai. Peu importe, à long terme. (Il bougea dans le lit.) Parfois, on a intérêt à avoir un enfoiré comme supérieur. C'est une grande gueule et une pourriture. (Il hocha la tête et cilla.) Mes jambes, Seigneur...

— On ne vous donne pas de calmant ?

— Je n'en veux pas. Je veux avoir la tête claire, quand vous me raconterez votre nuit. Au fait, Wesley ignore que nous sommes en train de déboutonner son ex-femme. Je lui ai demandé d'appeler toutes les personnes que vous aviez interrogées. Y compris Mme Wesley. Il n'a pas saisi. Je veux savoir tout ce qu'elle vous a dit.

L'infirmière apporta du café. Rosslyn mit cette pause à profit pour structurer sa pensée, faire la part entre sa vie professionnelle et sa vie privée.

Une fois l'infirmière repartie, il commença :

— Il est exact qu'elle a été très liée à Frances Monro. Sa rupture avec son mari les avait beaucoup rapprochées. Monro était l'oreille attentive. Et elle m'en a dit long sur les activités de Monro, plus peut-être qu'elle ne voulait.

— Quoi par exemple ?

Rosslyn raconta l'histoire du Libyen, le premier scénario selon lequel Monro aurait été victime de son refus de déléguer, victime de représailles. Puis la deuxième thèse, celle de l'agent double.

— C'est elle qui a suggéré cette hypothèse ?

— Non, c'est moi. Mais elle a prouvé que ça ne tenait pas. Elle a montré que les prétendus défauts de Monro plaidaient en sa faveur. Nous avons bavardé. Je lui ai parlé de Dee McKeague. De la cassette truquée. Elle a soulevé l'hypothèse d'un flic véreux.

— Improbable. Je connais bien les gars de Paddington Green.

— J'ai dit que c'était peut-être un coup de MI5.

— C'est plus plausible. Mais je ne vois pas comment cela pourrait pousser quelqu'un à nous prendre, vous ou moi, pour cible. Même eux, je ne les vois pas s'abaisser à ça.

— Finalement, nous en sommes arrivés à une troisième version. Monro avait fricoté avec un militaire de la Royal Air Force, aujourd'hui décédé. À l'époque, l'épouse avait adressé une plainte à MI5 — comme s'ils se souciaient de ces histoires de cul. Et Davina Wesley prétend que cette femme a touché le pactole à la mort de son mari. Elle avait donc les moyens de faire éliminer Frances. Mais je dois dire que cette piste ne me dit rien...

— À moi non plus, dit Harding. (Il avait les yeux dans le vague.) Écoutez Alan, entre nous, que s'est-il passé avec elle ?

– Rien.

– Comment, rien ? Vous avez passé la nuit chez elle, non ? C'est une femme séduisante, n'est-ce pas ?

– Je sais ce que vous voulez dire. Et pour vous épargner d'avoir à me poser une question qui dépasse le cadre du service, la réponse est non.

Harding n'en avait pas fini.

– Mais vous croyez que c'est possible...? Vous la croyez réellement intéressée par les hommes ? Ou est-ce une goudou, une lesbienne... que sais-je ? (Il leva la main.) Faites-moi grâce des détails, s'il y en a. Peu m'importe que vous en soyez ou non restés aux câlins. Ma question est : est-elle lesbienne ?

– Bon sang, elle a un mari et deux gosses.

– Et alors ? Les gens changent. Répondez-moi : oui ou non ?

– Si je me fie à mon jugement, elle aime les hommes.

– Beaucoup ?

– Énormément.

– Vous êtes sûr ?

– Formel.

Rosslyn étouffa un gloussement. C'était plus fort que lui.

– Pourquoi riez-vous, Alan ?

– C'est la seconde fois en vingt-quatre heures que j'entends une théorie étrange sur Davina Wesley. D'abord, la femme du SIS, Cavallero, qui me dit que Davina Wesley est « frappée ». Elle déteste MI5 en bloc.

– Ce que vous ignorez, Alan, c'est que Cavallero m'a donné un tuyau. Pas sur Davina Wesley directement, mais sur Monro, et surtout sur Serena Watson à qui le SIS a eu affaire, du temps où elle était encore à l'armée. Watson était une gouine. Elle a eu des ennuis pour ça à Aldershot. Comme dit Cavallero : « Le SIS l'avait dans le collimateur. » Maintenant voilà : MI5 n'a fait aucune difficulté pour la recruter. Pourquoi ? Parce qu'elle couchait avec Monro. Voilà pourquoi je m'intéresse à Davina Wesley. Rappelez-vous la lettre que vous avez interceptée. Maintenant, passons à autre chose. Racontez-moi ce que vous a dit Cavallero.

Rosslyn raconta les versements que Wesley était censé avoir

209

faits. Le conseil qu'on lui avait donné d'interroger le petit ami de Levy, Coker, le type renvoyé de l'armée. SIS semblait l'avoir utilisé. Mais étant donné sa liaison avec un agent de la RDA, il était plus que probable qu'il avait également été utilisé par les renseignements soviétiques.

— Elle m'a conseillé d'aller lui parler, et j'ai bien envie de le faire.

Harding jeta un regard de myope sur sa tasse de café intacte, sur la table de chevet.

— Il est froid... Appelez l'infirmière, voulez-vous?

L'infirmière entra et arrangea les oreillers derrière la tête et les épaules de Harding. Une autre apporta du café chaud. Une fois qu'elle fut partie, Rosslyn dit :

— Verriez-vous un inconvénient à ce que je mette Dickie Gaynor sur le coup? Pour une fois. C'est un dur et il y a certaines personnes que j'aimerais lui faire interroger.

Harding porta la tasse à ses lèvres.

— Qui?

— Les femmes de ménage philippines de Wesley. La famille, leurs fistons. Vérifier si l'argent a été employé à mauvais escient. Je veux des détails. Je parlerai peut-être moi-même aux garçons. Je veux savoir si leur mère m'a bien dit toute la vérité. Et je veux être sûr de Wesley. Il me pisse dessus et il dit qu'il pleut.

— Vous voulez lui pisser dessus?

— Pas vous? C'est lui qui nous chapeaute, désormais. Ils nous ont ligotés. C'est peut-être eux qui ont piégé la voiture, hier, pour vous écarter. Rien ne m'étonne plus.

Harding eut un rire jaune.

— Ne croyez pas que c'était moi qu'on visait, cette nuit... c'est vous! Mais Wesley n'est pas notre ennemi, Alan, à moins que vous n'en pinciez pour sa femme. Cela rendrait la situation un peu plus... disons, *compliquée*.

— Là n'est pas la question.

Harding leva les mains dans un geste habituel de protestation.

— Bien sûr, bien sûr. Elle n'est pas mal du tout. Je pourrais facilement en tomber amoureux. (Il retrouva son sourire.) Pour

Dickie Gaynor, pourquoi pas ? On peut compter sur lui, je le sais de source sûre.

– Il est membre de votre foutue Loge.

– C'est un bon point. Il ne mériterait pas d'être mis dans le pétrin par notre faute. Rappelez-vous, c'est votre patron. Il ne vous doit rien. Mais à moi, il me doit... disons, une ou deux contraventions pour conduite en état d'ivresse. Nous avons tous des dettes à payer, pas vrai ? Blanc et noir, débiteurs et créditeurs, ainsi va le monde, Alan. Vous savez ce que vous me devez ? Gagner cette bataille. Prenez le téléphone, appelez Gaynor. Veillez à ce que personne ne vous voie ensemble. Ils vont tous être sur votre dos, vous savez.

La pendulette de la radio indiquait 11 h 05.

– Wesley m'a convoqué à 12 h 30.

– Envoyez-le aux pelotes. Il veut vous mettre en pension à Thames House. Vous retirer de la circulation. Il me l'a dit. N'allez pas à Thames House. Trouvez une autre planque.

Il songea : *La maison de Davina ? Une chambre d'hôtel à Bayswater ?*

Il attendit que Gaynor répondît au téléphone. Il n'était pas dans son bureau. Personne ne semblait connaître son emploi du temps. Son numéro personnel ne répondait pas. Où était-il – à un thé dansant ?

– Il est en ville, déclara Harding. Je le sais. Je l'ai vu à la séance de la Loge, hier soir. Oh, je me rappelle... Docklands. C'est bien ce qu'il a dit ?

– Je l'ignore. Je ne suis pas dans le secret des dieux.

– Pas encore.

Harding était déjà au téléphone.

– Donnez-moi le numéro du téléphone portable de Richard Gaynor...

Il mémorisa le numéro et pianota sur le clavier.

Lorsque Gaynor répondit, Harding déclara d'une voix unie :

– Laissez tomber. Oui. Maintenant. Vous rencontrerez notre ami au Q.G., le Angel dans Rotherhithe. Donnez mon nom... pas d'autres noms. Vous ferez tout ce qu'il vous demandera. Dans quarante minutes. Deux de mes officiers seront là en renfort.

211

L'effort qu'il fit pour replacer le combiné lui ôta ses dernières couleurs.

— J'avoue que je déguste. J'espère qu'on ne va pas me couper les pattes. J'aurais préféré que tout soit réglé avant... Et vous ?

Il ferma les yeux, poussa un long soupir entre ses dents.

— Vous retournez à Amersham, ce soir ? Non, ne dites rien... Vous feriez mieux de voir Coker, puis les fils Wesley, avant de retourner voir la mère. Elle n'a pas été franche avec vous, croyez-moi. Et si vous échouez à les faire parler... Scorpion va nous glisser entre les doigts. Je le sens au fond de moi. Il est en train de gagner.

Rosslyn ne l'avait jamais vu aussi dépité.

33

Un bulletin télévisé révéla dans l'après-midi tous les détails de l'attentat à la bombe dans Soho. Un gardien de parking d'origine asiatique avait été légèrement blessé et se trouvait à présent dans un hôpital universitaire. Un fonctionnaire non identifié était dans un état plus grave. La raison invoquée pour ne pas dévoiler son identité était que sa famille prenait des vacances dans le sud de l'Espagne. Elle n'avait donc pas été prévenue de cette tragédie qui, précisait le présentateur, « aurait pu être bien plus grave, n'eût été la vigilance des victimes ». Pour le moment, le montant des dégâts était évalué à « plusieurs millions de livres », une exagération typiquement journalistique.

Une fois de plus, la population était appelée à « signaler tout bagage suspect ». Et une fois encore, cette recommandation tomba dans l'oreille d'un sourd. Mais les employés du métro londonien, toujours en première ligne, entendirent l'appel et redoublèrent d'attention ; tout spécialement ceux qui travaillaient dans les stations répertoriées comme cibles A. Il s'agit surtout des stations reliées par tunnel aux principaux terminaux ferroviaires comme Waterloo, Victoria et King's Cross – là, le personnel sait ce que c'est qu'être pris au piège d'un enfer souterrain. Non loin de King's Cross se trouvent deux autres cibles A, les stations de métro Warren Street et Euston Square, empruntées quotidiennement par une partie du personnel de MI5, dont les bureaux ont été déplacés provisoirement au 140, Gower Street, en attendant de trouver leur place à Thames House.

À Warren Street, plus précisément devant l'entrée, près du kiosque à journaux, se trouvait un tas de sacs-poubelle non enlevés. Et le chef de station avait été averti de la présence d'un objet suspect entre deux sacs, au sommet de la pile. C'était un sac en plastique fermé par un ruban adhésif. Le vendeur déclara au chef de station qu'« il flairait quelque chose ».

Les experts de Scotland Yard ouvrirent le paquet, qui avait préalablement été soumis aux rayons X et déclaré sans danger. Son contenu intrigua l'officier, qui décida de prévenir Harding. Mais où était-il passé?

Sa secrétaire déclara que le commandant était « provisoirement absent ». Où? Impossible de le savoir. L'officier n'avait pas l'intention d'en rester là. Il passa par une voie non orthodoxe. N'était-il pas de notoriété publique que le commandant était franc-maçon? Cet officier, un catholique, n'avait aucune accointance avec les Frères et leurs manigances antipapistes, mais il devait reconnaître qu'ils avaient leur utilité. Il s'adressa alors à Frère, membre de la loge de Harding, lui confiant qu'il avait des informations secrètes à délivrer dans les plus brefs délais au commandant. Le Frère se heurta aux mêmes difficultés pour retrouver la piste de Harding. Personne à Scotland Yard ne savait où il était passé. Tout cela était fort étrange.

Aussi finit-il par téléphoner à Richard Gaynor qui, comme Rosslyn, se dirigeait vers Rotherhithe dans une voiture banalisée. Et ce fut Gaynor qui joignit Harding. « Vos experts ont quelque chose pour vous. »

Sans hésiter, Harding pria l'officier d'envoyer le paquet et son contenu à Rotherhithe.

Telles sont les circonstances dans lesquelles les plans d'architecture pour la rénovation de Thames House finirent par atterrir, en début d'après-midi, au dernier étage du Angel, à Rotherhithe – nouveau thème de réflexion pour Rosslyn et Gaynor.

Attaché au paquet se trouvait un document dactylographié dans une enveloppe marquée à la main : « Personnel et strictement confidentiel. À l'attention de MM. Rosslyn et Gaynor, bureau des douanes de Sa Majesté. »

10 h 30, 15 juin.

Monsieur,

Le contenu de ce colis a été découvert à approximativement 7 h 45 ce matin, devant la station de métro Warren Street, par un vendeur de journaux qui a attiré l'attention du chef de station sur la présence d'un bagage suspect.

Après les précautions d'usage, le paquet m'a été adressé pour plus ample examen. Mes conclusions préliminaires sont les suivantes :

1. Le contenu principal du sac comprend les résumés d'un rapport d'architecte-ingénieur des Ponts et Chaussées sur une rénovation de gros œuvre concernant le bâtiment de Thames House, Millbank, Londres SW1. Vous remarquerez que ces documents portent la mention TOP SECRET.

2. J'attire votre attention sur le fait que certains passages ont été récemment photocopiés. Il s'agit de paragraphes comportant des indications techniques sur les conduits de communication en fibre optique, les systèmes de climatisation et d'aération, les canalisations et réseaux d'égout. Une réimpression également d'*Architectural Review*, vol. LXX, novembre 1931, pp 165-167.

3. Aucune empreinte digitale n'a été relevée sur ces documents, ce qui permet de supposer qu'ils sont dans un état vierge, probablement entreposés avec d'autres docu-

ments imprimés avec la même encre et sur le même type de papier.

Néanmoins, je signale des traces de manipulations par un ou plusieurs individus portant des gants en caoutchouc.

4. Plus significatif, des fibres de cheveux humains, ainsi que des fibres d'une perruque brune, ont été retrouvées entre les pages des documents. Ainsi qu'une trace résiduelle de vaseline ou de pommade. Et plus étonnant, quoique non exceptionnel, on a retrouvé des traces de sang menstruel dans le sac, ce qui semble indiquer que son possesseur est :
(a) du sexe féminin
(b) du groupe sanguin Rhésus négatif
(c) le sang est en quantité suffisante pour permettre une catégorisation ADN, et des échantillons ont en conséquence été envoyés au laboratoire de pathologie.

5. De plus, pour lier ce sac, l'individu a utilisé ses dents. Les empreintes laissées sur le plastique, encore que d'un type non distinctif, se prêtent à l'analyse.

6. Le ruban adhésif utilisé pour fermer le paquet porte des traces d'un explosif : le SEMTEX.

7. Des traces identiques du groupe sanguin Rhésus négatif, SEMTEX, ruban adhésif, fibres de cheveux humains et artificiels, ont été rélevées sur le site de l'explosion qui a eu lieu ce matin à l'aube, dans Shaftesbury Avenue, et qui a fait deux victimes.

8. De même, quoiqu'on n'ait pas retrouvé des traces de ce groupe sanguin sur le site de l'explosion à England's Lane, NW3, le 26 mars dernier, on a retrouvé là aussi les mêmes fibres de cheveux.

9. Enfin, quoiqu'on n'ait pas retrouvé des traces de ce groupe sanguin sur le site du décès de M. Levy dans le métro Cam-

den Town (voir : Rapport LEVY, page 7, § 1(e)), on a retrouvé des fibres de cheveux identiques, humains et artificiels, sur le corps de M. Levy, sur ses vêtements, et sur le quai.

Vous comprenez qu'il s'agit là d'une analyse forcément sommaire, compte tenu des contraintes de temps. Néanmoins, un point me paraît établi : la présence d'un même individu, une femme âgée d'une trentaine d'années, de race blanche, du groupe sanguin le plus rare, et qui ce matin même était en possession de SEMTEX.

Si je puis encore vous être utile, n'hésitez pas à me contacter personnellement à mon bureau.

Les deux hommes prirent connaissance du rapport en silence. Par les fenêtres du dernier étage, on jouissait d'une vue magnifique sur Tower Bridge et le dôme de la cathédrale St. Paul. La Tamise suivait paresseusement son cours en direction de Greenwich Reach. Au nord se trouvait l'ancien site des exécutions publiques. C'était ici, au Angel, que le juge Jeffries savourait un verre en assistant au supplice de ceux qu'il avait condamnés pour des crimes bien moins graves que ceux de Scorpion.

Puis ils se plongèrent dans le dossier préparé par les architectes et les ingénieurs en vue de la restauration de Thames House. Il portait le numéro 87.

— Alors si je comprends bien, tout ceci est entre les mains de la terroriste ! s'exclama Gaynor. J'en ai froid dans le dos. Elle sait tout, bon sang. Combien de temps nous reste-t-il avant qu'elle recommence ? Qu'est-ce qui l'empêchera de tout faire sauter — Thames House y compris ?

— Elle a déjà fait une tentative, dit Rosslyn. J'y étais.

— C'est vrai, désolé...

— Ça va. Mais cette fois-là, elle n'avait peut-être pas encore fait ces recherches. Maintenant, c'est fait. (Rosslyn pianota sur la couverture du dossier.) Au moins, nous avons quelque chose de tangible... le bénéfice de ses recherches. Un grand moment, non ?

— Dites-moi, ce n'est pas pour ça que vous m'avez fait venir, non? Pour lire ces foutus plans d'architecte? Ces crétins n'ont donc pas de coffre-fort? Regardez-moi ça : l'*Architectural Review*. Tout est imprimé : le site, le sous-sol, la structure en acier, les plans des niveaux. Tout.

– Ça date de 1931.

– Et alors? Ils ont bien restauré le bâtiment. Je passe devant chaque semaine. Un gosse de dix ans verrait combien il est vulnérable.

Le gérant apparut avec un plateau de rafraîchissements. Rosslyn se leva et s'approcha des fenêtres. Il aurait dû se sentir plus las qu'il ne l'était. Il tenta d'imaginer où pouvait être Scorpion. Non loin de Warren Street? On savait à quelle heure le sac avait été retrouvé, mais pas quand il avait été jeté devant la station de métro. Rôdait-elle, comme lui, près de la Tamise? Se rapprochait-elle de Thames House?

Il retourna à la table et examina le cahier des charges :

Le poids des structures en acier est de 11 208 tonnes; 45 000 mètres cubes de pierre de Portland et 3 000 mètres cubes de granit ont servi à l'édification. Les illustrations suivantes représentent : les plans du quatrième étage; un dessin de l'escalier A au septième étage : Thames House et Imperial Chemical House, vues du quai, devant l'hôpital St. Thomas; dessins des halls d'entrée, porches; un projet de la façade sud. Thames House et Imperial Chemical House sont signées du même architecte et ne forment qu'une seule composition architecturale.

– Supposons que vous et moi projetions de faire sauter Thames House. Quel modèle utilise-t-on?

– Quel *quoi*? fit Gaynor en s'essuyant de la bière sur sa barbe.

– Notre plan, si vous préférez. Nous introduisons sur place des explosifs. Ou bien nous rééditons l'ancien scénario : nous abandonnons une camionnette bourrée d'explosifs avec une minuterie. Que se passe-t-il? Une grosse explosion localisée... qui se heurte à une façade de pierre et de granit, renforcée par un blindage d'acier. Les vitres voleront en éclats, c'est un fait,

217

mais les dégâts seront limités. Cela n'aboutira qu'à démontrer la solidité de ce bâtiment. Supposons maintenant que nous jetions une bombe par avion.

Les jeux de lumière sur l'eau dessinaient des motifs sur la table, le dossier ouvert, la photocopie de l'article du magazine. Et le sac en plastique, tel un objet maléfique. *Elle avait touché à ça.* C'était comme un défi muet. Une nouvelle fois, Rosslyn gagna la fenêtre. Il sentait l'odeur de la Tamise, une odeur de boue, douceâtre, légèrement corrompue, comme l'eau stagnant dans un vase de fleurs.

— Notre avion serait aussitôt repéré par radar. L'attaque aérienne est exclue.

— Exact.

— Et les explosifs également. Quant à une attaque nucléaire, ne délirons pas... Il s'agit d'une attaque ciblée.

— Au moyen de quelle arme ?

— Je ne sais pas.

— Du poison dans l'eau ?

— Elle n'y arriverait pas. (Gaynor se tourna vers le plan des derniers étages.) Impossible.

— Comment faisons-nous, alors ? Tout le bâtiment est blindé. Une bouteille Thermos. Une coquille protégée par une autre coquille. Le principe des poupées russes.

Rosslyn feuilleta les pages du dossier.

— Elle a photocopié ceci.

Il retourna le dossier.

— Conduits de fibre optique. Climatisation. Système d'aération. Eau, égouts. On ne peut pas pénétrer par là.

Il pointa le doigt sur un mur de béton armé.

— Tout est renforcé, dit Gaynor.

— Allons, insista Rosslyn. Vous êtes le contrebandier. Comment passez-vous la marchandise ?

Gaynor hocha la tête.

— Je ne sais pas. Vraiment pas. »

— Compris.

Le téléphone sonna près du siège de Gaynor.

— Pour vous, dit ce dernier, en tendant à Rosslyn le combiné.

C'était Harding.

– Où en êtes-vous?

Rosslyn fit son rapport.

– Nous savons que nous recherchons une femme de race blanche, la trentaine. Portant perruque, peut-être. Elle semble avoir dérobé des plans dans un cabinet d'architecture chargé de la restauration de Thames House. Mais je me demande où elle a bien pu piquer cette idée de tout faire sauter. C'est impossible. Elle a photocopié les pages indiquant les meilleurs moyens d'entrer clandestinement dans le bâtiment. Mais tout est blindé. De plus, nous avons son groupe sanguin, des échantillons de ses cheveux, les empreintes de ses dents, et des traces de Semtex. C'est certainement elle qui a fait sauter ma voiture, ce matin. Et elle était là quand Levy est passé sous une rame. Elle a ses règles, si ça vous intéresse. Tout ça nous ramène à England's Lane.

Rosslyn sentit le silence à l'autre bout de la ligne. Il leva les yeux pour regarder Tower Bridge par la fenêtre. Gaynor était perdu dans sa contemplation de la Tamise, lui aussi.

– Soit elle projette d'attaquer Thames House, dit Harding, soit elle projette de nous éliminer, nous, une poignée de Tories [1] mal embouchés, un général. Soit. Mais une seule terroriste ne peut pas se lancer à l'assaut de Thames House. Je me refuse à croire que cette femme travaille en solo. Et Wesley doit penser comme moi.

– Je le tiens au courant?

– Vous *me* tenez au courant, Alan. Wesley ne nous doit rien. Et nous ne lui devons rien. J'ai l'impression que, d'une façon ou d'une autre, il est plongé jusqu'au cou dans ce merdier. Qu'il s'y noie. Mettez la pression sur sa femme. Je suis convaincu qu'elle nous cache quelque chose...

– Qu'est-ce qui vous fait croire ça?

– Elle est de MI5. Elle connaît bien Wesley. J'ai comme l'impression qu'on couvre quelqu'un dans cette affaire. Si Scorpion s'apprête à faire sauter Thames House, mieux vaut qu'on ne soit pas là quand il passera à l'attaque.

---

1. *Tory*: conservateur. *(N.d.T.)*

– On les alerte?

– À quoi bon les prévenir d'un péril imaginaire? J'ai participé aux discussions sur la restauration du Q.G. Il est indestructible, croyez-moi. Si cela se produisait, je serais le premier responsable. Je sais de quoi je parle. Vous et Gaynor, contentez-vous de remuer la boue. Vous avez la liste. Bousculez-les. Si l'un de vous doit recourir à la violence, qu'il n'hésite pas.

– C'est une permission?

– Une question de bon sens, Alan.

– Je m'en souviendrai.

– Je l'espère, dit Harding, et il raccrocha.

– À mon avis, il se trompe, fit Rosslyn en s'adressant à Gaynor. Je crois que Scorpion va tenter le truc le plus spectaculaire de tous les temps. De quoi épater le monde entier.

– Ce n'est pas son opinion?

– Non. Il nous demande de continuer les vieilles méthodes. Fouiller dans les sacs à main. Mettre les suspects sur le gril. « Par ici, messieurs dames. » Et les protestations d'usage : « Vous savez à qui vous parlez? Lord et lady Machin-Chouette. » Bon, nous allons nous partager les tâches : une tapette dans les Costwolds; deux étudiants, les fils Wesley, à Manchester; Mlle Cavallero; les femmes de ménage philippines des Wesley, et Davina Wesley. Ça ne vous embête pas d'être aux ordres d'un de vos subordonnés?

Gaynor sourit.

– Écoutez, Alan, je ne sais pas si vous réalisez... Harding est mourant. Peut-être qu'il ne sortira de l'hôpital que les pieds devant. Vous êtes au courant?

– Oui.

– Je ne suis pas médecin... Je ne sais pas si on va l'opérer ou non. Mais son cas est très grave. Alors, vous savez, je veux l'aider à remporter cette dernière victoire. C'est un homme très seul. Sa femme l'a quitté, je ne me rappelle plus quand. Il a combattu toute sa vie l'IRA. Cette victoire sera sa dernière récompense. Trouvez cette femme, où qu'elle puisse être. Je sais que ça vous tient à cœur, à cause de Mary. Il n'y a pas de retour en arrière. Harding a toujours su, comme tout homme de bon sens, que nous ne gagnerons pas si nous faisons équipe avec MI5. Ils ne seraient même pas foutus de fouiller dans un sac à main. Ce n'est pas eux qui auraient retrouvé des capotes bourrées d'héroïne dans des vagins ou des trous merdeux. Moi, si. Ce n'est pas un boulot pour leur petites pépés diplômées des grandes écoles. Merde à Wesley et à MI5. Plus personne ne nous arrêtera. C'est trop tard. Tom Harding sait que vous êtes un as. Et puis, vous avez de bonnes raisons pour aller jusqu'au bout. Des raisons personnelles.

— Oui. Alors, comme ça, vous êtes prêt à suivre mes instructions ?

— Et comment ! J'irai interroger qui vous voulez, et je vous ferai des rapports aux petits oignons.

— Allez voir Cavallero, vérifiez cette histoire de devises. Ensuite les bonniches. Ne bougez pas de Londres. J'irai parler aux fils Wesley à Manchester, et à ce Coker, dans les Costwolds.

— Et l'épouse... ?

— Je m'en charge.

— OK. Gardons le contact.

— Je vous appellerai sur votre téléphone portable.

— Vous ?

— J'aurais besoin d'une voiture, et de quinze cents livres en liquide.

— Je fais venir la voiture. Mais l'argent... ?

— Pour les faire parler, ces enfants de salaud.

— Si vous le dites... Quand voulez-vous les rapports ?

— Demain, même heure.

L'entretien avait duré pratiquement une heure. Comme ils quittaient l'établissement, le gérant du Angel se déclara navré de ne pas avoir l'occasion de les inviter à déjeuner. Il serra la main à Gaynor. Une poignée de main un peu particulière, remarqua Rosslyn. Un signe de reconnaissance entre francs-maçons.

Le gérant hocha la tête en direction du trottoir, où des hommes en tenue attendaient près des voitures.

— Les vôtres ?

— Oui, répondit Gaynor. J'aurais dû vous prévenir.

— Ils ont l'air à cran..., dit le gérant.

Lorsque les officiers armés les virent sortir du Angel, ils ouvrirent les portières. L'un d'eux parlait dans un téléphone portable.

— Si vous voulez bien signer ici, dit le préposé aux voitures des douanes. Le réservoir est plein. Les clés, sur le tableau de bord. (Il lui tendit une enveloppe.) L'argent... Signez ici.

Il était près de trois heures de l'après-midi, lorsque les voitures se séparèrent, loin de la Tamise dont les eaux miroitaient au soleil sous un ciel sans nuages.

34

À Amersham, le jardin de Davina Wesley était vide. Les bêtes étaient dans la maison. Leur maîtresse aussi. Elle se trouvait dans la pénombre de sa chambre dont les rideaux avaient été tirés.

Ses bras, tendus au-dessus de sa tête, étaient attachés au plafonnier par du gros ruban adhésif ; ses chevilles liées également à l'adhésif aux pieds droit et gauche du lit. Une bande de tissu arrachée au peignoir de soie bleu la bâillonnait. On lui avait laissé juste de quoi respirer par le nez. Elle se demanda combien de temps elle resterait prisonnière, à endurer le supplice du chevalet dans sa propre maison, sur son propre lit.

Ses épaules, si douloureuses depuis sa lutte avec son assaillant, étaient à présent engourdies. Une douleur, peut-être un nerf coincé au niveau de l'omoplate, l'élançait du bras jusqu'au bout des doigts. Au début, elle essaya de peser de tout son poids sur le matelas pour arracher le fil électrique du plafonnier. En vain. Le mieux, c'était encore de ne rien faire. Elle savait qu'il ne lui restait plus qu'à attendre que son agresseur la libérât. Si c'était prévu au programme.

222

Elle guetta les bruits au rez-de-chaussée. À plusieurs reprises, elle entendit des portes s'ouvrir et se refermer. L'inconnue allait et venait dans la maison.

Puis, soudain, un déchaînement d'aboiements. Et le silence. Ce silence, associé à l'impassibilité de son agresseur, la mettait au comble de l'angoisse.

Le pire, c'est qu'elle savait que cette femme n'était autre que la sœur de l'agent de l'IRA, Dee McKeague.

« Un par un, lui avait dit Anna McKeague. Tout le monde y passe. Tu me comprends. »

Dans le silence de sa chambre, Davina tira ses propres conclusions. « C'est toi qui vas me fournir les moyens », avait dit McKeague avec cette sérénité effarante, une assurance tranquille qui trahissait la folie : pas de place pour le doute ou la peur. Il ne servait à rien de raisonner cette femme ; de toute façon, au premier coup de crosse qu'elle avait reçu derrière l'oreille, sa vue s'était brouillée et ses maux de tête lui ôtaient toutes ses capacités de raisonnement.

Cette femme possédait une formidable force physique pour avoir été capable de la ligoter avec de l'adhésif tout en la soulevant pour l'accrocher au plafonnier. Elle semblait prendre plaisir à l'humilier, en plus de la faire souffrir. Davina connaissait cette théorie, cet aspect de la guerre psychologique appliquée par les Britanniques en Irlande du Nord. Les Britanniques avaient appris la leçon auprès des ex-instructeurs de l'armée américaine au Viêt-nam. Les bons vieux plaisirs, comme les vieilles habitudes, ont la vie dure, et l'armée britannique avait été bonne élève. Pourquoi ne pas profiter de l'expérience d'autrui, surtout quand cet autre est un parent estimé dans la grande famille des nations ?

À un moment donné, McKeague avait dit, avec la voix d'un juge prononçant sa sentence : « Tu sais pourquoi je suis ici. On n'a pas besoin de s'expliquer nous deux, hein ? » On eût dit qu'elle établissait un lien entre elles. Les Américains appellent cela le « lien de reconnaissance ». Davina avait vu son bourreau en face : les traits tirés, les yeux cruels. McKeague poursuivit : « On sait toutes les deux obéir aux ordres, pas vrai ? Et le prix de la désobéissance. Ensemble, nous avons une chance. Ta seule chance est de faire équipe avec moi. » Elle continua : « Ne t'agite pas. Détends-toi. Je te délivrerai en temps utile. Tu verras. Je n'ai qu'une parole. Pour tes chiens et tes chats, désolée. Il faut qu'ils y passent. Ne t'en fais pas. Ils ne sentiront rien. Ce ne sont que des bêtes. Ne te pisse pas dessus. »

Bientôt, de la cuisine, elle entendit quatre détonations assourdies. Feulements des chats. L'eau courante. Davina comprit que ses chiens avaient été exécutés et ses chats noyés.

Puis le silence, interminable. Le battement incessant de son cœur. La douleur dans sa cage thoracique. Les oreilles qui bourdonnent. On allait donc la laisser comme ça, pendue, selon le bon plaisir de McKeague. Qu'entendait-elle donc par « ta seule chance » ? Elle s'efforça de faire fonctionner sa matière grise. Elle théorisa, résuma les arguments logiques pour sa défense et des appels à la raison. Elle songea à Bryan et à Alan Rosslyn : elle aurait tant aimé les voir rappliquer, ensemble ou séparément. Elle expliquerait tout. À présent, elle était prête à avouer, à faire la paix, avec Alan, avec Bryan, avec tous ceux qui voudraient bien l'écouter. Seulement : *Délivrez-moi. Laissez-moi vivre. DE GRÂCE.*

Ligotée et abandonnée dans la pénombre de sa chambre, elle imagina les ombres du soir s'allongeant dans son jardin. Pas un bruit, à part quelques pas au rez-de-chaussée. McKeague arpentait la maison, prenait tout son temps.

Si seulement cette femme la libérait : elle était prête à consentir à tout. Si seulement. *Délivrez-moi. Laissez-moi en vie. S'IL VOUS PLAÎT.*

35

Rosslyn lut sur la pancarte : MONTBRETIA COTTAGE.

La résidence, construite en pierre des Costwolds, se trouvait en retrait de la route des collines, à deux miles au sud de

Winchcombe. Le jardin en façade était une explosion de couleurs, comme sur les réclames pour pépiniéristes dans les suppléments du dimanche des journaux. Une pelouse parfaitement entretenue sertissait les plates-bandes. Un second écriteau peint avec soin annonçait en cinq langues : CHIEN MÉCHANT. Devant la porte d'entrée, attaché à un treillage supportant des rosiers grimpants, un mât de fabrication maison ; à mi-hauteur, flottait le drapeau de l'Union Jack.

Laissant sa voiture au bord de la route, il glissa le revolver dans son étui sous sa veste, et franchit le portail du jardin. Il ne voulait ni alerter le chien, ni déclencher une alarme, ni mettre l'ex-soldat Coker sur le pied de guerre ; aussi traversa-t-il la pelouse en direction de la porte d'entrée. Comme il appuyait sur la sonnette, un carillon électronique sonna à l'intérieur. Il n'y eut pas de réponse à ces timbres funèbres. Pas de chien gueulard.

Il prit une profonde inspiration. Et si Coker était allé se faire pendre ailleurs ? Il patienta quelques minutes. Montbretia Cottage était équipé de plusieurs sonneries d'alarme sophistiquées. Il y avait de petites caméras vidéo placées sous le toit. Une lumière rouge s'alluma sur l'une d'elles. Il consulta sa montre. 5 h 30. Dire qu'il s'était promis de consacrer une heure environ à Coker avant de filer à Manchester... Il n'avait pas prévenu de sa visite. Mais en route, il avait demandé au secrétariat de Harding de bien vouloir envoyer un officier de la police locale rôder non loin du squat des fils Wesley, près d'Alexandra Park, à Manchester – et ici aussi ; on lui avait affirmé que les individus qu'il désirait interroger se trouveraient chez eux à l'heure de son passage. La police locale avait eu mission de se livrer à une surveillance discrète. Rosslyn espérait qu'ils n'avaient pas fait de bavure.

– Vous cherchez quelque chose ? demanda une voix dans son dos.

Rosslyn se retourna brusquement et se retrouva devant un petit homme râblé en chemise de coton et pantalon de lin bleu. Ses yeux étaient cachés derrière des lunettes noires. Il se tenait un peu en retrait, pieds nus, une machette à la main. Il avait le crâne rasé et sa figure bronzée s'ornait d'une barbe grisonnante bien soignée. La présence de ce déménageur aux biceps de culturiste et armé d'un coupe-coupe était assez inattendue dans un jardin anglais. L'homme examina d'un air soupçonneux la carte professionnelle que Rosslyn lui présentait.

– Eh bien, M. Rosslyn, qu'est-ce qui vous amène à Montbretia ? J'ignorais que les douaniers exerçaient jusque dans les Costwolds. Ou bien est-ce la TVA ?

– Non. Je vous serais très reconnaissant si vous pouviez m'accorder un peu de votre temps, M. Coker.

Il toisa Rosslyn.

– Vous devez avoir chaud dans ce costume. (Il lissa le tranchant de sa machette.) Vous êtes armé, hein ? Bien, bien. Comment connaissez-vous mon nom ?

– C'est bien la maison de M. Levy, non ? demanda Rosslyn en évitant de répondre au sujet de l'arme. C'était votre ami.

– En un sens, oui. Vous voulez que je vous parle de ce pauvre Levy ? Ou de moi ?

– De M. Levy, si vous n'y voyez pas d'inconvénient. Je ne veux pas me montrer indélicat...

– Suivez-moi. Vous prendrez bien une tasse de thé, ou un apéritif...

Les deux hommes firent le tour de la villa. De là, la vue s'étirait jusqu'à l'horizon, magnifique panorama de champs vallonnés, de cours d'eau et de bois.

– Quelle vue ! s'exclama Rosslyn. Vous êtes bien installé.

– Ouais. Dommage que Lev n'ait jamais pu voir ça. Il avait acheté la maison pour son chien et pour moi. Dans cet ordre.

– Et il partait travailler à Londres tous les jours ?

– Oui, quatre fois par semaine. Un taxi jusqu'à Cheltenham. Moi je restais ici à jouer la maman. Jardinier, cuistot, réparateur... Et même vétérinaire. À l'armée, je m'occupais des chiens. Prenez ce fauteuil en rotin. C'était celui de Lev.

Devant la porte ouverte de la cuisine, une carafe de jus d'orange et une bouteille de vodka étaient posées sur une table en bois. À côté, Rosslyn remarqua un magnétophone et une pile de cassettes. Ainsi que plusieurs verres qui avaient déjà servi et un seau de glaçons fondus.

– Vous feriez bien de prendre une boisson fraîche, M. Ross.

– Rosslyn.

– Gallois ?

– Peut-être de lointaines origines, consentit mollement Rosslyn.

– Pas Irlandais ?

– À ma connaissance, non. Mais nous avons tous un peu de sang irlandais, hein ?

– Les vrais de vrais ne sont pas de cet avis, fit Coker d'un air sombre. Que diriez-vous d'un Spécial Cokey ? Vodka-orange.

Il versa le jus d'orange dans les verres, avant d'y ajouter une généreuse rasade d'alcool. Ses mains tremblaient. Il poussa un verre dans la direction de Rosslyn puis s'avachit dans un transat et releva ses lunettes noires sur son front luisant. Rosslyn remarqua les yeux vitreux et injectés de sang. Des yeux d'alcoolique. Il avait peut-être pleuré. Il leva son verre.

– À Lev. À ce vieux Lev, où qu'il soit.

– À Lev, renchérit Rosslyn. Aux amis absents.

– À mon vieux Lev, qui s'est découvert plus de potes dans la mort qu'il n'en a jamais eus dans sa vie. C'est le comble. Si on peut appeler ça des potes, ces types qui ont débarqué ici avec un : « Je suis des Renseignements généraux. Je suis de la Sûreté. Je suis du contre-espionnage. » J'ai même eu les Affaires étrangères ici. Tous pour Lev. Lev pour tous. Lev était né dans les ténèbres. Il n'avait peur de personne. Même pas de moi. Je ne vous fais pas peur, M. Rosslyn ?

– Non, mentit Rosslyn.

– Bon. Nous savons à quoi nous en tenir. Je parie que je vais encore avoir des visites ici, dans ma jolie petite villa. La télé. Les journalistes. Je regarde beaucoup la télé. Ça doit être marrant de se voir à l'écran.

Ça, c'est le vrai moulin à paroles. Prêt à se déboutonner de son propre chef. Inutile de le pousser. Ou bien, c'est le genre à se promener avec le code sous le bras, mais qui est un peu bourré et pleure la mort du vieux Lev.

– Ça vous plaît d'avoir des visites ?

227

— Ne vous méprenez pas. Je suis pas du genre solitaire. Ni né de la dernière pluie. On ne me la fait pas.

— Et ceux de la Sûreté, qu'est-ce qu'ils vous ont dit?

Coker étira ses bras musclés au-dessus de sa tête.

— Tout ce qu'ils voulaient, c'était savoir ce que j'avais dit aux autres. C'est ça qui les intéressait, et pas ce que j'avais encore à dire. Pigé? J'ai pensé : Qu'ils aillent se faire foutre. Je leur ai rien dit. (Il se souleva de la chaise longue pour tapoter le magnétophone.) J'ai dit : « Pour que je déballe ma vie privée, il faut payer comptant. Passez la monnaie. Ni chèque ni carte de crédit. Comptant. » Et j'ai ajouté que tout devait être enregistré par moi. Ça leur a cloué le bec.

Il se rassit lourdement dans le transat. Un peu de vodka-orange se renversa sur sa chemise blanche.

— Merde!

— Je suis venu vous exprimer mes condoléances.

Coker éclata de rire.

— Vous connaissiez Lev?

— Pas vraiment.

— Alors qu'est-ce que ça peut bien vous foutre?

Rosslyn contempla le fond de son verre. Coker ne ferait pas un geste. Il avait du fric. Même si on lui donnait ce qu'il voulait, l'homme ne lâcherait rien.

— Je m'en suis fait une règle, dit Coker. Une règle. (Il se resservit, cette fois uniquement en vodka.) Ne donner rien sans rien. Pas de mots, pas de promesses. Je veux des actes. Comme à l'armée. On est décoré pour faits d'armes, pas pour la parlote. Vous voulez que je sois plus clair?

— Allez-y. Ça m'intéresse.

— Prenez ces maquereaux qui sont venus voir Cokey – aux frais de la princesse. Aucun d'eux n'avait levé le petit doigt pour Lev. Pas un seul. Vous savez quoi?

— Dites...

— Je vais vous confier quelque chose. Une femme m'a rendu visite... hier, ou avant-hier, je ne sais plus. J'étais un peu parti, vous savez, complètement bourré en fait. Mais cette femme... douce, avec une jolie voix. Irlandaise. Le crucifix au cou. Infirmière. Et vous savez quoi ? Elle était venue directement de Londres. Pourquoi ? Parce que c'était elle qui avait ramassé les restes de Lev et ceux de Montgomery.

– Montgomery ?

– Monty Montbretia, le chien de Lev. Il n'aurait pas fait de mal à une mouche.

Là, il sortit une cassette du magnétophone.

– L'infirmière a chanté avec moi. Elle était assise là, à votre place. Dans ce fauteuil. *Danny Boy*. Je l'ai enregistrée. Là-dessus. (Il porta la cassette à ses lèvres et y déposa un baiser.) Une chic fille.

Il donna une pichenette à la cassette et la déposa avec délicatesse au sommet de la pile.

Rosslyn ne le quitta pas de l'œil.

– Oui, une chic fille. J'ai pensé... vous savez, on a toujours besoin de dire la vérité. Alors je lui ai fait des confidences. Pas de nom, notez – je n'ai pas vendu la mèche. Enfin si, quelques noms – ça n'a pas dû lui dire grand-chose. Elle était étonnée de ce que Lev et moi avions fait de la maison. Comment faisait-on pour vivre du salaire de Lev ? Avait-il des primes ? Je lui ai expliqué que Lev s'y entendait à gagner de l'argent. Pas radin, non. Il disait souvent : « Maman doit penser à ses vieux jours... Maman Lev pense à ses économies. » (Les larmes perlèrent à ses yeux.) On était bien ensemble. Et l'infirmière savait ce que c'est que de perdre quelqu'un. Sa propre sœur a été arrêtée parce qu'on la soupçonnait d'être une terroriste.

Rosslyn cilla.

– Les flics ont eu sa peau. Et ces salopards n'ont même pas eu le cran d'admettre leur bavure. C'était couru, pas vrai ? Ils l'ont battue à mort. Cette infirmière, Angela, Angie, elle n'a pas pu offrir des obsèques dignes à sa sœur. C'est pareil pour moi et Lev. Ces salauds me refusent son corps parce que c'est un suicide. Ils voudraient bien que ce soit un meurtre. Et Angie dit qu'ils peuvent toujours courir. Lev n'allait pas bien. Il est tombé dans les pommes et il a perdu l'équilibre. C'était un risque... On meurt toujours seul, n'est-ce pas ? Eh bien, j'imagine qu'*ils* ont été contents. *Ils* avaient intérêt à sa mort...

229

– Je ne vois pas pourquoi.

– Quel rapport avec les douanes?

– Nous pensons que M. Levy n'est peut-être pas mort d'un accident. Qu'il a peut-être été assassiné par une personne que nous recherchons. Aucun de vos visiteurs ne vous a parlé de ça?

– Si, mais je ne les ai pas crus.

– Pourquoi?

– Parce que Lev était trop utile aux autorités.

– Vous voulez dire qu'il avait des ennemis?

– N'est-ce pas notre lot à tous?

– D'accord, mais d'ordinaire nos ennemis ne projettent pas de nous assassiner. Vous savez, je crois qu'il y a de grandes chances pour qu'on ait demandé à Lev de rencontrer quelqu'un dans le métro. Quelqu'un qui était décidé à le pousser sous la rame pour faire croire à un suicide...

– D'après Angie, ça ne s'est pas passé ainsi.

– Mais elle n'a pas eu le rapport des experts sous les yeux. Ils ne sont pas du tout de son avis. Ils accusent justement la personne que je recherche.

– Qui est-ce?

– Une femme qui a déjà tué trois personnes. Et qui a essayé d'en tuer une quatrième, voire une cinquième. Lev pourrait être la victime numéro 6...

Rosslyn brûlait de hurler : *Ton infirmière n'est pas Angie. C'est elle, Scorpion.* Il était prêt à débiter la liste des morts et des blessés. *Gros abruti : elle était assise devant toi. C'est la sœur de Dee McKeague. Ainsi, elle a une sœur.* Il se rappela son interview à Paddington Green. Elle aurait vendu sa propre sœur. *Qui protège cette fille-là?*

– Je n'aime pas qu'on soupçonne Lev d'avoir été mêlé à une chose pareille.

– Moi non plus, je n'aime pas ça. Ce que vous ne savez pas, c'est que l'une des victimes était mon amie. Alors, je comprends ce que vous ressentez. Pour moi, c'est aussi une affaire personnelle. Mais c'est en tant que professionnel que je suis venu vous parler. Je vous jure que si vous avez des révélations à faire, il serait dans votre intérêt de m'en faire part. Vous ne voulez pas qu'on retrouve l'assassin de Lev?

Coker regarda au loin, comme s'il observait un changement de temps. Il était prêt à parler, quand il se ravisa.

Qu'est-ce qu'il me cache? Il voudrait conclure un marché avec moi, comme Dee McKeague. Il pense à sauver sa peau. Peut-être qu'il a hérité du magot que Lev avait réussi à mettre à gauche. La villa et le jardin valent au bas mot un quart de million − de quoi lui permettre de se ravitailler en vodka-orange jusqu'à la fin de ses jours. Vu sa descente, il ne fera pas de vieux os. À moins qu'il n'ait déjà passé un accord avec les autres, vendu la mèche et obtenu l'immunité? Coker a un dossier. Il est connu du SIS. Ce n'est pas un petit saint.

Coker se releva en vacillant.

− Ne parlons plus de ça, M. Rosslyn. Je connais la musique. J'ai retenu ma leçon à l'armée; j'avais pris un avocat... Et c'est ce que je vais faire maintenant. J'ai besoin d'être conseillé.

Il s'éloigna de quelques pas sur la pelouse en continuant de parler, dos tourné à Rosslyn.

Le moment vint où ce dernier ramassa la cassette et la glissa dans sa poche.

− J'en ai déjà trop dit..., fit Coker.

− Je pense en effet que vous auriez intérêt à parler à votre avocat. J'en ferais autant à votre place.

− Vous partez?

Rosslyn était déjà debout.

− Oui.

Ils contournèrent la maison.

− Trouvez-vous un bon juriste. Il vous avisera de vos droits. Ne lui cachez rien. Et évitez de vous confier à un tiers.

− C'est ce que m'ont dit les autres aussi. Voilà pourquoi ça m'a fait plaisir de bavarder avec cette infirmière. Elle au moins, elle comprenait... Comme vous. Vous savez, je n'aime pas la police. C'est dans le sang. Je suis désolé pour votre amie... Vous ne m'avez pas dit comment ça s'était passé.

Il se pencha sur le toit de la voiture.

− Une autre fois, M. Coker.

Rosslyn conduisit aussi vite que le permettaient les lacets de la route. Quelques minutes plus tard, il joignait Harding par téléphone.

231

– La sœur de Deirdre McKeague. Qui est-ce ? Où est-elle ? Quel est son nom exact ? Ce peut être Angela, ou Angie... Peut-être une infirmière, ou une femme déguisée en infirmière. Et rappelez-vous qu'une infirmière a été aperçue dans England's Lane juste avant l'explosion.

– Ça va prendre du temps.

– Je ne peux pas attendre. Ne quittez pas...

Il inséra la cassette dans l'autoradio. Il entendit une voix de femme, sans relief et plaintive, qui chantait : *Danny Boy*.

– Restez en ligne... (Il fit défiler la bande.)

C'était la voix de Coker.

« *Ils ont fourni à Lev un truc... un synthétiseur de paroles Apollo. Vous tapez le code, il parle. Génial. On peut monter ou baisser la voix, comme si c'était un homme, une femme, un gosse qui parlait. On ne peut pas savoir qui est derrière. Il travaillait occasionnellement pour les services secrets. Comme intermédiaire. Cette femme devait utiliser le même système, ce qui fait qu'il n'a jamais entendu sa voix. Les identités étaient brouillées. Il parlait avec l'IRA, des terroristes, des tueurs... ? Il prenait ses ordres, suivait les instructions et se faisait payer cash. Alors, qu'est-ce qui n'a pas marché ? Il est passé sous le métro simplement parce qu'il avait obéi aux ordres, en brave petit soldat, une pauvre pomme aveugle toute dévouée à sa chère Angleterre.* »

– Vous avez entendu ?

– L'essentiel, dit Harding. On va lancer les recherches sur la sœur de McKeague. J'espère que vous êtes dans le vrai.

– Moi aussi, dit Rosslyn.

Il rabattit le pare-soleil afin de se protéger les yeux de l'éclat du soleil qui déclinait derrière les Costwolds. Un coup d'œil à sa montre. Avec de la chance, il parviendrait à Manchester avant la nuit.

36

Davina Wesley tressaillit quand la bande adhésive fut arrachée de son visage. Ce n'était rien comparé à la douleur qu'elle ressentit aux épaules, lorsqu'elle commença à retrouver ses sensations.

– On est toutes seules, toi et moi, dit McKeague. On ne va pas s'énerver, d'accord? (Elle pianota du bout des ongles sur le revolver.) Toi et moi, on est dans le même bain. Tu as besoin de moi, ne l'oublie pas. (Elle semblait très calme.) Tout le monde est impliqué maintenant, hein? Et tes problèmes seront bientôt terminés.

Davina Wesley fit un effort pour parler. Sa bouche était complètement sèche et les mots ne passaient pas.

Son silence dut passer pour de la provocation car, soudain, McKeague la frappa en pleine figure.

Elle couvrit sa bouche meurtrie de ses mains, en pensant : *J'ai affaire à une psychopathe.*

– On va aller à Beaconsfield, toi et moi. On a tout notre temps.

– Vous ne pourrez pas entrer. Ils vous empêcheront...

– Pas si je suis avec toi.

– Qu'est-ce que vous voulez faire?

– Tu verras bien. À moins que tu préfères finir au frigo avec tes toutous?

– Il faut... il faut que j'appelle la sécurité... On ne peut pas débarquer à l'improviste. Ils ne vous connaissent pas.

– C'est ton problème.

– Vous voulez que je vous aide à pénétrer au labo cette nuit?

– Oui.

Elle eut une bouffée d'espoir. *Bien. Gagne du temps.* Les gardiens connaissaient tous les membres du personnel. Tout visiteur devait être muni d'un laissez-passer et McKeague n'en avait pas.

– Tu vas leur tenir la dragée haute, fit McKeague. (Elle semblait lire dans les pensées de Davina.) Il n'y aura pas de fouille. Si tu merdes ou si les gardes ont un doute, je t'explose la tête.

— Qu'est-ce que vous voulez?

— Tu le sauras en temps utile.

— Ça a un rapport avec mon travail?

— À ton avis?

— Mais vous ne savez rien de mon travail!

— Ah non? J'ai fait le sale boulot pour vous. J'ai bossé dans les deux camps. L'armée, le RUC, les Renseignements généraux, MI5. Ils me font tous confiance. Comme ceux de mon bord. Je sais tout de toi... l'armée m'a mise au parfum il y a longtemps. Je sais les précautions qu'ils ont prises dans les Falklands aussi. Je sais ce que la RAF connaissait des gaz neuroplégiques de Saddam. Je sais de quoi les Anglais ont la trouille. Et toi aussi, tu le sais. Parce que ce sont les Anglais qui ont fabriqué le gaz en collaboration avec les Japonais.

— C'est le gaz que vous voulez?

— Tu verras bien.

— Ou autre chose...?

— Tu verras. Je ne serais pas là si on pouvait faire sauter Thames House. Mais c'est impossible. Tu le sais bien. Un bâtiment en acier, pierre et béton armé.

— C'est le gaz, n'est-ce pas?

— N'importe quoi pourvu que ça les élimine. En masse. Ça ne prend que trois minutes, une fois que le gaz est dans l'air. Il y a un type qui y passera, le salaud qui a tué ma sœur. Ce douanier pourri. Il a failli y passer la dernière fois. Cette fois, ce sera la bonne. Toi tu as de la chance. Maintenant, tu vas te débarbouiller. Arrange-toi. Et enfile ça...

McKeague laissa tomber une paire de tennis et un survêtement trouvés dans la penderie.

— Je connais la voix qui me répondait au téléphone. La voix qui m'avait dit où trouver le fric, dans le coffre-fort de ton mari. Qui m'a fixé le rendez-vous pour récupérer la cassette...

— Je ne comprends pas, murmura Davina.

McKeague souriait.

— Merde, je savais que tu étais tordue. Mais à ce point-là! Je t'admire, Davina. Tu es vraiment barjo. Maintenant que je connais ton nom, tu sais quoi? je me sens mieux. Beaucoup mieux. (Elle entrouvrit les rideaux.) Attendons la nuit. Et lave-toi. Pense à ta réputation.

37

Sur la route de Manchester, Rosslyn voyageait avec la voix de Coker pour toute compagnie. Il écouta l'enregistrement de mauvaise qualité, parfois indistinct, avec un certain sentiment de vertige. Comme lorsqu'un gosse trouve un billet de cinquante livres sur la chaussée et que le flic du coin lui balance : « C'est à moi, fiston. » Ou qu'un Arabe en nage vous ouvre ses bagages et que sa jolie boîte à talc se révèle bourrée de cocaïne. Ce vieil alcoolo de Coker parlait à la douce et si sympathique « Angie » par un paisible après-midi ensoleillé.

« Lev était leur " éclopé de service " – vous savez, le pauvre handicapé qu'on est obligé de faire travailler. Pourtant, il était pas bête. Sacrément doué pour le fric et la technologie, même. Le seul problème, c'est qu'il était aveugle. C'est pour ça que ses chefs le traitaient par-dessus la jambe.

Lev ne posait jamais de questions sur les missions qu'on lui donnait. Il avait une confiance absolue dans le SCC. Missions secrètes. Il ne cherchait pas à comprendre leurs embrouilles.

Puis ce gros bonnet de MI5 lui a demandé de prendre contact avec un agent double de l'IRA. Cette femme lui donnait ses instructions sur ordinateur – elle se servait d'un système compatible – et il avait mission de les transmettre, pour ne pas laisser de trace.

Puis Angie demandait : « *Il donnait toutes les instructions ?* » Et Coker répondait :

« Je ne sais pas. Elle utilisait le même système. Lev n'était qu'un intermédiaire. Il a obéi aux ordres. Et il a reçu une prime en liquide. Rien que du liquide. Là, j'ai eu un doute. Du cash. Pas de chèque. Et Lev aussi a eu des soupçons. Alors il a mis un truc sur la ligne. Et il est remonté jusqu'à cette personne qui vit à Amersham. Une certaine Davina Wesley. »

Rosslyn frissonna. Il se repassa la bande à quatre reprises. « *Une certaine Davina Wesley.* »

Puis Angie demandait : « *Quel numéro?* » Et Coker répondait qu'il ne se rappelait pas que Lev l'eût jamais mentionné. Ou alors il l'avait oublié.

Rosslyn se pencha sur le volant, essayant de se concentrer sur sa conduite, tandis qu'il écoutait la voix rocailleuse de Coker. Il se refusait à croire que Davina l'avait trahi et qu'elle aussi, comme Mary, avait menti.

Il s'engagea sur la voie rapide et klaxonna un camion qui zigzaguait sur la route. Ce coup de klaxon l'assourdit. Davina avait rouvert ses plaies.

Elle s'est complètement foutue de moi. Elle m'a trahi. Elle m'a fait saigner. C'est une menteuse. Dire qu'hier, j'ai couché avec elle. Je me suis laissé avoir. Je me suis abandonné entièrement à elle, je l'ai laissée panser mes blessures avec son sexe. Il repensa à la lettre qu'il lui avait envoyée – la lettre qui voyageait parmi des milliers d'autres, comme ses pensées, dans toutes les directions.

Je me suis trahi moi-même.

Il rembobina la cassette. La voix de Coker lui donnait la nausée, comme le journal de Mary.

Qu'a-t-elle fait?

Son imagination échouait à produire une réponse cohérente.

Les phares d'un car qui le suivait de près se reflétaient dans le rétroviseur. Il se rangea dans la file du milieu. Le car le dépassa à plus de 90 km/heure. Des touristes allemands originaires de Brême. Par la vitre arrière, trois jeunes filles au crâne rasé riaient. Il eut la vision de leurs dents noircies dans un visage blafard, comme des clowns de cauchemar. Elles lui tiraient la langue, lui envoyaient des baisers obscènes et railleurs. C'était lui le clown. Il fut tenté de quitter la route, de revenir à Davina.

Pour entendre de nouveaux mensonges? Elle ne lâchera pas prise. Et moi je veux des réponses franches.

Il sentit la colère le submerger. Essayons les gosses. Ils ne diraient pas la vérité sur leur propre compte, mais ils ne demanderaient qu'à baver sur les autres.

38

C'était l'heure entre chien et loup quand il atteignit les tours qui s'élèvent depuis les années 60 derrière Alexandra Park Road, à Manchester. Il cherchait Arlington House, bloc où les fils Wesley squattaient un appartement d'étudiant. La plupart des panneaux indicateurs avaient été tagués ; et les prostituées, blanches, noires, mineures, le lorgnaient depuis le trottoir. Il se retrouva pris dans une file de voitures ; à leur bord, des hommes seuls jetant des coups d'œil furtifs à la triste parade des femmes. Puis il vit l'écriteau : ARLINGTON HOUSE. Quelqu'un avait ajouté un commentaire obscène.

Il se gara entre deux épaves de camionnettes. Une brise tiède lui souffla de la poussière dans les yeux. Des fenêtres de la tour, pulsait un rythme de reggae. Presque toutes les fenêtres du rez-de-chaussée avaient été condamnées avec des planches. Elles aussi peinturlurées de grossièretés. Sur le trottoir d'en face, il aperçut deux silhouettes sombres s'échangeant un paquet enveloppé d'aluminium sous un porche. En d'autres circonstances, il les aurait alpaguées pour détention de substances illicites. Comme les prostituées, on ne leur donnait pas plus de quatorze ans. Il décida d'emporter son bagage avec lui et palpa instinctivement la bosse de son arme dans l'étui.

Deux volées de marches puant l'urine menaient à l'appartement que squattaient les fils Wesley, selon la police. Pas de sonnette. Il frappa à la porte.

Pas de réponse.

Une jeune Noire passa la tête par une fenêtre du logement voisin.

— Jonathan et Félix, c'est ici ?

— Ouais.

— Vous les connaissez ? Ils sont chez eux ?

— Ouais.

— Merci. (Il se remit à cogner à la porte.)

— Tu baises ?

— Pas ce soir, merci.

– J'te plais pas?

Rosslyn haussa les épaules.

La porte de l'appartement s'ouvrit brusquement.

– Hello. Jonathan et Félix Wesley sont là?

– C'est pourquoi?

La voix masculine était presque noyée par la stéréo.

– Je voudrais leur parler, cria Rosslyn.

L'homme réclama en gueulant qu'on baissât le volume sonore. Il renifla.

– Pourquoi?

Rosslyn aperçut une fille vêtue seulement d'un T-shirt, qui le dévisageait depuis le couloir sinistre. L'endroit semblait héberger une flopée de chats.

– Merde, dit-elle, le laisse pas entrer.

– Ne vous en faites pas. Personne ne vous reproche rien.

– Qu'est-ce que ça veut dire? fit l'homme. Il avait des plaies à vif autour de la bouche.

– Je suis un ami de leur mère. C'est une affaire de famille. Elle m'a chargé de leur remettre de l'argent.

– Vous êtes vendeur ou acheteur?

– Ni l'un ni l'autre.

– Flic?

– Non. Si j'en étais un, est-ce que je serais venu seul?

– Vous avez de la poudre?

– Je vous l'ai dit : je viens remettre de l'argent à Félix et Jonathan. Et je n'ai pas de temps à perdre.

La voisine noire brailla :

– OK, OK, Johnnie. Laisse-le.

– Félix, c'est la porte à côté, fit l'homme en palpant ses plaies à la bouche. Elle va vous laisser entrer, hein Manu?

– C'est son nom, Manu?

– Manu, la fille-au-joli-cul.

– Merci pour la présentation.

Manu le fit entrer dans l'appartement. Une fois la porte refermée, la chaîne de sûreté en place, elle lui adressa un grand sourire. Rosslyn vit qu'elle tenait un couteau à cran d'arrêt ouvert.

— Si vous êtes flic, je vous bute et je dis que vous vouliez me violer, compris?

— Heureusement pour vous et moi, Manu, je ne suis pas un flic. Juste un ami de la famille.

— Un enculé de barbouze, déclara une voix dans son dos. C'est quoi votre nom?

— Alan Rosslyn.

Il était grand, plus d'un mètre quatre-vingt-cinq, tout le portrait de sa mère, et étrangement vêtu comme elle d'un peignoir de soie bleu pâle.

— Vous êtes un ami, un barbouze, un ennemi aussi, M. Alan Rosslyn.

Il n'avait pas de lobe à l'oreille gauche, et vu son avant-bras enflé et truffé de piqûres, Rosslyn sut lequel des fils Wesley avait un gros problème infectieux lié à l'usage d'aiguilles sales.

— Qui êtes-vous? Qui vous a donné mon adresse?

— Votre mère.

— Elle la connaît pas.

Bon sang. J'ai mis les pieds dans le plat. Le poing de Manu serra le manche du couteau à cran d'arrêt.

— Bien sûr que si. Qui, sinon...?

— Les flics, M. Rosslyn. J'aime pas les flics. Ils ne m'aiment pas. J'aime pas ma mère non plus. Et c'est réciproque.

On devinait aisément pourquoi. Rosslyn tint bon.

— Bon. Félix ou Jonathan? Vous êtes qui?

— Lui, c'est Filou, dit Manu.

— Filou, votre mère aimerait avoir de vos nouvelles. La preuve : elle m'a chargé de vous remettre cinq cents livres.

Il jeta un coup d'œil à Manu, qui ouvrait des yeux comme des soucoupes.

— C'est quoi, cette embrouille?

— Elle désire que vous l'appeliez au téléphone. Confirmez-lui que vous avez bien reçu l'argent.

Le jeune homme considéra Rosslyn.

— Je l'ai pas encore.

— Merde alors! s'écria Manu. Je rêve, ma parole!

— Va te faire foutre, Manu.

239

Le jeune homme respirait plus vite, ses lèvres tremblaient.

– Maman veut que je lui téléphone ?

– Elle le souhaite.

– Putain. J'ai pas le téléphone.

Rosslyn sortit son portefeuille. Il compta dix billets de cinquante livres et plia la liasse en deux.

– J'ai un téléphone dans ma voiture...

– Je veux pas lui parler.

– Bon. Et si on allait lui parler ensemble ?

Manu était la plus déterminée des deux.

– Vas-y, Filou.

– Mais je ne vous connais pas.

Rosslyn se mit à affabuler.

– J'ai l'occasion de temps à autre de venir à Manchester. Je suis dans l'imprimerie. Représentant. Un ami de votre mère m'a demandé si je voulais mettre à profit mon art du boniment pour vous donner l'argent. Je devais être persuasif. C'est mon job, de convaincre les gens qu'ils ont besoin de ma camelote. C'est un service que je vous rends. (Il consulta sa montre.) J'ai un rendez-vous à Ringway, alors si vous voulez bien téléphoner, je vous remets l'argent, et c'est terminé.

Il huma l'atmosphère.

– Si j'étais un flic, je vous aurais déjà arrêtés tous les deux, non ?

Manu replia la lame dans le manche du couteau.

– Faut que je retrouve le numéro de maman. Vous l'avez, vous ?

– Non. Retrouvez-le et on l'appelle.

Félix disparut derrière une porte. Rosslyn regarda Manu qui effleurait les feuilles d'un yucca.

– C'est quel genre, sa mère ?

– Très sympa, paraît-il.

– Ce n'est pas ce que j'ai entendu dire.

– Qu'est-ce que vous avez entendu dire ?

Manu sourit.

– Je vais vous le dire...

– Je vous écoute.

240

– On dit qu'elle est branchée côté femmes.
– Comment ça ?
Elle le toisa avec une pitié moqueuse.
– D'où est-ce que vous sortez ?
– Euh...
– Pas très futé, hein ?
– J'ai toujours été un peu lent à l'école.
– Parce que vous avez été à l'école ? Pas possible...
– Racontez-moi ce que vous avez entendu.
– Vous voulez que je déballe tout, hein ?
– Si vous voulez bien.
– J'ai entendu dire qu'elle couchait avec ses petites collègues.
– Les ragots, c'est pas mon truc.
– Vous avez un truc, vous ?
– Bon, racontez-moi : c'est quoi cette histoire ?
– On m'a dit qu'elle avait eu au moins deux histoires de cul.
– Avec qui ?
– Frances Machin. Et cette Frances, elle a lâché Davina pour de la chair fraîche. Une meuf nommée Serena. Ça a gueulé. Putain. Et cette meuf, Serena, elle est venue foutre le bordel ici... comme quoi il fallait que Félix et Jonathan disent à leur mère de se calmer. « Votre mère est une salope. Elle ne reculera devant rien. Même pas le meurtre. »
Du fond du logement, Félix cria :
– Je retrouve pas ce putain de numéro !
– Regarde dans le tiroir à *shit.*
Rosslyn sentit son haleine tiède.
– Jonathan, ça lui a foutu un coup. Il est à l'hosto. Dépression. Il a pas supporté...
– Vous dites qu'elle a menacé Frances et Serena ?
– Et comment ! Elle est givrée. Barjo.
– Félix est au courant ?
– Ma parole, vous êtes un cas ! Je vous ai dit qu'il déteste MI5. Le vrai bordel. Ils ont tous les droits. Même de tuer.
Ses grands yeux dilatés. Son regard. Intense. Tout en elle lui soufflait qu'elle était sincère.
– Et leur père, qu'est-ce qu'il en pense ?

– Qu'est-ce que j'en sais ? Faut demander à Félix. Ils sont tous déjantés dans cette boîte. Tordus. On se demande comment ils font pour mettre un pied devant l'autre.

– Vous avez rencontré son père ?

– Si on peut appeler ça rencontrer, ouais. Je suis noire... la petite amie de son fils. Je suis pas vraiment son genre.

– Il est venu ici ?

– Ouais. Il a casqué à l'hôpital psychiatrique pour que les psy soignent son dingue de fils. Il a arrosé Jonathan aussi : « Si tu me parles, je te donne un billet. Un bifton du mot. » Prêt à payer son fils. Moche. Il a essayé aussi avec Félix. Il lui a balancé du fric pour qu'il me quitte. Après, il a compris que son fiston prenait de la dope et il m'a accusée de ça aussi.

– Il avait tort. (Félix se tenait au fond du couloir, dans l'obscurité.) On se débarrasse de personne avec du blé. Même maman sait ça. Alors, je comprends pas ce bon mouvement venant d'elle... Tout ce blé.

– Elle veut sans doute faire la paix. Vous avez entendu ce que Manu m'a dit ?

– Oui. Tout est vrai. Vous ne la croyez pas ?

Rosslyn hocha les épaules.

– Cela ne me regarde pas.

– Et nous, vous savez quoi sur nous ?

– Rien. On m'a dit que vous étiez étudiants.

En esprit, il revit le jardin de Davina. Pendant une seconde, il entendit sa voix à *elle*, lui disant qu'elle se trouvait à Manchester la semaine précédant la mort de ses collègues. N'avait-elle pas prétendu avoir fait le déplacement pour assister à une représentation théâtrale où figurait son fils ? « C'est là-bas que j'ai appris la nouvelle... »

Il s'entendit ajouter :

– On m'a dit que Jonathan était comédien...

– C'est vrai. Mais putain, comment il pourrait jouer ? Ça fait des mois qu'il l'ouvre pas – dix-huit mois. Il se plante devant la télé avec les autres barjos, à baver devant l'écran...

– Tout ça, parce que votre mère est lesbienne ? Qu'est-ce que vous...

242

– Écoutez, les histoires de baise, je m'en tape. Elle est gou-dou, OK. Ça la regarde. Je suis même pas jaloux de Manu. Hein, Manu?

Manu confirma de la tête.

– Ma mère n'a pas besoin de ma pitié. Je devrais la plaindre, peut-être? J'ai mes problèmes. (Il montra la saignée de son bras infecté.) Vu...?

La vision de ces veines dilatées et meurtries remplit Rosslyn de dégoût.

– On l'a plaquée? Et alors, que voulez-vous que j'y fasse? Qu'elle m'oublie, c'est tout ce que je veux.

– Vous voulez l'argent?

Félix regarda par-dessus l'épaule de Rosslyn.

– Évidemment. Si on réglait ça?

Il montra la sortie à Rosslyn.

– J'ai été contente de vous rencontrer, dit Manu avec un vague signe de la main.

– Moi aussi, mentit Rosslyn, et il s'empressa de descendre l'escalier.

– Vous avez peur? demanda Félix, en le regardant déver-rouiller sa portière.

– De quoi... de cet endroit?

– Vous êtes nerveux.

– Vous aussi.

Ils prirent place à l'avant. Rosslyn garda les portières et les vitres fermées en dépit de l'odeur infecte que Félix dégageait. Il remarqua des traces de sang sur le peignoir.

– Donnez-moi son numéro...

– J'en ai quatre. Numéro personnel, fax, numéro du bureau... et celui en cas d'urgence.

– Lisez-les-moi.

Félix obéit. Rosslyn griffonna les quatre numéros sur les pages de son atlas routier. Puis il composa le numéro privé et tourna le bouton du volume sonore pour que tous deux puissent écouter.

Après quelques sonneries, ils entendirent la voix de Davina. « Je suis absente pour le moment. Veuillez laisser votre nom, votre numéro de téléphone et l'heure de votre appel ; je vous rappellerai dès que possible. Parlez après le signal sonore. »

Rosslyn tendit à Félix le téléphone et la liasse de billets.

— C'est Félix. M. Rosslyn m'a remis l'argent. Merci beaucoup. À la prochaine. J'espère que tu vas bien.

Félix respirait bruyamment.

— Ça m'a fait drôle d'entendre sa voix. (Il se tourna vers Rosslyn.) Entre nous, vous êtes un barbouze, non ?

— Non.

Mais Rosslyn avait défait sa veste. Trop tard pour empêcher Félix de toucher l'arme dans l'étui.

— Alors, pourquoi cette arme ? (Son expression avait changé.) Pourquoi êtes-vous si nerveux ?

— Dans mon métier, on est amené à fréquenter toutes sortes d'endroits. Seul. On ne sait jamais à qui on va avoir affaire. Mieux vaut être armé.

— Vous êtes détective privé ?

— Non.

— Mais vous connaissez bien ma mère, non ?

— Plus ou moins.

— Elle a des ennuis ?

— Pas que je sache, Félix. Qu'est-ce qui vous le fait croire ?

— J'ai lu les journaux... C'était quand, en mars ? Fin mars. Une bombe a explosé dans England's Lane. Deux fonctionnaires ont été tués.

— Je sais. Je l'ai lu dans la presse.

— Frances vivait dans cette rue avec Serena Watson. Ce que vous ne savez pas, c'est que j'étais allé à Londres, à King's Cross, pour prendre de la dope. Et j'en ai profité pour faire un tour dans England's Lane. J'ai parlé à un agent de police et je lui ai demandé où habitaient ces femmes. Il m'a dit que ce n'était pas un secret.

— Ça vous intéressait donc ?

— Merde, c'est vous qui me posez la question ? Ma mère voulait leur peau. Par tous les moyens. Vous êtes un barbouze. Vous connaissez la question.

— Pour la dernière fois, je ne suis pas un barbouze.

– Alors pourquoi ça vous intéresse?

Rosslyn avait des brûlures d'estomac. La bouche acide. Et la présence de Félix lui donnait la nausée. C'était déjà assez déplaisant de rencontrer des ordures comme Félix. Mais qu'en plus, ce fût le fils de Davina qui remplissait l'habitacle de son odeur de pourriture... Sa proximité était répugnante. *Qu'on en finisse, après tu repartiras le plus vite possible.*

– Et puis, pourquoi vous me donnez tout ce blé? Ça ne vient pas de ma mère. C'est une couverture. Vous êtes comme tous les autres qui ont essayé de me faire parler.

Rosslyn évita le regard de paranoïaque. Il eut un sourire distant, conscient que des lumières s'étaient allumées aux fenêtres de la tour.

– Ces types des Affaires Étrangères, des Renseignements généraux, de l'Intérieur, habillés en Mickey... (Félix rit.) Il fallait les voir. Complet veston. Bagnoles officielles...

– Qu'est-ce que vous leur avez dit?

– D'aller se faire foutre. Qu'est-ce que vous croyez?

Pour l'amour du ciel, arrête-le. Secoue-le. Bourre-le de dope. Mets-le au régime sec. Il parlera.

Son esprit fonctionnait à toute allure. Quelque chose en lui refusait d'accepter – refusait de croire – ce que lui disaient Félix et sa petite amie. Il était à des années-lumière de la tranquillité des cabines vitrées, des fouilles; et même du paradis des cellules souterraines du commissariat de Paddington Green – là où la fureur et le désespoir se lisaient dans le regard de l'autre, pas dans le sien. Il tenta une nouvelle approche.

Il regarda droit dans les yeux injectés de sang de Félix. Ces yeux suivaient les doigts de Rosslyn qui sortaient une nouvelle liasse de billets.

– Écoutez, Félix, on ne se connaît pas. On ne se reverra jamais plus. Si un seul mot de ce que vous m'avez dit est vrai, alors vous avez des raisons de détester votre mère. Mais moi je crois que vous me racontez des blagues. Vous êtes drogué...

– Hé, attendez une minute!

– Non. C'est toi qui attends. Moi je parle. Écoute-moi : ces histoires de gouines, tout le monde s'en tape. Moi, toi, la loi. Alors, ça suffit, ces bêtises.

– Moi ça m'intéresse.

– Il n'y a qu'une chose qui t'intéresse : toi-même. Tu vois ça? (Il tenait la liasse entre le pouce et l'index, sous le nez du jeune homme.) C'est pour toi, cadeau de ta mère.

– Quelqu'un est au courant?

– Toi. Moi. Manu. Et ta mère. Ceux qui ont mis son téléphone sur table d'écoute. Tu n'as rien dit aux agents de la Sûreté.

Félix frissonna.

– Je peux t'aider. Je peux te trouver un avocat. Je peux en appeler un d'ici. Bien entendu, le problème c'est qu'aucun jury ne croira un drogué...

– Je ne peux pas témoigner contre ma mère.

– Ton procès aura lieu à huis clos. Ce n'est pas un problème. Tout leur est permis. On peut aussi arrêter tout de suite cette affaire, si tu veux bien répondre à une seule question. Oui ou non, ta mère est-elle coupable de ces meurtres? Réponds.

– Oui.

– Pas directement, quand même? Je veux dire... elle a payé quelqu'un pour poser la bombe?

Félix regardait à l'extérieur. *Il est en manque.*

– Ces deux types... ils ont ma dose. Je peux y aller?

Rosslyn aperçut deux silhouettes dans l'ombre d'un porche.

– On m'attend, dit Félix.

Il fit mine de descendre de voiture mais Rosslyn appuya sur le verrouillage automatique des portières. Puis il déclencha l'ouverture de la vitre côté passager.

– Demande-leur de t'attendre.

Félix renifla.

– S'ils me voient avec vous, ils vont se tirer.

– OK, Félix. Dis-moi : est-ce que ta mère a payé quelqu'un?

– Oui.

– Qui? demanda Rosslyn, partagé entre l'incrédulité et les soupçons.

– Je ne sais pas.

– Elle ne t'a rien dit?

– Non.

– Alors, comment peux-tu savoir que c'est elle? Qu'est-ce que tu me caches, Félix? (Il lui agita les billets sous le nez.) Réfléchis à tout ce que tu vas pouvoir t'offrir... Toute cette bonne dope... Qui tire les ficelles?

– Mon père.

– C'est lui qui a payé le tueur?

– Non. Demandez à sa femme de ménage. Gloria.

– Parce que, elle et ta mère...?

– Maman et Gloria? Non. C'est moi qui couchais avec Gloria.

– Toi?

– Comme je vous dis.

– Qu'est-ce qu'elle t'a raconté?

– Bon, faut que j'y aille...

– Dis-moi d'abord ce que Gloria t'a raconté.

– Elle est *clean*.

– Entendu, Félix. Maintenant : qu'est-ce qu'elle t'a dit?

– Mon père a été dévalisé. Le 26 mars. Gloria était là. L'Irlandaise l'a forcée à ouvrir la porte. Elle savait quand Gloria prenait son service. Quelqu'un l'avait prévenue...

– Continue.

– Peux pas. Regardez : ils se tirent.

– Bon, je viens avec toi...

– Pas question.

– Sors, Félix.

Ils descendirent de voiture. Rosslyn suivit Félix, qui avançait en direction des ombres sous le porche.

– Salut, mecs! Tout est OK. C'est Alan. Un ami. On est ensemble.

Ils abordèrent les ombres. Les deux dealers étaient en veste de cuir noir, jean et tennis.

– Connard, murmura l'un d'eux.

Rosslyn vit les vestes s'entrouvrir. Les couteaux.

– Je vous arrête. (Il sortit son arme.)

Il vit les bracelets en or. Le tesson de bouteille. Félix s'effondra à genoux.

Rosslyn tira dans le genou du premier. Le deuxième coup fut

247

pour l'épaule du second qui pivota sur lui-même comme une toupie. Rosslyn vit ses dents en or, ses yeux dilatés.

— Me tuez pas, gémit l'homme au genou fracassé.

— Foutez le camp !

— Peux pas, fit l'homme entre ses dents. Je vais crever...

— Mais non.

— Faut chercher un docteur, dit Félix en serrant ses mains ensanglantées.

Rosslyn se pencha sur l'individu aux bracelets. Il extirpa un paquet plat de la veste de cuir.

— Tiens. C'est pour toi, quand on en aura fini.

— Je suis blessé.

— M'en fous. (Il vit les deux hommes essayer de partir en douce.) Halte ! On ne bouge plus !

Ils restèrent allongés par terre, à geindre.

— Félix, rentre dans la voiture.

Le peignoir bleu était trempé de sang.

Pendant qu'il remontait en voiture, Rosslyn prêta l'oreille. Les radios qui vomissaient des flots de reggae ; les programmes à la télé – le bruit avait couvert les détonations.

Il alluma ses phares. Les pinceaux lumineux éclairèrent les deux hommes qui s'efforçaient de s'enfuir en rampant. Rosslyn avança la voiture dans leur direction en les maintenant dans les faisceaux de lumière. Les silhouettes se traînaient à terre ; Rosslyn avançait. Deux escargots, une tortue.

— Cette femme s'est introduite chez ton père.

— Oui.

— Et ensuite ?

— Elle a ligoté Gloria. Elle a fait sortir mon père – il prenait son bain, à poil –, elle lui a demandé d'aller ouvrir son coffre-fort...

— Qu'est-ce qu'il y avait à l'intérieur ?

— Gloria a entendu... deux cent mille livres en devises étrangères.

— Qu'est-ce que ton père foutait de tout cet argent ?

— Il payait des agents.

— Vraiment ?

– Je sais pas.

– Qui d'autre était au courant?

– Je sais pas. J'y étais pas.

– Mais Gloria, oui.

– Ouais. Et ma mère aussi devait être au courant. Elle sait tout sur mon père. C'est pour ça qu'elle l'a quitté.

– Alors, cette femme a pris l'argent et est repartie en laissant Gloria?

– Ouais. Elle était ligotée. Mon père aussi. C'est la sœur de Gloria qui les a libérés.

– Pourquoi n'a-t-elle pas appelé la police?

– Elles ne sont pas en règle. Mon père les a menacées de les dénoncer si elles caftaient. Elles ont peur de lui.

– Il était au courant, pour toi et Gloria?

– Non.

– C'est fini entre vous?

– Oui. Et j'aimerais que ça reste un secret.

– Pour qui?

– Manu.

– Je ne dirai rien.

Les deux individus avaient renoncé à lutter. L'un d'eux avait apparemment perdu connaissance.

– OK, Félix, prends ça. (Il lui tendit l'argent.) À ta place, je quitterais Manchester. Ces deux-là vont t'accuser d'avoir voulu les buter pour la dope. Mets-toi au vert, le temps que l'affaire se tasse. Pour le moment, tu es mal parti. Comme ta mère. Comme ton père.

– Comme vous.

– Moi? Je n'ai pas de problèmes. Adieu, Félix.

Rosslyn regarda le jeune homme se traîner vers son immeuble. Il serrait son bras, l'argent et l'héroïne. Rosslyn contourna les deux hommes recroquevillés contre le caniveau. L'un d'eux beugla : «Va te faire foutre!»

Toi aussi, songea Rosslyn. Et merci pour le coup de main.

Quant à Davina... Où es-tu, maintenant? Dans ton jardin, sous la lune, avec tes chiens, ton vin blanc, ton parfum capiteux? Tu vas me conduire jusqu'à Scorpion. Finies les gentillesses, finis les câlins. C'est la guerre ouverte. Tu vas m'amener droit à cette salope qui a tué Mary et je te donne à bouffer à tes petits poissons.

Il quitta Manchester. Direction le sud : Amersham.

39

À 23 h 25, Davina Wesley se tient dans le désordre de son bureau. McKeague ôte le cran de sûreté de son arme. Clic. La fébrilité de Davina l'exaspère. Elles sont là pour téléphoner à la sécurité du STRU, à Beaconsfield. McKeague a préparé sur l'ordinateur de Davina le texte du bref message que cette dernière doit lire. Mais à chaque répétition, la prisonnière a l'air plus tendu et agité.

Nouvel essai.

« Davina Wesley. Je viendrai chercher des papiers dans mon bureau un peu avant minuit. Je serai seule et resterai sur place environ une demi-heure. Merci. »

Davina tâche de s'appliquer pour rester dans les bonnes grâces de McKeague. Elle s'interroge sur les intentions cachées de l'Irlandaise. Qu'a-t-elle dit ? « Les supprimer en masse... Il y a un homme qui doit y passer... ce douanier de merde » – Alan –, et le couplet délirant sur le gaz neuroplégique.

C'est vrai, il y en a des stocks dans nos entrepôts souterrains. Mais McKeague n'est pas une scientifique, elle ne possède pas les qualifications techniques nécessaires pour procéder à une émission contrôlée d'une dose mortelle de tétrodotoxine. En réalité, McKeague doit préparer une offensive à long terme. Mets-toi à sa place. Elle fournit de la tétrodotoxine à ses chefs dublinois, qui la distribueront aux agents en mission sur le territoire britannique. L'IRA déclare être en possession du plus meurtrier des gaz neuroplégiques connus de l'homme. Cela représente une formidable monnaie d'échange. Ce qui effraye Davina et nuit à sa concentration, c'est le vague des déclarations de McKeague.

Elle imagine le pire. *Cette femme calme et au sang-froid extra-*

250

ordinaire s'amuse, ça crève les yeux. Chacun de ses gestes semble
répondre à un goût pour la perfection quasi militaire. Typique
d'un artificier expérimenté, de l'agent de terrain, du poseur de
bombes ; mais son absence totale d'émotion, alors qu'elle s'apprête à
s'introduire dans le STRU, est étrange. De surcroît, elle n'a pas
l'air de redouter la tétrodotoxine. Il n'est qu'à évoquer ces hommes,
ces femmes et ces enfants, surpris par la mort après avoir inhalé une
infime dose de poison. La mort administrée par une arme invisible
répandue dans l'atmosphère.

Maintenant, le moment est venu de contacter la sécurité du STRU. Davina est complètement sur les nerfs.

Elle remarque qu'on a débranché la sonnerie du téléphone. Cela, au moins, est un bon signe. Elle est toujours chez elle la nuit ; pour sortir, elle doit observer la règle qui veut qu'on prévienne les gardes. Il y a une chance pour qu'ils aient essayé de l'appeler plus tôt. De fait, la voilà momentanément soulagée de constater que le témoin lumineux de son répondeur est allumé.

On a cherché à la joindre.

Elle pense à un autre visiteur éventuel – un visiteur qui lui est cher, et qui pourrait s'étonner de ne pas recevoir de réponse à ses coups de sonnette. Elle regrette de ne pas avoir confié son numéro de téléphone à Alan. *Au diable les écoutes téléphoniques ! Alan n'est pas idiot. Retrouver mes coordonnées doit être à la portée d'un douanier.* Au fait, elle pense à autre chose : elle a reçu un fax sur sa ligne directe avec Thames House. La ligne est réservée aux urgences. Sinon, la communication se fait directement avec son bureau au STRU. La machine a craché une unique feuille de papier, qui se trouve retournée sur le tapis.

– On va se méfier, si mes téléphones sont débranchés.

– On croira que tu es sortie.

– Justement. Je ne sors jamais sans en avoir averti les services de la sécurité. Vous voyez, le témoin est allumé. J'ai un appel.

– Fais défiler la bande.

Davina appuya sur le bouton.

– Il y a aussi un fax...

McKeague ramasse la feuille de papier. Elle s'apprête à la lire, quand le répondeur déclare : « ... C'est Félix. M. Rosslyn m'a

251

remis l'argent. Merci beaucoup. À la prochaine. J'espère que tu vas bien. »

— C'est mon fils, explique Davina, sur la défensive. Je ne sais pas de quoi il parle.

McKeague hésite.

— C'est quoi cette histoire de fric? Merde alors! (Elle semble à bout de patience.) Qu'est-ce que ça veut dire?

— Honnêtement, je ne sais pas.

McKeague n'en semble pas convaincue.

— Alors, qu'est-ce que ça veut dire? insiste-t-elle, en agitant le fax.

— Ne nous énervons pas..., dit Davina avec une assurance croissante, qui déclenche la colère de McKeague.

— Félix sait? siffle-t-elle.

Davina hausse les épaules.

— À quel sujet? Il n'est au courant de rien.

— Ton mari lui a dit?

— Bryan ne sait rien non plus.

— Tu parles! Il est dans le même bain.

— Pas tout à fait.

— Et Rosslyn... Qu'est-ce qu'il fabrique avec ton fils?

— Je vous le répète, je n'en sais rien.

— Je crois que si.

— Dans ce cas, je vous écoute. Il n'y a rien de plus à dire. Alan Rosslyn n'a de comptes à rendre ni à moi ni à MI5.

— Conneries.

Davina garde le silence. Elle non plus ne comprend rien à ce message. Pourquoi Rosslyn serait-il chez son fils? Finalement, elle dit :

— Qu'est-ce qu'on peut y faire, rien n'est-ce pas? Quelle différence cela fait?

— C'est à toi de me le dire.

Davina hausse les épaules. C'est bien. Elle gagne du temps.

— Et ce fax, dit McKeague. Qu'est-ce qu'il raconte?

Elle le tend à Davina, qui lit :

DG/DDGS
À IRO/CTI/CTIR/CECP/CS/PTS/STRU/SS/LIAISON

MBS INS STATVS ETOILE UN OP SCOR MIN ATT
1800 HRS 16 JUIN
CONF REPT ACCEPT BY 2400 15 JUIN
FIN

– C'est quoi?
– Une réunion extraordinaire au Q.G. de Thames House, à six heures du soir, demain. Je dois confirmer ma présence. Si je ne réponds pas, ils enverront quelqu'un de Beaconsfield frapper à ma porte. Vous devriez me laisser répondre.
McKeague ne dit rien. Elle se mord la lèvre.
– Je dois faxer ma réponse à mes supérieurs.
– C'est quoi, cette réunion?
– OP SCOR, c'est vous. Soit je n'y vais pas, et ils se méfieront, soit j'y vais et je pourrai peut-être vous être utile.
L'Irlandaise donne l'impression de comprendre. *Elle a vraiment besoin de moi*, songe Davina.
– Je crois que je devrais y aller, ajoute Davina. Je n'ai pas le choix. Aucun officier ne négligerait ce genre de convocations. Cette fois, le ministre de l'Intérieur sera présent. Et peut-être aussi le Premier ministre. C'est écrit là : MIN ATT.
McKeague hausse les épaules.
– Tu vas répondre. (Elle sourit.) Dis-leur que tu seras là.
– Vous êtes sûre...?
– Pour moi, ça change rien.
– Non, je suppose que non.
Davina se dit que McKeague a bien vu qu'elle n'avait d'autre choix que de la laisser se rendre à Thames House. C'est comme le signe de sa prochaine libération. 18 heures. Le temps de négocier avec son ravisseur, de respirer, réfléchir. De limiter les dégâts.
– Je n'ai même pas besoin de faxer ma réponse. Je peux l'envoyer directement par mon ordinateur grâce à mon modem...
– Vas-y. Confirme ta venue.
Elle surveille en silence Davina qui pianote le message codé. Lorsqu'elle a fini, McKeague semble soulagée.
– Ça va mieux? Maintenant, on appelle au labo.

253

– Tu conduis jusqu'au parking près des grilles, dit McKeague. Je monterai dans le coffre à l'arrière. Après, tu sais ce qu'il te reste à faire. Tu souris, tu fais un signe, et tu passes. Pas trop vite, pas trop lentement. À la moindre hésitation, je leur explose la tête, la voiture explose, et toi avec. Regarde...

Davina constate les modifications que McKeague a apportées au coffre. La disposition soignée de l'explosif, du détonateur et de la minuterie. Une fente pratiquée dans le coffre et la banquette arrière permettra à McKeague de garder la conductrice en joue.

– C'est l'heure...

Au moment de monter en voiture, Davina réfléchit. *S'ils ne nous fouillent pas pour entrer, ils le feront à la sortie. Elle n'a pas de plan pour sortir.*

– Cool... Reste cool. Monte. Conduis sans à-coups.

La voiture tourne dans l'allée du garage. Davina conduit en souplesse, conformément aux ordres. À son côté, McKeague tient son arme à deux mains.

– Que ferez-vous quand vous aurez obtenu ce que vous voulez ?

– Qu'est-ce que je ferai ? J'ai des billets d'avion pour Madrid. *Nous* irons à Cuba.

– Je n'ai pas mon passeport.

– J'en ai un pour toi. On n'est pas si bêtes à Dublin.

– Cuba ? dit Davina.

Les phares d'une voiture en face l'aveuglent. D'autres, derrière elle, se reflètent dans le rétroviseur.

– Qu'est-ce que vous cherchez ? Le gaz, n'est-ce pas ?

– Écoute, nous deux on est dans le même bateau. On a travaillé dans les deux camps. Pourquoi tu ne veux pas le comprendre ? Vous autres, vous êtes venus me chercher pour faire le sale boulot. J'ai fait mon travail, j'ai été payée. Je n'ai pas posé de questions. J'ai touché l'argent, on m'a fourni les armes. J'ai fait ce qu'il fallait. Seulement personne, tu entends *personne*, ne m'avait dit que ma sœur serait tuée. Tu as devant toi quelqu'un qui va rendre hommage à sa sœur. Et c'est toi qui vas m'en fournir les moyens.

254

— Quelles seront les conséquences ? demande Davina mala-droitement.

— Les conséquences, je m'en fous. Ce qui compte, c'est moi. Si tu piges pas ça, tant pis pour toi. Si tu piges, tu vivras. Sinon...

Les phares éclairent le parking.

— Ralentis. On est arrivées.

40

Les lampes à arc illuminaient l'écriteau DANGER, indiquant que le STRU était zone interdite. Les gardiens attendaient la directrice administrative et lui adressèrent un salut régle-mentaire.

Elle attendit que les portes s'ouvrent. Ses mains, à présent moites, agrippaient le volant. La peur lui nouait l'estomac. Elle ne sentait plus ses pieds. Ses orteils étaient engourdis. Dans son dos, elle entendit un léger déclic métallique. *McKeague me rappelle qu'elle tient une arme. L'explosif. Je ne dois pas perturber l'équilibre.*

Elle se dirigea vers l'aire de stationnement marquée RÉSERVÉ CAO. La voix de McKeague dit :

— Laisse le moteur en marche. Fais demi-tour et range-toi le coffre tourné du côté de la porte d'entrée. Maintenant, sors. Ouvre le coffre. Protège-moi des caméras vidéo. Ouvre la porte. Ta carte.

— C'est difficile dans le noir, dit Davina. (Mais la porte s'ouvrit.)

— Il y a des caméras de surveillance. Ne touche pas aux inter-rupteurs. Avance à l'aveuglette jusqu'à l'ascenseur.

— On ne peut pas éteindre la lumière dans l'ascenseur.

— Je n'en ai pas l'intention.

— Vous allez être vue.

— J'y ai pensé. Je te dirai quoi faire. Entre.

L'arme s'enfonça dans ses côtes. Elle longea le mur du couloir, McKeague tenant sa capuche de survêtement. On n'entendait aucun bruit, sauf les pas de McKeague sur le sol aux dalles caoutchoutées. Au moment d'atteindre l'ascenseur, McKeague tira sur la capuche.

— Quand l'ascenseur arrive, tu appliques ça...

Davina sentit ses doigts s'enfoncer dans un petit pot de vaseline.

— Tu en barbouilles les objectifs. Compris?

— Oui.

— Appelle l'ascenseur.

Une fois de plus, Davina suivit les instructions, leva la main vers les objectifs, les macula de vaseline, en gardant un pied en travers des portes pour les empêcher de se refermer.

— C'est fait.

McKeague entra dans l'ascenseur et appuya sur le bouton du niveau − 4.

— Tu feras pareil avec la caméra dans ton bureau. Et souviens-toi : si tu fais le moindre geste vers l'alarme... (Le revolver s'enfonça dans les côtes de Davina.) Ne pense plus à ta voiture. Elle est bourrée d'explosifs. Prête à sauter au premier contact.

— Et si les gardes...?

— Tant pis pour eux.

Elles quittèrent l'ascenseur et avancèrent dans le noir. Le couloir menait au laboratoire. Bourdonnement de la climatisation. Ronron du distributeur d'eau réfrigérée. De petites ampoules vertes et rouges clignotaient sur des tableaux. Elles étaient arrivées à la porte de son bureau; Davina identifia au toucher le contact froid de la vitre de séparation.

— Où sont les caméras?

— Il n'y en a pas dans mon bureau.

— Tu as dit le contraire.

— Non.

— J'espère pour toi que tu dis vrai.

— Il n'y en a pas.

— OK, ouvre la porte.

Elles entrèrent dans la pièce. McKeague fit le tour du bureau.

Abaissa l'abat-jour de la lampe. Allumée, elle dispensa une faible lumière verdâtre.

– Prends un stylo. Tu vas écrire un mot. Grouille-toi.

Davina la regarda prendre un stylo dans un pot en plastique et arracher une feuille d'un bloc-notes sous la lampe.

– Écris : « Je suis coupable des meurtres de Deirdre McKeague, combattante pour la paix. Martyre. Mary Walker. Frances Monro. Serena Watson. Patrick Levy. J'ai commandité ces cinq assassinats auprès d'un agent double de MI5. Je suis la seule responsable. Dieu ait pitié de mon âme. Davina Wesley. »

Le scénario redouté se construisait tout seul dans son esprit. Elle comprit la raison de sa présence en ces lieux. Elle vit l'horreur, qui lui faisait face, à quelques pas de là, au bout du corridor, dans la salle des coffres souterrains.

41

Ragots..., songea Rosslyn. *Ragots et conjectures d'un poivrot renvoyé de l'armée et d'un ado drogué au dernier degré.* Il n'était plus qu'à cinq minutes de la maison de Davina ; il avait conduit à toute allure depuis Manchester, sans s'arrêter, furieux que ni Davina ni Gaynor n'aient répondu au téléphone. Il avait réfléchi à fond à ces témoignages et avait tenté de faire la part des choses. Maintenant, au tour de Davina.

Il se gara à quelque distance de la maison. Le silence et l'obscurité semblaient lourds de menaces. La peur et les mauvais pressentiments le mettaient sur les nerfs. Nul doute que l'affrontement n'aurait rien de plaisant, que les explications traîneraient en longueur ; il aurait du mal à éviter le ton accusateur.

Au moment d'entrer, il hésita. Les rideaux étaient tirés mais on voyait de la lumière dans toutes les pièces. Il resta immobile, à l'écoute. Sa propre respiration. Et d'autres bruits, aussi. La rumeur assourdie de voix masculines. L'une des fenêtres, à l'étage, était entrouverte. Les voix provenaient du bureau. Davina n'était pas seule.

257

Il se rapprocha de la maison, là où les ombres étaient plus denses, et tenta de faire le point. Il n'avait pas aperçu de voitures en stationnement dans les parages. *Des visiteurs arrivés par le train ? Des invités, ou bien les types sans visage, en costume, qui ont d'abord interrogé Coker puis se sont cassé les dents sur cette crapule de Félix ?* Il tira son arme. Des amis de la sœur de McKeague ? Des inspecteurs patentés n'auraient pas débarqué à l'aube. Ils auraient embusqué des observateurs ; on l'aurait vu arriver. À cette minute, ils seraient déjà en train de lui demander de décliner son identité. Mal à l'aise, il bougea dans le noir et décida de vérifier les fenêtres côté jardin.

Un passage conduisait derrière la maison. Il distinguait les poubelles. Mais comme il les contournait, son pied heurta un sac en plastique rempli de bouteilles. Le tintamarre rompit le silence. Il se figea sur place, certain d'avoir réveillé les chiens. Aucun bruit, pourtant ; la rumeur des voix d'hommes avait cessé. Il leva la tête et scruta la nuit. Ses yeux captèrent le reflet d'une fenêtre dans le mur du garage. La voiture de Davina n'y était pas. Aucun signe non plus de la présence de la propriétaire depuis son poste d'observation ; ni des chiens.

À sa grande surprise, il découvrit que la porte de la cuisine n'était pas fermée au verrou. Il mania délicatement la poignée, ouvrit la porte en douceur pour ne pas réveiller les bêtes. Un caillou, qui était coincé sous le battant, érafla le sol. La porte entrouverte, il se faufila à l'intérieur sans prendre la peine de refermer derrière lui.

La première chose qui le frappa fut le congélateur. Son couvercle était ouvert et appuyé contre le mur. Pas à pas, il se dirigea vers la porte du couloir. En passant devant le congélateur, il y jeta un coup d'œil et se pétrifia sur place.

Les yeux morts des chiens le fixaient. Il fit un pas en arrière, écœuré, et son pied buta sur une paire d'escarpins. Les chiens morts. Ses souliers. Il avait entendu parler de candidates au suicide qui tuaient leurs chiens et, pour une obscure raison, rangeaient leurs souliers avant de se faire sauter la cervelle. Il se pencha au-dessus de l'évier et écouta. La porte d'accès au couloir était fermée. Mais il entendait des pas de l'autre côté.

258

Il prit son arme à deux mains et la braqua sur la porte, la poitrine gonflée.

Puis les lumières s'éteignirent.

Une seconde de silence. La porte s'ouvrait, tandis qu'un nouveau bruit se faisait entendre dans son dos. Le raclement du caillou coincé sous la porte du jardin.

— Halte! (C'était une voix de femme.) Posez votre arme sur l'évier. Lentement.

L'instant d'après, la lumière se rallumait et la porte s'ouvrit devant lui. Il vit Gaynor dans l'embrasure, revolver au poing.

— Merde, c'est vous, Alan. (Il se retourna et cria en direction de l'escalier :) C'est Rosslyn.

La femme était Cavallero.

— Vous auriez pu nous prévenir, dit Gaynor.

— J'ai essayé de vous appeler au téléphone. Qui est en haut ?

— Harding.

— Où êtes-vous garés ?

— En haut de la rue. Ne m'engueulez pas, Alan.

— Vous n'avez pas vu la voiture ? demanda Cavallero.

— Je suis arrivé dans l'autre sens. Je viens de Manchester.

— « Le temps consacré à la reconnaissance... », commença Gaynor.

— Je sais. Vous auriez pu me tuer.

— Montons. Harding a deux mots à vous dire.

L'air frêle, un manteau par-dessus son pyjama, les jambes dans des attelles, Harding se trouvait sur le lit de Davina, d'humeur morose.

— Cette fois, dit-il à Cavallero, restez à la fenêtre. De grâce, plus d'embrouille.

Rosslyn comprit qu'il souffrait.

— Où est-elle ?

— Nous espérions que vous pourriez nous l'apprendre, Alan.

Harding tira une enveloppe de la poche de son manteau. La lettre de Rosslyn à Davina.

— Remerciez Verity.

Rosslyn était sonné.

– Elle a intercepté le courrier de Mme Wesley. C'est bien de vous?

– Oui...

– Bon. Je le garde. Étant donné les circonstances, je préfère que personne ne soit au courant. Pas vous? Inutile de me répondre. Vous savez où elle est?

– Non.

– Vous êtes compromis, dit Verity. Votre lettre pourrait nous couler. Anéantir l'affaire.

– Vous croyez?

– J'en suis certaine.

– Je n'ai pas le droit de vous laisser faire, déclara Harding. Vous avez déconné. Maintenant dites-moi : où est-elle? Sa voiture est sortie. Elle était à Beaconsfield à minuit. Elle est restée là-bas une heure. Puis elle est repartie. Les caméras en témoignent. Tout a été enregistré. Je pense que vous savez où elle est.

– Non. Je vous le jure.

– J'espère que vous dites la vérité. (Harding considéra la lettre avec dégoût.) Dieu Tout-Puissant. Vous avez vu l'ami de Levy et les fils Wesley?

– Coker, oui. Et Félix. L'autre fils est interné dans un établissement psychiatrique. Lettre ou pas lettre, Davina est derrière tout ça. C'est elle qui a mis sur pied les meurtres de Monro et Watson.

– C'est son fils qui vous l'a dit?

– En substance, oui.

– On-dit, bougonna Harding.

– Je sais.

– Et Coker, que dit-il?

– Elle est coupable aussi du meurtre de Levy. La sœur de McKeague a poussé Levy sous une rame de métro.

Rosslyn sortit la cassette de Coker.

– Tout est là. Coker a ouvert son cœur a une pseudo-infirmière. Ceci accuse Levy. Et Davina Wesley. (Il adressa à Harding un sourire ambigu.) La lettre que je lui ai écrite – on-dit, conjecture, peu importe le nom que vous lui donnez – ne prouve pas que j'ai passé la nuit avec elle, dans le lit que vous occupez.

– Je ne m'aventurerais pas sur ce terrain, si j'étais vous, dit Cavallero.

– Mettez-vous à sa place, rétorqua Rosslyn. Si vous vouliez me prouver que vous n'êtes pas lesbienne, il n'y a qu'un seul moyen... C'est ce qu'elle a fait, dans ce même lit. Lesbienne, mon œil! Elle est bisexuelle. Vous m'aviez demandé d'en avoir le cœur net. Bon. Peut-être que je l'ai fait, peut-être pas. Croyez ce que vous voulez. (Il regarda Gaynor, puis Cavallero.) Dites-moi comment l'argent est passé de SIS à MI5, puis à Bryan Wesley, et à la sœur de McKeague.

– Anna McKeague..., dit Cavallero. On lui a donné des instructions pour le voler.

– Bien sûr, répliqua Rosslyn avec une impatience croissante. C'est un constat ou une question?

– Un constat, dit Gaynor. La femme de ménage a assisté au vol. Elle a craqué. Le 26 mars, Anna McKeague a apporté l'argent à cette Chinoise, Leung. Leung l'a transféré sur deux comptes en banque, Bâle et Milan. Mais elle s'est fait refiler tout un paquet de faux deutschmarks et francs suisses. Les Triades ont eu sa peau.

– Où est-elle, maintenant? demanda Rosslyn.

Il jeta un regard furieux à Cavallero.

– Ce n'est pas moi qui vous le dirai. Anna McKeague est depuis longtemps un agent double employé par l'armée et MI5. Ils ne l'admettront jamais.

– Quand leur avez-vous posé la question?

– Je ne leur ai rien demandé. J'ai fait mon enquête. C'est sa sœur, celle que vous avez interrogée à Paddington Green, qui avait été contactée pour tuer Monro et 'Watson. C'est la même personne qui a tué Mary Walker sous vos yeux.

– J'y étais. Mais je n'ai pas vu McKeague.

– Vous savez pourquoi? intervint Harding.

Rosslyn haussa les épaules.

– C'est MI5 qui lui avait demandé de déposer une bombe sous leurs fenêtres. Pourquoi? Pour la mettre dans les bonnes grâces de l'IRA. Pour son malheur, Mary était là... McKeague l'a descendue. Et MI5 a compris qu'ils étaient dans la merde jusqu'au cou. Ils ne pouvaient ni avouer ni nier. Ils se sont empêtrés là-dedans. Et votre amie... (Il abattit son poing sur le lit.)... votre amie a exploité la situation à son profit. Dieu seul sait... peut-être qu'ils voulaient se débarrasser de Monro et Watson. Personne n'ira clamer sur les toits que MI5 a supprimé deux de ses agents pour homosexualité. J'en doute fortement. Ce n'est pas interdit par la loi. Mais avec ces dingues...

— Je vous avais bien dit, reprit Cavallero, que Davina était une femme très compliquée.

— Frappée. Vous avez dit « frappée ».

— Frappée, c'est le mot, renchérit Harding. Je le serais aussi si j'étais à sa place aujourd'hui... Surtout depuis que McKeague est passée par ici...

Gaynor tenait deux sacs en plastique contenant des morceaux d'adhésif renforcé, des fragments de câble rouge et jaune.

— Il y a aussi la collection habituelle de cheveux. Elle est venue ici. Et il y a les chiens. Davina Wesley n'est pas armée. McKeague a dû se débarrasser des chiens. Elle, ou Wesley, a conduit la voiture...

Rosslyn regarda Harding qui cherchait une position plus confortable dans le lit.

— Voulez-vous me dire quelle est votre source?

— Ne poussez pas, dit Gaynor.

— Quelqu'un de haut placé, dit Harding.

— Avec un tablier? demanda Rosslyn, faisant une lourde allusion à la franc-maçonnerie.

— Alan!

— J'ai raison?

— N'insistez pas, Alan. Je vous prie...

— Alan, reprit Harding d'une voix unie, vous avez dit ce que vous aviez à dire, et nous ne sommes pas tenus de vous répondre. Laissez-moi protéger mes sources, je vous laisserai protéger les vôtres. Tâchez plutôt de retrouver Davina Wesley et McKeague. Je vais vous dire pourquoi c'est si important... Demain, Alan, se tiendra une réunion finale à Thames House.

Demain, 18 heures. Nous serons tous félicités. (Il regarda Cavallero, qui eut un bref sourire.) Même le ministre de l'Intérieur sera présent. L'Opération Scorpion touche à sa fin. MI5 va passer l'éponge. Nous serons tous là, sauf moi. Je suis à l'hôpital, ou du moins je devrais. McKeague reste en place. Davina Wesley... qui sait?

— S'il y a eu un incident fâcheux, glissa Cavallero, ils mèneront leur enquête.

— Exact. Avec ou sans Davina, ils mèneront l'enquête. Je parie que personne ne la regrettera beaucoup. Pas même vous, Alan. Plus maintenant.

— Vous êtes d'accord? demanda Rosslyn. Vous allez les laisser clore l'affaire?

— Non. Qu'est-ce que vous croyez?

— Je pense qu'elle va attaquer Thames House — avec ou sans Davina Wesley. (Il jeta un coup d'œil dans la direction de Gaynor.) Plan, structures... elle sait comment s'y prendre.

— Quelle arme utilisera-t-elle? demanda Harding.

— Quelle arme utiliseriez-vous à défaut d'explosif? Le gaz. Comment vous en procurer? Au labo de Beaconsfield. Ils ont de la tétrodotoxine.

Il résuma les grandes lignes de sa visite au STRU, le jour où il avait identifié les poissons dans les aquariums.

— Ils ne reconnaîtront jamais qu'ils en ont, fit remarquer Cavallero. C'est une violation de la réglementation internationale sur l'utilisation des armes en cas de conflit.

— Je veux vérifier que les stocks sont intacts, dit Harding. Gaynor, rejoignez votre voiture. Cavallero, aidez-moi à descendre. Attention aux chiens.

Il semblait ravi de sa petite blague.

Au-dehors, Gaynor et Rosslyn partirent à la recherche de la voiture.

— Le vieux est content de vous, dit Gaynor. La lettre l'a beaucoup amusé.

— Amusé? Merde, ce n'était pas ainsi que je voyais les choses.

— Il est de la même trempe que vous. À sa manière. Il brûle de pouvoir obtenir une inculpation. Même si, pour ça, il faut passer toute la nuit ici... Vous avez fait ce qu'il fallait.

— C'est lui qui vous a dit ça ?
— En substance, oui. (Gaynor rit.) Vous l'avez eue.
— Peut-être. Ce n'est pas encore fait. Loin s'en faut.
— Je sais. J'ai dit : Vous l'avez eue. Pas : Nous la tenons.
Rosslyn haussa les épaules.
— Ne nous disputons pas pour ça. Nous sommes du
même bord. Il y a quelques minutes, je commençais à en
douter.
— Vous auriez pu vous faire avoir. Ne vous laissez pas
faire par Harding. Personne n'est à l'abri d'une couillonnade.
L'important, c'est de garder les siennes dans son pantalon.
— Très drôle, fit Rosslyn, amer.
Mais il était reconnaissant à Gaynor de cette pointe
d'humour.
— Garez votre véhicule à l'écart de la route, lui dit Gaynor.
Loin des regards indiscrets.

42

Gaynor conduisait vite, sur la route déserte de Beaconsfield,
Harding à son côté — calé en travers —, Rosslyn à l'arrière avec
Cavallero.
— Quand nous serons sur place, j'entrevois quatre possibili-
tés, expliqua Harding. Soit les gardes nous laissent entrer sans
broncher, ce dont je doute. Soit ils appellent Thames House
pour obtenir l'autorisation de nous laisser entrer. Soit ils
demandent à parler à Mme Wesley. Dans ce dernier cas, nous
pourrons leur demander de la trouver pour nous. Ou bien, ils
nous envoient paître. Nous avons une chance sur quatre
d'entrer sans bagarre. En cas de grabuge, Dickie, vous pointez
une arme sur leur guérite. Vous les refoulez à l'intérieur et faites
ouvrir la grille. Ensuite, Alan, vous vous mettez au volant.
Garez la voiture. Et vous vous rendez avec Verity au bureau de
Wesley.

– Comment faire avec le système de verrouillage?

– Ils utilisent le même système que chez nous, à Vauxhall Cross, expliqua Cavallero. Une des mesures de protection contre les bombes. Je connais le système, sauf pour l'entrée principale. Le code change à chaque tour de garde. Une fois à l'intérieur, nous n'aurons plus de problème.

– Ils sont armés?

– Seulement les gradés.

– Une fois dans le bureau de Wesley, poursuivit Harding, vous procéderez à deux types de recherche. Primo : indices permettant de déduire le motif de son passage. Si vous trouvez des preuves matérielles intéressantes, emportez-les. Secundo : est-ce qu'un coffre-fort, une chambre forte, a été forcé? Sur place, vous disposerez en tout de vingt minutes, peut-être trente. Avec de la chance. Ensuite, retour à Londres. Il nous restera jusqu'à six heures du soir pour rédiger et imprimer le rapport que nous remettrons lors du grand raout à Thames House.

Il se tut.

La pancarte DANGER était illuminée.

– Bon, fit Harding. Ils nous ont vus.

Le garde s'approcha de la voiture.

– Que désirez-vous?

Gaynor baissa sa vitre et montra sa carte.

– Gaynor, bureau des douanes. Voici le commandant Harding, brigade antiterroriste, Scotland Yard. Mlle Cavallero, du Foreign Office, et Alan Rosslyn, des douanes.

– C'est à quel sujet?

– Nous voulons entrer, dit Harding.

– Vous avez une autorisation, sir?

– Oui.

– Puis-je la voir, sir?

Harding montra sa carte.

– Voici. Vous êtes le plus gradé?

– Oui. Navré, sir. Même le Premier ministre doit présenter une autorisation spéciale pour entrer. Sauf cas de force majeure.

– C'est un cas de force majeure.

– Nous ne sommes pas en alerte rouge, sir.

— C'est bon. Venez de mon côté, voulez-vous?

Le garde jeta un regard en arrière en direction du pavillon illuminé. Rosslyn aperçut les images tremblées de la télévision et le large dos d'un homme en bras de chemise, avachi devant l'écran. La silhouette d'un homme plus mince se découpa à la fenêtre. Lui aussi scrutait la télévision. Puis il disparut. Au même moment, la vitre de Harding s'abaissait dans un bourdonnement.

— Vous voyez? fit Harding, affable. Regardez bien...

L'homme se pencha et passa la tête à l'intérieur de la voiture.

Soudain, Gaynor bascula contre Harding, bras détendus, ses grosses mains agrippant le garde par les oreilles et les cheveux, tirant sa tête à l'intérieur de la voiture. Harding se renversa en arrière. Sa main gauche appuya sur le bouton commandant la fermeture de la vitre. La paroi remonta dans un doux ronronnement et piégea la tête du garde. De son autre main, Harding le bâillonna. L'homme ferma les yeux de douleur.

Gaynor était déjà hors du véhicule, la main dans la poche du garde. Il lui subtilisa son revolver. Cavallero, qui avait à son tour abaissé sa vitre, récupéra l'arme.

— Faites-leur ouvrir le portail, dit Harding, très calme.

La silhouette que Rosslyn avait aperçue précédemment, encadrée par la fenêtre, descendait les quelques marches du perron.

— Vous désirez?

— Mains en l'air, dit Rosslyn. Pas un mot.

L'homme en resta bouche bée.

— Faites six pas sur la gauche.

Cavallero se rua vers la porte ouverte. Du coin de l'œil, Rosslyn vit l'amateur de télé, qui la regardait de ses grands yeux ahuris.

Rosslyn dit à l'homme qu'il surveillait :

— Dis à ton copain de nous ouvrir. Lève les bras...

Il allait ajouter : « ... plus haut! » quand il entendit un coup de feu à l'intérieur de la petite maison. Une plainte. Puis : « Sale garce! » *Bon sang, Cavallero l'a tué.* Il entendit la voix acidulée : « Un genou flingué, ça te suffit pas? Ouvre! Exécution! »

Rosslyn considéra les hautes portes d'acier prolongées de part

et d'autre par une muraille de briques et surmontées de fils barbelés et électrifiés. Nulle trace des chiens-loups qu'il avait aperçus lors de sa première visite.

Les portes restaient fermées.

Son cœur cognait dans sa poitrine. La situation n'évoluait
pas selon le plan de Harding. C'était Cavallero qui était dans la
maison, pas Gaynor.

— Vous êtes faits, dit le garde qui se trouvait à quelques pas
de lui.

— Je t'emmerde. Garde les mains en l'air.

— Vous êtes dingues.

— Oui, dit Rosslyn.

Il se déporta légèrement de côté. Il entendit la portière cla-
quer, des pas précipités. Gaynor le dépassa et entra à longues
enjambées dans la maison des gardes.

— Alan! Amenez-le ici!

— En route, fit Rosslyn. Ne te retourne pas. Recule. Attention à la marche.

À l'intérieur, Cavallero se tenait à côté de l'homme qui gisait
à terre. Son genou droit pissait le sang. Il était évanoui.

Gaynor leva les yeux sur le garde que Rosslyn tenait en respect.

— Au pupitre. Vous avez dix secondes pour ouvrir les portes
ou vous êtes morts.

— Vous n'irez pas loin...

— Exécution, ordonna Gaynor. Sinon, on les fait sauter, et
toi avec, mon gars.

L'homme contemplait fixement la console. Il avait dû toujours redouter ce moment-là. La tranquillité de son petit boulot
pépère volait soudain en éclats. Rosslyn sentait son haleine
puant l'angoisse.

— Tu as une femme, des gosses? s'enquit Gaynor. (L'homme
acquiesça.) Bon. Il te reste quelques secondes pour te décider.
Sinon, tu peux leur dire adieu. Tu nous ouvres. Et tu les laisses
ouvertes. Si tu déclenches l'alarme, tout saute. Dix secondes. Le
compte à rebours a commencé. Les portes...

Rosslyn vit la main de l'homme effleurer un bouton carré

vert et deux autres – blancs et numérotés. Saisissant son arme par la crosse, Gaynor le frappa à deux reprises de toutes ses forces. Le type s'écroula sur le côté, contre Rosslyn, puis à terre.

— Allons-y.

En chemin, Cavallero déclara :

— Ils ont déjà déclenché une alarme.

— Ne vous en faites pas, cria Gaynor, soudain à bout de souffle. Foncez !

Le bruit de leur cavalcade résonna dans l'enceinte. Puis ce fut le silence, à peine troublé par le déclic de la carte de Cavallero glissant dans la fente de la porte d'acier et le bref bourdonnement indiquant le déblocage du mécanisme de fermeture.

L'étroit couloir qui menait à l'ascenseur était bien tel que dans son souvenir. Ainsi que la lente descente jusqu'au niveau – 4. Il tendit le cou, les yeux fixés sur l'objectif de la caméra vidéo.

— Gaynor peut nous voir, dit Cavallero, en suivant son regard.

— Ça m'étonnerait...

Ses doigts effleurèrent la surface de l'objectif.

— De la vaseline. McKeague avait procédé ainsi dans le parking où Harding a failli laisser sa peau.

— N'importe qui pourrait en avoir fait autant.

— Ici ? J'en doute.

Les portes de l'ascenseur s'ouvrirent. Un court passage conduisait au laboratoire où ronronnait la climatisation. Ils entrèrent dans le bureau de Davina.

— Procédons par ordre, dit Rosslyn.

Ils suivaient le même raisonnement : tous deux désiraient reconstituer les faits, chacun suivant sa formation ; le temps pressait. La lumière du jour, dit le manuel, est la meilleure alliée de l'enquêteur. Nulle lueur du jour ne pénétrait jamais dans le bureau de Davina. Ils firent soigneusement le tour du bureau en examinant le sol.

Les tiroirs étaient fermés à clé. De même que les deux placards – un rouge et un vert.

– Pas d'indice, dit Cavallero.

– Elle est passée ici. Je sens son parfum.

Cavallero renifla.

– C'est quoi?

– Coco, de Chanel.

– C'est vous le douanier...

Rosslyn alluma la lampe de bureau et éclaira un bloc de papier vierge.

– Regardez. Des marques sur la table. On a écrit quelque chose à toute vitesse.

– Elle?

– Je ne sais pas.

– Elle n'est peut-être pas venue ici. Nous perdons notre temps. Où est la chambre forte? Pressons.

Rosslyn la vit grelotter violemment.

– Putain, on se gèle ici. Où est la chambre forte?

– Dans le couloir.

Ils déchiffrèrent les inscriptions sur les portes. Signaux codés. XD3 GAMMA, XD3 DELTA. Portes solides laquées de blanc brillant, au verrou sophistiqué. Au milieu, un judas en verre très épais.

– Impossible de les ouvrir, déclara Cavallero. Je ne connais pas ce système.

– On en a assez vu.

– On ignore encore si elle est bien venue ici. Sortons de ce trou à rats. Si elle est venue, elle n'a fait que passer.

– Une minute, s'exclama soudain Rosslyn.

La troisième porte portait l'indication XD3 EPSILON. Dessous, un crâne et deux tibias au pochoir rouge. À côté, une feuille de papier scotchée à la paroi. Il reconnut l'écriture de Davina.

Je suis coupable des meurtres de Deirdre McKeague, combattante pour la paix. Martyre. Mary Walker. Frances Monro. Serena Watson. Patrick Levy. J'ai commandité ces cinq assassinats auprès d'un agent double de MI5. Je suis la seule responsable. Dieu ait pitié de mon âme. Davina Wesley.

Cavallero regardait déjà par la fente.

– Bon Dieu, regardez.

Pendant une seconde, Rosslyn vit le reflet de ses propres traits dans la vitre. Puis il scruta l'intérieur de la chambre forte. Rien de plus qu'une petite chambre stérile, baignée uniformément d'une faible lumière. Son attention fut attirée vers le fond de la pièce. Il vit les caissons contenant les poissons *fugus*, les salamandres et les crapauds du Costa Rica.

À terre, au milieu de la chambre forte, figé dans une posture grotesque, se trouvait le cadavre dénudé de Davina. Les yeux tout blancs. Comme gelés dans les orbites.

Cavallero serra son bras.

– Sortons d'ici, Alan. Et vite !

43

Les yeux de Verity Cavallero ne l'avaient pas trompée. Le garde avait donné l'alarme.

– On aurait dû s'y prendre autrement, dit-elle à Rosslyn. C'est foutu.

Ils traversaient le terrain en direction des grilles. La petite route d'accès au STRU était bloquée par des véhicules de la police, des ambulances et des camions de pompiers. Des gyrophares bleu et jaune clignotaient en tournoyant. Les sirènes couvraient les crachotements des radios. Des officiers de police devaient hurler pour se faire entendre au milieu du vacarme. Une ambulance avait reculé devant la porte de la maison des gardes. Des infirmiers enfournaient un brancard à l'intérieur. Bientôt, la portière claqua et la sirène ulula, tandis que l'ambulance zigzaguait entre les véhicules et se fondait dans la nuit.

Rosslyn était dans tous ses états. L'idée que Davina ait pu se donner la mort dépassait son entendement. Comment pouvait-on croire, de surcroît, que c'était elle, le cadavre dans la chambre forte ? Son esprit refusait de faire un lien entre cette horreur et la femme pleine de vie qu'il avait caressée, et dont il avait respiré le parfum – il y avait à peine un jour et une nuit de cela. Pourtant, il l'avait vue. Cavallero prenait tout pour argent comptant. La confession manuscrite. Le cadavre de la victime. Elle avait un motif et le moyen. « Elle n'était pas seule dans ce cas, fit remarquer Rosslyn. On peut toujours maquiller un meurtre en suicide. »

Une silhouette se détacha de la foule des policiers. Gaynor.

– Harding vous attend. Tout dépend de ce que vous avez trouvé.

– Elle est morte, dit Rosslyn.

– Qui ?

– Davina Wesley, expliqua Cavallero. Suicide.

– Vous êtes sûrs ?

– Voyez vous-même. Elle a laissé un mot.

– Où est-il ?

– Nous l'avons laissé sur place. Fixé à la porte de la chambre à gaz.

Gaynor lança un coup d'œil du côté de son véhicule, garé à côté d'une voiture de patrouille.

– Harding doit être mis au courant. Il a un inspecteur en rogne sur le dos. Vous avez vu le corps, mais est-ce qu'il y a eu un vol ?

– Pas que je sache, dit Rosslyn.

– Dommage. L'inspecteur ne va pas nous lâcher.

– Pourquoi ? demanda Cavallero.

– Vous ne savez pas ? C'est vous qui avez buté le garde !

– Légitime défense.

– Tâchez d'être plus convaincante quand on vous interrogera. Laissons la parole à Harding.

Le commandant était à demi allongé sur la banquette arrière de la voiture de Gaynor. Au lieu d'un inspecteur de police en rogne, Rosslyn en vit deux. Harding fit les présentations avec son air d'innocence angélique.

– Ces officiers ont agi sur mes ordres.

– Avec quelle autorisation ? demanda l'inspecteur qui semblait le plus âgé des deux.

– La mienne. Ils me feront leur rapport.

271

– Si quelqu'un doit faire un rapport, c'est moi.

– Qu'avez-vous trouvé ? demanda Harding.

– C'est à moi que vous répondez ! hurla l'inspecteur. Qu'est-ce que vous cherchiez ? (Il jeta un regard furibond à Harding.) Ne répondez pas, vous.

– Sir, rectifia Harding.

Mais l'inspecteur avait oublié les règles de la politesse et ignora sa requête.

– Vous, parlez ! dit-il à Rosslyn.

– Il y a un cadavre de femme dans un quartier de haute sécurité. Avec un mot de sa main expliquant son suicide.

– Qu'en savez-vous ?

– Quoi ?

– Qu'elle l'a écrit de sa main ?

– Inutile de répondre, intervint Harding.

– Qui est-ce ?

– Inutile de répondre, répéta Harding, avant d'ajouter benoîtement : Envoyez donc vos hommes là-bas. Mais je vous préviens, ils courent de gros risques.

– Une bombe ?

– Non. Si c'était le cas, mes officiers ne seraient pas là. La remarque déchaîna la fureur de l'inspecteur.

– De quoi parlez-vous ?

– Un gaz neuroplégique hautement toxique. À votre place, j'attendrais de faire venir un scientifique ou un médecin qui connaît son affaire. Si vous savez comment vous y prendre avec ces machins-là, à votre guise. Mais il est de mon devoir de supérieur hiérarchique de vous mettre en garde. (Il se tourna vers Rosslyn.) Vous savez de quoi il s'agit.

– Oui, dit Rosslyn à l'adresse de l'inspecteur. Moi, j'attendrais les experts...

– Vous êtes déjà descendu dans les sous-sols ? Vous connaissez l'endroit ?

– Oui, je suis déjà descendu. Et je vous préviens : si j'étais vous, je refermerais les grilles et ferais apposer les scellés. Personne, je dis bien *personne*, ne devrait être autorisé à entrer.

L'inspecteur considéra Harding.

272

– C'est vous qui lui avez demandé de dire ça ?

– Bon sang, non ! Un peu de jugeote, bon sang ! De plus... (Il baissa la voix.) ... je ne voudrais pas que vos jeunes éléments soient mis au courant.

– Ce sont des menaces, commandant ?

– Pas des menaces. Un conseil.

– Non...

– Écoutez-moi. Si je suis suspendu pour avoir violé un sanctuaire de mes fesses, classé secret-défense, tant mieux. Vous avez vu mes jambes ? Une bombe, compris ? Je suis censé être à l'hosto. Je ne me balade pas dans le coin pour le plaisir. Je suis ici, inspecteur, parce que c'est mon devoir d'arrêter des terroristes notoires. Voilà pourquoi je suis ici avec des officiers des douanes et un membre de la Sûreté. De MI6, pas de MI5. Nous avons été refoulés, violemment, par ces abrutis aux pieds plats. Nous avons riposté en état de légitime défense. Vous n'avez pas la moindre foutue chance de nous clouer au pilori, ni eux ni moi. Votre devoir...

– Vous n'avez pas à me dire quel est mon devoir, sir.

– Votre devoir, je m'en contrefous. Vous faites obstacle à un officier de police dans l'exercice de ses fonctions.

– J'ai bien envie de vous arrêter, sir.

– J'en ai autant à votre service, inspecteur. Mais vous n'en avez pas le droit, pas vrai ?

Les autres officiers, qui avaient tout écouté en silence, fixaient Harding ou la pointe de leurs souliers. L'un d'eux donnait des signes d'impatience. Un autre consulta sa montre. Ils savaient que Harding avait raison, l'inspecteur le savait aussi, mais ce dernier devait également rendre des comptes à MI5. Le STRU était dans son secteur. Lieu ultra-sensible, à protéger à tout prix. Et il avait une ligne directe avec l'armée, en cas de besoin.

Finalement, l'inspecteur déclara :

– Il faudra un rapport complet.

– N'ayez crainte, répliqua Harding. Il y aura un rapport très complet. Et si, dès maintenant, vous nous laissez libres de continuer notre boulot, nous vous laisserons libres de continuer le vôtre.

Il fit signe à Rosslyn de monter en voiture. Les autres l'imitèrent.

– Merci, inspecteur.

– Commandant..., fit l'autre d'une voix sans timbre.

– À votre place, dit Harding avec un sourire réfrigérant, j'aurais agi de même.

Gaynor tourna la clé de contact.

44

Le nouveau Q.G. de MI6 – anciennement Secret Intelligence Service (SIS) – est un édifice postmoderne de quatre-vingt-cinq millions de livres, qui s'élève sur la rive droite de la Tamise à Vauxhall Cross. Invulnérable aux écoutes. Invulnérable aux bombes. Entouré d'un système de douves humides et sèches. Les fenêtres sont blindées, les murs plombés. On peut voir à l'extérieur, mais pas à l'intérieur. La forteresse de Vauxhall Cross mérite bien son surnom : Babylone-sur-Tamise. Sur l'autre rive, plus bas, s'élève sa sœur jumelle : Thames House, non loin de Lambeth Bridge.

Rosslyn contemplait le soleil par les vitres teintées en sirotant un café, tandis que Gaynor pianotait à deux doigts sur le clavier de l'ordinateur. Cavallero avait déclaré que, « dans l'intérêt de leur sécurité », il était préférable qu'ils restent dans Vauxhall Cross pendant les douze heures précédant la réunion à Thames House.

Voilà qu'elle revenait à son bureau du quatrième étage avec un nouvel ordinateur sur un chariot. « S'il vous faut autre chose... » Elle sourit. Rosslyn avait envie de dormir, mais il avait encore plus envie d'épingler McKeague. Il contemplait Lambeth Bridge, l'emplacement où Mary et lui s'étaient embrassés l'hiver dernier. Oui, il voulait McKeague.

– Et si vous alliez dormir ? lui proposa Cavallero.

Rosslyn eut un sourire las.

– Plus tard.

– Il y a un canapé à côté.

Il remarqua des traces de sang sur son chemisier blanc.

– Ça va?

– Ce n'est pas mon sang. J'ai une tenue de rechange dans mon placard. Vous devriez commencer à rédiger votre rapport.

Il s'installa à un bureau devant la fenêtre. Comme un adolescent incarcéré avec son truand de copain, Gaynor, qui pianotait à un autre bureau, il fouilla dans sa mémoire à la recherche de détails significatifs, soignant ses transitions comme pour une thèse universitaire. Depuis l'arrestation de Deirdre McKeague à son interrogatoire à Paddington Green, recoupant les dates et les heures, les constats, faits, pièces à conviction, documents, témoignages, déductions. Il s'égara dans ce dédale, contestant des arguments eux-mêmes fondés sur des questions non résolues : la falsification de la cassette de l'interrogatoire, la disparition du véhicule de la police repéré dans England's Lane.

Certains sujets le dépassaient. Qu'est-ce que les psychologues entendaient exactement par bisexualité? Davina était-elle totalement détraquée – ou avait-elle obéi à des ordres venus d'en haut en assassinant Monro et Watson? Ces meurtres avaient-ils été des sacrifices délibérés destinés à faire mousser le service de la Sûreté? Et si oui, qui avait donné les ordres? Et au nom de qui – le ministre de l'Intérieur et le Premier ministre?

Son travail fut interrompu à plusieurs reprises par des livraisons et des appels téléphoniques centralisés par Cavallero.

Le tout, provenant du bureau des douanes. D'abord, la transcription imprimée de l'interview Rosslyn-McKeague. Version 1 : la vraie. Version 2 : la fausse.

D'autres éléments arrivèrent de New Scotland Yard : les rapports d'expertise au complet, enrichis du mémorandum (à présent détaillé) qu'il avait lu au Angel, à Rotherhithe.

Peu après 13 heures, Cavallero lui apporta une salade composée, ainsi qu'un rapport d'une autre nature.

– J'ai pensé que vous aimeriez connaître à l'avance l'ordre du jour de la prochaine réunion. Le ministre de l'Intérieur amène le Premier ministre. Ou le contraire. C'est le grand jeu.

275

– Pourquoi?

– Je l'ignore. Cela fait partie de la politique d'ouverture du gouvernement.

– Qui vous l'a dit?

– Ministère de l'Intérieur. Lucas. Jules-la-Sniffette. Ne le sous-estimez pas. Le caniche a la dent dure. Il a Bryan Wesley sur le dos. Il recherche Davina.

– Il ne sait pas?

– Je ne sais pas pourquoi, mais personne ne lui a rien dit.

– Ça ne devrait pas tarder.

– En effet. On a retrouvé la voiture de Davina abandonnée derrière White City. Carbonisée. Pas de traces, sauf les plaques d'immatriculation. Notre amie est très prudente. White City. L'ouest. Heathrow. Elle est peut-être déjà loin.

– J'en doute. Je commence à bien la connaître. Elle n'est pas du genre à laisser un travail en plan. Harding... Moi.

– À partir de ce soir, elle sera toute seule, intervint Gaynor. Désavouée par MI5. Je me réjouis de la présence du Premier ministre. Les imbéciles.

Pendant près d'une heure, ils se demandèrent pourquoi le Premier ministre avait fait le déplacement. Comme s'il n'y avait pas de tâches plus importantes qui l'attendaient à Downing Street. Les mendiants, les sans-abri, une économie à bout de souffle, un pays à genoux. Mais il était temps de boucler les dossiers.

Rosslyn rédigea le compte rendu de ses entretiens avec Coker et les fils Wesley. Puis Davina. C'était le plus dur.

C'est de moi que je parle. Il avait l'impression d'une trahison. Puis la conclusion. Le résumé. Il s'efforça d'éviter les effets rhétoriques. « À mon sens, c'est sur ce que ce rapport d'enquête ne dit pas, plutôt que sur ce qu'il dit, que doivent se concentrer les conclusions. Ces lacunes ne sauraient, à mon avis, être comblées que si la direction de la Sûreté (MI5) acceptait d'exposer ses propres conclusions d'enquête. »

Rhétorique, tout de même. Il n'avait pas trouvé le moyen de faire plus simple.

Ouvrez les rideaux sur la vie d'Anna McKeague.

276

À 16 heures, tel un examinateur, Cavallero ramassa les tirages papier pour les reproduire à plusieurs exemplaires.

À présent, Rosslyn ressentait le contrecoup de sa fatigue. Cavallero l'accompagna au cabinet de toilette, à côté de la pièce où Harding sommeillait.

Rosslyn prit son bagage et, tandis que la baignoire se remplissait, il parcourut les dernières pages du journal de Mary. Il était prêt à affronter l'ultime journée.

Londres est sous six centimètres de neige. Visibilité quasi nulle. Température : 2 degrés au-dessous de zéro.

Elle lui criait : *MI5 va changer ma vie ce soir.* (Ce soir, c'est la mienne qui va changer.)

« La vérité, toute la vérité, rien que la vérité », d'après Alan. Pourquoi? « Parce qu'ils savent déjà tout. »

Mais non.

(Et là, encore un passage sur THUG, qui veut toujours la sauter.)

Voilà ce que je ferais si j'étais une terroriste. Long travail d'infiltration. Trouver un informateur sur place, la sympathisante « fouine ». Établir la topographie du Q.G. de MI5. Ensuite trouver le type aigri qui a besoin d'argent. Un scientifique appointé par le gouvernement, avec des connaissances idoines. Pas de bombes. Finies les bombes. Dépassées. Je placerais la barre très haut. Empoisonnez l'eau, l'air, aux produits chimiques, bousillez la climatisation. Gazez-les tous. Dégommez-les d'un seul coup.

J'exagère? Non. Vous me suivez toujours?

Alan... Il se sous-estime, lui et l'amour que je lui porte. Que je lui porterai toujours.

Il posa le journal au sol. En se redressant, il vit son reflet dans le miroir mural ; puis dans une autre glace au-dessus du lavabo. Il s'immobilisa. Le reflet l'imita. Il éprouvait une curieuse sensation, comme quand, à force de répéter un mot, on finit par ne plus savoir ce qu'il signifie. Une sensation aiguë de dislocation. Comme l'impression. de *déjà-vu*, une illusion de l'esprit qui peut survenir en état d'extrême fatigue, un rêve en flash, le rêve d'un rêve. Cet instant de pure angoisse, quand le réel n'est plus réel. C'est ainsi qu'il reçut le dernier paragraphe du journal. Car voilà qu'un petit détail nouait le nœud d'une intrigue dont le déroulement lui apparaissait dans toute son effrayante inéluctabilité.

Il resta allongé dans son bain, mortellement las.

— Pressons, cria Gaynor derrière la porte. Départ dans vingt minutes.

45

La voiture banalisée, une Rover noire conduite par Gaynor, effectua en moins de dix minutes le court trajet jusqu'à Thames House. Sur le siège avant, trois grandes boîtes en carton contenaient les rapports en plusieurs exemplaires. À l'arrière, Rosslyn et Harding, avec un fauteuil roulant pliable. Cavallero était déjà sur place.

— Elle m'a chargé de vous remettre ceci, dit Harding.

Il ouvrit une mallette plate métallisée.

Rosslyn se pencha pour apercevoir un assortiment de tubes métalliques ternes.

— Skeleton Heckler & Koch. MP5KA6. Le magasin se fixe ici, sous le canon. Tue son homme à cinquante mètres de distance. C'est la première fois que vous en voyez un, pas vrai?

— Nous n'en avons pas eu l'usage à Lippitts Hill.

— Non. Parce que cette version n'est pas encore en usine. Le chargeur est ici. Trente cartouches. Cadence de tir : sept cents coups par minute. Tirs modérés ou tirs uniques et limités à cinq coups par tir.

— Qui a eu l'idée?

— Moi, bougonna Harding.

— Pourquoi?

— Parce que vous m'avez convaincu. J'ai lu votre rapport. Ceux de Dickie et Cavallero aussi. Soit nous sommes dans le

278

vrai, soit nous l'avons dans le cul. Soit McKeague attaque Thames House, soit nous l'avons perdue et nous passons pour des couillons, et MI5 nous dira : « Rien à voir avec nous. » Dans les deux cas, ça va barder. Mais si McKeague se manifeste, vous êtes armé. Dickie attend sur le pont. Moi, j'emporte l'arme. Au moment où vous en avez besoin, je vous la passe. Sinon, on se concentre sur la réunion. On écoute ce qu'ils ont à nous dire. On attend qu'ils fassent un faux pas. Surveillez ce salopard de Wesley. Et Lucas. Leurs tactiques de diversion. Lucas s'en prendra à Cavallero. Cavallero à Wesley. Il va y avoir du sport. Je mise sur Cavallero.

Gaynor aborda le ralentisseur à vitesse réduite et s'engagea sur l'aire de stationnement dans Thorney Road.

– Bonne chance. J'attendrai sur le pont.

– Tirez pour tuer, dit Harding. C'est votre peau qu'ils veulent. Vous avez tout misé sur le zéro. Et il n'y a plus qu'à attendre McKeague...

La montre de Rosslyn indiquait six heures moins cinq.

TOP SECRET

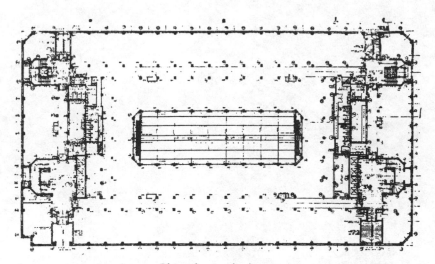

Plans du rez-de-chaussée

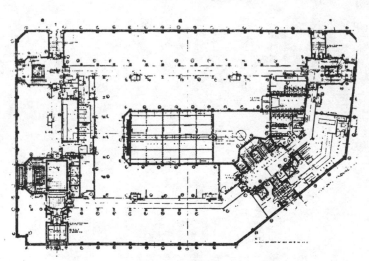

THAMES HOUSE
Grosvenor Road, London.
Sir Frank Baines – Architect.

L'ordre du jour tient sur une unique feuille de papier.

TOP SECRET

Jeudi 16 juin, 18 heures.

Présents :
Premier ministre, ministre des Finances et ministre de la Fonction publique
Ministre de l'Intérieur
Secrétaire d'État pour l'Irlande du Nord

Personnel :
DG
DDG (Ops)
DDG (Admin)
Directeurs Branches Int.
Directeurs : Pro. Sec., Pers. et Suppt, STRU
Cons. Jurid.
Conseiller
Surnuméraires (SIS, Département d'État)

Observateurs :
Commandant T. Harding, police de Londres
M. A. Rosslyn, bureau des douanes

1. Remarques préliminaires du Premier ministre
2. Remarques préliminaires du ministre de l'Intérieur
3. Discours du DG et remarques conclusives
Fin de la réunion : 20 heures.
Cocktail dans les salons du DG : 20 h 05.

Rosslyn suit des yeux la directrice générale qui escorte le Premier ministre, le ministre de l'Intérieur et le secrétaire d'État pour l'Irlande du Nord, jusqu'à leurs places autour de la table.

Le Premier ministre sourit.

— Bonsoir, mesdames et messieurs.

C'est la première fois que Rosslyn voit le Premier ministre en chair et en os. Il a l'air plus enveloppé qu'à la télévision et dans le journal. Visage assez ouvert. Rides plus marquées au coin des yeux. Les yeux pétillent. Il inspire confiance et sympathie. *Il me semble que je connais cette tête.*

Pendant un instant, le regard du ministre croise celui de Rosslyn, qui lui renvoie son sourire. Les autres — ministre de l'Intérieur, secrétaire d'État pour l'Irlande du Nord — semblent plus falots. Presque des fonctionnaires. L'air un peu chiffonné ; fatigué, méfiant, susceptible. *Je ne leur ferais pas confiance, si je les voyais dans la file « Rien à signaler ». Ils ont quelque chose à cacher. Louches, vraiment. Si vous voulez bien me suivre par ici, je vous prie.*

La directrice générale déclare :

— M. le Premier ministre et MM. les ministres, je voudrais tout d'abord vous exprimer mes remerciements. C'est au nom de tous mes collaborateurs que je vous accueille aujourd'hui ici, en des circonstances particulièrement difficiles... »

Tu l'as dit.

« Nous sommes heureux de votre soutien et de votre intérêt, à l'heure où les menaces qui pèsent sur la sûreté de l'État deviennent de plus en plus complexes. C'est avec un vif intérêt que nous allons vous écouter... »

Le Premier ministre parle sans notes.

— Mme la directrice générale, mesdames et messieurs... Merci, Mme la directrice pour cet accueil. Je puis vous assurer au nom de nous tous, que toutes les personnes de bon sens sont convaincues de l'efficacité du Service. Nous ne doutons pas que vous restez au plus haut point fidèles aux critères de sérieux et de professionnalisme nécessaires à la défense de la nation par ces temps troublés, à l'heure où, comme vous nous l'avez rappelé, les menaces présentent un haut degré de complexité...

Rosslyn remarque que, comme à son ordinaire, Harding griffonne. Une caricature du Premier ministre assis sur la cuvette des chiottes. Pas mal imité. Les béquilles de Harding sont appuyées contre le dossier de sa chaise.

Le Premier ministre devient lyrique. *Bla-bla-bla.*

– Je ne crois pas outrepasser mes fonctions, en vous révélant ce soir un secret : la politique d'ouverture, préconisée par le gouvernement à propos du Service, a été décidée par Sa Majesté la Reine en personne. Et je suis de tout cœur avec Sa Majesté.

Sinon, tu ne serais pas là.

Le Premier ministre a un sourire effacé, presque espiègle.

– Chacun de nous, dans le cadre de ses attributions, ouvre les portes et garantit au simple citoyen l'accès au gouvernement et au palais.

Contraint et forcé, oui.

– Nous avons opté pour une politique de coopération inter-services au plus haut niveau, rare parmi les nations civilisées. Mais il y a des risques. Je les connais. Vous les connaissez. Aujourd'hui, je constate avec plaisir la présence de représentants de tous les services affectés à la lutte contre le terrorisme. Ma présence en ces lieux a pour but de vous signifier tout l'intérêt que je porte au nouvel esprit de coopération qui règne dans vos rangs. J'aimerais que, dans mon parti, certains puissent s'inspirer de votre exemple...

Vague de rires flagorneurs autour de la table. Lucas, du ministère de l'Intérieur, semble apprécier énormément la plaisanterie. Le Premier ministre aussi. Rosslyn et Harding restent de marbre.

– M. le ministre, c'est à vous, dit la directrice générale en s'adressant au ministre de l'Intérieur.

– M. le Premier ministre, Mme la directrice générale, messieurs..., commence le ministre de l'Intérieur.

Il a une voix doucereuse, un accent outrageusement travaillé – *crème fouettée.* Sa prononciation de l'anglais vous empêche de vous concentrer sur le sens de ses paroles. Le discours est assaisonné de références au « Service », à « l'intérêt du Royaume-Uni et de ses citoyens », à la « responsabilité devant le Parlement », à la « flexibilité », aux « nécessaires réformes », aux « principes », aux « objectifs », à « un monde meilleur pour les générations futures ». Bla-bla-bla.

Si la connerie faisait de la musique, on aurait une belle fanfare.

La directrice générale le remercie pour cet exposé et son soutien.

Harding jette un coup d'œil mécontent à la pendule. 18 h 20.

– Il m'incombe, déclare la directrice générale, de prendre mes responsabilités. Suivre les procédures clairement établies par le Security Service Act et rendre ainsi compte au Service d'une affaire d'importance. Si vous voulez bien faire circuler le document A, STRU, Beaconsfield... ?

On fait passer les exemplaires autour de la table. Quelques instants de silence. La pointe d'un stylo-plume crisse sur le papier. Une toux bronchitique. Une montre digitale fait bip.

La directrice poursuit :

– Vous apprendrez qu'au petit jour, ce matin, une poignée d'officiers – à une exception près, tous sont présents ici – ont trouvé le moyen de pénétrer dans le STRU de Beaconsfield. Le rapport de cette intrusion non autorisée – inspection, cambriolage, peu importe le terme – est sous vos yeux.

Elle marque une pause. Ses doigts écartés feuillettent les papiers.

– Je ne vous cacherai pas que ces procédés me paraissent refléter une grave confusion de valeurs dans l'esprit de leurs instigateurs. J'y reviendrai bientôt... »

Nouvelle hésitation. Rosslyn considère Wesley, qui lui fait face. Le faciès rubicond a blêmi. Il tripote ses boutons de manchettes.

La directrice reprend :

– Davina Wesley est morte cette nuit. On ne soupçonne pas un meurtre. Une équipe d'experts du STRU a établi l'heure et la cause du décès : il apparaît que Mme Wesley s'est suicidée. (Elle s'adresse à Bryan Wesley.) C'est au nom de tous que je vous exprime du fond du cœur nos condoléances, ainsi qu'à vos fils. Je me bornerai seulement à rappeler que Davina, travailleuse acharnée, traversait une profonde dépression. C'était une collègue loyale, une amie chère, une mère dévouée.

Elle laisse ce vibrant hommage faire son effet.

– ... Elle aurait voulu que nous poursuivions notre tâche.

Rosslyn s'efforce de lire dans les pensées de Wesley. Mais rien ne le trahit. Les joues bouffies. Les yeux un peu gonflés. Impossible de deviner ses sentiments. Il se tourne vers Harding, qui s'apprête à prendre la parole.

Davina a été vue quittant le bâtiment – c'était McKeague. Ils n'ont pas l'air de le comprendre. Pourquoi ces mensonges?

Harding hoche la tête à son intention. *Pas un mot.*

Le ministre de l'Intérieur lève la main.

– Entre nous, j'aimerais à mon tour rendre hommage au commandant Harding. J'ai conscience, commandant, du courage dont vous avez fait preuve en vous absentant de l'hôpital, contre l'avis de vos médecins, pour pourchasser une suspecte dont vous pouviez à bon droit penser qu'elle était entrée dans l'enceinte du STRU. Je suis également au courant de l'acte quelque peu précipité, irréfléchi pour tout dire (il s'est tourné vers Cavallero), commis par un officier du SIS. Mais je dois souligner qu'une action disciplinaire nuirait à la poursuite des opérations sur le terrain. Je me suis assuré, en accord avec le Premier ministre (ce dernier opine gravement), qu'aucune sanction de ce type ne sera prise...

Rosslyn baisse la tête. *Bon sang, ils vont clore le dossier. Incroyable.*

– Au cours de ces dernières semaines, nous avons assisté à une alliance sans précédent de toutes nos forces, dans la recherche des assassins de deux de nos meilleurs éléments, le 26 mars dernier. Nous avons décidé, sur l'avis de la directrice générale, de remettre toute la responsabilité de cette enquête entre les mains de MI5.

Sourire suave et doucereux à l'adresse de Harding.

– Compte tenu des circonstances, commandant, il nous semble qu'il serait justice que les terribles blessures que vous avez subies tout dernièrement puissent se cicatriser. Je sais qu'en tant qu'homme de jugement et de bon sens, vous n'hésiterez pas à abandonner des fonctions que vous avez assumées jusque-là avec une si éclatante bravoure.

Murmures dans la salle : « Bravo, bravo. »

– Puis-je ajouter ma voix à ces louanges? dit le Premier ministre. Je vous fais la promesse, commandant, que votre dévouement n'aura pas été vain. Je suis heureux de vous annoncer que nous aurons bientôt le plaisir de vous exprimer toute notre gratitude. C'est encore confidentiel.

L'assemblée est plus détendue. On est passé aux bonnes nouvelles. Seuls Rosslyn, Cavallero et Harding font grise mine.

C'est ça qu'ils veulent? Sir Thomas Harding, chevalier de la Jarretière. Bienvenu au club des lèche-cul.

Le Premier ministre arbore un sourire satisfait.

Ce salaud va couper les couilles de Harding, avec sa foutue décoration. Un biscuit au vieux toutou.

Très calme, Harding déclare :

– Puis-je dire quelques mots, Mme la directrice générale?

Sourires triomphants et signes de tête.

– M. le Premier ministre, M. le ministre de l'Intérieur, merci pour toutes ces amabilités. Je tiens également à vous exprimer, à vous, Mme la directrice générale, et surtout à vous, M. Wesley, toutes mes condoléances pour le décès prématuré de votre femme. Puisque ce dossier est sur le point d'être classé, je voudrais ajouter quelques remarques en guise de conclusion.

Le Premier ministre sourit et consulte la pendule. 18 h 55. Sourire chaleureux. Faites court, commandant.

– Avec deux de mes collègues, M. Rosslyn ici présent, et M. Gaynor qui hélas n'a pas pu venir, et grâce à la coopération de Mlle Cavallero, j'ai supervisé la rédaction d'un rapport exhaustif concernant l'opération Scorpion, puisque tel est son nom. Ce dossier est épais. Je suis cons ient que nous n'avons pas le temps de l'étudier maintenant. Mais les conclusions que mes collègues expérimentés et moi-même en avons tirées confirment le bien-fondé de vos déclarations – la vôtre, M. le Premier ministre, et la vôtre, M. le ministre de l'Intérieur – pleinement avalisées par Mme la directrice générale.

Harding adopte un ton plus sombre.

– J'espère que vous m'écouterez jusqu'au bout, M. le Premier ministre.

Ce dernier acquiesce. Sa figure arbore un masque de gravité.

– Nous acceptons le fait que l'opération est terminée.

Tu n'as pas le choix.

– Nous ne cherchons pas à demander pourquoi. Nous sommes, après tout, au service du gouvernement. Mais nous sommes aussi au service de la vérité. J'espère que l'on me pardonnera si, au cours de ma longue carrière, j'ai parfois mal interprété les faits. C'est peut-être ce qui est arrivé la nuit dernière. Peut-être Mme Wesley s'est-elle tragiquement suicidée. (Là, une pause.) Mais de mon point de vue, les faits se prêtent à une interprétation toute différente.

Bon Dieu, c'est parti.

Au même moment, tout le monde veut prendre la parole. La directrice générale. Wesley. Lucas.

Cavallero a reculé sa chaise. Sa main gauche reste posée sur la pile de rapports. Le Premier ministre semble prêt à verser de l'huile dans l'eau troublée. Il arbore un air soucieux – authentique ou feint, difficile à dire.

Et soudain, Harding est manœuvré par une main invisible. Une employée de bureau d'un certain âge apparaît avec une note pour la directrice générale.

– Commandant, un appel pour vous. Urgent, semble-t-il.

Harding est d'un calme extraordinaire.

– Je vous demanderai d'écouter avec attention le résumé de Mlle Cavallero.

Il se relève avec peine. Il est d'une pâleur mortelle.

– Aidez-moi à sortir, dit-il à Rosslyn.

Il progresse lentement vers la sortie, dans sa chaise roulante. Sa voix est ferme.

– Vous allez découvrir qu'un agent de la Sûreté, commandité par Mme Wesley en personne, a tué Mary Walker, Monro, Watson, Levy, et finalement Mme Wesley.

Wesley a fermé les yeux.

– C'est inacceptable! explose la directrice générale.

– Ce n'est pas à moi d'en décider, réplique Harding. La vérité, c'est que cet agent est une terroriste de l'IRA notoire. Vous avez joué avec le feu et vous vous êtes brûlé les doigts... (Il se trouve à présent derrière Bryan Wesley.) M. Wesley ici présent pourra vous expliquer le financement de l'opération.

– Puis-je prendre la parole...? demande Wesley.

Il est coupé par la directrice générale.

– Ceci n'est pas consigné.

Le ministre de l'Intérieur repose lentement son stylo sur la table.

Dans le soudain silence, le Premier ministre déclare :

– Allez répondre au téléphone, commandant.

Son expression signifie : Ce qu'une main peut donner, l'autre peut le reprendre.

– À votre retour, je veux vous entendre justifier vos allégations.

Pour la Jarretière, c'est foutu, commandant.

Le téléphone se trouve dans une pièce attenante. Harding prend l'appel. En quelques secondes, sa main glisse dans sa veste.

– Prenez ça.

Il remet le Heckler & Koch à Rosslyn.

– Gaynor est près du pont. Elle est là.

Puis, à la secrétaire :

– Allez tout de suite dire à ces gus de monter sur le toit. SUR-TOUT, QU'ILS NE RESTENT PAS À L'INTÉRIEUR.

Les gardes du corps du Premier ministre sont sur le seuil de la porte.

– Vous avez entendu ? Foncez ! Faites-les sortir du bâtiment, eux et le plus de monde possible !

Puis il approche son fauteuil roulant de la fenêtre.

Rosslyn aperçoit Gaynor tout en bas, dans la rue, à sa droite. Et puis, à sa gauche, une petite voiture de patrouille blanche. Et il se revoit, interrogeant l'infirmière dans England's Lane.

Est également sur place une Land Rover de la brigade d'intervention antibombes. Le grand jeu.

Et ces marquages sur le toit :
Un grand   V
puis   P   O
puis un grand   O   orange,
ainsi que les réglementaires bandes rouge-orange sur les portières.

Le bluff n'a pas pris. Pourquoi ? Simplement parce qu'elle s'est garée sur une double ligne jaune, là où les flics ont l'ordre de ne jamais s'arrêter, sous aucun prétexte.

– Alan, courez !

Harding franchit le seuil de la porte dans son fauteuil roulant. Il lit sur l'affichette : NE PAS UTILISER LES ASCENSEURS EN CAS D'URGENCE.

L'assemblée a dû s'enfuir en direction de l'escalier de secours d'accès au toit. Il s'avance dans le couloir, prêtant l'oreille au bourdonnement de la climatisation. La mort sera sans doute subite. D'après Rosslyn, une seconde.

C'est alors qu'il entend le ululement des sirènes et les violents coups de klaxon. Thames House est en état de siège.

48

Sanglée dans une pimpante tenue de femme policier, Anna McKeague est accroupie, hors de vue, devant l'entrée condamnée des toilettes désaffectées qui se trouvent sur la rive droite de Lambeth Bridge. Elle s'est donné au maximum trente secondes pour sectionner les chaînes et le verrou rouillés, forcer la porte d'acier et s'introduire dans les lieux. Trente secondes pendant lesquelles elle pourrait être repérée de la rue par les officiers de police. Elle a calculé soigneusement sa posture. Si elle s'accroupit de côté, selon un certain angle, la ligne de mire de l'ennemi en sera considérablement réduite. Si elle respecte l'horaire, elle a des chances de pénétrer sur place sans être vue. Là, elle devra faire sauter un mur de briques pour accéder au tunnel qui, d'après ses plans, passe sous la rue et conduit aux derniers sous-sols de Thames House. Pour prendre tous ces risques calculés, il faut avoir la tête froide. C'est pourquoi elle fredonne un air du bon vieux temps. L'air qu'elle avait chanté avec sa sœur lors de leur dernière rencontre, dans ce bar à Andersonstown : le duo se livrant à une pâle imitation du succès d'une chanteuse nommée Tanita Tikaram :

> *Tell me if you want to see*
> *A world outside your window.*

À quoi s'ajoutait une paraphrase brouillonne des vers de Yeats :

> *Remember all those generations,*
> *They left their bodies to fatten wolves,*
> *Left their homesteads to fatten foxes,*
> *Fled to far countries, or sheltered*
> *In cavern, crevice, or hole,*
> DEFENDING IRELAND'S SOUL.

Les deux sœurs adoraient cette chanson, au grand scandale de leurs cousins qui les accusaient de « s'encroûter dans le folklore ».

> *Out of Ireland have we come.*
> *Great hatred, little room,*
> *Maimed us at the starts,*
> *We carry from our Mama's womb,*
> *Fanatic hearts.*

Au-dessus de sa tête, comme Anna McKeague ne manque pas de le remarquer, en face de Thames House, la voiture de police fait à présent l'objet d'une minutieuse enquête de la brigade d'intervention, qui vient d'arriver sur place. *Touchez-y, mes agneaux, et ça vous saute à la gueule. Vous gênez pas, c'est fait pour.* L'imminence de son triomphe la grise. *Pour la gloire. Pour la gloire et pour Dee.*

Elle chantonne tout bas. Les sirènes gémissent dans le ciel de Londres. Elle serre très fort les cisailles, et au troisième essai, les chaînes cèdent et la porte s'ouvre. La voilà dans la place. Les portes des cabinets sont toutes ouvertes ; les cuvettes et les sièges ont été démolis, le sol défoncé, comme si quelqu'un avait essayé sans succès de voler le carrelage blanc et bleu. Le sol est glissant, recouvert d'un dépôt visqueux et verdâtre.

Elle se hâte devant les cabinets et la rangée d'urinoirs qui fait face à des lavabos ébréchés, s'approche du mur du fond. Dans un angle, elle trouve la partie du pan de mur qui a été comblée avec des briques. Ses mains ne tremblent pas. Elle prépare les explosifs, d'une puissance suffisante pour lui dégager un passage. Le bruit de l'explosion a été calculé pour ne pas attirer l'attention des policiers massés au-dessus de sa tête. D'après ses calculs, les fondations en béton du pont et la profondeur du bâtiment devraient amortir la détonation. Il y a bien sûr le risque d'une propagation du son, mais elle n'a pas le choix. Elle est certaine que l'accès à Thames House n'a pas encore été découvert par l'ennemi. Et elle a au moins quinze secondes d'avance sur l'horaire. Elle roule des épaules comme un coureur de cent mètres sur la ligne de départ – confiant en sa victoire.

La minuterie est réglée sur trente secondes. Début du compte à rebours. Elle recule et s'abrite sous l'encadrement d'une porte fracturée, derrière le gros mur porteur. Trente secondes. Vingt-neuf. Vingt-huit. L'autre chanson favorite de Dee, c'était :

> *All good children need travelling shoes*
> *Drive your problem from here*
> *All good people read good books*
> *Now your conscience is clear*
> *Now your conscience is clear.*

Là-dessous, on entend un grondement infernal. De lourds véhicules de police défilent en surface. *Vois, mes mains sont rouges du sang de ton amour.* Dix. Neuf. Huit. *Cours après moi, Rosslyn, mon salaud. Sois le premier à crever d'asphyxie. Dieu Tout-Puissant, envoie-le-moi ici, que je le voie crever.*

Elle s'agenouille. Le dépôt verdâtre imprègne le tissu de son pantalon. Trois. Deux. Un – boum ! La petite explosion a foré un accès parfait au tunnel. Sans attendre que la poussière se dissipe, retenant son souffle, les yeux fermés, elle avance à l'aveuglette dans la galerie, avec ses bonbonnes de tétrodotoxine, sa lampe torche, son revolver et son sac d'équipement.

Le pinceau lumineux lui indique le passage qui s'enfonce dans l'eau noire et fétide. Une odeur de lait tourné par temps d'orage. Plus elle avance, plus la puanteur s'accentue et lui rappelle celle des asticots dont ses cousins de la branche maternelle, pêcheurs en mer d'Irlande, faisaient la culture. Le faisceau fouille les ténèbres et le tunnel paraît plus long et plus étroit que prévu ; de gros rats d'égout lui tiennent compagnie. Bien gras, luisants et ignobles. La lumière révèle une gueule pelée. Le rat chuinte et siffle.

– Je me sens en super-forme, dit-elle. Mais l'odeur est à vomir. *La marée de sang est lâchée, et partout les rites de l'innocence sont engloutis ; le faucon n'entend plus le fauconnier ; tout s'écroule ; plus de centre.* Plus loin, l'eau lui monte à la taille. Elle porte les bonbonnes, le revolver, la lampe torche et le sac au-dessus de sa tête. Ses pieds s'engluent dans la vase qui s'épaissit. *Pas là nuit, la mort. Dieu de miséricorde, c'est pour sauver mon âme que Tu m'infliges cette épreuve. Voici le Monde des Ténèbres que nul autre que moi ne connaît. Allons jusqu'au bout. Montre-moi la lumière. Ta Lumière. Une beauté terrible est née.*

Elle s'enfonce dans la galerie. Au loin, elle entend le bruit d'une eau courante et, miracle, les plans disaient vrai, le sol remonte. Près du mur, l'eau est stagnante et trouble. Un rat se faufile sur son épaule. « Dégage, toi ! » Elle détourne la tête, un peu trop près de la paroi, et un bout de fer rouillé, tordu et coupant comme un crochet de boucher, la pique sous l'oreille. Elle tressaille, se mord les lèvres de douleur. Tournant la tête vers son épaule, elle sent une goutte de sang. Ses poings se crispent sur le revolver, les bouteilles, la lampe et les courroies de son barda. *Dieu Tout-Puissant, aie pitié. Mère de miséricorde. Je perds mon sang. Dee, j'entends que tu me dis merci pour ce que je suis en train de faire.* Elle prie pour que la voiture explose. *Mon Dieu, tue-les. Mon Dieu, que la fête commence.* En esprit, elle fait une génuflexion pour se porter chance.

49

À Thames House, les sirènes d'alarme déchirèrent le silence. La plupart des deux mille employés crurent à un exercice d'incendie, probablement destiné à impressionner le Premier ministre. C'était là l'occasion idéale de démontrer l'efficacité du formidable arsenal de protection consacré à la défense du plus moderne des sanctuaires du contre-espionnage. Le cœur secret de l'État, le gardien du Royaume-Uni : voici la preuve que Thames House est invulnérable.

De fait, conformément aux instructions affichées dans chaque bureau de ce flamboyant bâtiment, l'évacuation se déroula « en bon ordre et dans le calme ». DIRIGEZ-VOUS SANS COURIR VERS LES POINTS DE REGROUPEMENT. À chaque étage, des officiers de l'encadrement restèrent en arrière pour s'assurer de la sécurité des bureaux les plus sensibles. Malheur à qui aurait négligé de verrouiller son coffre-fort et son programme d'ordinateur contre la menace d'un incendie, d'une inondation ou d'une bombe.

Puis, vérification faite, les officiers de l'encadrement se dirigèrent chacun de son côté vers les points de regroupement. Là, ils procédèrent à l'appel de leurs troupes et attendirent patiemment la fin de l'alerte. Partout dans la maison, les groupes attendaient en bavardant, vaguement amusés, comme des écoliers rassemblés dans le préau à l'occasion d'une inspection académique. Certains avaient emporté des bouteilles d'eau minérale : Perrier, Badoit, Volvic, Strahmore ; protection contre les inconvénients d'une climatisation qui desséchait la peau, les poumons, et sans doute aussi leurs cellules nerveuses. Beaucoup étaient agacés par cette démonstration. D'autres furent contrariés de découvrir qu'il était interdit de fumer dans les salles de regroupement. Puis les sirènes cessèrent, et le silence fut interrompu par la voix du chef de la sécurité, résonnant dans les haut-parleurs.

Ce n'était pas un exercice d'alerte. Tout était vrai.

– Veuillez vous diriger vers le point de regroupement Groupe 2 et présentez-vous aux responsables incendie.

Coup de théâtre. Ce n'était plus un exercice. Mon Dieu. Une alerte à la bombe. Ils se dirigèrent, pareils à des fourmis, des centaines par étage, jusqu'au cœur de Thames House, là où les murs de protection, massivement renforcés, offraient une protection maximum contre une attaque à la bombe, quel que fût son angle d'attaque.

Une fois dans les zones de sécurité, ils attendirent – moins tranquilles, cette fois – les prochaines instructions du chef de la sécurité, un ancien major du génie militaire, dont la voix monotone et traînante les avait tant de fois conviés à suivre les consignes de sécurité de son cru. Cette fois, le major avait toute la maison sous ses ordres. On avait prié le personnel de rester sur place jusqu'à 20 h 30 en l'honneur du Premier ministre et du ministre de l'Intérieur.

La foule amassée et inquiète attendait les ordres, qui ne tardèrent pas. Une fois de plus, le major changea ses plans. Des professionnels de l'interrogatoire détectèrent un tremblement suspect dans sa voix : de l'hésitation, les prémices d'un bredouillement.

– Il faut évacuer le bâtiment. Sous-sol, rez-de-chaussée jusqu'au quatrième étage compris : évacuation par les issues nord et sud... (Soudain, la voix dut lutter avec un nouveau déclenchement des sirènes d'alarme.) L'étage 5 jusqu'au dernier étage, y compris la salle des satellites et télécommunications : évacuation par le toit... Je répète : en cas de besoin, demandez votre chemin aux responsables incendie. (Le débit précipité créa la confusion dans les esprits.) Ici le chef de la sécurité. M'entendez-vous ?... Quoi ?...

Un nouveau vacarme – klaxons, ululements, mugissements, et sirènes puissantes – noya son terrible appel.

L'amusement fit place à un certain malaise, à l'angoisse, et enfin à un début d'affolement dans les couloirs, les accès et les escaliers de secours. Et lorsque le premier d'entre eux trébucha et fit une chute, les suiveurs – telle la foule d'un stade en délire cherchant à tout prix à s'enfuir – furent incapables de se retenir et tombèrent sur les corps étalés.

Au premier hurlement, ce fut la panique.

Rosslyn se fraya un chemin à coups de coudes dans la foule affolée qui envahissait la zone d'entrée.

Pourquoi évacuer, pour l'amour du ciel? Ils ne savent donc pas qu'il y a une voiture piégée devant les marches? Vous êtes deux mille à fuir. Tête la première dans la mêlée. Vous voulez donc crever? La peur... il sentait la peur. Dans leur haleine. L'odeur écœurante de la peur. Les yeux dilatés. Un troupeau de moutons fuyant le berger qui les conduit à l'abattoir. Des condamnés à mort que rien ne pourra sauver.

Clowns sans cervelle. Vous allez être déchiquetés. La brigade d'intervention est là, sirènes hurlantes. Vous n'avez pas compris?

Trop tard. La rumeur était sur toutes les lèvres.

– Le GAZ!

– Foutons le camp! Le GAZ!

Partout, les cris; et la voix du chef de la sécurité qui montait des haut-parleurs, hystérique comme celle d'un commentateur de courses hippiques.

Rosslyn flanqua un coup de poing dans les reins d'un garde et s'élança par une issue de secours. Dehors, enfin.

Là, il se figea sur place.

La police avait bouclé la rue. Il vit des officiers sortir en courant d'une Rover, armés de carabines. Ils portaient des cagoules et des survêtements noirs, avec des masques à gaz. Certains visaient le personnel qui sortait du bâtiment.

Une voix cria dans le mégaphone : « Arrière. Attention à la bombe! »

Des gens étaient piétinés. Une mallette s'ouvrit dans la rue, son contenu – une liasse de documents – se répandit par terre. Il aperçut une femme policier manipulant maladroitement un lance-grenades Webley. Il vit des femmes, qui sortaient à l'air libre, le visage ruisselant de sang, comme les innocentes victimes d'une rixe entre poivrots. L'une d'elles hurla : « Vous ne voyez donc pas que je suis enceinte! »

L'arme au poing, Rosslyn sauta par-dessus le cordon de ruban en plastique. Gaynor se trouvait à l'entrée de Lambeth Bridge, près du rond-point.

— Elle a laissé la voiture, dit-il. Elle est armée.

— Où est-elle ?

— Je ne sais pas. Elle porte un uniforme de la police.

— Pourquoi ne l'avez-vous pas arrêtée ?

— J'ai vu cette femme flic... Elle était auprès de la voiture, et la minute d'après... partie ! J'ai prévenu la brigade d'intervention. Puis Harding. Elle a dû faire le tour par-derrière. Le seul accès possible, ce serait par le fleuve. Mais c'est marée haute. Impossible de passer par là, à supposer qu'il y ait un accès.

Des silhouettes apparaissaient sur le toit de Thames House, dessinées sur fond de ciel. Un hélicoptère de SO 19 tournoyait au-dessus de la scène.

— Elle n'a pas pu passer par-derrière. Toutes les issues sont bouchées.

Gaynor haussa les épaules.

— Baissez votre arme, mon vieux.

Inutile de demander à des officiers s'ils avaient vu une femme policier un peu louche. L'endroit grouillait de flics. L'un d'eux cria à Rosslyn et Gaynor de se mettre à l'abri.

C'est alors que Rosslyn comprit.

À l'angle de Lambeth Bridge, côté ouest.

L'escalier d'accès à la berge.

À gauche, la Tamise.

À droite, les toilettes publiques désaffectées.

— Couvrez-vous !

C'était un ordre.

Quelques années plus tôt, on avait installé là des portes en acier, soudées, verrouillées et consolidées pour interdire l'accès aux clochards et aux mendiants. Les chaînes de l'issue latérale, l'entrée de la dame-pipi, avaient été cisaillées. Rosslyn poussa l'acier à nu, entra et aperçut les urinoirs, la rangée de lavabos et des empreintes de pas récentes sur le sol défoncé, recouvert d'un dépôt visqueux. Il s'approcha d'un mur de briques. On avait fait un trou dans la cloison.

— C'est elle. Elle est passée par là. Elle est à l'intérieur. Donnez-moi votre lampe torche !

Gaynor lui tendit une petite lampe de poche métallique, au puissant pinceau lumineux. Rosslyn s'engagea dans le passage, Gaynor sur ses talons.

– Les égouts... Regardez.

Ils pouvaient à peine se tenir debout. Après quelques pas, le faisceau de la lampe éclaira un sol en déclivité prolongé de quelques marches. Rosslyn s'avança avec prudence. Ses semelles en caoutchouc glissaient dans l'épaisse couche de vase. Il y eut comme un mouvement vif à son côté. Il frissonna. La lampe électrique éclaira la silhouette d'un rat trempé prenant la fuite.

Au bas des marches, ils se retrouvèrent à patauger dans l'eau croupie. Il faisait pratiquement nuit, à part de faibles traits de lumière filtrant des bouches d'égout. Rosslyn resta à proximité du mur imprégné d'humidité. Il avait l'impression de sentir la progression de la marée. L'eau, aux relents d'excréments, semblait plus épaisse, visqueuse et profonde.

– On ne pourra plus faire demi-tour, murmura Gaynor. Le niveau monte. Merde, je n'y vois plus rien. Redressez la lampe. Putain, ça pue!

L'odeur était envahissante.

– On continue, déclara Rosslyn.

Il entendit Gaynor vomir.

Merde.

– Avançons.

Au bout du tunnel, ils entendirent le bruit de l'eau courante, comme la vidange d'une grosse canalisation. Un nouveau trait de lumière glauque venu d'en haut révéla un tournant. Rosslyn lâcha un juron.

Ces abrutis d'ingénieurs – d'architectes? – ont dû penser que la marée découragerait tout individu sensé de pénétrer dans ce tunnel fétide. Un Scorpion n'était pas prévu au programme.

De l'eau jusqu'à la taille, il ordonna à Gaynor de se presser.

– Vous préférez faire demi-tour?

– Non, dit Gaynor. Avançons.

Mais sa voix se perdit dans un soudain grondement. Le tunnel ronfla. Une nappe de poussière humide, plâtras volant pareil à une concentration de purin, s'effondra dans le noir. La vieille maçonnerie s'écroula en soulevant des gerbes d'eau.

La voiture piégée avait explosé.

L'instant avait été soigneusement calculé. La bombe utilisée comme un leurre. Poussière. Vitres volant en morceaux. Pointes de verre lacérant les chairs. Mutilations. Yeux crevés. Plastique brûlé. Blessés. Morts.

– Je n'y vois rien, dit Gaynor.

– Tenez...

Rosslyn attrapa la main tendue et perdit son revolver.

– Arme !

Il réussit tout juste à retenir la torche. Il se pencha dans l'eau jusqu'au cou.

– Bon sang.

Son pied buta dans le revolver. Il retint sa respiration et mit la tête sous l'eau, en tâtonnant.

– Merde, il est hors d'usage maintenant.

– Retournons en arrière.

– Non.

– *Elle* est armée, Alan.

– On continue.

Une flèche de lumière révéla un embranchement. À droite, on entendait le grondement de l'eau courante. Le faisceau de la lampe de poche révéla des rats détalant le long des saillies. À gauche, une courte volée de marches. Au sommet, la couche de limon et de vase avait diminué et les pieds de Rosslyn se posèrent sur de la pierre plus sèche. Encore quelques marches, et ils se retrouvèrent dans une sorte de boyau où des déchets humides, dispersés sur la pierre du sol, dissimulaient un réseau de câbles tordus et rouillés. D'autres câbles au rebut, sectionnés depuis longtemps, dépassaient des murs : vestiges d'un travail de gros œuvre accompli plus d'un demi-siècle plus tôt. C'était un ancien passage, une issue d'avant-guerre condamnée, une route sur une carte oubliée. Le passage formait un angle aigu sur la gauche, puis sur la droite, et encore deux fois sur la gauche. Peu à peu l'atmosphère, froide et stagnante, s'assainit. L'air sentait à présent le champignon moisi.

Rosslyn heurta de son soulier humide une grosse pièce métallique. Peut-être un générateur abandonné. Il se trouvait dans une pièce au sec. Puis une galerie. Une toile d'araignée se colla à sa bouche. Comme il s'essuyait les lèvres, c'est à peine s'il parvint à remarquer de ses yeux brûlants une nouvelle porte en acier – entrouverte. À tour de rôle, Rosslyn et Gaynor jetèrent un coup d'œil par l'entrebâillement. Au fond d'une salle vaste comme un garage désaffecté, au sol couvert de cambouis, s'élevait un autre mur. Celui-ci semblait de construction récente. Et la faille dans la maçonnerie présentait toutes les apparences d'une petite explosion contrôlée. Il entendit les sirènes. Là encore, le timing était parfait. Rosslyn scruta les ténèbres, la bouche close, respirant lentement par le nez. *Elle a profité des sirènes de MI5 et des coups de klaxon stridents pour agir. Et elle n'a pas lâché son arme.*

– Elle est là, chuchota Rosslyn. Éteignons la lumière.

Là, dans l'obscurité, il avait la sensation d'être comme attiré à elle, sans arme et sans défense – la sensation que c'était elle qui le captait, selon son bon vouloir, dans son monde fangeux et souterrain. La sensation qu'elle avait gagné.

Il entendit un bourdonnement. Électrique et puissant comme un signal d'avertissement. *Elle me tente. Viens si tu l'oses, enfoiré. Tu n'as même pas d'arme.* Une chose tiède lui colla à la tête. *Qu'est-ce que je ferais à sa place?* Ici. Dans ces ténèbres insondables. Il avait dans la bouche un goût d'eau croupie. *Que ferais-je? Compte sur la panique, exploite-la. Puis, à la première alerte, attends que la bombe explose. Puis laisse-les venir à toi.*

Par-dessus sa tête, il entendit un étrange sifflement et un bruit de succion. Tout près de lui, Gaynor dit :

– Où est-elle, cette salope?

Rosslyn ne répondit pas. Il effleurait la chose collée à sa tête, dans ses cheveux, mais lorsqu'il porta la main à son nez, il ne sentit que l'odeur de la boue.

De nouvelles gouttes tièdes tombèrent sur lui. Sur son visage. Il tira la langue... C'était douceâtre. Du sang. *Je goûte du sang.* Il cracha.

Reculant, il repoussa Gaynor contre le mur. Gaynor, qui semblait sur le point de dire quelque chose, retint son souffle. Rosslyn alluma la torche et la braqua en hauteur. Le rayon lumineux éclaira en plein la figure de McKeague.

Elle avait le visage entaillé, sans doute déchiré par les câbles rouillés qui dépassaient des murs comme les pointes d'une salle de torture. Ses bras, trempés et ensanglantés, serraient deux bouteilles, un tuyau et une pompe refoulante. Elle était nichée au-dessus de lui, entre le mur et une pièce de maçonnerie effritée, près d'un conduit d'aération démoli. C'était de là que provenaient sifflement et chuintement.

— Rosslyn.

Le sang s'écoulait de son cou, sous l'oreille.

— Les bonbonnes, dit-elle. Si tu tires...

— Donne-les-moi, McKeague. Doucement.

Elle n'eut pas l'air de l'entendre.

— On va tuer un millier de ces pourris. Le Premier ministre aussi, il va crever. Avec nous.

— Faisons un pacte, McKeague. OK?

— Crève.

— Tu veux mourir? Ça m'étonnerait.

Soudain, il vit sa main se lever, et l'arme pointée dans sa direction. Éteignant la lumière, il se rejeta contre le mur.

Les coups de feu ricochèrent contre la paroi.

— Salaud!

Elle fit feu de nouveau. Les balles sifflèrent. Puis ce fut le silence, pendant quelques secondes.

Peu à peu, il se rapprocha du pilier de béton, son arme hors d'usage dans une main, la lampe torche dans l'autre. Alors, d'un ample mouvement du bras, il projeta le revolver de toutes ses forces dans sa direction. Au même moment, il alluma la lumière pour l'aveugler. Puis il bondit et s'agrippa à son pied gauche. Il la tira de tout son poids vers le sol, de sorte qu'elle bascula sur lui, un genou sur son plexus solaire. Il sentit du sang lui entrer dans les yeux.

Les bonbonnes et l'arme était tombées près de Gaynor, qui ramassa le revolver et la lampe, et braqua les deux sur McKeague, qui tenait un burin pointu. Elle visa la gorge de Rosslyn. Mais l'arme lacéra la manche de sa veste détrempée.

Rosslyn vit l'arme dans la main de Gaynor. Il visait McKeague à la tête.

– Non !

Il avala du sang ; il la vit rouler sur elle-même, le burin bien en main. Au même instant, Rosslyn arracha le revolver de la main de Gaynor.

Le burin était levé, prêt à le frapper à la face...

Rosslyn tira entre les yeux et sa tête se pétrifia. Explosa. Cheveux volants et sang chaud éclairés par le rayon lumineux de la torche que Gaynor tenait dans ses mains tremblantes.

Pour la seconde fois de la soirée, Gaynor vomit. Cette fois, rien ne vint. L'air était rouge et noir.

Rosslyn récupéra la torche et rassembla les deux bouteilles de gaz. Il recracha encore un peu de sang. Puis il toussa et saliva.

Le faisceau éclaira le cadavre désarticulé de McKeague. Immobile.

Étrangement fragile.

Son sang s'écoulait depuis l'occiput de son crâne fracassé.

50

Je me souviens des faciès des hommes de la sécurité, déformés par la colère, une muraille humaine tels des geôliers avançant avec armes et matraques. L'un d'eux a les mains entre les cuisses, comme un footballeur se protégeant les parties lors d'un tir de penalty.

– Lâchez vos armes, braille un type, major Machin-Chose. C'est un ordre ! dit-il en parlant du nez. Une femme met la main devant sa bouche comme pour dire : « Ça pue ! »

– Ils ont tué un policier. Regardez son uniforme !

On pue, c'est vrai. Gaynor et moi-même sommes tout mouillés, et nos vêtements sont noirs de boue, de vase et de cambouis. J'ai la figure et les cheveux dégoulinants de sang, le sang de McKeague, et je tiens une arme. Je suis l'ennemi.

– Posez vos armes à terre, très doucement, fait le type tout tremblant. Par terre.

– Vous êtes en état d'arrestation.

*Bon sang. Ces crétins nous prennent pour des terroristes. Notre
compte est bon. On va nous faire porter le chapeau. Nous accuser
de complicité.*

Je pose mon arme à terre.

— Bien, dit le type. Tout ce que vous pourrez dire...

*Mais il n'achève pas car, à ce moment-là, je m'avance et je lui
balance mon poing dans la mâchoire.*

*L'instant d'après, l'ambiance est au lynchage. Ils crient ven-
geance, ces gardes, et je prends un coup de matraque à la nuque et
l'épaule. Douleur fulgurante. On me passe à tabac. Rideau.*

*Le reste se déroule dans le brouillard. Comme si je revenais à
moi après être passé sur le billard. Je vois le visage de Harding,
tendu et très soucieux. Peut-être qu'il me regarde avant qu'on
m'emporte en ambulance. Peut-être après. Des curieux se bous-
culent pour me dévisager, furieux et craintifs.*

— C'est fini, dit Harding. Ne dites rien. Reposez-vous sur moi.

*Aucune allusion à McKeague. Il remercie Gaynor. J'entends
Gaynor qui dit : « Remerciez Alan. Il a tout fait. C'est incroyable.
In-croy-able. »*

51

*Pour la troisième — ou la quatrième ? — fois, je me retrouve à
l'hôpital militaire. Je vois à travers une brume des uniformes, des
armes, des cartes d'identification et des radios à ondes courtes. Une
infirmière australienne sifflote* Waltzing Matilda.

*Apparemment, ma clavicule est en compote et j'ai une bosse
grosse comme un melon sur le côté droit au visage. J'ai un goût de
sang dans la bouche.*

*Un type noir me fait la barbe. « Bientôt la quille... », me dit-il
gentiment.*

*De très loin me parviennent les bribes assourdies d'un bulletin
d'informations. Une bombe a explosé devant Thames House. Il me
semble que j'entends une femme qui dit : « Sans la concertation des*

services du contre-espionnage et la rapide intervention de la police, le bilan des victimes eût été catastrophique. » Plus tard, le Premier ministre prononce son discours de circonstance sur l'air de : « Non à la capitulation ». Il doit se prendre pour Churchill. Pas d'allusion à la réunion, ni à McKeague. « Loué soit le Seigneur, il n'y a pas eu de morts », déclare un homme d'église à la radio. J'ai mal aux yeux. Comme lorsque j'étais gosse et que je me réveillais au matin, les paupières collées par la conjonctivite.

Au bout de trois ou quatre jours, la bombe ne fait plus les gros titres.

Une semaine plus tard, alors que l'on m'ôte les bandages aux yeux, la bombe est oubliée. Pas une seule vitre de Thames House n'a volé en éclats. Preuve est faite de son invulnérabilité.

Un jour, Harding demande qu'on me conduise à son chevet. Il n'a pas besoin de me dire qu'il est sur la pente fatale. Il a les yeux enfoncés dans les orbites, les joues caves.

— Je me bats, dit-il. (Il perd, c'est clair.) Ils ont classé le dossier.

— Il doit y avoir une enquête.

— Dans l'idéal, oui. Mais n'y comptez pas.

Je lui exprime mes remerciements pour tout ce qu'il a fait pour moi, pour sa confiance — et lui dis combien je regrette que la lumière n'ait pas été faite.

Il fait une remarque sur ceux qui se trouvent à la bonne place au bon moment. À la différence de Bryan Wesley, qui a dû prendre une retraite anticipée.

— Aux dernières nouvelles, ils se sont cotisés pour lui offrir un aller simple pour Manille. De quoi lui permettre de satisfaire ses goûts exotiques.

Il paraît très las. Je suis triste pour lui. Triste et désolé.

Il dit :

— Vous savez, le meilleur moyen de garder un secret, c'est encore de l'oublier.

Je remarque qu'ils pourraient au moins demander pardon.

— Ce n'est pas leur style. Ils font commerce du mensonge. Ils répondent aux mensonges par d'autres mensonges. Leurs portes sont closes. La « responsabilité », ça n'existe pas. Par définition, ils n'ont de comptes à rendre qu'à eux-mêmes. Mais de quoi des menteurs

305

pourraient-ils être comptables? De la vérité de leurs actes? La vérité, ils ne connaissent pas. Pourquoi? Parce qu'ils sont leurs propres dupes. Ils n'ont pas de mission, seulement cette idée de responsabilité.

— Mais les terroristes, eux, ils ont une mission. Un but. J'en suis sûr. Vous croyez que la responsabilité – la transparence – permettra de battre les terroristes?

Il marque une pause :

— Pensez-y. Moi, j'y ai bien réfléchi. Et je vous le dis : les terroristes finiront par gagner si rien ne change. C'est une pensée qui me fait horreur, mais c'est la vérité. Ils vont gagner. Heureusement, je ne serai plus là pour assister à ça.

Il est à bout de forces. Ce n'est pas bien de le laisser parler comme ça. Je fais une prière muette pour qu'il vive.

— Oubliez, Alan. Reprenez du service auprès de Gaynor. Faites de votre mieux...

Je garde le silence. Nous nous sourions. J'ai beaucoup d'affection pour lui.

AUTOMNE

C'est quand le danger est passé
Que le crépuscule point
Une vision d'un calice émanée
Celle d'un défunt.

Robert Browning

52

L'absence persistante du journal de Mary le poussa à entamer le sien. Il commença par la relation des derniers événements dans les caves de Thames House. Il avait laissé le journal de Mary dans le bureau de Cavallero à Vauxhall Cross, où elle jurait ses grands dieux qu'il avait disparu. Le revolver avec lequel il avait tiré sur les dealers à Manchester avait été retourné à Scotland Yard. La cassette de Coker avait été détruite, de même que les liasses de rapports laissées dans la salle de réunion à Thames House. Cavallero les avait fait déchiqueter. Elle expédia le kimono et le portrait de Mary à son domicile de Pimlico. À plusieurs reprises, au cours des dernières semaines, il la pria par téléphone de lui retourner le journal. Elle fit la sourde oreille.

53

Sur les conseils de Gaynor, il consulta un psychanalyste.
Comment vous sentez-vous ?
Comme d'habitude.
Vous rêvez ?
Non.

Cette femme que vous avez tuée... ça vous fait quoi?
Rien.
Rien?
Pas marrant.
Je comprends, vous vous sentez comme mort.
Quoi?
Vous n'êtes pas hanté par l'idée de la mort?
Non.
Et Davina, vous l'aimiez?
Non.
Et votre amie, Mary...?
Quelle est la question?
Vous pensez à elle?
Oui.
Qu'est-ce que vous en pensez?
Elle est morte.
Ils tournaient en rond. Après deux séances, il abandonna.

54

Gaynor l'encouragea à reprendre le travail.

Dans son bureau, ils parlèrent de Harding, dont l'état de santé s'était apparemment stabilisé. Il s'était, semblait-il, vaguement réconcilié avec sa femme. Elle lui était revenue.

— Elle pense à sa pension, dit Gaynor, cynique. Il ne veut voir personne d'autre. Juste sa femme. Pas même ses gosses.

Rosslyn regrettait de ne pas avoir interrogé Harding sur ses enfants. Trop tard, à présent. Il se hasarda à demander à Gaynor où était passé le journal de Mary et eut l'impression que Gaynor avait préparé sa réponse à l'avance.

— Vous l'aviez laissé à Vauxhall Cross. Vous étiez pressé par le temps. Comme nous tous, pas vrai? Harding m'a dit au téléphone : « Demandez à Cavallero de le détruire. C'est de la dynamite. L'amie d'Alan est compromise. »

310

Rosslyn survola la pièce du regard. Tout plutôt que de regarder Gaynor en face.

– C'était son journal intime. Le journal de notre vie...

– Je sais. Désolé.

– Vous êtes désolé? Et moi, alors?

– Alan, du calme. Harding a raison. Tout était écrit, dans les dernières pages. Le gaz...

– Elle n'était pas dans le coup.

– Personne ne dit le contraire. Vous savez pourquoi? Parce que personne n'a lu ces pages.

– Harding les a lues. Forcément.

– En diagonale...

– Et Cavallero?

– Non.

– Mais elle les a détruites. Elle a dû les lire.

– Non. C'est moi qui m'en suis chargé, Alan. Dans le destructeur de documents que voici. Prenez-vous-en à moi, pas à Harding, ni à Cavallero. Je regrette. Il le fallait.

– Vous n'auriez pas dû, fit Rosslyn en hochant la tête. Pas sans ma permission.

– Vous auriez dit non, pas vrai? Vous en avez ras le bol, je le comprends. Mais vous devez comprendre que ça aurait bardé si MI5 l'avait eu entre les mains. Et si nous n'avions pas stoppé McKeague... On aurait eu deux mille morts sur les bras. Le personnel de MI5. Sans compter le Premier ministre, le ministre de l'Intérieur et le secrétaire d'État pour l'Irlande du Nord...

– Rien de cela n'est arrivé.

– Sans doute. Mais supposons que MI5 ait arrêté McKeague avant nous.

– Supposition gratuite.

– Et si McKeague s'était échappée vers Dublin, Cuba... Le journal de Mary faisait surface... Harding a voulu vous protéger, comme toujours. Vous n'avez pas le droit de lui en vouloir. Je n'ai pas raison?

– Peut-être.

Peut-être pas.

– Nous avons agi au mieux de vos intérêts. Ne l'oubliez pas.

311

Oublier... ?

— Je suppose... Mais vous êtes bien les seuls. Quelqu'un sait qui a tué Dee McKeague et qui a truqué la cassette.

— Alan, permettez-moi de vous donner un conseil. Ne partez pas en croisade. Ne cherchez pas à faire justice vous-même. Vous n'obtiendrez jamais la vérité. Nous savons tous les deux que MI5 est derrière tout ça. Laissez tomber, ça vaut mieux. Eux non plus, il ne vont pas s'étendre sur l'histoire de Davina Wesley. C'était une piquée, pas vrai ? Vous êtes bien placé pour le savoir.

Il insiste. Il remue le couteau dans la plaie.

— On tue pour bien des raisons. Elle... Pour la galerie, elle menait une vie rangée. Une femme intelligente, digne de confiance, respectée. On n'a pas besoin d'être fou à lier pour tuer. C'est la triste vérité, Alan. Le dossier est classé. Vous avez fait votre devoir. Ne vous tourmentez pas.

— J'aimerais entendre ça de la bouche de Harding... Ce journal, il me permettait de tenir. Une sorte de talisman. Sa voix à elle, par-delà les ténèbres.

— Je sais combien vous l'aimiez. Il faut oublier. N'embêtez plus Harding avec ça. Il est mourant. Retournez à la vie. Tâchez de penser à autre chose...

Autre chose... quoi ?

55

Aujourd'hui, vendredi. Belle journée d'automne. Ciel bleu sur Londres. Les feuilles des arbres sont cuivre, bronze, cramoisies. Le fond de l'air est frais. Les soirées raccourcissent.

Mon autre journal – mon agenda professionnel – est rempli. Celui-ci l'est aussi. On le noircit jusqu'à la dernière page, et on l'oublie.

Demain, c'est mon anniversaire. Gaynor a invité quelques personnes au Angel, à Rotherhithe. C'est une surprise, paraît-il. C'est

Cavallero qui a vendu la mèche – un comble ! Elle m'a appelé pour me signaler qu'elle s'attarderait un peu au bureau, à Vauxhall Cross. « Il n'y a pas de commerces, dans le coin. Pour ton anniversaire, j'ai réservé une table pour deux à White Tower. Après la fête. J'ai quelque chose à te dire. »

J'accepte. Dans une autre vie, j'aurais pu tomber amoureux de Verity.

Je me suis rendu au Angel avec Gaynor. À l'étage.
– C'est mieux que la dernière fois, dit-il.
Je suis foutrement d'accord.
Les portes s'ouvrent. Il fait nuit noire. Puis la lumière se fait. Tout le monde est là. Le cauchemar du contrebandier. La salle est bourrée de douaniers. Une grande banderole proclame : BON ANNI-VERSAIRE, ALAN !
– Joyeux anniversaire !
Le grand jeu : champagne, serpentins. Une super-fête.
Arrivée de Cavallero sur son trente et un. « Bon Dieu, quel châssis ! dit un type. On est de trop ici. Alan est le chouchou. Où les trouve-t-il ? »
Elle m'embrasse sur la bouche. Goût de son rouge à lèvres.
– Ce soir, c'est moi qui régale, mon grand, dit-elle. J'ai débranché mon beeper. Et toi ?
– Je n'en ai pas.
– Ce n'est pas ce qu'on m'a dit, rétorque-t-elle. Et elle s'éloigne sur son nuage.
Au Angel, on fait bien les choses. On apporte encore du champagne. Du meilleur.
Gaynor monte sur une chaise. On crie : « Ouvrez vos valises. Fouille corporelle. À poil ! »
Il lève les mains pour réclamer le silence :
– Je ne fais pas de discours.
– Tant mieux ! beugle son secrétaire. Mensonge !
Gros rires.
– Nous sommes ici ce soir pour fêter l'anniversaire d'Alan, son rétablissement après l'agression dont il a été la victime à Westminster. Son retour parmi nous. J'ai tout dit ! Un toast à Alan !

« Alan, Alan, Alan! Un discours! Un discours! Un discours! »
On tape du pied, du poing sur la table. Un verre se brise.
Je monte sur une chaise.

— Merci. Merci à vous tous pour cette belle fête. Je suis très
content d'être de nouveau parmi vous. Je lève mon verre à Dickie et
à vous tous!

Congratulations. Je devine qu'ils sont nombreux à avoir compris
que ce n'était pas une agression. En tout cas, personne ne dit rien.
C'est un secret à oublier.

56

À la White Tower, Verity Cavallero a fait les choses en
grand.

— Je suis mutée à Bangkok, lui dit-elle. (Elle se penche vers
lui.) Qu'en dis-tu?

— Bangkok, connais pas.

— Moi non plus.

Elle le dévisage.

— Alan, ce soir, tu passes la nuit avec moi. C'est la bonne
nouvelle.

Il sourit.

— Tu veux bien coucher avec moi, cette nuit?

— C'est quoi la mauvaise nouvelle? Il y a un traversin au
milieu du lit?

— Non... Alan... Harding est mort ce matin. Dickie m'a
chargée de te l'annoncer.

Il se fige.

— Il est mort entouré de ses proches. Ce fut très serein. Il n'a
pas souffert. Il est mort dans la dignité.

Les larmes lui montent aux yeux.

— Il avait fait la paix avec sa femme. Une brave femme. Elle
en a supporté beaucoup de sa part...

— Je ne la connais pas.

– Tiens... (Elle lui tend son mouchoir.) Ne pleure pas, Alan. C'est plus fort que lui.

Elle lui remplit son verre.

Il se lève pour partir. Elle lui tend la main.

– Alan...

Elle ouvre son sac.

– Il y a quelques jours, sa femme m'a contactée. Harding lui avait demandé... Voilà.

Elle lui tend un objet enveloppé d'un mouchoir de coton noir.

– Le mouchoir de Harding?

– Oui.

– Ouvre. C'est pour toi.

À l'intérieur, il trouve une montre.

– La montre de Tom Harding...

– Oui. Sa femme, sa veuve, m'a chargée de bien t'expliquer le sens de l'inscription. À l'origine, son nom véritable était Uglow[1]. Harding était son deuxième nom. Thomas, Tom, son prénom. Il a demandé que tu lui pardonnes. Sa femme était au courant, pour Mary. Elle lui avait pardonné. Mais lui, il tenait par-dessus tout à ton pardon. Je comprends qu'il ait changé son nom avant d'entrer dans la police, pas toi...?

Il retourne la montre, cadran contre la table.

C'est une élégante montre suisse.

Au dos, cette inscription gravée en lettres manuscrites :

À MON THUG BIEN-AIMÉ
MON AMOUR ÉTERNEL
MARY

---

1. *Uglow / ugly : vilain, sale, répugnant. (N.d.T.)*

Aubin Imprimeur
LIGUGÉ, POITIERS

Reproduit et achevé d'imprimer en février 1999
N° d'édition 99024 / N° d'impression L 57628
Dépôt légal mars 1999
Imprimé en France

ISBN 2-7382-1184-4

33-6184-7